KB121289

남 소아과로 가요

남소아과로 가요

2016년 3월 17일 초판 1쇄 인쇄
2016년 3월 22일 초판 1쇄 발행

지은이 반유
발행인 이종주

기획 편집 이은정 주수지
경영 지원 배진경 김슬기
마케팅 김정수 신은경

발행처 (주)로크미디어
출판등록 2003년 3월 24일
주소 서울시 마포구 성암로 330(상암동) DMC첨단산업센터 3층 14호
Tel (02)3273-5135 **Fax** (02)3273-5134
홈페이지 rokmedia.com rokmedia.blog.me
E-mail romance@rokmedia.com

© 반유, 2016

값 9,000원

ISBN 979-11-5960-920-6 03810

이 책의 모든 내용에 대한 편집권은 저자와의 계약에 의해
(주)로크미디어에 있으므로 무단 복제, 수정, 배포 행위를 금합니다.

작가와의 협의에 의해 인지는 생략합니다.
잘못된 책은 구입처에서 바꾸어 드립니다.

남 소아과로 가요

반유
장편소설

romance story
Renee

CONTENTS

프롤로그

안 되는 걸까, 못 하는 걸까.

지금 밖에 내리는 비처럼 내 마음은 소리 없이 요동치고 있다. 커다란 창가에 쳐 놓은 버티컬은 열린 창틈으로 들어오는 바람 때문인지 여러 가닥이 서로 부딪혀 요란한 소리를 내고 있다.

'창문을 닫지 않으면 빗물이 들어올 텐데…….'

장미의 시선이 온통 창문으로 가 있는 사이 그가 욕실 문을 열고 나온다. 욕실의 습함과 바디워시 향이 한데 섞여 방 안 가득 퍼져 간다.

안 되는 걸까, 못 하는 걸까.

그는 이 두 문장을 동일한 의미로 단정 지었다. 그러고는 그 고민에 대한 배려 없이 시도 때도 없이 밀어붙일 생각만 하고 있다. 절대, 어떤 여자도 자신을 거부하지 않을 거라는 자신감으로 내 상처를 짓이기고 있다.

"키스는 달콤하고 섹스는 황홀해. 한번 해 보면 세상이 달라질 거야. 너의 처음이 나라는 건 행운인 거지."

지금껏 그와 했던 키스는 한 번도 달콤했던 적이 없다. 그의 물컹한 혀가 침입할 때는 징그러운 송충이가 입안으로 기어 들어오는 것 같아 소름이 돋았다. 키스도 그러한데 섹스가 가능할까?

그가 바로 앞에 섰다. 알몸의 그를 보자 피식 웃음이 나왔다. 가릴 데는 가려 주는 것이 처음 관계를 맺는 여자에게 기본적인 예의이고 섹스를 하기 전에 갖추어야 할 기본 자세가 아닌가.

물론 그의 벗은 몸은 객관적으로 볼 때 아주 훌륭했다. 그의 맨살이 내 몸에 닿기 전까지는 그렇게 생각했다. 그의 손길이 닿는 곳마다 뱀이 기어 올라오는 것처럼 소름이 돋았다. 유쾌하지도 기분 좋지도 않은 딱 거기까지였다.

그가 장미의 원피스 지퍼를 내리고 브래지어 후크를 끄르자 탐스러운 가슴이 모습을 드러냈다. 그는 그녀의 가슴을 힘껏 움켜쥐고 미친 듯이 빨아 댔지만 장미는 흥분은커녕 아프기만 했다.

온몸이 달아올라야 정상일 텐데 창틈에서 매섭게 들어오는 바람만 신경 쓰였다. 그는 강한 히터 바람이 싫다면서 항상 창문을 열어 두곤 했다.

'저 창문으로 나가는 열기도 다 돈인데, 이런 건 낭비야.'

그가 그녀의 가슴을 애무하면서 침대에 눕힐 때까지 장미는 딴생각을 했다. 차가운 시트의 감촉이 등 뒤로 느껴지고 그의 손가락이 그녀의 은밀한 속살을 헤치고 들어올 때 장미는 정신이 번쩍 들었다.

지금 그가 하는 건 섹스의 전희일 것이다. 이런 행위에는 몸이 화학변화를 일으켜 최소 얼굴이 발개진다거나 호흡이 가빠진다거나 머릿속이 멍해지면서 롤러코스터를 타는 것처럼 짜릿해야 정상일 것이다. 책과 영상 매체에서 배운 지식으로는 그랬다.

역시나 활자로 배운 지식은 아무 소용이 없었다. 신음이 터져 나오는 강렬한 쾌감은커녕 그의 손놀림이 집요해질수록 온몸은 딱딱하게 굳어 갔고 통증이 느껴졌다.

"후, 읍."

장미는 숨을 들이마시며 침대 시트를 꽉 잡았다. 애무의 농도가 짙어질수록 견딜 수 없이 속이 울렁거리고 메스꺼워졌다. 이런 반응이 일어난다는 건…….

"우, 우태 씨. 아무래도……."

"장미야, 네 몸은 정말 아름다워."

한껏 달아올라 있는 그는 장미의 말이 들리지 않는 듯 손을 뻗어 침대 옆 협탁의 서랍을 열었다. 무언가 더듬거리며 찾더니 비닐 찢는 소리가 들려왔다. 부스럭거리는 소리와 함께 그가 그녀의 몸 위로 체중을 싣고 그녀의 엉덩이를 들어 올렸다.

"그, 그만!"

장미는 무의식적으로 그를 힘껏 밀쳤다. 그녀는 아직 이 남자를 받아들일 준비가 되어 있지 않았다.

"뭐 하자는 거야!"

그의 얼굴이 순식간에 야수처럼 일그러졌다.

"미안해…… 못 하겠어."

결론은…… 안 되는 것이 아니라 못 하는 거다. 시간이 멈춘 듯 고요해졌다.

"장난해?"

그가 일어나려는 장미의 팔을 우악스럽게 잡았다. 붉으락푸르락, 시시각각 변하는 그의 얼굴을 본 장미는 사람의 표정이 그렇게 순식간에 여러 가지 분노의 형태로 바뀔 수도 있다는 것을 처음 알았다. 이 공간 안에 팽팽하게 감도는 침묵에 숨이 막힐 것 같았다.

"오늘은 안 되겠어. 정말 미안해."

"이게 뭐 하는 짓인지 알고는 있는 거야?"

"응, 알아. 이 손이나 놔줘."

장미는 눈을 부릅뜨며 이를 악물고 있는 그를 덤덤히 쳐다보다가 잡힌 팔을 뺐다. 그러고는 일어나 그가 벗겨 바닥에 아무렇게나 던져 놓은 옷을 입기 시작했다. 팬티를 입고 브래지어를 입고 원피스를 입었다. 남자는 그런 그녀를 사납게 노려볼 뿐이었다.

"지금 나가면 넌 후회하게 될 거야. 미친……."

살얼음판이었던 신경전은 결국 그의 입에서 욕이 터져 나오면서 끝이 났다. 그의 분노가 이해가 되지만 시간이 필요한 문제였다.

그를 혼자 남겨 둔 채 오피스텔을 빠져나왔다.
과연 잘한 행동인 걸까?

'나만 믿어. 너의 기피증 내가 없애 줄게.'

그가 그랬다. 한번 해 보면 세상이 달라지는 것이 섹스라고. 한번 중독되면 헤어날 수 없을 정도로 미쳐 버린다고.

전혀 달콤하지도 않고 오히려 씁쓸한 맛이었던 키스, 뜨거워 온몸이 탈 거라 했지만 오히려 몸을 더 차갑게 만들던 전희.

이 모든 것들이 진저리가 쳐지도록 싫었지만 그냥 참았다면 괜찮아졌을까? 이것들을 끝내 참지 못하는 내가 이상한 걸까?

머릿속이 복잡했다. 그에게 마지막 순간까지 기대를 하게 만들어 놓고 그냥 나온 것 역시 마음이 편치 않았다.

"난 안 되는 것이 아니라 못 하는 거야. 시간이 더 필요할 뿐."

우리는 대화가 더 필요할지도 모르겠다. 장미는 차를 돌려 그의 집으로 돌아갔다. 그의 오피스텔 현관 도어록 비밀번호를 누르고 문을 열었다.

그런데 현관에 낯선 하이힐이 아무렇게나 놓여 있었다. 그의 방까지 이어진 바닥에는 어지럽게 벗겨진 여성의 옷가지들이 보였다. 핸드백을 쥔 손에 힘이 들어갔다. 구두를 벗는 것도 잊은 채 옷가지들을 따라 그의 방으로 한 발 한 발 옮겼다.

"아, 아앙, 하, 하."

잔뜩 기대하게 만들어 놓고 그를 버리고 나간 것에 대해 따진다면 할 말은 없다. 남자의 자존심에 금이 갔겠지. 하지만

30분 만에 다른 여자를 안는 남자라면 상황은 달라진다.

"헉, 헉."

활짝 열린 방문 사이로 여자의 신음 소리가 적나라하게 들려온다.

"하, 으, 더……."

"헉, 헉."

보고 싶지 않았지만 열린 방문 사이로 흐트러진 시트와 두 남녀의 엉킨 알몸이 보였다. 내 남자의 불륜 현장은 다시는 보고 싶지 않은 끔찍한 충격이다. 구역질이 치밀어 올라 더 이상 이 공간에 있을 수가 없었다. 몸을 돌려 나가려는 순간 들려오는 말에 장미는 귀를 의심했다.

"나무토막같이 뻣뻣해도 한번 안아 주려 했더니 그걸 박차고 나가?"

"미친 거 아냐? 널 버리고 갔단 말이야? 설마? 하, 학."

하! 설마 저 상황에서 내 얘기를? 실소가 흘러나왔다. 섹스는 황홀한 아름다움이라 말하던 그의 행위가 추해 보였다.

"그년은 미친년이야. 아무것도 안 되는…… 하아."

"아앙, 아…… 안됐, 다. 아아, 조금만 더 세게…… 아핫!"

"하아, 으응."

안 되는 것이 아니라, 못 하는 것이다. 네가 그 차이를 모르기에 난 너와는 안 되는 거였다.

❀ ✱ ❀

관계를 맺지 않았다고 실연이 아프지 않은 건 아니다. 내 남자의 배신에 마음이 찢어질 듯 아프다. 바람피우는 현장을 들켰으면 적어도 미안한 감정은 가지고 있어야 인간인 거다.

'그러니까 나가면 후회할 거라 경고했지!'

그 뻔뻔함에 치가 떨린다. 인간이 아닌 짐승에게 마음을 준 내가 용서가 되지 않는다.

"미칠 것 같아."

그와 같은 공간에서 숨 쉬고 있는 것조차 참을 수가 없었다. 눈만 감으면 그들의 짐승 같은 행위들과 나에 대한 조롱이 반복해서 재생되었다. 불면증과 지독한 악몽이 계속 이어지자 이제는 현실과 꿈 자체가 몽롱해 그 경계를 알 수가 없게 되었다. 머리가 깨질 듯 아프고 기분은 우울하다.

"괜찮아요?"

이건 꿈인가? 누가 말하는 거지?

"……괜찮지 않아요."

목소리가 목구멍 안에서 빙빙 돈다. 실제 말을 했는지 모르겠다. 등 뒤로 식은땀이 흐르고 전기에 감전된 것처럼 온몸이 저릿저릿하다. 숨이 쉬어지지 않고 온몸이 굳어 간다. 또 가위에 눌리고 있나 보다.

"괜찮아질 겁니다."

누구일까. 다독거리는 듯한 따스한 손길이 느껴진다. 그는 마치 칭얼거리는 아이를 어르고 달래듯 편안한 중저음의 목소리로 나에게 괜찮다고 말해 주었다. 포근하고 달콤한 목소리가 들리자 불안했던 마음이 눈 녹듯 녹아 편해졌다.

지독한 악몽이 달콤함으로 바뀌었다. 따스함이 온몸을 포근히 감싸자 몸이 더 나른해진다. 그동안 계속 장미를 괴롭혔던 악몽이 달아난 느낌이다. 오랜만의 숙면에 장미는 환한 미소를 지으며 단단한 죽부인을 힘껏 껴안았다. 은은하고 시원한 바디 미스트의 향을 음미하며 얼굴을 파묻었다.

찌잉, 찌잉, 주머니 안에 넣어 둔 휴대폰이 끊임없이 울리고 있지만 이 꿈만큼은 깨고 싶지 않아 고개를 깊게 파묻었다. 죽부인에서 정말 좋은 향이 난다.

"후우우."

어디선가 무거운 한숨 소리가 나더니 뒤통수에 딱딱한 물건이 올려졌다. 달콤한 꿈은 오래가지 않는다. 또 가위에 눌리나 보다. 몸을 움직이려 했지만 온몸이 결렸다. 장미는 있는 힘껏 고개를 돌렸다.

"아, 아."

몸은 그대로인데 고개만 돌려서인가? 목이 뻐근하다. 깼다고 생각했는데 또 꿈인 걸까? 왜 악몽은 꼬리에 꼬리를 물고 계속 이어지는 걸까.

이번 꿈은 내가 생각해도 황당하다. 안개가 낀 것처럼 희미한 시야에 보이는 건 묵직한 책 모서리가 옆통수를 짓누르고 있는 모습이었다. 이 꿈속에서는 내가 책상이 된 걸까? 인간 책상이라……. 요즘 내 정신 상태가 안 좋긴 했지만 이런 황당한 꿈을 꿀 정도는 아니었다고 본다.

그런데 너무 아프다. 꿈이라고 하기엔 생생한 이 아픔은 뭐지? 이 정도의 무게와 통증이 유발되는 책이라면 양장본? 아, 꿈인데 책에 눌리며 찍히고 있는 옆통수가 너무 아프다. 장미는 도로 고개를 돌렸다. 차라리 옆통수보다는 뒤통수가 통증의 강도가 덜할 듯싶다.

“이제 깼습니까? 1시간 17분 만에 일어났습니다.”

갑자기 머리가 가벼워지면서 아픔이 사라지자 장미는 기분이 좋아졌다. 향기로운 죽부인이 움찔거리는 느낌을 받았지만 향과 감촉이 너무 좋아 꼭 껴안고 말았다. 이런 아픔도 없는 달콤한 꿈이라면 환영이다.

“이 아가씨가……. 정말, 미치겠네.”

정체불명의 목소리가 계속 들려오자 장미는 인상을 찡그렸다. 꿈인데 생생한 이 느낌과 감촉 그리고 저 목소리……. 이 꿈은 너무도 생생하다. 나는 분명히 내 침대에서 잠을 자고 있었는데 내 방이라고 하기에는 이상한 자세와 익숙하지 않은 공간에 정신이 번쩍 들었다.

“일어날 때도 되었는데…….”

뒤통수에서 들려오는 중저음의 목소리에 너무 놀라 쿵, 하는 심장 떨어지는 소리가 들렸다. 바디미스트 향을 풍기는 죽부인의 정체가…….

말문이 막혔다. 최근 불면증이 생기긴 했지만 단연코 말하건대, 몽유병은 없다. 몽유병이 있을 만큼 깊게 자 본 적도 없다.

“으, 음.”

장미는 잠에 취한 척 중얼거렸다. 그녀는 조심히 실눈을 떠서 눈동자를 굴리며 여기저기 스캔을 했다. 버스 앞좌석의 등받이가 보이고 네이비 컬러의 바지가 보인다. 하필이면 조그마한 얼룩도 감출 수 없는 네이비 컬러일까. 얼핏 봐도 하얀 파운데이션 가루와 립스틱이 떡칠이 되어 있었다.

'그런데 내가 왜 여기에 있지?'

꿈인 걸까? 아직 잠에서 덜 깬 걸까? 멍하게 생각을 하다가 기억이 났다. 내가 왜 이곳에 있는지.

'아 젠장.'

나는 내 방에서 잠을 자고 있었던 것이 아니라, 사촌 동생 박재하가 사는 원주로 가는 중이었다. 복잡한 생각에서 벗어나고자 서울을 떠난 것인데 며칠 잠을 못 잔 후유증이 발생한 것 같다.

지금 상태를 보니 차를 끌고 오지 않은 것이 다행이라는 생각이 든다. 처음 타 본 고속버스의 생각보다 넓은 좌석과 옆에 붙은 버튼들이 신기했다. 버튼을 이리저리 눌러 보니 발판도 올라오고 등받이도 조절이 되었다. 팔걸이도 위로 올라가 좌석 사이에 쏙 들어가는 것이 신기해 한참을 만졌다.

그러다가 발을 뻗고 좌석에 등을 깊게 묻었는데 잠이 들었나 보다. 잠이 들어 낯선 남자가 옆에 앉은 것도 몰랐고 올려 둔 팔걸이 덕분에 잠결에 남자의 어깨에 기댔을 것이다. 그러다 그냥 허벅지로 푹 쓰러졌겠지.

그것까지는 어떻게든 넘길 수 있겠는데 가장 문제는 낯선 남자의 몸을 죽부인으로 착각해 껴안다 못해 얼굴을 푹 파묻고 비볐다는 데 있다. 이 훤한 대낮에 19금 에로 영화를 찍고 있었으니 속수무책으로 당한 낯선 남자는 알지 못하는 여자의 추태에 얼마나 민망했을까.

얼굴이 화끈하게 달아오른다. 이 상황을 어떻게 대처해야 할지 감도 안 온다. 지금은 그저 자고 있는 척을 하는 게 덜 민망할 것 같다. 장미는 떴던 눈을 도로 감고 말았다.

"휴우, 저, 계속 전화가 오는데. 웬만하면 받으시죠."

장미도 안다. 조금 전부터 코트 주머니 안에서 쉼 없이 울리는 진동을 고스란히 느끼고 있다. 한 번 안 받으면 끊을 것이지 누가 계속 전화질인 거야. 머릿속이 복잡하다 못해 터질 것 같다.

째깍째깍 남자의 손목시계 초침 소리가 장미의 귀에 일정한 간격으로 들려온다. 시간이 멈추기를 간절히 바라지만 매정한 시간은 계속 재깍거리는 소리와 함께 장미의 마음을 무겁게 짓누르고 있다.

가만히 숨죽여 누워 있자니 민망도 하고 움직이지 않으려 발가락에 힘을 너무 준 탓인지 발가락 끝에서부터 타고 올라오는 찌릿거리는 고통에 온몸이 마비되는 것 같다.

SF 소설 속 주인공의 초능력이 오늘따라 부러울 뿐이다. 내가 그 능력을 가지고 있다면 시간을 멈추거나, 순간 이동을 해서라도 이 상황을 모면하고 싶었다.

"더 주무시려면 땀과 침이나 닦고 주무시죠. 당신 때문에 제 옷이 엉망이 되었습니다."

계속 자는 척을 하는 것이 속 편할 듯싶지만, 설상가상으로 창문 위 히터의 방향에 맞춰 얼굴을 돌렸는지 세게 뿜어져 나오는 열기가 고스란히 느껴진다.

지금 입고 있는 에르메스 후드 코트의 방한성도 뛰어난 데다가 미친 듯이 쏘아 대는 히터의 뜨거운 바람과 낯선 남자의 체온이 함께 더해져 등 뒤로 진땀이 줄줄 흐르고 이마에 땀이 송송 맺히고 있다.

"계속 그렇게 자는 척하는 것 힘들지 않나요? 휴우, 계속 주무시려면 코트나 벗으십시오. 무척 더워 보입니다."

머리가 깨질듯이 아파 온다. 밖으로 뛰어나가 서늘한 공기를 마시고 싶다.

"그 자세로 오래 있으면 담 생깁니다. 깬 거 아니까 이제 일어나시죠."

남자의 덤덤한 말투에 장미는 버틸 만큼 버텼다는 생각을 했다. 남자가 기회를 주었을 때 일어나야지 타이밍을 놓치면 더 민망한 상황이 생길 수도 있다.

"죄, 죄송합니다."

장미는 한숨을 깊게 쉬며 조심스레 일어났다. 남자와 눈도 마주칠 수 없을 만큼 민망스럽다. 장미는 차마 고개를 들 수도 없었다.

고개 숙인 장미는 남자의 좌석 바닥에 떨어져 있는 가방을 보고 또 한 번 한숨을 쉬었다. 에르메스 가방이 버스 바닥에 뒹구는 신세라니……. 장미는 발판을 내리고 바닥에 떨어져 있는 가방을 들기 위해 몸을 숙였다.

그런데 가방을 집다 후두둑, 가방의 내용물이 바닥에 쏟아졌다. 재수가 없으면 뒤로 자빠져도 코가 깨진다고 하더니 지금이 딱 그 상황이다. 장미는 얼굴이 발개진 채 허리를 더 구부려 내용물들을 주워 가방에 급하게 집어넣었다.

손에 집히는 대로 잡던 손에 차가운 금속의 감촉이 느껴졌다. 순간 소름이 돋으면서 손가락에 힘이 스르르 빠졌다.

똑, 또르르르. 금속이 굴러가는 소리가 들린다. 장미는 피식 웃었다. 결국 이렇게 내 손을 떠나 버리는구나. 진작 버렸어야 했다. 바닥에 떨어져 굴러가는 반지를 보니 헤어진 전 남자 친구의 잔인한 말들이 떠오른다.

'나한테 한 번의 기회 정도는 줘야 하는 것 아니야? 숨이 막힐 정도로 답답해서 일탈 한번 한 것 가지고 너무하는 것 아니야?'

'너는 그걸 일탈이라고 하는구나. 하지만 대부분의 사람들은 그것을 바람이라고 말해.'

'바람이 아니라 욕구를 해결했을 뿐이야. 넌 매사에 완벽하길 원하잖아. 그런 너에게 맞추기 위해 내가 할 수 있었던 예의 같은 거야. 연애에 공식이 어디 있다고 그런 거 다 따지면서 하는 너에게 지치기 않기 위해 먹었던 디저트 같은 거였어.'

'디저트라…… 달콤함에 미쳐 앞뒤 가리지 않고 먹었다?'

'그래, 달콤함. 너는 수프부터 시작해서 본식을 거쳐 마지막에 먹는 것이 디저트라고 생각하겠지만, 배가 고프면 중간에 케이크도 먹을 수 있고 아이스크림도 먹을 수 있는 거야. 연애도 그래. 꼭 손을 잡고 팔짱을 끼고 뽀뽀를 하고 키스를 하고. 결혼을 하고 섹스라니 조선시대에도 안 그랬어. 지금은 필이 꽂히면 원나잇 스탠드도 할 수 있는 거야.'

미안하다고, 실수였다고 했다면 나는 그를 용서했을까? 아니, 차라리 그가 뻔뻔하고 잔인하게 해 준 것이 다행일지도 모른다.

'먹고 싶을 만큼 달콤한 디저트가 나오면 내 것이 아니라도 먹을 수 있다? 그래서 앞으로도 계속 괜찮은 여자가 있으면 바람을 피우겠다는 말로 들리는데……. 그래서 너와 나는 안 되는 거야.'

'너하고 안 되는 걸 다른 곳에서 해결하겠다는데 상관없잖아. 너는 먹고 마시고 배설하는 것으로 모든 욕구가 해결되나 본데, 난 아니야. 난 아주 건강한 성인 남자거든. 여자와 섹스를 하지 않으면 미칠 것 같아. 아, 너는 해 보지 않아 모르겠구나. 등이 엄청 가려운데 너라면 어떻게 할까. 가려운 곳은 긁어야 시원하지. 섹스가 바로 가려움을 해소해 주는 쾌락이거든. 가려운 곳을 네가 긁어 주지 않아 다른 사람에게 부탁했다고 날 비난하는 것이 우습지 않아?'

인간이라서 느낄 수 있는 가장 아름다운 감정이 사랑이라 생각했다. 그저 섹스가 생리적인 욕구 해소일 뿐이라면 그건 짐승이지 사람이 아니다.

내가 당신에게 준 순수한 사랑을 단지 먹고 마시고 배설하는 욕구와 동급으로 취급한 당신 때문에 내 마음은 갈가리 찢어지고 부서졌어.

안 되는 것이 아니었다. 시간이 필요했을 뿐이다. 이 남자도 결국 불나방처럼 불을 찾아 날아갔다. 처음에는 연인의 배신에

화가 났지만 뻔뻔스럽게 자신이 한 일을 먹고 마시는 기본적인 욕구에 비교하는 부분에서 피식 웃음이 나왔다.

'웃고 있는 거야? 이런 상황에 웃음이 나와? 넌…….'

'이제 우리는 상관없는 사람들이야. 그러니 이제 그만하자. 사람 같지 않은 너에게 이런 소리 듣고 싶지 않아.'

'역시나 넌 감정 없는 인간이야.'

감정이 없는 척 행동했을 뿐, 감정이 없는 건 아니다. 당신 말처럼 감정이 없었다면 저 반지는 버스 바닥에서 굴러다닐 게 아니라 당신의 얼굴에 던져졌을 것이다. 괜찮은 척 쿨한 척하는 게 아니라 반지를 던지며 소리치고 따귀라도 때렸어야 했다.

이제 지나간 일이다. 더 이상 미련 두지 말자. 장미는 또르르 굴러 저만치 멀어지는 반지에서 시선을 떼고 떨어진 물건들을 가방에 주섬주섬 담았다.

장미는 남자의 발밑에 떨어진 물건을 줍다가 그의 기다란 다리를 보고 감탄을 하고 말았다. 헤어진 남자 친구의 몸도 상당히 좋았지만 이 남자도 그와 견주어 손색이 없을 만큼 잘빠져 보였다.

'구두 사이즈가 280은 돼 보이는데? 다리 길이도 꽤 길고……. 이 정도 길이면 185센티미터는 되려나? 헉! 내가 지금 무슨 생각을……. 미쳤어. 미친 거야.'

지금 난 잘생긴 남자와 소개팅을 하러 나온 것이 아니다. 사고를 쳐도 단단히 친 주제에 감상을 하고 있다니……. 아닌 척

했지만 욕구불만이었던 걸까?

이 커다란 발의 주인에게 난 커다란 민폐를 끼쳤고 바닥에 떨어진 물건을 다 줍는 대로 해결을 봐야 한다. 머리를 100퍼센트 풀 가동시켜도 해결 방법은 나오지 않고 있다.

굽혔던 허리를 펴자 머릿속이 하얘졌다. 남자의 바지를 보자 '지워지기는 할까?'라는 생각이 먼저 들었고, 저 정도의 결과물을 만들었다면 엄청 문질렀다는 것인데 내 얼굴 상태는 어떨지 하는 생각이 뒤를 이었다.

장미는 고민을 했다. 바지의 얼룩을 해결하는 것이 우선일까, 아니면 얼굴의 상태를 확인하는 것이 먼저일까. 어떤 것이든 이 상황의 민망함을 줄여 주지는 못할 것 같지만 일단은 우선순위를 남자의 바지로 정했다. 장미는 가방에서 물티슈를 꺼냈다. 남자에게 시선을 두지도 못하고 남자의 바지를 문질렀다.

"뭐 하시는 겁니까?"

"아무래도 닦는 것이 나을 것 같아서요."

"얼룩이 더 번질 거 같은데……."

남자의 목소리에는 불만이 가득 차 있다.

장미는 남자의 눈도 제대로 마주치지 못하고 열심히 바지의 얼룩을 문질러 닦았다. 남자의 허벅지 쪽에 묻은 얼룩을 열심히 문지르다 그의 중심부를 보게 되었다.

약간 볼록한 그곳에 하얀 파운데이션이 덕지덕지 묻어 있고 빨간색 키스마크가 선명하게 찍혀 있다. 키스마크의 컬러가 익숙하다. 어떤 자세로 자야 저곳에 문지를 수 있는 거지? 도대체 나는 자면서 무슨 짓을 한 거야? 저것을 어떻게 해야 할까? 차마 그곳까지 닦아 주지는 못하겠고 얼굴이 벌겋게 달아올랐다.

저 상태로 그냥 집에 들어갔다간, 가정이 있는 남자라면 이혼감이다. 미혼이라도 여자 친구가 본다면 상당히 곤란할 상황임에 틀림없다.

장미의 시선이 중심부에서 벗어나지 못한 채 손은 애꿎은 허벅지만 열심히 문지르고 있다. 얼룩은 점점 더 번져 가고 물티슈의 물기에 바지가 흥건히 젖어 버렸다. 번져 가는 얼룩을 보니 벗겨서 박박 빨아 주고 싶다는 생각이 들었지만 여기는 버스 안이고 그는 오늘 처음 만난 남자라는 것이 문제였다.

"세, 세탁비를 드릴게요. 정말 죄송합니다."

장미는 연신 고개를 숙이다가 처음으로 남자와 시선이 마주쳤다. 그는 복도 좌석 팔걸이에 팔을 걸쳐 턱을 괴고 장미를 쳐다보고 있었다. 훌륭한 이목구비지만 은테 안경 사이로 보이는 그의 눈매에는 불만이 가득 차 있다.

"세탁소에는 못 맡길 듯한데……."

남자의 중얼거림이 들리자 장미는 몸 둘 바를 몰라 황급히 시선을 거두었다. 그의 말이 백배 이해가 되었다.

대부분 세탁소는 자신의 집에서 가까운 곳을 이용한다. 이 말은 동네 사람들이 자주 드나드는 곳에 얼룩이 진 바지를 맡긴다는 건데……. 에로틱한 상상을 하게 만드는 곳의 얼룩을 본다면 소문이 요상하게 날 건 자명한 일이다.

"죄, 죄송……."

"책임지십시오."

"네?"

그를 쳐다보니 그의 시선은 책에 고정되어 있다. 책임을 지라는 그 말의 뜻은? 아마도…….

"……변상해 드릴게요. 후유우."

내가 현금을 가지고 왔던가? 버스에서 내리면 ATM 기계가 바로 있을까? 바짓값만 변상하면 끝이겠지? 설마, 경찰서에 가자고 하지는 않겠지?

가운데 중요 부위로 추정되는 민망한 곳의 얼룩은 보면 볼수록 난감하기만 하다. 내가 저런 실수를 하다니……. 나 자신도 믿을 수가 없다.

정말 변태가 되는 건 한순간이구나. 저 남자가 나를 성추행범으로 고소를 한다고 해도 지금은 할 말이 없다. 이상한 곳에 난 얼룩. 아무리 봐도 성추행을 한 거다. 벌건 대낮에, 내가 말이다.

장미의 시선이 느껴졌는지 그가 그녀에게 고개를 돌렸다. 은테 안경 사이로 보이는 그의 눈빛이 강렬했다. 장미를 한참 쳐다보던 그가 미간에 주름이 살짝 잡히게 인상을 쓰더니 곧 책으로 시선을 돌려 버렸다.

그의 하얗고 긴 손가락이 장미의 눈에 들어왔다. 그 손가락을 보자 그날 일이 떠올랐다.

'괜찮으십니까?'

남자 친구의 바람을 목격하고 나온 장미는 길거리에 서서 한 발자국도 움직일 수 없었다. 억울함과 배신감에 눈물이 나왔다.

그런 그녀에게 누군가 손수건을 내밀었다. 고개를 차마 들지 못해 그가 누구인지는 보지 못했지만 그 하얗고 긴 손가락이 건네준 그 손수건을 받은 순간 억눌러 참았던 감정들이 터져 나왔다.

그 이별에 조금의 미련 따위도 없었지만 어떠한 상황에서도 배신을 당한 사람은 아프다. 사람에 대한 처절한 배신감은 오랜 시간 가슴에 남아 모든 사고 능력을 멈추게 만든다.

"괜찮으십니까?"

옆 좌석의 남자가 의심쩍은 표정으로 장미를 쳐다본다.

창가에 이마를 쿵쿵 소리 내어 찧어 박으며 '경찰서 가자고 하지 않겠지. 나는 왜 그랬을까?'라고 횡설수설 중얼거리고 있던 장미는 남자의 시선과 다시 마주쳤다.

버스 안에서 할 수 있는 온갖 추한 짓을 다 보이고 있는 그녀. 헤어진 남자 친구가 이 모습을 봤다면 기함했을 것이다.

"괘, 괜찮아요. 자다 깨서 정신이 없는 것 같아요."

"안색이 안 좋아 보입니다."

"덥기도 하지만……."

장미가 급하게 코트를 벗으면서 남자를 향해 최대한 정중한 표정을 지었다.

"……며칠 잠을 못 잤거든요. 그래서 그럴 거예요."

"네."

그가 다시 책으로 시선을 돌렸다. 장미는 그가 무슨 책을 읽는지 흘깃 쳐다보았다. 커다란 손으로 들고 있는 저 책은 내 머리를 사정없이 눌렀던 것이다. 내 예감이 맞았다. 빡빡한 표지를 자랑하는 양장본.

장미는 뒤통수를 문질러 보았다. 대놓고 뭐라 하지는 못하고 남자를 소심히 노려보았다.

그런데 남자의 날렵한 턱 선과 꽉 다문 입술이 예술적이다. 이런 상황에서 만나지 않았다면 한 번쯤은 대시해 보고 싶다는 생각이 들 정도로 잘생긴 남자…….

응? 지금 내가 무슨 생각을 하고 있는 거지? 남자 때문에 상처받고 도망치고 있는 주제에 다른 남자를 보고 감탄을 하고 있다니. 장미야, 남자에게 차인 후유증이 심하게 나타나는구나.

장미는 창밖으로 시선을 돌려 창문에 이마를 박았다. 도착할 때까지 이 자세를 유지하고 가는 것이 속 편할 듯싶다.

장미의 마음과는 달리 날씨는 화창하다. 고속버스 창문을 열리지 않게 만든 이유를 알 것 같다. 창문이 활짝 열린다면 뛰어내리고 싶은 충동을 이기지 못하고 사고를 칠 사람이 분명 있을 것이다. 오늘 나 같은 사람이…….

휴우. 왜 나는 차를 가지고 오지 않았을까. 생뚱맞게 버스를 왜 타서 이 추태를 부리게 된 걸까. 정말 미치겠다.

인생은 예측불허

"됐습니다. 그냥 가십시오."

"그냥 가시면 제가 미안해서……. 정말, 죄송합니다."

귓속을 파고드는 서늘한 말소리에 장미는 풀이 죽어 고개를 숙일 수밖에 없었다. 연신 사과를 하고 있지만 목소리에는 힘이 쭉 빠져 있었다.

원주 고속버스 터미널에서 내리자마자 장미는 그에게 수표를 내밀었지만 거절당했다. 모든 사람들이 패딩과 목도리, 장갑까지 철갑 무장을 하고도 벌벌 떠는 2월의 날씨이지만 그는 반코트를 입지도 못하고 들고 있다. 허벅지까지 내려오는 얼룩을 가리려면 어쩔 수 없는 선택일 테지만 추워 보이는 그 모습에 장미는 좌불안석이었다.

쌩하니 돌아선 그가 택시를 타자 장미는 택시 정류장 벤치에 주저앉았다. 긴장이 풀렸는지 다리에 힘이 하나도 없었다.

"후우, 후우, 후우."

이제 숨이 쉬어진다. 남자가 탄 택시가 시야에서 보이지 않게 되자 숨의 확 트였다. 장미는 그제야 가방을 열고 콤팩트를 열어 얼굴을 확인했다. 예상대로 지워진 화장과 벌건 얼굴에 피식 웃음이 나왔다. 장미는 급한 대로 후드 코트의 모자를 뒤집어쓰고 가방에서 선글라스를 꺼내 썼다.

장미는 대기하고 있는 택시를 타고 재하가 살고 있는 S아파트로 갔다. 박재하의 집은 원주 시내 중심부에 있는 24평의 소형 아파트였다. 12년 된 노후 아파트지만 주변 환경이 좋고 관리가 잘 되어 있어 낡았다는 느낌은 들지 않았다.

장미는 S아파트에 내린 후 15층에 위치한 재하의 집으로 올라가 현관문 도어록을 열고 주저 없이 번호를 눌렀다. 띡띡띠띠. 띠리릭 소리와 함께 현관문이 열렸다.

"혹시나 했는데 역시 같은 번호네. 8년 동안 같은 번호를 쓰는 박재하, 알 만해."

주인이 없는 집에 그냥 들어가는 건 예의가 아닐 테지만 고속버스에서의 민폐를 생각한다면 이건 새 발의 피다.

욱, 어디서 쓰레기 썩는 냄새가……. 헉!

현관문이 열림과 동시에 풍겨 나오는 악취에 장미는 인상을 찡그렸다. 젊은 남자가 자취를 하는 아파트라고 하지만 이건 심했다.

"장미야. 너는 이곳에 쉬려고 온 거야. 몸과 마음이 만신창이가 되어 쉬려고. 그런데……. 박재하, 이게 뭐야. 네가 돼지니? 돼지우리도 여기보다는 깨끗할 거야."

숨을 깊게 들이쉬며 계속 주문을 걸고 있지만, 습관이란 무섭다. 아무것도 안 하고 편히 쉬려 했지만 몸이 말을 듣지 않는다.

안방으로 들어가 붙박이장을 열었다. 곰팡이 냄새가 훅 풍겨 온다. 혹시나 싶어 베란다로 나가 보니 결로 현상 때문에 벽면엔 물이 질질 흐르고 한쪽엔 곰팡이가 번식하고 있었다.

이런 상황에 모든 창문을 꽁꽁 닫아 놓고 나갔다. 이런 곳에서는 단 한 시간만 있어도 병에 걸려 죽을 수 있다. 도저히 가만있을 수가 없었다.

✻ ✻ ✻

띡띡띠띠. 도어록의 버튼 음이 들리고 현관문이 열리는 소리가 났다. 장미는 현관문이 열리는 소리에 빼꼼 얼굴을 내밀었다.

"재하 왔어?"

"허억!"

박재하가 못 볼 것을 본 듯 현관문을 부여잡고 얼어 있었다. 귀신을 봐도 저것보다는 덜 창백할 것 같다.

"왔으면 들어오지 왜 거기 서 있어."

"그, 그게 아니라……. 헐. 대박!"

재하는 반나절 만에 변한 집을 훑어보았다. 장미의 부재중 전화와, 원주에 도착했고 자신의 집에 들어가 있을 거라는 문자메시지를 받았을 때만 해도 별생각은 없었다.

"누나가 깔끔하다는 것을 알고는 있었지만, 이건……."

"응?"

재하는 광택이 나는 현관에 발자국이 찍히면 안 될 것 같은지 밖에서 신발을 벗고 발꿈치를 들고 들어왔다.

"……내 집이 아닌 것 같아."

재하는 집안을 두리번거리며 훑어보았다. 이런 장면은 TV에서나 보았지 실제로 겪어 보니 웃을 일만은 아니었다. 예전에 보았던 줄리아 로버츠 주연의 〈적과의 동침〉이라는 영화가 떠올랐다.

줄리아 로버츠는 잘생기고 부유한 남편과 그림 같은 집에서 살고 있었지만 남편은 심한 결벽증과 의처증이 있었지. 깨끗한 집과 모든 것이 질서정연하게 정리된 물건들을 보며 저런 사람과는 못살겠다는 생각을 했었다.

재하는 자신이 그런 사람과 함께 있게 될 줄을 상상도 못했다. 그는 장미가 깔끔을 떤다고만 생각했지 이렇게 심한 줄은 몰랐다.

거실 바닥은 넘어질 정도로 반질반질 윤이 났다. 베란다 창틀은 찌든 때가 자취를 감추었고 창문은 본래 색이 저랬나 싶을 정도로 번쩍거렸다. 베란다에 촘촘히 널려 있는 저것들은 붙박이장에 몇 년 동안 모셔 두었던 이불로, 모두 다 일광욕을 하고 있었다. 재하는 이불을 만져 보았다. 보송한 것이 느낌이 좋았다.

"헉."

재하는 씻으러 욕실에 들어갔다가 흠칫 놀랐다. 분명히 재하는 화장실의 세면대와 양변기가 누런색이었다고 기억한다. 어떻게 닦으면 누런색이 하얀색으로 변할까? 검정 곰팡이가 피어나던 실리콘들도 하얘져 있다.

화장실의 벽면 장을 열어 보니 수건이 색깔별로 가지런히 쌓여 있고 욕실용품들이 쓰기 좋게 일렬로 라벨이 보이게끔 정리가 되어 있었다.

결국 그는 이물질이 한 방울도 튀어서는 안 될 것 같아 양변기에 조심히 앉아서 볼일을 보고 세면대에 물이 튀면 안 될 것 같아 물을 졸졸 틀어 놓고 손을 씻은 후, 마른 수건으로 세면대의 물기를 벅벅 닦고 나왔다.

"재하야, 저녁 식사 전이지?"

"응. 헉!"

재하는 주방에 들어갔다가 또 한 번 흠칫했다. 주방은 또 어떤가. 몇 년째 썩어 가는 음식물을 품고 있던 냉장고는 환골탈태를 했다. 냉장고 문을 열어 보니 모든 음식들이 일렬로 정리가 되어 있다.

싱크대의 모든 접시들도 찌든 때를 벗고 처음 구입했을 당시의 색깔로 돌아왔다. 접시와 물컵, 수저 등등 모든 아이들이 군대에서나 볼 법한 한 치의 오차도 없는 줄 서기를 하고 있다.

"구경 왔니? 앉기나 해."

장미가 저녁을 차린다. 재하는 얌전히 식탁 의자에 앉아 장미가 차려 주는 음식을 바라보며 또 한 번 한숨을 쉬었다.

자취생들에게 있어 식사란 대충 때우는 것으로 대부분 냄비

째로 먹거나 반찬통도 그냥 그대로 꺼내 놓고 먹는 것이 정석이다. 하지만 장미의 요리는 요리 잡지에서 갓 튀어나올 만한 예술 작품이었다. 이 예술 작품에 숟가락을 얹는 건 예의가 아닐 것 같다.

메뉴로 감자볶음이 보인다. 재하는 지금껏 살면서 많은 감자 요리를 먹어 봤다고 자부하지만 이런 감자볶음은 처음이다. 감자의 모양은 정사각형이 아니다. 그러기에 감자는 못생김의 대표 아닌가?

그런데 장미의 감자볶음은 공장에서 뽑아낸 감자 깡처럼 크기가 같다. 채칼을 쓴다면 굵기는 같을 수 있지만 길이마저 같을 수 없다. 미스터리하다는 생각이 들었다.

두부조림은 코웃음이 나왔다. 감자볶음도 크기를 맞추었는데 두부쯤이야 식은 죽 먹기였을 것이다. 완벽한 정사각형의 모양을 자랑하고 있다. 두부조림 위에 고명으로 올린 파채의 크기마저 같다는 생각이 들었다.

결론은 먹을 수가 없다.

“왜? 맛없어?”

장미의 말에 재하는 마른침을 꼴깍 삼켰다. 사진을 찍어 블로그에 올리면 딱 어울릴 것 같은 이 요리를 입에 넣고 씹는 건 범죄란 생각이 든다. 먹다 체할 것 같다.

재하는 하얗다 못해 눈이 부신 앞치마를 입은 장미를 멍하게 쳐다보았다. 저 앞치마가 원래 회색이 아니었구나.

안 넘어가는 음식을 간신히 먹고 방으로 들어갔다. 이제는 놀랍지도 않다. 옷장의 옷들은 구김 없이 모두 다 다림질이 되어 착착 걸려 있거나 접혀 있었다.

속옷마저 다림질이라……. 서랍장은 열자마자 너털웃음만 나왔다. 색깔별, 크기별, 종류별로 정리가 되어 있어 손을 대면 안 될 것 같은 느낌이 들었다. 마법을 부린 것도 아니고, 이 모든 것을 반나절 만에 해낸 장미가 위대해 보였다.

"다행인 건 나에게 강요하지 않고 장미 누나가 다 했다는 것인데……."

잔소리가 없다고 마음이 편한 건 아니라는 것을 재하는 몸소 깨닫고 있었다. 결벽증 와이프를 둔 남편의 심정이 이럴 것이다.

"재하야, 커피 마실래?"

장미의 목소리가 주방에서 들리고, 전기 주전자의 보글보글 물 끓는 소리가 들려온다.

"커피 머신에서 갓 내린 에스프레소 커피가 마시고 싶은데, 여기는 인스턴트 커피밖에 없어."

장미의 구시렁거리는 소리가 들린다.

"불면증 때문에 고생하는 주제에 밤중에 웬 커피……."

재하는 구시렁거리면서 주방으로 갔다.

"커피는 됐고, 차나 마셔. 싱크대 위쪽에 라임블라섬 있다."

"그래도 커피가 좋은데……."

"그러니까 잠을 못 자지. 라임블라섬의 린덴은 마음을 진정시키는 작용이 있어 불면증에 좋다니까 따뜻하게 마시고 자."

재하가 부드러운 미소를 지으며 싱크대 수납장에서 차를 꺼내 장미에게 건넸다.

"키가 크니까 좋네. 우리 동생 뭘 먹고 이렇게 자랐나?"

장미는 자신보다 한참 큰 재하에게 다가가 팔을 들어 머리를 쓰다듬어 주었다. 재하는 여섯 달 빨리 태어났다고 누나 노릇을 하는 장미가 귀여워 보였다.

"음. 그런데 재하야. 이 차 유통기한 지났다. 이거 먹고 나 죽으라는 거야?"

장미가 차 상자를 유심히 보더니 입을 삐쭉 내밀면서 그것을 흔들었다.

"먹어도 안 죽어."

"음……. 난 네가 살아 있다는 것이 신기해."

"누나가 유별난 거지. 티백을 유통기한 따지고 먹는 사람이 어디 있어?"

"내일은 버릴 것이 더 많을 것 같아. 오늘 시간이 안 돼서 싱크대 위쪽 장들은 정리를 못 했거든. 내가 몰랐으면 몰라도, 안 이상 너의 건강을 해칠 물건들은 다 정리해 주고 가겠어."

"언제까지 있을 건데?"

"왜, 불편해?"

"불편하다기보다……. 뭐랄까? 휴우, 뭐, 더러운 마누라보다 깨끗한 마누라가 낫겠지. 에이, 있을 만큼 있어라."

재하는 포기했다는 듯 고개를 좌우로 흔들더니 항복의 의미로 두 팔을 만세 하듯 쳐들었다.

"미리 연락을 하고 왔으면 시간 좀 빼는 건데."

"방학 아니야? 방학인데 바빠?"

"내가 방학이 어디 있어? 교수님이 부르면 달려가야 하는 조교란 말이야."

❊ ✱ ❊

강원도라고 해서 시골일 거라고 생각했지만, 나름 살 만했다. 서울처럼 번거롭지 않고 공기도 좋았다. 운동 삼아 고속터미널 쪽으로 20여 분만 걸어가면 영화관이 있어 보고 싶은 영화도 보고, 근처 백화점에서 쇼핑도 한 뒤, 나름 소문난 맛집을 다니면서 맛있는 음식들을 음미하며 먹는 재미에 빠져 있었다.

평일 낮에는 시립도서관에서 책을 보고, 저녁에는 근처 공원에서 산책을 했다. 천연 잔디가 깔려 있는 축구장에서 잔디를 밟으며 걷기도 했고, 새로 신축한 농구장에서 주민들을 위한 무료 공연이 있어 구경도 갔다.

장미는 이곳에 온 게 현명한 판단이었다는 생각이 들었다. 헤어진 남자 친구도 고속버스에서의 민폐 짓도 생각이 안 날 만큼 몸이 바빴다.

장미는 재하를 학교에 보내 놓고 아파트의 모든 창문을 열어 환기를 시키는 것으로 또 하루를 시작했다. 청소기를 돌리고 물걸레질을 하고 마른걸레로 박박 문지른다.

오래된 아파트라 그런지 청소를 해도 해도 끝이 없고 손볼 곳도 많다. 오늘도 장미는 재활용과 일반 쓰레기를 버리러 나갈 준비를 했다.

야구 모자를 푹 뒤집어쓰고 시커먼 선글라스를 쓰고 마스크까지 착용했다. 누가 보면 바람난 남편 미행하는 아내라고 생각하겠지만 장미는 선택의 여지가 없었다.

며칠 전, 1층 현관 엘리베이터 앞에서, 장미가 고속버스 안에서 갖은 추태를 부렸던 '그 남자'를 보았다.

그를 발견하자마자 장미는 얼떨결에 계단 쪽으로 몸을 숨겼다. 남자가 엘리베이터를 타고 올라가자 장미는 엘리베이터가 멈춰 서는 층수를 확인했다. 그 남자는 20층에 사는 같은 아파트 주민이었다.

이곳에 오래 있을 것도 아닌데 들켜서 좋을 건 하나도 없다. 그날부터 장미는 외출을 할 때마다 변장을 하고 다니게 되었다. 그 후에도 종종 그와 마주쳤다. 그는 내 존재를 모르지만 난 그를 안다. 생각보다 짜릿했다.

찰칵, 사진 찍는 소리가 생각보다 커서 놀랐다. 엘리베이터 문이 열리기를 기다리던 그가 이상한 기척을 느꼈는지 고개를 돌리자 장미는 얼른 계단에 숨었다.

장미는 태어나서 딱 두 번 이상한 짓을 했다. 첫 번째는 말할 필요 없이 고속버스 민폐 짓이고, 두 번째는 이곳을 떠나기 전 추억을 남기고 싶어 감행한 도촬이다.

뭐든지 계획에 의해 움직이는 장미지만 고속버스 안에서 그에게 크나큰 민폐를 끼친 후 이웃 주민으로 재회한 상황은 우연으로 그냥 넘기기엔 충격적인 사건이었다.

장미는 원주에 내려와 청소만 하다 보니 잊고 있었던 자신의 본업을 떠올렸다. 그녀는 청소업체 직원이 아닌 베스트셀러 작가 '다크로즈'다.

최근 몇 년간 그녀의 원작을 바탕으로 제작된 드라마와 영화는 줄줄이 흥행에 성공했고, 상업적으로 성공한 그녀는 언론과 대중들의 많은 관심과 주목을 받았다.

일반인 장미라면 그를 도촬할 이유가 없었겠지만, 소설가 다크로즈는 이런 좋은 먹잇감을 절대 놓칠 수 없었다. 장미는 이 우연한 경험을 소설로 써 보기로 마음먹었다. 현실에서는 그저 스쳐 간 인연이지만 소설 속에서는 얼마든지 멋진 사랑으로 그려 볼 수도 있지 않은가?

“우리 이웃사촌님, 모델 해도 되겠는데? 누가 보면 연예인 사진 찍은 줄 알겠다. 기왕 찍은 거 배경화면으로? 오, 괜찮은데?”

고개를 약간 숙인 그의 옆모습은 흡사 화보 사진 같았다. 정면 사진이면 더 좋았겠지만 나름 만족했다.

“오래오래 추억으로 간직할게요. 한때의 이웃사촌님.”

장미는 사진을 보며 빙그레 웃었다. 이곳을 떠나는 마지막 선물이라 생각하고 오래오래 기억할 것이다.

❀ ✿ ❀

사람의 앞날은 한 치 앞도 내다보지 못한다고 했다. 내가 그렇다. 이제 상처도 어느 정도 아문 것 같아 원주를 떠나려고 했지만 생각지도 못한 것에 발목이 잡혀 버렸다.

“헐, 외숙모가 그렇게 대책 없는 사람일 줄은 정말 몰랐어.”

재하가 얼굴이 사색이 되어 굳어 있었고, 내 앞에는…… 앞에는…….

"예자연 여사. 허, 지금 뭐 하자는 거지?"

장미는 눈앞에 펼쳐진 말도 안 되는 상황들을 보며 기가 막혔다.

"정체를 알 수 없는 이삿짐 박스와 커다란 유모차. 그것도 모두 다 착불이라."

최근 헤어진 남자 친구 문제로 잊고 있던 사람이 있었다. 나의 대책 없는 엄마, 예자연 여사. 항상 앞뒤 안 가리고 사고를 치긴 했지만 이번에는 도가 지나쳤다. 어떻게 나에게 이 짐들을 떠넘길 생각을 했지? 너무 흥분을 하다 보니 말도 안 나온다.

"장미야. 아, 아니, 누나. 내가 외숙모에게 전화 좀 해, 해 볼게?"

박재하는 장미의 눈치를 보다가 살그머니 베란다로 나가 휴대폰을 들고 예자연의 전화번호를 눌렀다. 잘못했다가는 고래 싸움에 새우 등이 터질 수가 있다.

"네, 외숙모 저 재하인데요."

– 오? 재하구나. 재하가 웬일로 나에게 전화를 다 하고……. 내가 아기를 낳았을 때도 전화 한 통 없더니 말이야. 아무튼 박재하, 너에게 실망했어. 너는 외사촌이 어떻게 생겼는지 궁금하지도 않지?

다짜고짜 속사포처럼 쏘아붙이는 예자연 때문에 박재하는 멍해졌다. 내가 무슨 잘못을 한 거지? 아무리 생각해도 억울해 재하는 변명을 하기 시작했다.

"외숙모와 저는 둘 다 소설가 장미의 팬카페인 '다크로즈 사랑' 카페 회원이지 않습니니까. 외숙모는 '꽃 같은 자연'이란 아이디를 쓰는 회장님이시고, 저는 '주사랑' 아이디를 쓰는 부회장이지요."

– 어머, 그러고 보니 재하가 '주사랑'이었지. 만날 재하, 재하 하다 보니. 닉네임이 영 어색하네.

"지난 번 '꽃 같은 자연님 축 득남'이라고 팬카페에 대문짝만하게 글 올라온 것 봤습니다. 늦둥이 낳았다고 축하 글이 도배되었지요. 꽃 같은 자연 님의 아드님 신생아 사진도 매일 업로드되다 보니 바로 옆에서 보는 것 같아서 궁금하지 않더라고요. 아, 50일 사진과 100일 사진을 포함 성장 앨범도 잘 봤어요."

한번 말문이 터지자 재하는 속사포처럼 말을 쏟아 냈다.

– 내가 그랬던가?

"네. 얼마 전에는 탄생 6개월 축하 선상 파티까지 하셨잖아요. 꽃 같은 자연 회장님 덕분에 로즈 팬카페가 육아 카페가 되어 버렸더군요."

– 호호, 우리 '주사랑' 부회장님 열심히 카페 활동 하는 구나. 그러면 댓글 좀 남기지 그랬어. 흔적이 없으니까 내가 모르잖아.

장미 엄마 예자연 여사 특유의 사근사근한 목소리가 다시 나온다.

– 쩝, '주사랑' 그 닉네임을 들으니 갑자기 술이 당기네. 재하 너 주 종목이…….

"아직까지 '참한 이슬'입니다. 외숙모는 와인이시죠."

– 호호, 요즘은 안 가려.

장미는 '다크로즈'라는 필명으로 글을 쓰는 작가로 팬카페가 있을 정도로 나름 유명세가 있다. 한 명은 분재 카페, 한 명은 종교 카페의 회원으로 착각할 만한 두 사람은 장미의 팬카페인 '다크로즈 사랑로즈사랑'의 회원들이다.

'꽃 같은 자연'은 자신이 꽃같이 생겼다며 지은 공주병 말기 환자 예자연 여사의 닉네임이고, 박재하의 '주사랑'은 우리가 흔히 알고 있는 기독교의 주主가 아닌, 술 주酒로 알코올 예찬론자다운 닉네임이다.

재하도 처음에는 '꽃 같은 자연'이 예자연인 줄 몰랐다. 외숙모가 인터넷을 하리라고는 상상도 못 했기에 설마 했지만 '꽃 같은 자연'이라는 닉네임에서 예자연 여사라는 것을 알아챘어야 했다. 그러나 눈치를 챘을 때는 이미 늦었다. '꽃 같은 자연' 예자연 여사는 벌써 팬카페의 회장직을 맡고 있었다.

– 이러고 있으니 너와 내가 모자 같네. 우리 딸 장미는 살가운 데라곤 찾아보려야 찾아볼 수가 없어.

"누나가 들으면 서운해할 텐데요. 아아, 제가 그 말 하려고 전화한 건 아닌데……. 외숙모 어디예요?"

하마터면 예자연의 페이스에 말려 수다만 떨다 끊을 뻔했다. 항상 이런 식이다. 재하는 급하게 예자연에게 물었지만 예자연의 대답은 여유로웠다.

– 어디긴, 그동안 혁이 때문에 못했던 일들을 하려고.

"네?"

– 장미에게 우리 혁이 잊지 말고 꼬박꼬박 예방접종 좀 하라고 전해 줘. 장미 때는 안 그랬던 것 같은데 무슨 주사가 그리 많은지. 나같이 나이 먹은 사람들은 외우지도 못하겠어. 그러니 젊은 너희가 알아서 해 줘.

택배 상자에 아기 수첩도 있을 거야. 잘 찾아서 꼬박꼬박 맞히고 로즈 카페에 '혁이 사랑' 카테고리가 있으니까. 틈틈이 업로드하고…….

"헉, 무슨 소리예요?"

– 네 외삼촌이 아기 낳느라 고생했다면서 유럽 여행을 가자고 하네. 풀 패키지라서 한 여섯 달 정도 걸릴 것 같아.

"헐, 장난하세요?"

재하의 목소리가 격앙되어 간다.

– 웁스! 얘가 왜 갑자기 소리를 질러. 놀라서 애 떨어질 뻔했잖아. 아니지, 애는 이미 낳았지. 아무튼 놀랐잖아.

"외숙모!"

– 늙은 내가 이 나이에 임신과 출산, 육아를 하느라 산, 후, 우, 울, 증에 걸렸잖니. 이러다가 내가 잘못되면 우리 혁이 어떡하니. 어쩔 수 없이 다녀와야지. 장미에게 엄마가 병 다 고치고 온다고 전해 줘.

"산후 우울증이요? 외숙모, 외숙모!"

재하가 멍해져서 끊어진 전화를 바라보다 급하게 거실로 뛰어 들어왔다.

"큰일 났어. 외숙모가 글쎄 외삼촌과 풀 패키지로 여행을 간다네. 여섯 달 정도 걸린다고 장혁이 잘 보래."

재하가 사색이 되어 말했다.

장미는 화가 났다. 대책 없기로 유명한 부모님이지만 이 정도일 줄은 몰랐다. 뻔히 내 사정을 알면서 자기들 놀러 가겠다고 나에게 아기만 던져 놓고 사라지다니 정말 말이 안 된다.

장미는 택배 박스들과 보기에도 편해 보이는 커다란 유모차에 실려 온 혁이를 보니 기가 막혔다. 혁이는 자신의 현 상황을 모르는지 유모차 안에서 곤히 잠들어 있다.

[미안해, 딸. 네 동생 혁이 잘 부탁해.]

야반도주도 아닌 것이 빚쟁이나 하는 짓을 엄마가 했다. 장미의 손에는 예 여사가 아기의 유모차에 붙여 놓았던 쪽지가 구겨져 있었다.

"외숙모, 너한테 왜 그래?"

"예 여사 대책 없는 것 하루 이틀도 아니잖아."

장미는 입술을 얼마나 꽉 깨물었는지 피의 비릿한 맛이 느껴졌다.

"정말 미치겠다."

대책 없는 예자연은 항상 이랬다. 어떤 것이든 계획과 함께 실행하는 나와는 달리 엄마는 항상 어이없는 일들을 벌여 놓고 사라졌다. 모든 수습은 언제나 내 몫이었다.

"누나 어떡해?"

"어떡하긴, 연희동 집으로 가야지."

"누나 차도 안 가지고 왔잖아. 아기를 데리고 서울까지 어떻게 가?"

"어떻게 가긴. 네가 데리고 가야지."

"내 차 10년 된 소형차라는 것 몰라? 그거 몰고 고속도로 탔다가는 언제 멈출지 몰라."

"지금 예자연 안 잡으면 고속도로 한가운데서 차가 멈추는 것보다 더 안 좋은 상황이 연출될지도 몰라. 차 키 들고 일어나라, 동생아.”

재하는 서늘한 장미의 표정에 한숨을 쉬며 일어났다. 장미와 장혁을 데리고 가려면 아무래도 마음의 준비를 단단히 해야 할 것 같다. 원주서 서울 연희동까지 2시간은 넘게 걸릴 것이다.

띠링, 띠링, 장미의 휴대폰 알림음이 울렸다. 장미는 전송된 문자메시지를 확인하자마자 바닥에 주저앉고 말았다.

“이 사람들이……. 헉.”

문자메시지에 첨부된 사진 속에는 부모님들이 화사한 옷을 입고 나이에 맞지 않게 손가락으로 V를 그리며 환하게 웃고 있다. 배경은 너무도 익숙한 인천공항으로, 확실한 인증 샷이다.

[딸, 로밍해 놓을 테니 무슨 일 있으면 연락해.]

내가 그들에게 전생에 아주 크나큰 죄를 지었나 보다. 그렇지 않으면 나에게 이럴 수는 없다. 내가 분명 그들의 삼족을 도륙한 원수가 아니면 절대 저럴 수 없다.

장미의 이상행동에 재하는 장미의 휴대폰을 흘끔 쳐다보다 얼굴이 사색이 되었다.

“헉, 여기 인천공항 아니야?”

[아참, 육아의 모든 것은 다 인터넷에 있더라. 모르는 거 있으면 '네이뇬'에게 물어봐. 그곳에 육아의 신들이 수두룩하더라.]

예자연이 보낸 문자메시지를 읽고 있자니 음성 지원이 되는 것 같아 더 열불이 터진다.

“네이뇬 같은 소리 하고 있네. 어디서 깡통 옆구리 찌그러지는 소리야!”

장미는 냉혹하다 싶을 만치 야멸치게 말하며 휴대폰을 잡고 부르르 떨었다.

"외숙모 어디로 떠난다고 말은 안 했어? 비행 시간이 언제인지 확인을 해 보면 잡을 수 있지 않을까?"

"안다면 내가 이러고 있겠어? 우리 부모님 몰라?"

장미는 머릿속이 터질 것 같이 복잡했다. 장상철과 예자연의 유별난 애정전선 속에서 장미는 외롭게 자랐다. 자신들이야 잉꼬부부로 금슬을 자랑하며 하고 싶은 것을 다 하고 살았지만 장미는 그 속에서 항상 외로웠다.

그들이 늦둥이를 낳았을 때는 적지 않은 나이에 만든 아이기에 나와는 다르게 키우겠지 싶었지만, 역시나 나와 같은 전철을 밟게 하고 있다.

"장혁."

잠에서 깬 어린 아기의 눈초리가 살벌하다. 내가 자기한테 잘할 수 있을까 하는 의심을 눈초리인 듯하다.

"마음에 안 들어도 어쩔 수 없어. 너를 이곳에 버리고 간 부모를 원망해."

"아흐아아앙."

"장혁, 너는 선택의 여지가 없어. 내가 주는 것 그대로 먹든가, 아니면 굶든가."

"으앙, 응앵. 응앵."

"울어도 소용없어."

장미는 바둥거리며 우는 장혁을 보니 자신이 더 울고 싶어졌다. 육아에 대한 기초 지식도 없는 그녀였기에 장혁이 왜 우는지 감조차 못 잡고 있다.

❀ ✿ ❀

오늘도 장미는 우유병을 들고 장혁과 씨름을 하고 있다. 분명 분유통에 적혀 있는 용량과 물의 양도 정확하게 맞추었다. 물의 온도 또한 확인했다. 그럼에도 불구하고 장혁은 투쟁 중이다. 무언가 불만이 가득한 표정을 하고 있지만 장미는 아무리 생각해도 모르겠다.

"예자연, 당신 정말 엄마 맞아?"

"으아앙."

"혁아, 그만 울어. 이 누나가 더 울고 싶어지니까."

이럴 수는 없다. 내가 왜 이곳까지 온 건데. 무엇이 마음에 안 드는지 하루 종일 칭얼거리는 혁이를 달래느라 장미는 녹초가 되었다.

얼마나 분유를 먹여야 하는지, 물의 온도는 어떻게 맞춰야 하는지, 이유식을 먹이라고 하는데 어떻게 만들어 먹여야 하는지 알 수가 없었다.

예자연 여사는 네이놈에게 물어보라는데 그것도 어느 정도 지식이 있는 사람이나 가능한 일이었다.

육아라는 것이 수학처럼 공식이 있어 대입하면 답이 딱 나오는 게 아니다. 사람에 따라 그 방식이 다르기에 한 가지 질문에도 답이 수십 가지가 나온다.

과잉 정보가 넘쳐 나는 인터넷에서 그중 어떤 것을 가져다 써야 하고 어떤 것을 버려야 하는지 알 수가 없었다. 그녀에게는 육아의 신이 필요했다.

"박재하. 오늘도 연락 안 왔어?"

"휴우, 장미 누님! 여기 강원도잖아. 누나가 원하는 조건의 보모를 찾을 수가 없어."

"별로 까다롭지도 않은데……."

'그건 누나 기준이지'라고 재하는 말해 주고 싶었다. 장미가 원하는 조건의 보모는 죽었다 깨어나도 찾을 수 없고, 그렇게 해 줄 사람도 없을 거라고 정말 정말 말해 주고 싶었지만 장미의 성격을 알기에 재하는 말도 못하고 끙끙거리고 있다.

벌써 세 명째다. 하루를 못 버티고 나간 보모가. 억만금을 줘도 절대 일 못 한다고 소리를 고래고래 지르고 나갔지. 거기에 대고 장미가 서늘한 표정으로 그렇게 일하면서 돈 받을 생각을 하냐고 말할 때, 재하는 소름이 돋는 줄 알았다.

재하는 커피를 꼴깍꼴깍 마시며 혹시나 하는 마음에 인터넷 구인란에 글을 올린 뒤 로즈 카페에 들어가 보았다. 갑자기 눈이 번쩍 뜨였다.

"헉, 콜록 콜록, 자, 장미 누나. 컥컥. 이것 봐. 꽃 같은 자연님 출산 기념 여행 사진이 팬카페에 업로드되었어. 아주 화사하게 웃으시며 여보야 하고 찍었네. 컥컥."

재하가 사레가 들렸는지 숨이 넘어가게 컥컥거린다. 재하의 격한 반응에 장미는 그가 보고 있던 노트북을 들여다보았다.

꽃무늬 커플 옷을 입은 장상철과 예자연이 푸른 에메랄드빛 바다를 뒤로하고 화면에 얼굴을 들이밀고 있었다.

셀카의 정석인 눈을 동그랗게 뜨고, 볼에 바람을 빵빵하게 넣고, 입을 삐죽 내민 표정의 사진과 코코넛을 빨고 있는 사진이었다.

유럽으로 가기 전, 괌에 들렀어요. 여보야와 함께 코코넛을 먹으며……. —꽃 같은 자연

ㄴ, 어머, 꽃 같은 자연 님 좋겠어요. 여보야 님도 근사해요.

ㄴ, 저도 아기 낳았다고 여행 보내 주는 남편이 있었으면 좋겠어요.

ㄴ, 나중에 꽃 같은 자연 님처럼 살고 싶어요.

꽃 같은 자연 님의 글에 열광하고 찬양하는 댓글들을 보며 장미는 부들부들 떨었다. 저런 부모 밑에서 태어난 자식들만 불행하지. 자기들 좋으면 끝이라고 생각하는 민폐 커플.

즐기며 사는 것이 좋으면 자기들끼리만 살 것이지 애는 왜 또 낳아서 나에게 이러는지 모르겠다. 정말 치가 떨린다.

예자연 여사는 나에게 장혁을 맡기고 불안하지도 않나? 어떻게 시집도 안 간 딸에게 아기를 던져 놓고 여행을 갈 수 있느냔 말이다.

"헉, 꽃 같은 자연 님 계속 업로드하신다."

띠링, 꽃 같은 자연님이 새로운 글을 또 올리셨다.

괌에서의 마지막, 아쉬움을 뒤로하고 공항에 오다. 다음 여행지는 내일 공개할게요. —꽃 같은 자연

"정말 싫다, 당신들……."

환하게 웃고 있는 사진들을 보며 그동안 내 삶의 균형을 유지해 주던 인내심이 사라지고 분노가 스멀스멀 새어 나왔다.

✻ ✻ ✻

저녁 시간 S아파트 앞 대형마트는 언제나처럼 저녁 찬거리를 구입하러 온 손님들로 북적였다.

그는 카트를 밀고 쇼핑을 하다 걸음을 멈췄다. 그의 시선은 유제품 코너에 서 있는 모녀에게 향해 있었다. 그들 뒤에 세워져 있는 카트에는 먹을거리와 찬거리가 한가득 실려 있었다.

그는 카트 속 물품들을 보며 살며시 인상을 찌푸렸다. 아이의 엄마가 유제품 코너에서 우유를 집어 드는 것을 보고 그는 카트를 밀고 그녀 곁에 다가 갔다.

"일반 우유의 평균 지방 함유율은 3.8퍼센트입니다, 고은율 보호자님."

"네? 누구…… 어? 원장님 아니세요?"

은율 엄마는 눈을 동그랗게 뜨면서 자신이 집었던 우유를 쳐다보았다.

"은율이는 이번 영유아 건강검진 때 백분율이 키 91센티미터로 27퍼센트, 몸무게 15.4킬로그램으로 82퍼센트가 나와 체질량지수가 96퍼센트로 정밀평가 필요라고 제가 말씀드린 것 같습니다만?"

"어머, 원장님 우리 은율이 건강검진 결과까지 기억하세요? 어머머."

은율 엄마가 멍한 얼굴로 남자를 쳐다보았다.

"그래서 제가 지방 함유율이 상대적으로 낮은 저지방 우유를 권해 드렸고 식습관 조절이 필요하다고 말씀드렸습니다만, 잘 지키고 계시지 않은 것 같습니다."

남자의 시선이 은율 엄마가 손에 들고 있는 우유와 카트 안에 가득 담긴 인스턴트식품들에 가 있자, 그녀는 다급하게 변명하기 시작했다.

"호호, 우리 은율이가 이것저것 담는 것을 좋아해서 그래요. 은율아, 엄마가 마트에 아무거나 막 담지 말라고 했잖아."

"내가 안 했어. 엄마가 했잖아."

"호호. 은율아, 엄마가 언제 그랬다고. 호호. 원장님, 우리 은율이가 이래요."

은율 엄마는 손사래까지 치면서 잡고 있던 우유를 슬그머니 꺼냈던 자리에 놓고 저지방 우유를 집어 카트에 담았다.

"은, 은율아 우리 다 제자리에 놓자. 그리고 몸에 좋은 야채 사러 가자."

"엄마, 나 야채 싫어."

은율이가 엄마의 옷자락을 잡더니 투정을 부리기 시작했다. 그 모습에 남자가 은율과 눈높이를 맞춰 몸을 숙였다.

"은율아, 선생님을 봐요."

"왜요?"

"선생님이 알기론 우리 은율이 다음 달에 유치원에 입학하는 걸로 아는데. 맞지?"

"네."

"유치원 가면 멋진 친구들도 많이 만날 텐데 그 친구들과 사이좋게 지내려면 건강해야 해. 야채와 고기 모든 음식들을 골고루 먹지 않으면 나쁜 병균이 몸속에 들어가 기침도 나고 머리도 아프고 하는 거야."

"야채를 먹으면 아야 안 해요?"

"그럼, 우리 은율이가 요즘 계속 선생님 병원에 오는 것도 다 편식을 해서야."

"야채 먹으면 키도 커요?"

"물론 키도 많이 크지."

"원장님. 은율이요, 키 커서 원장님하고 결혼할 거예요."

아이가 환하게 웃으며 남자의 손을 잡고 방방 뛰었다.

"그런데 어떡하지? 선생님은 키가 커서 은율이가 정말 많이 커야 할 텐데?"

"엄마, 나 야채 먹을래. 키 커서 원장님하고 결혼할 거야."

"은, 은율아. 얘가 못 하는 말이 없어. 원장님 죄송합니다. 우리 은율이가 어려서……."

은율 엄마가 난감한 얼굴로 남자를 보자, 그는 부드러운 미소를 지으며 숙였던 몸을 폈다.

"괜찮습니다."

남자가 몸을 펴자 185센티미터가 넘는 훤칠한 키에 균형 잡힌 몸매가 고스란히 드러났다. 모델 같은 몸매에 슈트가 걸쳐지니 남성적 매력이 도드라졌다. 은율 엄마는 남자를 보며 볼이 발갛게 물들어 갔다.

"그런데 정말로 놀랐어요. 원장님이 우리 은율이에 대해서 다 기억하실 줄이야."

"저희 병원에 자주 오는 어린이니까요."

"그래도요. 한두 명도 아니고 제가 알기로도 수백 명은 될 텐데. 어떻게 다 기억을 하시는지. 저 감동했어요. 원장님이 병원을 다른 지방으로 옮기신다고 해도 저는 그 병원 찾아갈게요."

"감사합니다. 제가 시간을 많이 빼앗은 것 같군요. 보시던 장 계속 보십시오."

"원장님도요. 장 잘 보세요. 은율아, 원장님 말씀 잘 들었지? 우리 야채 보러 가자."

"응. 엄마."

은율 엄마는 남자에게 꾸벅 인사를 하더니, 은율이를 데리고 야채 코너 쪽으로 카트를 밀었다.

"어머, 원장님 아니세요? 장 보러 나오셨어요?"

"박우연 보호자님이시군요. 우연이는 어떻습니까? 열은 내렸습니까?"

"원장님이 지어 주신 약 먹고 많이 내렸어요."

"다행입니다. 지금 열이 떨어졌어도 새벽에 다시 오를 수 있으니 주의해서 보셔야 합니다."

"네네, 원장님. 신경 써 주셔서 감사해요."

"그럼."

남자는 간단히 묵례를 하고 카트를 밀며 다시 장을 보기 시작했다.

그는 한 발자국 옮길 때마다 자신을 알아보고 인사를 하는 환자의 보호자들을 보면서 일일이 대꾸를 해 주었다. 그가 아이들의 이름과 병명을 기억하고 조언을 해 주자 보호자들은 감격을 하면서 그를 존경의 눈으로 쳐다보았다.

이런 반응들은 얻기까지 2년이 걸렸다.

소아과를 개원하고 2년 동안 그는 쉼 없이 일했고, 최선을 다해 환자를 대했다. 그 결과 병원은 원주에서 제일 잘나가는 소아과, 믿고 오는 소아과로 자리를 잡았다.

남자는 장을 본 물건들을 박스에 담았다. 마트 주차장으로 나와 주차된 차의 트렁크 뒷문을 열고 박스를 넣었다. 그때 뒤에서 수상한 인기척이 느껴졌다.

"저, 젊은이."

"저 말입니까?"

"지금 시간 괜찮은가?"

"무슨 일 때문이신지."

그가 뒤를 돌아보자 추레하게 옷을 입은 허리가 굽은 노파가 서 있었다. 주차장 바닥을 지팡이로 타닥거리는 모습이 무언가 말을 하고 싶어 하는 눈치여서 남자는 가만히 서서 노파를 쳐다보았다. 남자의 행동을 노파는 긍정의 대답으로 받아들였는지 딱딱하게 굳었던 표정이 환하게 변했다.

"젊은이, 기가 참 맑아."

"네?"

"젊은이, 전생에 나무꾼이었어. 현세에 와서도 그 기운은 변함이 없구먼."

"어르신, 저는 도 안 믿습니다. 휴우."

남자는 나직이 한숨을 쉬며 차 트렁크 뒷문을 닫았다. 노파를 지나 운전석 문을 열었으나 노파는 지팡이로 남자의 행동을 집요하게 가로막았다.

"전생의 사슴이 다가오고 있어. 젊은이에게 어여쁜 선녀를 만나게 해 준 그 중매쟁이 사슴 말이야."

"네, 알겠습니다. 저는 바빠서 이만."

"선녀도 만났구먼. 그러면 뭐하나. 날려 보냈어."

"알았습니다. 그러니 갈 길 가십시오, 어르신."

"전생의 실수를 다시는 저지르지 마. 날개옷을 입어도 날아가지 못하게 이번에는 적어도 넷은 낳아."

전생이라…… 최첨단 과학 시대, IT산업이 대세인 현대에서 전생에 솔깃하는 사람은 심신이 미약한 사람들뿐일 것이다. 요즘처럼 불안한 시대에 운에 의지하고 위로받고 싶은 연약한 인간의 마음을 이용하는 미신일 뿐이다.

남자는 더 이상 노파와 말을 섞는 건 무의미하다 생각했는지 노파의 말에 대꾸도 않고 운전석에 올라탔다. 차 문을 닫으려 하자 노파가 문을 잡고 말도 안 되는 소리들을 계속 지껄였다.

"내 말 명심해. 당신이 놓친 선녀의 발목을 사슴이 붙잡고 있어. 그녀가 날개옷을 벗고 있다고 못 알아보면 안 돼. 다른 놈이 채 간다고!"

"알았으니 이제 그만하시죠."

남자가 노파를 보며 한마디 하자, 노파는 제 할 말을 다 했다는 듯 뒤돌아 잰걸음으로 마트 안으로 들어갔다.

"뭐지?"

요즘 남자에게 계속 이상한 일이 벌어지고 있다. 고속버스에서 황당한 일을 당한 뒤 자꾸 누가 자신을 훔쳐보고 있다는 느낌을 받았던 것이다.

미행을 당하는 것 같아 휙 돌아보면 거기엔 아무도 없었다. 밤중에 야구 모자, 선글라스, 마스크에 하얀 면장갑까지 끼고 있는 정체 모를 존재를 보기도 했다.

며칠 전에는 집 앞 엘리베이터를 기다리고 있는데 또 인기척이 느껴지나 싶더니 찰칵하는 소리가 들렸다. 재빠르게 돌아봤으나 아무도 없었다.

"미치겠다. 요즘 이상해."

남자는 핸들에 머리를 박았다. 쉬지 않고 일한 후유증이 나타나는 걸까? 요즘 정말 이상한 일들만 생긴다.

남소아과로 가요

"혁아, 우짜. 넌 누구 닮아 이렇게 잘생겼을까? 마자요. 형아 닮았어용. 우리 혁이 웃어요. 형아가 사진 찍어 줄게용."

"까아앙, 까아."

장미는 덩치에 맞지 않게 코맹맹이 소리를 하며 혁이와 놀아 주는 재하에게 고맙다는 생각이 들었다. 혁이의 해맑은 웃음을 보니 예 여사 생각이 나 양미간에 주름이 저절로 잡혔다. 핏덩이를 버리고 놀러 갈 생각을 한 예 여사의 정신 상태가 궁금하다.

"우리 혁이, 형아가 사진 보여 줄까용. 구름 폴더에 전송이 되었을까 볼까용? 우리 혁이 사진 크게 봐용."

재하가 혁이를 무릎에 앉히고 노트북에서 사진을 보여 준다. 혁이는 모니터에 자기 모습이 보이자 신기한지 뚫어져라 쳐다보고 있다.

띵동, 띵동. 벨소리가 나자 재하는 노트북에서 시선을 떼고 인터폰 화면을 보았다. 시커먼 화면에 젊은 남자의 얼굴이 커다랗게 보인다.

"아침부터 누구지?"

재하가 일어나려 하자, 장미가 황급히 현관으로 걸어갔다.

"택배일 거야. 네가 집에 없을 때 인터넷 하는 것이 불편해서 노트북 하나 주문했거든. 혁이 이유식이며 검색할 것이 많은데 스마트폰으로 검색하는 건 불편해서."

"스마트폰보다 노트북이 더 편하긴 하지. 차라리 서울에 가서 가져오지 그랬어?"

"최신형으로 하나 살까 했었는데 이번 기회에 구입한 거지."

장미가 현관문을 열자 젊은 남자가 박스를 들고 서 있었다.

"장미 씨인가요?"

"네, 전데요."

택배 상자를 받아 들던 장미가 의심의 눈빛으로 택배 기사를 유심히 쳐다보았다.

"저…… 아저씨가 GB택배 기사님 맞아요?"

"그런데요. 왜요?"

"혹시 아저씨 말고 이곳 담당하시는 기사분이 또 계신가요?"

"아뇨, 저 혼자인데요."

"그럼, 아저씨 이번에 새로 오셨어요?"

"아니요. 제가 여기 담당한 지 5년째인데요."

장미는 택배 기사를 뚫어지게 쳐다보더니 위아래를 훑어보았다. 한참을 그렇게 서 있던 장미의 양미간에 주름이 깊게 잡힌다 싶더니 한숨을 길게 내 쉬었다.

"누나, 무슨 문제 있어? 왜 그래?"

재하는 장미가 현관문을 열고 오래 서 있자 현관 쪽으로 고개를 돌려 장미를 쳐다보았다.

"음. 저 혹시 아기도 배달되나요?"

"네? 장난하세요?"

택배 기사는 어이없다는 표정을 지으며 장미를 쳐다보았다.

"젠장, 예 여사. 미친……."

장미의 입에서 들릴 듯 말 듯 낮은 욕설이 터져 나왔다. 장미의 예상치 못한 반응에 택배 기사는 당황한 듯 보였다.

"휴우. 죄송하지만 한 가지만 더 물어볼게요. 얼마 전에 착불로 이삿짐 상자들과 유모차에 실린 아기를 배달하지 않으셨나요? 모자를 푹 뒤집어써서 얼굴은 잘 기억이 안 나지만 아저씨와 체격이 비슷해요."

"설마, 아기를 배달하겠습니까? 농담도……. 아무튼 저는 아니고요. 저희 GB택배는 절대 살아 있는 것을 배달하지 않습니다. 이제 가도 되나요?"

"아, 네."

택배 기사는 미리 눌러 놓은 엘리베이터의 문이 열리자 그것을 타고 내려갔다. 장미는 현관문을 닫으며 긴 한숨을 쉬었다.

재하는 무슨 상황인지 몰라 눈만 껌벅거렸다.

"재하야, 우리 예 여사에게 당한 거 같아. 너와 나 완전 바보됐어. 여기가 중국도 아니고 택배로 아기가 배달되었는데 의심도 안 했다고."
"그럼 그때 그 택배 기사는 뭐야? 알바인가?"
"그것까지는 모르겠고. 어쨌든 예 여사가 직접 왔다면 내가 혁이를 순순히 받진 않았겠지."
"그거야 그렇지."
"내막은 모르겠지만 수상한 냄새가 나."
"그럼 이 여행을 가기 위해 우리를 속인 거야?"
재하가 거실 테이블 위에 놓여 있는 노트북에서 로즈 카페를 열더니 화면을 툭툭 쳤다. 로즈 카페에 하루가 멀다 하고 올리는 여행 사진들이다. 장미는 예 여사의 여행 인증 샷 사진을 보니 혈압이 마그마에서 분출되는 용암처럼 터질 것 같았다. 나를 이렇게 만드는 것도 재주인 듯하다.
"우리 부모님 이상한 거야 하루 이틀도 아니지만, 이번에는 좀 심했어. 아무리 생각을 해도 이해가 되지 않아."
"그럼 장 여사에게 전화 좀 해 볼까? 외숙모 집과 엎어지면 코 닿을 곳인데……. 뭔가 알지 않을까?"
"고모가 우리 엄마와 친하니까 알지도 모르겠다."
재하가 휴대폰을 들고 전화를 걸다 멈칫하더니 노트북의 화면을 뚫어지게 쳐다봤다.
"헉! 이건 뭐야?"
재하는 급하게 마우스를 쥐었다. 또각거리는 마우스 소리가 여러 번 들리는가 싶더니 탄성을 내뱉었다.
"왜 우리 장 여사와 아버지가 여기 계시냐고?"
재하가 뚫어지게 쳐다보고 있는 화면에는 예자연, 장상철과 함께 재하의 부모님도 화사하게 웃으며 서 있었다. 잘못 봤나 싶어 눈을 비비고 다시 쳐다보았지만 호주 오페라하우스를 배경으로 나란히 서 있는 네 사람은 변하지 않았다.

"이거는 무슨 시추에이션? 박재하! 너 알고 있는 거 있으면 빨리 불어!"

"나도 답답해. 진짜 미치겠다. 헐, 전화도 안 받으시네. 아예 전원을 꺼 놓고 여행을 가셨다?"

재하가 휴대폰을 들고 왔다 갔다 하며 머리를 쥐어뜯었다.

장미도 장혁이 배달된 그날 아침을 곰곰이 다시 생각하기 시작했다.

띠링.

"뭐야? 깜짝이야."

장미는 갑자기 울린 문자메시지 알림음에 소스라치게 놀랐다. 장미는 놀란 가슴을 진정시키고 문자메시지를 확인했다.

[장혁 예방접종일입니다.]

"이건 무슨 문자지? 왜 질병관리본부에서 나한테 문자를 보내지?"

"질병관리본부? 뭐라고 문자가 왔는데?"

재하가 다가와 핸드폰을 들여다보자 장미가 메시지를 읽어 주었다.

"6개월 혁이가 맞아야 하는 주사는 B형간염 3차가 있고, 디프테리아, 파상풍, 백일해…… DPT? 이건 세 대를 맞아야 한다는 거야? 믹스된 주사인 거야? 뇌수막염, 폐구균, 로타바이러스 3차? 이 어린 몸뚱이에 뭘 이리 많이 맞히는 거야. 재하야, 검색 좀 해 봐. 어떻게 맞혀야 하는 건지."

장미는 전송된 예방접종 리스트를 보면서 기가 막혔다. 이 주사를 어떻게 다 맞히라는 거야. 예 여사가 이럴 때는 절대 진리인 네이뇬에게 물어보라고 했지.

"6개월 아기 예방접종은? 음, 여러 번 가서 고생시키는 것보다 한꺼번에 맞는 것을 추천한대. 한 번에 세 대까지는 괜찮다고 하는데……. 정말 괜찮나?"

"그래도 세 대는 좀 심하지 않을까?"

재하와 장미는 이해가 되지 않는다는 듯 고개를 갸웃거렸다.

"누나, 그냥 병원 가서 상담하면 되지 않을까? 육아 초보라고 하고 이것저것 물어보면 말해 줄 거 같은데. 달리 전문가겠어?"

"그치? 전문가가 시키는 대로 하면 문제없을 거야."

재하의 말에 장미가 고개를 끄덕였다. 장미는 재하의 품에 안겨 열심히 치발기를 물어뜯고 있는 장혁을 쳐다보았다. 재하는 혁이가 귀여운지 혁의 뺨을 토닥거린다.

"아마마마."

"혁아, 지금 너에게 무시무시한 공포가 다가오고 있어. 이렇게 해맑게 웃으면 이 형아는 너무 가슴이 아프단다. 그런데 소아과는 어디로 가야 할까?"

"검색하면 나오지 않을까?"

"음, 알았어. 검색해 볼게."

"원주에서 제일 잘나가는 소아과로 검색해 봐. 그 전문가님에게 물어보고 싶은 것이 한두 가지가 아니야."

아무리 인터넷이 진리라 해도 검색으로는 한계가 있었다. 장혁을 본격적으로 키우기 전에는 아기는 때맞춰 분유를 먹이고 기저귀만 갈아 주면 끝이라고 생각했었다. 하지만 뭐가 이리 복잡한지. 표준 예방접종표를 아무리 봐도 뭐가 뭔지 모르겠다. 개월 수에 맞춰 예방접종을 해야 한다고 하지만 예방접종의 이름조차 생소해서 뭘 어떻게 접종을 시켜야 할지 막막하기만 하다.

영유아 건강검진도 하라고 하는데 장미가 받았던 건강검진과 같은 건지, 이 모든 것을 속 시원하게 말해 줄 육아 전문가가 필요하다.

"원주에서 제일 잘나가는 소아과? 오, 누나야. 원주에 사는 엄마 열 명 중 여덟 명이 가는 소아과가 있다네?"

"어디?"

"음. 남소아과로 가래. 댓글이랑 추천이 장난이 아니다. '원주에서 소아과를 가려면 무조건 남소아과로 가요'라고 우연 맘이 게시글 도배했어. 열 개는 되겠네."

"가족이나 관계자겠지."

장미의 시큰둥한 반응에 재하는 끄덕였다.

"그치, 가족 아니면 누가 이러겠……. 오우, 여기는 더 장난 아니다. 은율 맘은 스토커 수준이야. 자신은 남소아과 남 원장님이 제주도로 이전을 한다고 해도 비행기 타고서라도 가겠다고 적었어."

"반응이 그 정도야?"

재하가 한참을 여기저기 검색을 하더니 결국 끄덕였다.

"응, 여러 군데 검색해 봤는데 남소아과는 원주 엄마들에게 성지와도 같네. 광신도가 생길 정도라면 여기 원장님은 육아의 신이 아닐까?"

"반응이 그 정도야? 그럼 가야지."

"어딘지는 알겠다. 다행히도 여기서 가깝네."

모든 엄마들이 추종을 하는 데는 다 이유가 있을 것이다. 장미는 줄줄이 올라온 칭찬과 찬양의 글들을 보면서 남소아과 남원장이 누군지 궁금해졌다.

❀ ✱ ❀

장미는 혁이의 육아용품을 주섬주섬 백팩에 넣어 등에 메고, 앞으로는 힙 시트를 착용한 뒤 장혁을 안았다.

외출 준비가 끝나자 현관으로 나선 장미는 신발장에 부착되어 있는 전신거울에 비친 자신의 모습에 흠칫 놀라고 말았다.

"스타일 죽인다. 휴우."

지금껏 그녀는 풀 메이크업에 완벽한 스타일이 나오지 않으면 외출을 하지 않았었다. 하지만 이 모든 건 사치였을 뿐. 육아를 시작한 뒤 수면 부족으로 눈 밑까지 다크서클이 내려와 있고, 제때 감지 못한 머리가 기름져 번들거렸다.

거울에 비친 모습을 보니 한숨만 나왔다. 예전 같으면 이 상태로는 외출하지 못했겠지만 지금은 장혁을 데리고 소아과에 가야 했기에 임시방편으로 모자와 선글라스로 얼굴을 가리기로 했다.

"너무 일찍 병원에 가나? 아침부터 소아과에 오는 사람이 있으려나?"

장미는 여유롭게 소아과에 갔으나 남소아과의 문을 여는 순간 벌어진 입을 다물 수가 없었다. '바글바글'이라는 단어가 어울릴 만큼 원주의 아이들이 다 이곳에 모여 있는 듯했다. 장미는 엄청난 인파를 헤치고 데스크로 갔다.

"저, 아기 예방접종하려고 하는데요. 처음 왔어요."

"그러시면 이곳에다 이름과 주민번호와 주소를 적어 주세요."

친절하게 생긴 간호사가 종이를 내밀었다.

"아기 주민번호를 적어야 하나요?"

"네."

"제 것 적으면 안 되나요? 보호자인데……."

"안 됩니다."

"장혁, 너 주민번호가 뭐니?"

혁이가 눈을 동그랗게 뜨고 장미를 바라본다. 내가 지금 너에게 무슨 소리를 하고 있는 거니?

예자연 여사에게 전화를 했으나 역시나 전화가 안 된다. 급한 대로 자연에게 문자메시지를 보냈다.

[장혁 주민번호 급 요망. 안 보내면 예방접종 짤 없음.]

찌링. 바로 답장이 왔다. 이렇게 재깍 보낼 수 있으면서 그동안 전화와 문자메시지를 그렇게 잘근잘근 씹으셨단 말이지. 수상해도 너무 수상하다. 집에 가서 제대로 한번 파헤쳐 봐야겠다.

장혁의 주민번호를 확인한 뒤 신상 정보를 적어 간호사에게 내밀었다. 접수를 한 뒤 건네는 간호사의 상냥한 목소리에 뒷목을 잡았다.

"서른 명 대기 중입니다."

"이 아침에요?"

"아침이라 서른 명밖에 안 되는 거예요."

"헉!"

그리고 기다림의 시간이 이어졌다. 장미는 체력방전과 유체이탈을 경험했다.

"혁이 들어가세요."

2시간이 넘는 긴 대기 시간 후에야 진료실에 들어갈 수 있었다. 진료실에 들어가자마자 장미는 눈이 휘둥그레지고 말았다.

고속버스에서 장미가 크나큰 민폐를 끼쳤던 이웃사촌님이 앉아 계셨다. 장미는 순간 모자와 선글라스를 매만졌다. 진료를 보는 내내 그가 자신을 알아챌까 조마조마했다.

"혁이는 저희 병원에 처음이군요."

"네, 예방접종을 하려고요."

장미는 고속버스 민폐녀라는 사실을 들키고 싶지 않았다. 하지만 막상 그가 자신을 알아보지 못하니 조금은 서운한 감정도 들었다.

진료는 간단했다. 청진기로 배 한번 훑고, 귀 속을 들여다본 뒤, 혁이의 아기 수첩을 뒤적거렸다.

"아기의 상태가 괜찮으니 DPT, B형 간염, 로타바이러스 이렇게 접종을 하겠습니다."

"제가 잘 몰라서 그러는데 주의 사항은 없나요?"

"오늘 하루 목욕시키지 마시고, 38도 이상의 고열이 나면 해열제를 복용시키면 됩니다."

장미가 기억하는 중저음의 보이스, 역시나 듣기 좋은 목소리다.

"열도 나는군요. 다른 주사는요?"

"뇌수막염, 폐구균은 일주일 뒤에 오셔서 접종하시면 됩니다."

"아, 네."

주사 세 대 빵, 빵, 빵. 우리 혁이 허벅지 뚫리는 줄 알았다. 화통 삶아 먹은 소리를 내며 우는 혁의 울음을 끝으로 예방접종은 끝이 났다. 기다림은 2시간, 진료는 5분. 이렇게 하고 돈을 번다는 말이지?

장미는 대기실 주변을 휘리릭 둘러보았다. 바글거리는 아이들의 숫자는 여전하다. 병원 벽면에 붙어 있는 커다란 모니터 속 대기 인원의 숫자는 여전히 두 자리 수였고 계속해서 새로운 이름이 추가되고 있었다. 장미는 기가 막혔다.

"정말 쉽게 돈 버네. 5분에 한 명씩 하루 종일 진료라."

장미는 2시간 동안 바글거리는 아이들 틈에서 시달린 후유증이 서서히 나타났다. 연달아 밤샘 작업을 한 것처럼 머릿속이 멍하다. 이곳에서 빨리 탈출하고 싶다.

"혁이 오늘 하루 목욕시키지 마시고요, 고열이 날 수 있으니 잘 봐 주세요. 다음번 예방접종일은 일정표에 날짜를 기입해 두었으니 참고하시면 돼요. 잊지 않게 문자도 발송해 드릴게요."

"아, 네."

아기 수첩을 펴고 예방접종 기록표에 도장을 찍은 간호사가 장미에게 자세한 설명을 해 주었다. 장미는 다음 예방접종 스케줄과 예방접종 후 지켜야 될 주의 사항을 교육받은 뒤 소아과에서 나왔다. 밖에 나와 바람을 쐬어도 정신은 금방 돌아오지 않았다.

장미는 빌딩에서 나와 남소아과가 있는 4층을 쳐다보았다. 뒤늦게 떠올린 것인데, 이곳 남소아과가 유명하고 사람이 많은 이유를 알 것 같았다. 수만 가지 이유가 있겠지만 남소아과 원장의 허우대가 훌륭한 것도 그중 하나이지 않을까?

헤어진 남자 친구는 자타공인 알아주는 섹시남이었다. 그 사람과 견주어도 손색이 없는, 아니 어쩌면 남 원장이 더 섹시할 수도 있다고 생각될 정도니 나라도 이곳으로 올 것 같다. 기왕이면 다홍치마고, 꿩 먹으면서 그 알까지 먹으면 훨씬 좋은 거지.

"다음번 예방접종일까진 올 일이 없겠지?"

지난번에 엘리베이터에 올라타는 그를 도촬했던 게 떠올랐다. 아무리 남 원장이 도촬을 할 만큼 잘생겼지만, 다시는 오고 싶지 않다. 바글거리는 아이들 틈에서 혁이를 매달고 2시간 넘게 기다리기만 하는 것은 정말 끔직했다.

그러나 앞일은 누구도 예측할 수 없다고 했던가?

"에, 에…… 에치, 콜록콜록."

이 조그만 코에서 나올 게 뭐가 있다고 누런 코가 줄줄 나오면서 기침까지 하는 걸까. 결국 들쳐 안고 나왔다.

아, 서울로 올라가서 차를 가지고 와야 하나? 여기저기 다니려면 차가 필요하겠어. 장혁을 안고 나오면서 머리에 떠오르던 복잡한 생각은 아파트 단지 앞에 대기하고 있던 택시를 타면서 끝났다.

"남소아과로 가요."

"네."

"……저, 남소아과가 어디에 있는지 아세요?"

"네."

어? 남소아과가 정말 유명하긴 하나 보다. 위치를 말하지 않았는데도 알아서 간다. 오, 이 정도면 굳이 힘들게 서울 가서 차를 가지고 올 필요가 없겠는데? 혁이를 데리고 운전하는 것보다 택시가 편하긴 하지.

익숙한 건물이 보이고, 장미는 택시에서 내리자마자 전력을 다해 걸었다. 아이를 안고 뛸 수 없었던 그녀는 최대한 넓은 보폭으로 걸었다.

네 살 정도의 남자아이를 유모차 자전거에 태워 데리고 오는 아줌마를 한 명 제쳤다. 그녀는 지금껏 이런 속도로 걸어 본 적이 단 한 번도 없다.

엘리베이터 앞에는 유모차를 끌고 오거나 아이의 손을 잡고 온 네 명의 아줌마가 기다리고 있었다. 엘리베이터는 7층에서 8층으로 올라가고 있다. 1층까지 내려와서 다시 4층까지 올라가는 시간을 환산하면……. 음, 유모차 부대에게 질 수는 없다. 이럴 때는 아기를 매달고 있는 장미가 유리하다.

장미는 비상계단의 문을 열었다. 까짓 4층쯤이야 걸어 주겠어. 한 번에 두 계단씩 엄청난 속도로 올라갔다. 모든 일을 철저한 계획에 의해 진행하는 그녀에게 이런 일은 생소한 경험이었다. 아니, 절대로 이렇게 조급하게 일을 하거나 행동한 적이 없다.

숨이 턱에 찬다. 혁이의 무게가 고스란히 어깨로 느껴져 등줄기에 땀이 흐르고 서늘한 날씨임에도 불구하고 이마에 땀이 송송 맺혔다. 계획에는 없었지만 인내와 노동의 결과로 결국 엘리베이터 앞에 있던 네 명의 아줌마를 포함 총 다섯 명을 제쳤다.

"헉, 헉, 장혁이요. 대기 인원이 몇 명인가요?"

숨을 몰아쉬면서 물었다. 정말 죽을 것 같았지만 그녀의 뒤로 유모차를 끌며 들어오는 아기 엄마들이 그녀보다 늦게 대기 장부에 이름을 적는 것을 보니 입꼬리가 올라간다. 승리의 기쁨이 이런 것인가.

"에에에, 에칭."

장혁이 기침을 할 때마다 누런 콧물이 나왔다. 백화점에서 비싸게 주고 구입한 옷이 장혁의 코에서 흘러나온 누런 콧물로 얼룩지고 있었다. 장미는 손수건으로 장혁의 코를 닦아 주면서 구시렁거렸다.

"장혁, 이 옷이 얼마짜리인 줄 알고 있니? 휴, 아기 키울 때는 이런 비싼 옷도 사치야."

"에에에에, 에치익."

장혁의 양쪽 코에서 누런 콧물이 주룩 흘러나왔다. 그녀가 손수건으로 코를 닦아 주려고 하자 혁이가 고개를 저었다. 계속 코를 닦다 보니 코가 아팠나 보다.

"혁아, 아팠어? 누나가 제대로 못해서 미안."

장미는 벌게진 코를 한 채, 그렁그렁 눈물이 맺힌 눈으로 자신을 바라보는 혁이를 보니 마음이 짠했다.

❀ ✿ ❀

어느덧 꽃피는 춘삼월이 되어 여기저기 꽃이 피어나기 시작했다.

아파트 단지에도 매화, 진달래, 이름 모를 꽃들이 활짝 폈고, 나무들마다 연두색 이파리가 싱싱하게 돋아났다.

모두들 들뜬 마음을 가지고 꽃구경을 가는 이 시기에 장미는 장혁을 매달고 남소아과로 가기 위해 아파트를 나섰다. 화단에 피어 있는 꽃들에서 좋은 향이 풍겨 나오자 장미는 한숨을 깊게 내쉬었다.

이번에는 뭐가 문제일까? 저번 달까지 감기 때문에 고생을 했는데, 3월이 된 지금 장혁의 문제는 무엇일까?

그 원인은 남 원장만이 알고 있겠지.

"미세먼지와 꽃가루 때문에 많이들 힘들어하는 시기죠. 알레르기성 비염입니다. 누런 코가 많이 차 있고 목에 염증이 심합니다. 심해지면 기관지 천식으로 발전할 수 있으니 주의하셔야 합니다."

남 원장이 혁이의 코에 호스를 집어넣어 코를 빼면서 덤덤히 설명을 했다.

원인이 미세먼지라고? 내가 그렇게 쓸고 닦고 하는데도 부족했다는 건가? 그리고 꽃가루라고 하면 그 하얀 솜처럼 생겨서 동동 떠다니는 것들 말이지? 원수 같은 것들……. 공기 중에 떠다니는 불청객들 같으니라고. 난 너희들을 원한 적이 없어.

미세먼지와 꽃가루라는 단어가 머릿속에 강하게 각인된 장미에게 남 원장의 뒷말은 띄엄띄엄 들릴 뿐이었다.

'절대 용납 못해.'

집에 돌아오자마자, 그녀는 창문을 열고 청소 도구들을 꺼냈다.

"박재하, 장혁이 유모차에 태우고 유모차 커버 확실히 씌워서 나가. 아파트 단지 앞 치악 놀이터를 돌든 축구장 트랙을 돌든 따뚜 경기장을 돌든 알아서 2시간만 때우고 와."

"왜?"

"장혁이 알레르기성 비염이래. 이번 기회에 집 안으로 침투한 미세먼지와 이물질들을 완전히 박멸해 주겠어."

장미의 말에 재하는 집 안을 둘러보았다. 그의 눈에는 청소할 곳이 전혀 없어 보이는데 장미의 눈에는 보이는가 보다.

장미가 청소를 시작한다고 예고를 한 이상 나가야 한다. 청소를 하는 것을 지켜볼 바에는 차라리 혁이를 보는 게 나을 듯싶다. 재하는 주섬주섬 옷을 입고 장혁을 유모차에 실어 현관문을 나섰다.

그러나 그날 저녁, 장혁은 밤새 구역질을 하더니 먹었던 이유식과 분유를 몽땅 게웠다.

밤새 노란 위액이 나올 때까지 토해 축 늘어진 장혁을 안아 재우면서 장미는 재하에게 쏘아붙였다.

"박재하, 너 밖에 나가서 장혁이 뭐 먹였어?"

"휴, 이유식 먹는 아기를 뭘 먹이겠어. 나만 먹었다고. 유모차 끌고 돌아다니니까 배고파서 핫도그 하나 먹었다. 먹기는 내가 먹었는데 혁이가 탈 날 이유는 없잖아."

재하가 강하게 항의를 했으나 장미는 의심의 눈초리를 거두지 않았다.

밤새 잠도 제대로 자지 못한 장미는 아침이 되자마자 혁이를 매달고 또 남소아과로 갔다.

"장염입니다."

"장염이요? 이상한 것 안 먹였는데요."

예상한 바지만 장혁이 장염에 걸릴 이유는 없었다. 이유식도 끼니때마다 신선한 재료를 엄선해서 그날그날 조리해서 먹인다. 남긴 것은 바로 버려서 두 번 먹이는 일도 없다. 우유병도 매일 삶아 소독한다. 절대로 장염 바이러스가 침투할 틈이 없었다.

"음식 문제도 있겠지만 위생적인 부분도 신경을 쓰셔야 합니다."

"소독을 철저히 하는데요."

장미는 다른 건 몰라도 위생에 관한 지적은 용납이 되지 않았다. 하루의 대부분을 쓸고 닦는 데 다 보내고, 소독만큼은 철저하다 자부했다.

"바이러스를 가진 사람과의 접촉을 피하는 것이 제일 좋으니, 어린이집을 보내신다면 일주일 정도 집에서 쉬게 하는 것이 좋습니다."

"어린이집은 아직 안 보내는데요?"

"어린이집뿐만 아니라, 사람들이 많이 모이는 마트도 피하는 것이 좋습니다."

"마트도 데려가면 안 되는군요."

"열이 날 수 있으니 해열제를 따로 처방해 드리겠습니다. 해열제는 38도 이상 열이 날 때 따로 복용시키십시오. 해열제를 복용하고도 열이 떨어지지 않으면 바로 병원으로 내원하십시오."

'비위생적인 것이 문제였다는 거지?'

위생적이지 못하다는 지적이 머릿속에 강하게 각인되어 나머지 주의 사항은 장미의 귀에 제대로 들어오지도 않았다.

장미는 집에 오자마자 주방을 뒤집었다. 모든 그릇들을 뽀득 뽀득 소리가 나게 삶고 닦는 것을 옆에서 지켜보던 재하가 참다 참다 한마디 했다.

"뭐를 하루 종일 삶고 닦니? 장미 네가 오고 나서 우리 집 생활비가 장난 아니게 많이 나온다. 전기세, 수도세, 도시가스비가 얼마나 나왔는지 알아? 도시가스비만 해도 내가 살 때는 많이 나와야 5~6만 원이었어. 그것도 한겨울에 말이야. 그런데 장미 네가 오고 나서 저번 달 게 30만 원이 나왔어. 그게 말이 되냐고."

"박재하 많이 컸다. 이제 누나라고도 안 하네."

"여섯 달 가지고."

"네가 나열하는 관리비, 도시가스비, 식비, 전부 다 내가 충당한 것으로 아는데, 그런데도 네가 정 불만이라면……. 30만 원에서 6만 원 빼면 24만 원, 전기세도 5만 원 더 나왔지? 수도세도 3만 원 추가, 도합 32만 원 주면 되겠네? 32만 원 줄 테니까 나머지는 재하 네가 다 내."

장미가 서늘한 눈초리로 재하를 쳐다봤다.

"오우, 누나 왜 그러세요. 혁아! 장미 누나 청소하게 형아랑 놀자."

재하가 슬그머니 꼬리를 내리자 장미는 하던 청소를 마저 했다.

"이 정도면 문제없겠지? 후후후."

장미가 회심의 미소를 지으며 반짝거리는 주방을 바라보았다.

뿌직, 뿌우우우, 뿌지직.

"박재하, 너 방귀는 화장실 가서 뀌라고 했지!"

장미가 거실에서 장혁과 놀고 있는 박재하에게 버럭 화를 냈다.

"나 아니거든. 혁이야."

"그게 6개월짜리 아기 방귀 소리라고? 그걸 믿으라는 거야?"

장미가 인상을 쓰며 거실로 오자 뿍, 소리와 함께 장혁이 인상을 찡그리며 엉덩이를 실룩거린다. 뿌지직, 뿌직, 장혁의 미간에 주름이 잡히면서 입을 씰룩거리기 시작했다.

"으아앙!"

장혁의 배에서 전쟁이 났다. 그리고 장미는 밤새 장혁과 씨름을 했다.

"밤새 설사를 했어요."

장미는 2시간의 기다림 끝에 만난 남 원장이 구세주처럼 보였다. 남 원장이 없었다면 장혁을 어찌 키웠을지……. 생각만 해도 아찔하다. 이런 장미의 마음을 모르는 듯 남 원장은 오늘도 덤덤하게 진료를 한다.

"지사제를 처방해 드리겠습니다. 지사제는 다른 약과 1시간 텀을 두고 먹이셔야 합니다."

"밤새 기저귀를 스무 번도 더 갈았어요. 그래선지 항문 쪽이 빨갛게 상해서 기저귀 갈 때마다 아프다고 야단인데 따로 치료를 하지 않아도 되나요?"

한 성격 하는 장혁 때문에 기저귀를 갈 때마다 전쟁을 치렀다. 목청이 터져라 버럭버럭 우는데 혼이 나가는 줄 알았다.

"연고를 처방해 드리겠습니다. 하루에 세 번 바르세요."

남 원장은 컴퓨터 화면을 보고 또닥거리며 마우스질을 한다. 연고를 처방한다고 했으니 무슨 이름 모를 연고를 처방전에 집어넣는 거겠지.

남 원장에게 환자는 공식을 대입해서 푸는 수학 문제처럼 아픔의 상태에 따라 이 공식엔 이 약, 저 공식엔 저 약, 대입해서 넣으면 끝인 듯했다.

"스테로이드 성분이 들어 있는 것은 아니죠? 만성이 되면 안 좋을 것 같아서요."

"아기에게 해로운 약은 처방하지 않습니다."

융통성이라고는 눈곱만치도 없는 남자. 처음 볼 때부터 알아보긴 했다. 그녀가 아무리 민폐를 끼쳤다고는 해도 무거운 의학 서적으로 머리를 누른 남자가 아닌가.

장미는 남 원장 진료실 한쪽 벽면을 차지하는 책장에 빽빽하게 꽂혀 있는 의학 서적을 보며 입술을 씰룩거렸다. 웅장한 무게를 자랑하는 책들을 보니 고속버스에서의 일이 생각났다.

정말 남 원장은 나를 모르는 걸까? 대놓고 묻고 싶었지만 자존심이 상했다. 처방전을 작성하느라 모니터를 쳐다보는 남 원장을 보니 장미는 괜히 부아가 치밀어 올랐다.

"원장님. 웬만하면 대기 시스템을 바꾸면 안 될까요? 전화 예약, 인터넷 예약 좀 받아요. 방판도 아니고 직접 방문해야 예약을 받는다는 게 말이 돼요?"

"진료에 관한 거 외의 문제는 여기서 말씀하시면 안 됩니다."

역시나 말이 안 통하는 남 원장이다. 그러면 누구에게 말할까? 밖에 있는 간호사들에게 말해 봤자 소용없잖아? 남 원장이 여기 짱이니까. 당신이 한번 혹이 매달고 저기 대기실에서 기다려 봐. 무 자르듯 그렇게 안 된다고 할 수 있나.

모든 소아과가 그런지는 모르겠지만, 일단 이곳 남소아과는 사람을 미치게 만드는 예약 시스템을 가지고 있다.

처음 남소아과의 예약 시스템을 알고 깜짝 놀랐다. 인터넷 예약은커녕 그 흔한 전화 예약도 안 된다고 했다. 무조건 와서 예약을 하라고 하는데 그런 비효율적인 시스템은 개선되어야 한다.

혼자 육아를 하는 나 같은 사람에게 이 시스템이 얼마나 불편한지 자기가 겪어 보지 않아서 모른다. 자기는 몰려드는 환자만 받으면 되니 보호자들의 불편 따위는 안중에 없을 테지.

"기다리는 시간은 2시간, 진료 시간은 5분. 무언가 잘못되었다고 생각하지 않으세요?"

"불만이시라면……."

"불만이면요?"

"소아과를 바꾸세요."

처방전을 작성하던 남 원장이 장미를 흘끔 쳐다보더니 무덤덤한 목소리로 대답을 했다. 마우스를 클릭하던 손이 멈춘 것으로 보아 장미의 대답을 기다리는 것 같다. 여기서 장미가 진료실을 뛰쳐나간다고 해도 상관없다는 표정이다.

"……후우우."

평생 동안 할 흥분이라는 걸 예 여사 앞에서 다 썼다고 생각했다. 이 남자도 예 여사 못지않게 그녀를 화나게 만드는 재주가 있다. 너무도 차분한 목소리 톤과 차가운 표정이 사람을 미치게 만든다.

차가움에서 느껴지는 침착함이라……. 헤어진 남자 친구가 그녀에게 느낀 기분이 이런 기분이었을까.

'나는 너무 화가 나. 사람은 화가 나면 소리도 지르고 상대방에게 따지기도 하지. 그런데 넌 너무 침착해. 널 보면 내가 미치는 게 아닐까 생각이 든다.'

'네가 고급 호텔에서나 나올 법한 음식이라면, 난 흔한 길거리

음식이랄까? 난 누구나 좋아하는 음식이지만, 넌 격식을 따져 가면서 먹어야 하는 음식이야. 격식을 매일 따지는 것, 그게 얼마나 피곤한 줄 알아?'

항상 먹는 것에 비유를 했던 그. 사람이 음식이 될 순 없잖아.

장미가 대답 없이 조용하자 남 원장은 수긍했다는 의미로 알았는지 컴퓨터 쪽으로 몸을 돌렸다.

분명 나는 이곳에 돈을 내고 온 고객이다. 모든 서비스 업종은 고객이 왕이지만, 병원만큼은 내 돈을 내고도 큰소리치기 힘든 오묘한 곳이다. 싫음 가라고 말을 하는데도 나가지 못하고 있다. 그래도 할 말은 해야겠다.

"약을 먹으면 나아져야 하는데 오히려 더 나빠졌어요. 어제부터 먹기만 하면 설사를 하니 약이 안 드는 게 아닌가요? 연고가 문제가 아니라 약을 바꿔야 하지 않을까요?"

"약은 상태를 봐 가면서 바꾸고 있습니다. 지금은 약보다 식습관을 조절해야 합니다. 유제품은 먹이시지 않는 게 좋습니다."

"분유로 사는 아기에게 유제품이 안 좋다면 뭘 먹이죠? 물만 먹일 수는 없잖아요."

"그러니 말씀드리려고 하지 않습니까. 유당이 적은 분유가 있습니다. 한 보름 정도 그 분유를 먹이시면 됩니다."

"진작 말을 했다면 증상이 나빠지기 전에 조치를 취했죠. 휴우, 기왕 이렇게 된 거 안 좋은 유제품 말고 며칠 이유식만 먹이면 안 돼요?"

"이유식과 함께 분, 유, 먹, 이, 세, 요."

장미를 똑바로 쳐다보며 그는 한 글자, 한 글자 힘을 주어 또박또박 발음했다.

"먹이면 되잖아요, 분유! 그러니까 분유 이름을 가르쳐 줘요. 어떤 분유를 먹이면 되는 거죠?"

"약국에 가면 있습니다."

"그러니까 분유가 한두 개냐고요."

"제가 제품을 추천하기보다 어머니가 아기에게 맞는 제품을 선택하는 것이 좋습니다. 종류가 많지 않으니 고르시면 될 겁니다."

남 원장의 표정이 당신은 왜 그런 기초적인 육아 상식도 모르냐고 묻는 듯하다.

친절하게 가르쳐 주면 어느 하늘에 날벼락이 내릴까. 남 원장을 보다 보면 그녀의 인내심의 한계를 시험하는 것 같다.

장미의 무릎에 삐딱하게 앉아 있는 혁이의 얼굴에도 짜증이 가득하다. 하긴 설사를 스무 번이 넘게 했으니 엉덩이가 아파 제대로 앉아 있기도 힘들겠지.

진료실에서 나오니 여전히 줄지 않은 아이들과 보호자들이 보인다. 품에 안겨 있는 아기들, TV 앞에 옹기종기 모여 앉아 만화영화를 시청하는 꼬마들, 놀이방에서 죽을힘을 다해 뛰어다니는 어린이들, 거기에 진료실에서 들려오는 아이 울음소리까지 한데 섞여 정신이 하나도 없다.

비단 장미뿐만 아니라 이 환경 속에서 대기하는 보호자들의 무표정한 얼굴을 보니 모두들 유체이탈을 경험 중이신 것 같다.

병원에서 탈출을 했나 싶었는데 잘되는 소아과다 보니 1층 약국도 만만치 않다. 소아과 2시간 기다림의 동지들이 이곳에 다 모여 있다. 한참을 기다리다 받은 약은 이틀 치다.

"휴우, 하루치 더 지어 주면 마른하늘에 날벼락이 떨어지나? 이틀에 한 번씩 출근 도장 찍는 게 얼마나 힘들다고……. 그치, 혁아?"

혁이는 지쳤는지 잠이 들어 있었다. 하긴 장 속에서 전쟁이 나서 밤새 싸고 소아과에서 시달렸으니 피곤할 수밖에……. 너도 피곤하냐. 나는 더 피곤하다, 혁아…….

약국에서 나오니 가로수 아래 꾸며 놓은 화단에 꽃들이 화사하게 피어 있다. 오늘따라 날씨도 참 좋다.

"혁아, 눈떠 봐. 꽃들이 예쁘지 않니?"

화장을 하지 않고 밖에 나가도 세상은 무너지지 않는다는 것을 알았다. 예전에는 화장기 없이 부스스한 머리로 밖에 다니는 여자들을 보면 한심했는데 요즘 내가 그렇게 다니고 있다.

그렇게도 혐오했던 아줌마들의 화장 스타일, 맨얼굴에 립스틱만 바르는 것도 이제는 이해가 된다. 맨얼굴로 다니다 보니 입술이 말라 그냥 칠한 것이라는 것을…….

오늘 내가 그 스타일이다. 맨얼굴에 선글라스, 입술은 빨간색 립글로즈. 100퍼센트 아줌마 스타일. 옷차림은 어떤가, 위아래로 트레이닝복이다. 내가 추레한 트레이닝복을 입고 다닌다면 누가 믿을까.

이런 요상한 스타일을 하고 온 동네를 다니는 것도 신기하지만, 내 몸에 또 다른 변화도 생겼다.

나를 그렇게나 괴롭혔던 불면증이 사라졌다. 수면제가 아니면 잠을 잘 수 없던 내가 시간만 나면 졸고 있거나 그렇지 않으면 아무 곳에나 쓰러져 자고 있었다. 몸이 피곤하니 자연스레 사라진 것일까?

"요즘 내가 이상하긴 해. 봉인 해제 당한 기분?"

거창한 꽃구경은 아니지만 길거리에서 마주친 작은 꽃들도 장미의 가슴을 설레게 한다. 장미는 잠든 혁이를 토닥거리며 길을 걸었다.

❊ ✱ ❊

"재하야, 입수했어?"

"응. 그런데……."

재하의 얼굴이 심각하다.

"관리실에 가서 2월 18일 14시경의 CCTV를 다 돌려 보았는데, 없다."

재하가 관리실에서 복사해 온 영상 파일을 노트북에 옮겨 보여 주었다. 장미가 눈을 크게 떠도 시커먼 영상만 플레이될 뿐이었다.

"화질이 왜 이래? 영화나 TV 보면 CCTV로 범인들 다 잡잖아."

"그건 영화 속 얘기지. 거기서는 한 달이 넘어도 자동차 블랙박스 돌려서 범인 잡잖아. 말도 안 되게. 휴우, 그래도 항의는 했어. CCTV 화질이 왜 이 모양이냐고. 그랬더니 관리소장님이 오래된 아파트라 어쩔 수 없대."

"아무리 화질이 안 좋아도 택배 차량은 알 수 있을 거 아니야."

장미가 흐릿한 영상을 보기 위해 눈을 찌푸렸다.

"그게, 그 시간에 택배 상자가 들어갈 만한 큰 차가 한 대 주차장으로 들어오긴 했는데, 그 차는 아니야."

"왜?"

"익스플로러 밴이거든. 1억이 넘는 차가 택배 차량일 리 없잖아. 그런데 가장 미스터리한 건 말이야. 엘리베이터 CCTV에 택배 상자와 유모차를 배달한 영상이 없다는 거야. 설마 15층까지 커다란 이삿짐 상자에 무거운 유모차, 혁이까지 데리고 계단을 올라왔을 리는 없고……. 그리고 가장 이해가 되지 않는 건."

"뭔데."

"혁이가 배달되어 온 날이 민족 대이동의 날. 까치 까치 설날이었어."

"그랬던가?"

"우리가 배달되어 온 장혁 때문에 멘붕이 와서 빨간 날이라는 것조차 인식하지 못했던 거지."

"설이었구나."

"그날은 택배뿐만 아니라 모든 기관들이 쉬었다더라. 설 때 누가 일을 하겠어. 우리만 쉬지 못한 거야."

"이 모든 사건의 진실을 아는 건, 결국 혁이뿐이라는 거네."

장미가 엎드려 놀고 있는 장혁에게 다가가 눈을 맞추었다.

"장혁, 너에게 진실을 듣고 싶어. 그날 아침, 도대체 무슨 일이 있었니?"

"아무아부부르르."

'누나, 그게 말이야…….'

분명 혁이는 온몸으로 말을 하고 있었다. 우리가 못 알아들을 뿐이다. 혁이에게 듣지 못한다면 진실은 예자연, 장상철만이 알고 있다는 것인데…….

당신들 나에게 무슨 짓을 한 거지?

봉인 해제

남소아과 남 원장 눈에 비친 장미는 불량 엄마다. 오늘도 그녀는 모자를 푹 눌러쓰고 커다란 검정색 선글라스를 낀 은폐형 범인 차림으로 나타났다.

"기다리는 시간이 너무 힘, 들, 어, 요."

"그런 문제는 여기서 말씀하시면 안 됩니다."

"기다리는 시간은 2시간, 진료시간은 5분이라니까요?"

"말씀드렸지만, 불만 있으시면 소아과를 바꾸세요."

"후우."

혁이 엄마의 입이 씰룩거린다. 엄마 무릎에 앉아 있는 장혁도 나를 째려보는 것 같다. 그 엄마에 그 아들이라고, 자기 엄마 편이라는 건가?

오늘도 혁이 엄마는 불만이 한가득이다. 다른 엄마들은 아기의 상태를 물어보고 여러 가지 주의 사항을 물어보는데, 혁이 엄마는 그저 병원에 오는 것을 귀찮아하는 것 같다.

자기 아기가 아픈데 병원에서 기다리는 시간이 짜증 난다면 엄마의 자질이 없다.

"결국 상태가 비슷하다는 거지요, 지금 말씀이?"

"많이 좋아지고 있다고 했습니다."

"그 말은 이틀 전에 왔을 때도 들었는데요? 약을 하루치만 더 처방해 주세요."

"약은 환자의 상태를 봐 가면서 처방하는 겁니다. 혁이도 처음에는 누런 콧물이 많이 차 있었는데 지금은 맑은 콧물이 나오고 있어요."

"약이 거기서 거기던데……."

목소리에 높낮이가 없이 느릿하다. 언제나 서늘한 톤으로 무리한 요구를 한다. 모자와 선글라스에 가려진 얼굴이 궁금할 정도로 냉담한 목소리 톤에 얼어 버릴 것 같다. 그 또한 서늘하다는 말을 많이 들었지만, 혁이 엄마만 할까.

"같지 않습니다."

안 된다고 말하기도 지쳤다. 이틀에 한 번씩 꼭 그를 시험에 들게 한다. 이제 혁이 엄마 얼굴만 보면 골이 지근거리고 아파온다. 환자와 보호자를 상대하면서 별의별 사람들을 만나지만 다들 안 되는 이유를 설명하면 금방 수긍을 한다. 저 모자와 선글라스 속에 감춰진 진짜 얼굴이 궁금하다.

"혁이 엄마 목소리는 사하라 사막도 얼릴 것 같아. 온몸에서 풍기는 서늘함이 우리 원장님보다 더한 사람은 처음 봐."

"난, 동급이라고 봐. 동종의 사람들이지. 두 양반 진료실에서 주고받는 말 들으면 내가 꽁꽁 얼어붙는 것 같아. 중간에 껴 있는 혁이가 불쌍하게 느껴질 정도야. 얼음 사이에 껴서 눈사람이 되지 않을까 걱정이 된다니까."

남 원장이 쳐다보자 간호사들은 헛기침을 하며 일하는 척을 한다.

한 번도 자신의 성격에 문제가 있다는 생각을 해 보지 않았다. 감정을 드러내지 않는 성격이 아픈 환자들을 상대하는 직업에 최적이라 생각했다.

주변에도 같은 직업을 가진 사람들뿐이라 크게 불편함을 느낀 적도 없다. 어차피 이 세상은 약육강식인지라 물러 터진 성격을 가지고는 이 세계에서 성공하지 못한다.

이런 그에게 불편함을 주는 존재가 나타났다. 곰곰이 생각해 보면 혁이 엄마의 말과 행동이 크게 예의에 벗어나거나 하지는 않는다. 모자와 선글라스에 얼굴이 반쯤 가려져 있지만, 서늘한 말을 내뱉는 입술은 도톰하니 자꾸 시선이 갔고, 입고 오는 트레이닝복은……. 트레이닝복도 다림질을 하나 싶을 정도로 완벽한 칼주름이 잡혀 있었다.

혁이 엄마를 생각하니 머리가 지근거리며 아파 온다. 오늘도 힘든 하루였다. 지친 몸을 이끌고 집으로 왔다. 1층 로비에서 엘리베이터 버튼을 누르고 15층부터 내려오고 있는 숫자를 보았다.

15F, 14F, 13F…… 3F…….

집에 들어가면 따뜻한 물에 샤워를 하고 책을 읽은 후 쉬어야겠다. 엘리베이터 문이 열리고 아무 생각 없이 들어가려다 발걸음이 멈춰 버렸다.

혁이 엄마가 혁이를 앞에 매달고 양손에 쓰레기봉투를 들고 나오고 있는 것이 아닌가. 혁이 엄마가 왜 이 아파트에 있지? 너무 놀라 그 자리에서 멈춰 버리고 말았다.

"원장님, 지금 퇴근하시나 봐요."

서늘한 목소리, 역시 혁이 엄마다.

"이 아파트에 사십니까?"

생각지도 못한 곳에서 혁이 엄마를 만난 그는 아주 멍청한 질문을 하고 말았다. 이 아파트에 사니 당연히 만났겠지. 무엇을 확인하고 싶은 거지?

"네."

역시 간단한 대답이다. 그런데 혁이 엄마는 이 밤중에도 야구 모자와 선글라스를 벗지 않고 있다. 자신이 유명 연예인도 아니고, 왜 저렇게 꽁꽁 싸매고 다니는지 모르겠다. 저 선글라스가 거슬린다. 확 벗기고 싶다는 충동을 느꼈다.

엘리베이터에서 혁이 엄마를 봐서 그런지 머릿속이 복잡했다. 집에 들어온 그는 샤워를 하고 책을 좀 보다 결국 책을 덮고 밖으로 나오고 말았다.

바람을 쐬면 기분이 좋아질까 싶어 나왔는데 꽃향기가 솔솔 풍겨 온다. 아파트 단지 화단에 생각보다 많은 꽃들이 핀 것을 보고 남 원장은 놀랐다. 그동안 아픈 아이들 틈에서 바쁘게 살다 보니 시간 가는 것도 잊어버린 것 같다.

화단의 꽃길을 따라 걸어 나오니 번쩍거리는 상가 건물들이 보인다. 그 건물 앞에 익숙한 여자가 서 있었다. 야구 모자에 선글라스를 쓰고 트레이닝복을 입은 저 여인은? 이틀에 한 번 꼴로 보는 혁이 엄마다.

야밤에도 벗지 않는 선글라스 속 혁이 엄마의 얼굴이 문득 궁금했다. 발걸음이 자신의 의지와 달리 그쪽으로 향했다. 혁이 엄마가 뚫어지게 쳐다보고 있는 곳은 새로 개업한 치킨집이다. 그녀는 유모차를 연신 밀었다 당기면서 치킨집을 쳐다보고 있었다.

"여기서 뭐 하십니까?"

"아, 원장님이시구나."

혁이 엄마가 놀라지도 않고 그를 한번 흘끔 보더니 도로 치킨집으로 시선을 돌렸다. 먹고 싶은 건가? 먹고 싶으면 들어가면 되지, 무엇을 그리 고민할까? 궁금해졌다.

"치킨 좋아하십니까?"

"음. 그건 아닌데 새로 생겨서요."

"드시고 싶으면 들어가면 되지 않습니까?"

"그냥 문득 든 생각인데요. 샤넬 정장을 입고 에르메스 백을 들고 지미추 힐을 신은 여자가 이 치킨집에 들어간다면 시선이 집중되겠죠? 어울리지 않으니까."

그건 그렇게 입은 여자에게만 해당될 거라 말하고 싶었다. 지금 그의 눈에 보이는 혁이 엄마는 트레이닝복을 입고 유모차와 밀당을 하고 있는 평범한 아줌마일 뿐이다.

다른 아줌마와 다른 점이 있다면 야밤에도 벗지 않는 야구 모자에 선글라스, 그리고 칼주름 잡힌 트레이닝복이랄까?

"지금 이 모습으로 들어간다면 문제는 없겠지만……. 음."

혁이 엄마도 자신의 상태를 아는지 고개를 끄덕이고 있다.

"드시고 싶다면 들어가면 되고 아니면 그만인 것을, 무엇을 고민하십니까?"

"그러게요. 무엇을 고민하고 있을까요? 하지만 역시 여자 혼자 들어가는 건……."

먹고는 싶지만 혼자 들어가 먹는 건 곤란하다는 말인가? 하긴 야밤에 유모차를 끌고 온 아줌마가 혼자 치킨을 뜯는다면 모양새가 좋지는 않을 것 같다.

"포장해 가세요."

"집에 가지고 가 봤자 같이 먹을 사람도 없어 많이 남을 것 같아서요. 혁이라도 크면 같이 먹을 텐데……. 이유식 먹는 혁이에게 치킨을 줄 수도 없고……."

그녀의 목소리가 상당히 아쉽게 들렸다. 먹고 싶은데 같이 먹을 사람이 없어 못 먹는다. 그것처럼 서러운 건 없다.

"저와 같이 들어가시죠. 먹고 싶은 건 먹어야 병이 안 생깁니다."

"원장님과요? 그럴까요?"

"아, 네."

말하는 그도 놀랐다. 왜 혁이 엄마에게 치킨집에 들어가자고 했을까? 스스로도 이해가 되지 않는다. 그렇다고 다시 말을 바꿀 명목이 없어 일단 가게에 들어갔다.

남 원장은 주위를 둘러보았다. 새로 생겨서 그런지 인테리어가 깔끔했다. 치킨집에 들어가니 손님들이 두 사람을 쳐다본다.

수군거리는 소리가 들리자 아차 싶었다. 혁이 아빠도 있을 텐데 괜히 아파트에서 소문 잘못 나면 서로에게 좋을 게 하나도 없을 것이다. 메뉴를 시키고 대충 시간 때우다 나가야 되겠다.

그가 고민하는 사이 혁이 엄마는 메뉴판을 들고 그와는 다른 종류의 고민을 하고 있었다. '맛있는 치킨'이라는 로고가 박힌 앞치마를 두른 험상궂게 생긴 남자가 주문을 받으러 왔다. 남 원장은 순간 움찔했지만 혁이 엄마는 상관없는지 덤덤하게 물었다.

"사장님, 여기 제일 맛있는 메뉴가 뭐예요?"

"후라이드와 양념 다 맛있죠."

"두 마리는 많을 것 같아요."

"반 마리씩 시키면 됩니다."

"그래요? 그럼 그것 주세요."

"치킨에는 생맥주인데 안 시키십니까."

생맥주라는 말에 혁이 엄마가 움찔하는 것 같더니 조심스럽게 말을 이었다.

"어? 그런가요? 그럼 그것도 주세요."

"어, 그런데 남 원장님 아니십니까?"

험상궂게 생긴 그가 남 원장을 보며 알은척을 했다.

"저를 아십니까?"

"S아파트에서 남소아과 원장님 모르면 간첩이죠. 의사 선생님이 오셨으니까 감자튀김을 서비스로 드리겠습니다."

"아, 감, 감사합니다. 사장님."

"박 사장이라고 부르십시오."

맛있는 치킨 박 사장이 덩치에 맞지 않게 웃었다. 박 사장은 커다란 몸짓에 어울리지 않게 민첩하고 신속하게 움직여 테이블 위에 500cc 생맥주를 내려놓았다. 너무 순식간에 벌어진 일이라 남 원장은 박 사장이 순간 이동을 한 것이 아닐까 하는 착각까지 했다.

더 재미난 건, 생맥주가 우리 앞에 놓인 순간부터 시작되었다. 혁이 엄마는 갓 나온 생맥주를 무시무시한 눈으로 노려보더니 비장한 표정으로 잔을 들어 올려 마시기 시작했다. 그 모습이 흡사 사약을 마시는 것 같아 한참을 쳐다보았다.

혁이 엄마가 한이 맺힌 듯 원 샷을 하더니 테이블에 쾅 소리가 나게 잔을 내려놓았다. 그리고 생맥주 잔을 이리저리 돌려보면서 인상을 찡그렸다. 마치 생맥주를 처음 마셔 본 사람 같았다.

"간첩도 아니고 생맥주가 뭐 신기하다고 그리 쳐다보십니까?"

"원장님은 못 믿으시겠지만, 저 생맥주는 처음 마셔 봐요. 음, 치킨도 재하가 서울에 있을 때 배달을 시켜서 몇 번 먹어보긴 했지만, 치킨집에 직접 와서 먹는 건 처음이에요."

"네?"

"재하가 원주로 가는 바람에 가장 아쉬웠던 게 이런 것들이었어요. 이런 음식을 같이 먹을 사람이 없었어요. 재하 말고 다른 사람들은 제가 와인 아니면 고급 양주만 마신다고 생각하는 것 같고요. 사실 전 와인 맛도 양주 맛도 잘 몰라요. 그런 술들은 그저 과일 맛 나는 술, 독한 술일 뿐인데……. 내 생각은 물어보지도 않고 자기들 마음대로 판단하고 행동했으면서 나중에는 다 내 탓이라고 해요."

"그러십니까?"

남 원장은 의심의 눈초리를 거두지 못하고 혁이 엄마를 쳐다보았다. 대한민국 국민 야식은 치맥인데 치킨집을 처음 와 본다고? 농담이겠지? 그런데 재하는 누구지? 혁이 아빠인가?

그사이 먹음직스러운 치킨이 나왔고, 혁이 엄마는 생맥주를 추가 주문했다. 순식간에 시원하게 보이는 생맥주가 새로 나왔다.

혁이 엄마가 먹음직스럽게 붉은빛을 띠고 있는 양념치킨 다리를 들더니 정말 신기한 표정으로 이리저리 돌려 보더니 한입 베어 물었다. 그 모습에 저절로 침이 꿀꺽 넘어갔다. 치킨을 뜯는 입술이 너무 탐스럽게 보였다. 헉! 내가 지금 무슨 생각을 하는 거지? 남 원장은 눈을 껌벅이며 고개를 돌려 버렸다.

"이런 상황들도 이상해요."

혁이 엄마의 말이 들리자 남 원장은 그녀를 다시 쳐다보았다. 한참 고민하는 표정으로 뜸을 들이더니 단숨에 생맥주를 들이켰다. 처음이라더니 잘만 마신다. 거의 원 샷을 한 혁이 엄마가 잔을 내려놓더니 입을 열었다.

"……그저 노메이크업에 제대로 옷을 차려입지 않았을 뿐인데 행동이 달라지네요. 그저 1밀리미터 정도의 얼굴 두께를 벗기고 맨얼굴로 나왔을 뿐인데 무장해제가 되었어요. 아, 혁이라는 방패도 있었구나."

"무엇이 말입니까?"

"혁이가 타고 있는 이 유모차가 참 재미있는 물건이에요. 기름진 머리, 맨얼굴에 트레이닝복을 입고 거리를 다녀도 아무도 흉을 보지 않아요. 오히려 아기 보는 것이 얼마나 힘드냐며 격려를 해 주더라고요. 전에 내가 이렇게 다녔다면 젊은 여자가 게으르다며 욕을 먹었을 텐데요."

술이 들어가자 혁이 엄마는 말이 많아졌다. 높낮이가 없는 서늘한 목소리도 부드럽게 변했다. 그는 혁이 엄마가 지칭하는 유모차를 쳐다보았다. 유모차 안에는 혁이가 공갈 젖꼭지를 물고 색색 잠들어 있었다.

"옷차림에 따라 행동이 달라지는 건 당연합니다. 격식이라는 것이 왜 있다고 생각합니까?"

"그런가요?"

"제 주변의 사람들을 보아도 정장을 입었을 때는 예의가 바른 사람이었는데, 군복을 입으니 그 행동이 많이 달라지더군요. 인간의 본성 같은 겁니다."

"전, 제가 이상한 줄 알았어요."

혁이 엄마의 볼이 발그레해졌다.

"다들 이상하다 말하고 떠나니까."

떠난다는 말의 뉘앙스가 이상했다.

"혁이 아빠 말씀이십니까?"

"혁이 아빠? 뭐, 혁이 아빠도 마찬가지겠지요. 아기를 나한테 던져 놓고 자기 와이프와 세계 여행 중이니."

지금 무슨 소리지? 와이프라니? 가정이 있는 남자라는 건가? 그래서 누가 알아보기라도 할까 봐 한밤중에도 야구 모자와 선글라스로 자기를 숨기고 다니는 건가?

"그 모자와 선글라스, 불편하지 않습니까?"

그냥 화가 나서 한 말이다. 남들 시선이 안 좋을 거라는 것을 모르고 가정 있는 남자와 관계를 맺은 것인가? 자기들 좋다고 한 행위로 인해 모든 짐을 어린 아기가 지게 될 것이다. 불륜의 씨앗이라는 오명을 평생 지게 만드는 부모는 부모의 자격이 없다. 순간, 남 원장은 속이 울렁거렸다. 이곳에 오래 앉아 있고 싶지 않았다. 일어나려다 혁이 엄마의 알쏭한 말에 행동이 멈췄다.

"치, 누구 때문에 밤낮 쓰는 건데……."

혁이 엄마의 말 뉘앙스가 꼭 남 원장 때문이라고 말하는 것 같았다. 그는 일어나려다 도로 앉아 혁이 엄마를 뚫어지게 쳐다보았다.

"누구 때문입니까?"

"누구는 안 답답한 줄 아세요?"

혁이 엄마의 톤이 높아지나 싶더니 모자와 선글라스를 확 벗어 버렸다. 선글라스에 감춰져 있던 혁이 엄마의 얼굴이 온전히 드러나자, 남 원장은 눈을 의심했다.

눈물을 머금은 듯 촉촉하게 젖은 커다란 눈동자가 너무 아름다웠다. 혁이 엄마의 화장기 없는 맨얼굴이 청순해 보였다.

"《왕자와 거지》 있잖아요? 그 소설 속 왕자의 심정을 알 것 같아요. 왕자가 거지 옷을 입으니 다들 거지 취급을 했어요. 그저 옷만 바꿔 입었을 뿐인데, 말투나 행동은 그대로였는데도 아무도 그가 왕자인지 몰랐잖아요. 딱 그런 기분이었다고 할까요."

그녀는 알코올이 들어가자 목소리 톤이 높아졌다. 약간 하이 톤에 쇳소리까지 섞였다. 그녀의 말을 듣고 있자니 남 원장은 마음이 복잡했다.

그런데 자세히 보니 혁이 엄마는 고속버스 그녀였다.

"고속버스……. 77분."

그녀는 왕자와 거지가 아니라 지킬 박사와 하이드에 가깝다고 말해 주고 싶었다. 왕자는 그저 옷만 바꿔 입었지만, 지킬과 하이드는 인격이 바뀌었다.

"고속버스 민폐녀는 이제 잊어 주세요. 전 장미라고 해요."

그녀의 이름은 장미였다. 장미와 장혁. 성이 같은 그들. 남 원장은 맥주를 들이켜며 무심한 척 물었다.

"혁이의 호적은 어떻게 되어 있습니까?"

"당연히 우리 부모님 밑이지요. 장미 동생 장혁이잖아요."

말하는 그녀의 표정이 슬퍼 보였다. 그녀를 처음 보았던 날의 눈물과 고속버스 안에서의 행동들이 다 이해가 되었다. 한 남자에 대한 처절한 배신에 몸과 마음이 망가졌던 것이다.

그래도 아기를 버리지 않고 키우고 있다. 처녀의 몸으로 아기를 낳는 건 쉬운 결심은 아니었을 것이다. 순간 동정심이 생겼다.

"아, 이건 개업 서비스입니다. 앞으로 저희 맛있는 치킨을 많이 이용해 주시라는 뇌물이요. 하하하."

맛있는 치킨 박 사장이 500cc 생맥주 두 잔을 내려놓고 사라졌다. 순간 이동이 의심될 만큼 빠르게 서비스를 주고 비어 있던 잔까지 말끔하게 치우고 사라진 박 사장을 보며 남 원장은 정신이 하나도 없었다.

연타석 홈런을 맞은 투수의 심정이랄까. 안하무인 혁이 엄마는 고속버스 그녀였고, 생맥주는 무한 리필도 아닌 것이 잔이 비지 않고 계속 차고 있다. 비지 않는 생맥주의 잔처럼 그녀와 그는 계속 만남을 유지하고 있었다.

우연히 세 번만 만나도 인연이라고 하는데, 그녀와 그는 훨씬 더 많은 인연을 가지고 있었다.

"사람들이 즐기는 음식들은 다 이유가 있었어요. 편하게 먹을 수 있어서, 부담이 없어서 그런 거였어요. 먹을 때마다 온갖 신경을 써야 하는 고급 음식들이 부담스럽고 피곤하다는 말이 이해가 돼요."

서비스로 나온 생맥주를 뚫어져라 바라보던 그녀가 주위를 둘러보며 중얼거린다. 그녀의 시선을 따라가 보니 꽤 많은 손님들이 웃으며 혹은 심각한 표정을 지으며 각자 먹고 마시고 있었다. 그녀의 표정이 슬퍼 보인다. 그녀가 하는 말은 이해가 되지 않지만 아픔이 고스란히 느껴진다.

"다르다는 것을 인정했고, 알고 있었고, 감당이 될 줄 알았는데 안 되는 거였고……. 모든 것이 잔인한 추억으로 돌아오는 건 내 탓일까요?"

사람들이 흔히 술을 먹고 하는 말들은 대부분 과거의 이별 이야기다. 그녀가 말하는 것도 과거의 이별 이야기라는 것을 알 수 있었다.

✻✻✻

"박재하, 그러니까 네가 교수님과 하는 프로젝트 때문에 일본으로 출장을 간다고?"

"응. 나도 일을 해야 하잖아. 갔다 와서 혁이 열심히 봐 줄게."

"얼마나 걸리는데?"

"일주일 정도 걸리지 않을까? 차는 두고 갈 테니 급할 때 타. 뭐 며칠은 상관없겠지만, 오래 세워 두면 배터리가 방전이 되더라고."

"유모차도 안 들어가는 차, 필요 없다."

"헐, 소형차 무시하는 거야? 그렇게 따지면 서울에 있는 누나 차도 유모차가 안 들어가긴 마찬가지야."

"안 들어가지만 느낌은 다르지. 내 차는 말이야……. 그러고 보니 내 차도 그냥 세워 두었다고 방전되지는 않았겠지?"

"10년 된 소형차도 아니고 비싼 스포츠카인데, 설마?"

"지라고 별수 있어? 안 끌면 방전되겠지."

출장을 위해 짐을 싸는 재하의 표정이 즐거워 보인다. 꼭 육아를 피해 일을 만들어 출장을 가는 남편 같다고 할까?

"혁이 장난감 사 올게. 일 있으면 연락하고."

아침 일찍 일어나 콧노래를 부르던 재하는 그렇게 소형차의 열쇠만 남기고 떠났다. 재하가 없으니 빈자리가 아쉽긴 하다. 있었다면 치맥 한번 먹어 보자고 꼬셨을 텐데…….

그래도 남 원장이 치킨집에 같이 들어가 줘서 좋았다.

틈새

인간은 수치와 통계를 좋아한다. 개인적인 차이가 있는 고통마저도 수치로 환산을 하면 상대방에게 강하게 어필이 된다.

가령, 통증의 정도를 0~10으로 나누어 0은 통증이 없는 상태, 1~2는 모기에 물리거나 손톱으로 꼬집는 정도의 경미한 통증, 3~7까지는 발을 삔 정도나 편두통 같은 중간 정도의 통증, 8은 출산의 고통과 맞먹는 심한 통증, 9~10은 죽음에 이르는 극심한 통증이라 설명을 하면 대부분 공감을 하며 이해를 한다. 어렸을 적부터 나는 이런 수치와 통계, 딱 떨어지는 결과를 좋아했다.

감성적인 것에 휘둘려 시간을 낭비하는 것처럼 어리석은 행동은 없다. 감성적인 것들 중에 가장 큰 문제는 고민이다. 고민이 깊어질수록 낭비하는 시간은 길어지고 심하면 생활 자체가 파괴될 수 있다.

모든 고통과 고민의 원인은 뇌다. 뇌에 전달하는 신경계 통로를 사전에 차단시킬 나만의 해결 방법을 만들었고 나는 모든 것을 텍스트 문서화 작업을 했다.

나는 고민을 통증과 같이 0~10까지의 숫자로 나누어 관리했다. 0은 고민이 없는 상태, 1~2는 두 갈래의 길이 나왔을 때 어디로 가야 할까 하는 경미한 고민, 3~7은 일상생활을 하면서 흔히들 겪는 고민들로 이성 문제나 학업성적도 포함될 수 있다. 8은 미래에 대한 것과 같은 심각한 고민, 9~10은 일상생활에 문제가 있어 미래가 불투명하게 될 수 있는 고민이다.

어떤 고민은 결과물이 딱 떨어지기도 하지만, 가끔은 애매한 고민들도 있다. 그럴 때는 2단계로 넘어간다.

그는 고민이 생기면 걸었다. 걷다 보면 마음이 안정되곤 하는데, 그 시간을 통계를 내서 10분 이내로 안정이 되면 1~2단계, 1시간이 넘으면 3~5단계, 며칠이 지나도 안정이 안 되면 6~7단계, 몇 달 동안 고민을 한다면 8단계, 죽음에 이르는 고민은 9~10단계로 결론지어 관리했다.

결과는 놀라웠다. 고민이 생기면 0~10의 숫자와 1~10단계로 관리를 하다 보니 고민은 평범한 숫자와 글자로 이루어진 문서가 되어 버렸다.

……지금까지는 그랬다.

지금 난 35년을 살면서 처음 만난 생각지도 못한 변수로 인해 고민을 하고 있다.

그녀는 처음 만났을 때부터 고민의 단계가 애매했다. 그녀처럼 처음부터 2단계로 넘어간 애매한 결과물은 없었다.

고속버스 안에서 그녀가 내 옆에 앉은 건 1~2의 흔한 수치였지만, 그녀가 내 허벅지 위로 쓰러져 잠이 든 순간, 단번에 3~7로 껑충 뛰었다.

그래도 일상적인 고민으로 치부하려고 노력을 했지만, 그녀는 점차 대범해졌고 단계는 점점 급상승되었다. 삐삐삑, 뇌에서 경고음이 울렸고 더 이상 컨트롤이 안 되는 비상사태가 발생했다. 수치와 통계가 엉망이 되었다. 그래서인지 그녀가 계속 머릿속에 맴돌았었다.

치킨집에서 고속버스의 그녀가 혁이 엄마라는 사실과 미혼모라는 충격적인 사실을 알게 되면서 고민의 단계 환산에 오류가 생겼다. 변수에 또 다른 변수가 생겨 버렸다.

아파트 로비에서 20대 중반으로 보이는 젊은 남자와 엘리베이터를 탔다. 그가 15층을 누르며 걸려 온 전화를 받는다.

"어, 혜주야. 오늘 집에서 저녁 먹자고? 어쩌지? 오늘은 오빠가 못 갈 것 같은데……. 일이 많아서 일해야 해. 아마 밤샐 듯한데……. 오빠가 미안해. 응. 사랑하지. 이따가 전화할게."

"……15층에 사십니까?"

내 말에 젊은 남자가 뒤돌아보더니, 살며시 인상을 찡그리며 나를 쳐다본다.

"네."

"못 뵙던 분이라 이사 왔나 했습니다."

"아, 제가 바빠서 잘 못 들어오거든요."

그사이 15층에 도착해 그가 내렸다. 젊은 남자가 1510호 현관문 앞에 서더니 비밀번호를 누른다.

"나 왔어. 오우, 우리 혁이 못 본 동안 많이 컸네. 우짜짜 보고 싶었어용."

그가 현관문을 열자 갑자기 돌변하더니 과하게 코맹맹이 소리를 내며 안으로 들어갔다.

저 남자가 와이프와 세계 여행을 갔다던 혁이 생부? 혁이를 혼외자로 만들고 법적인 책임마저 회피해 그녀 부모님 앞으로 호적 처리해서 엄마를 누나로 만든 인면수심人面獸心 혁이의 생부란 말이지?

삐삐삑! 뇌에서 경고음이 또 들린다. 데이터도 없는 분노의 단계까지 수치가 올라가고 있다. 분노도 정확한 근거에 의한 통계 자료를 만들어야 하나 고민하는 사이 엘리베이터 문이 닫혔다.

인간의 뇌는 신비하다. 인식이라는 것을 하기 전에는 볼 생각을 하지 않다가 어느 순간 인식하게 되면 그것만 보게 된다.

흔히들 각인이라 하기도 한다. 그전에는 한 번도 눈에 띄지 않았던 혁이 생부가 종종 보인다. 한밤중에 혁이를 유모차에 태우고 아파트 단지를 돌거나 아기를 매달고 쓰레기를 버리러 나온다. 그리고 80퍼센트는 혜주라는 이름의 와이프와 통화를 한다.

자기가 사람이라면 그녀가 있는 집 안에서 와이프와 전화 통화는 못하겠지. 오늘은 무슨 핑계를 대고 그녀의 집에 왔을까?

나는 문자메시지를 확인하는 척하면서 유모차를 밀고 당기며 통화하는 그의 곁으로 다가갔다. 그는 통화에 집중하고 있어 내가 다가가는 것을 눈치채지 못했다.

"장미 누나하고 혁이랑 살지. 나? 난 왔다 갔다 하는데?"

그의 입에서 누나라는 말이 나온다. 그녀의 취향이 연하였던가? 위아래를 훑어보았지만 무릎이 헐렁하게 늘어난 트레이닝복에 마트에서 대량으로 찍어 낸 슬리퍼를 신은 그가 두 여자를 저울질할 만큼 매력적인 사람인지, 도무지 이해가 되지 않는다.

"야, 말도 마. 얼마나 결벽증인지……. 내가 숨이 다 막혀. 매일 쓸고 털고 닦고 삶고 빨고 광까지 내신다. 우리 집 가구가 크리스털도 아니고 반짝반짝 빛이 나요. 광낸 가구에 손자국 낼까 건드리지 못하고, 번쩍거리는 바닥에 발바닥 자국 찍힐까 뒤꿈치 들고 다닌다. 그리고 청소 한번 하려면 애 데리고 나가서 뺑뺑이 돌아야 하는데 미치겠다."

통화 내용을 들어 보니 오늘은 혜주라는 여자가 아니라 친구와 통화를 하는 것 같은데, 별것도 아닌 것을 가지고 트집을 잡으며 그녀의 흉을 보고 있다.

"어? 지금 원주 왔다고? 뭐야? 너희들 미쳤어? 광낸 바닥에 단체로 발바닥 자국을 찍는 역적 짓을 하려고? 예고 없이 그냥 쳐들어오면 장미 누나한테 다 죽어. 뭐? 톨게이트 빠져나왔어? 그럼 10분도 채 안 남았잖아. 헉! 야, 끊어. 장미 누나에게 말해야 해."

그가 전화를 급하게 끊더니 밀당하던 유모차를 급하게 돌려 1층 로비로 전력질주를 한다. 나는 느긋하게 그를 쫓아갔다. 그가 엘리베이터 버튼을 쿡쿡쿡 반복적으로 누른다. 초초한 표정이다.

"혁아, 우짜냐. 눈치 없는 것들이 우리 집에 쳐들어온단다. 미치겠다. 그치? 누나에게 뭐라고 말하냐. 누나가 시커멓고 더러운 세균 덩어리들을 몰고 왔다고 나를 죽일지도 몰라."

끼리끼리 논다고 했던가. 통화 내용을 보면 그의 불륜 사실을 알고 있는 친구들이 이곳으로 온다는 것인데, 친구를 보면 그 사람을 안다고 했다. 보지 않아도 뻔하다.

엘리베이터 문이 열리고 그가 유모차를 밀고 급하게 타는 것을 보았다. 그녀가 어떤 삶을 선택해 살든지 나와는 상관이 없다. 눈에 자주 보이고 시선이 그쪽으로 향한다고 해도 내 여자 문제도 아니고 신경 쓸 필요는 없다. 그녀가 선택한 남자가 최악이고 철없다고 하더라도 말이다.

나는 요즘 새로운 데이터를 작성 중이다. 분노에 관한 통계로 1~10단계까지 나누어 관리에 들어갔다.

1~2단계는 종이에 손가락을 베이는 상황. 상처는 없지만 기분 나쁘게 아파 신경이 쓰이는 정도의 단계, 3~5단계는 참을 수는 있지만 오만 가지 인상을 쓰며 짜증이 나는 단계, 6~7단계는 참으려 하지만 참을 수 없어 폭발하는 단계, 8단계 폭발하다 정신줄 놓기 직전, 9~10단계 어쩔 수 없음을 인정하고 포기하는 무념무상 단계.

지금까지는 나에게 분노를 일으키는 존재가 없어 그 필요성을 느끼지 못했지만 최근 들어 혁이 생부가 나의 인내심을 시험하고 있다. 지금 상황은 대략 5단계 정도 될 듯하다.

고민하는 사이, 띵 하고 엘리베이터 문이 열리자 후다닥 덩치 큰 남자가 뛰어나온다. 혁이 생부다. 그가 전화 통화를 하며 전속력으로 아파트 정문 쪽으로 뛰어간다.

"내가 뭐랬어? 미리 약속도 안 하고 무작정 쳐들어오면 우리 장미 누나에게 죽는다고 했지? 내가 집주인이면 뭐해? 우리 누나가 관리비랑 생활비 다 내고, 혁이 잘 본다고 용돈까지 준단 말이야. 우리는 주종관계야. 야, 일단 이쪽으로 오지 말고……. 아, 내가 그쪽으로 갈게."

그의 말소리가 점점 작아진다.

"그녀에게 돈까지 받는다고? 그럼 혁이 생부가 그녀에게 빌붙어 있는 제비?"

너무 놀라 몸이 굳어 버렸고 그 바람에 손에 들고 있던 휴대폰이 바닥에 뚝 떨어졌다. 분노 게이지도 함께 상승했다. 수치는 6단계에서 7단계로 넘어가면서 경고음이 울리고 있다.

그녀가 어떤 삶을 살든 상관없다고 생각했다. 하지만 이건 정말 해도 해도 너무한다. 도저히 참을 수가 없다.

'다르다는 것을 인정했고, 알고 있었고, 감당이 될 줄 알았는데 안 되는 거였고……. 모든 것이 잔인한 추억으로 돌아오는 건 내 탓일까요?'

그녀가 술에 취해 했던 말들이 떠오른다. 그녀는 혁이 때문에 그와의 관계를 지속하고 있는지도 모른다. 속이 타들어 가울면서도 그녀는 혁이 때문에…….

'재하가 원주로 가는 바람에 가장 아쉬웠던 게 이런 것들이었어요. 음식을 같이 먹을 사람이 없었어요. 재하 말고 다른 사람들은 제가 와인 아니면 고급 양주만 마신다고 생각하는 것 같고요. 사실 전 와인 맛도 양주 맛도 잘 몰라요. 그런 술들은 그저 과일 맛 나는 술, 독한 술일 뿐인데……. 내 생각은 물어보지도 않고 자기들 마음대로 판단하고 행동했으면서 나중에는 다 내 탓이라고 해요.'

그녀는 혼자라서 외롭다고 했다. 모든 것을 다 자기 탓이라 말하면서 슬퍼했다. 분노 게이지 상승으로 인해 주먹이 절로 쥐어졌다. 꽉 쥔 주먹이 부들부들 떨린다. 분노에 관한 수치가 8단계까지 상승했다.

밤공기가 차다. 3월의 끝자락이지만 왜 이렇게 추운지 모르겠다. 삐이빅, 삑삑, 삐리릭삐, 경고음이 쉬지 않고 울렸다. 복잡한 마음에 엘리베이터 옆 비상계단을 오르기 시작했다.

1F, 2F, 3F…… 10F, 11F…….

올라가는 숫자가 그의 심장박동 수를 대변하고 있는듯하다. 안 된다고 머리는 생각을 하지만 그녀가 살고 있는 층수가 가까워질수록 쿵쿵 심장박동이 빨라지는 건 이율배반이다.

'계단을 올라가니 숨이 차는 거다', '그래서 심장이 빨리 뛰는 거다'라고 열심히 뇌를 이해시키고 있지만, 삐삐비비비비빅, 고장 난 경고음은 멈추지 않고 쉼 없이 울리고 있다. 고민의 단계가 9단계 이상으로 올라가자 과부하에 걸렸다.

❀ ✱ ❀

다음 날, 혁이 생부가 혁이를 데리고 소아과에 왔다. 20층까지 올라가며 간신히 멈추었던 삐빅거리는 경고음이 다시 울려댔다.

환자의 보호자를 보며 분노에 휩싸여 죽이고 싶다고 생각을 한 적이 있었던가? 자리를 박차고 일어나 멱살잡이를 하고 싶은 충동을 간신히 참았다.

"장혁 아버님?"

목소리가 어느 때보다 날카로웠다.

"네? 저 장혁 아빠 아닌데요? 정말이에요. 제가 어딜 봐서 애 아빠처럼 보여요?"

예상대로 그는 팔팔 뛴다. 그렇게까지 아기 아빠인 것을 부정하고 싶은 걸까? 의심의 눈초리를 거두지 않자, 그는 얼굴이 시뻘게지면서 목소리를 높였다.

"혁이와 저 외사촌이에요. 아, 정말이라니까요! 오늘 장미 누나가 일이 있어 서울에 가는 바람에 제가 데리고 온 거예요."

"그렇습니까?"

"휴우, 이래서 내가 병원에 안 가겠다고 했는데, 누나가 혁이 데리고 병원 안 가면 이번 달 관리비 안 내 준다고 협박하는 바람에……. 아휴, 혁이가 말을 할 줄 알면 변명이라도 해 줄 텐데……. 그치, 혁아. 형아 하고 한 번만 불러 줘. 아이, 원장님, 정말이에요."

"그럼 혁이 아버님은 어디 계십니까?"

"혁이 던져 놓고 세계일주 중인데요. 어느 나라에서 잘 놀고 계시겠죠."

혁이 생부는 아직도 여행 중인가 보다. 그의 말을 들어 보니 그가 혁이 생부가 아니라는 확신이 들면서 이상하게 마음이 놓였다. 이런 기분은 지금껏 겪어 보지 못한 생소한 감정이다.

"알겠습니다. 오늘 혁이는 어디가 안 좋습니까?"

"혁이가 아침부터……."

덤덤하게 진료를 하고 있지만, 머릿속에는 온통 그녀에 관한 새로운 데이터를 수집, 정리 중이다.

그녀는 철저히 혁이 생부에게 버림을 받았고 현재는 남자가 없다는 결론을 내렸다. 그리고 그녀가 서울에 무슨 일 때문에 갔을지 궁금한 자신이 이해가 되지 않았다.

버스 안에서 그녀가 나에게 한 것처럼 다른 이에게도 똑같은 실수를 한다면? 삑! 생각만으로도 경고음이 울린다. 고민의 수치와 단계의 데이터도 무용화시킨 악성 바이러스 같은 그녀를 어떻게 하면 좋을까?

결국 고민 끝에 프로그램 회사에서 베타테스트를 하면서 하자 여부를 확인하는 것처럼 나도 내 운을 직접 시험해 보기로 했다.

비록 내가 좋아하는 방식은 아니지만 데이터와 수치에 적용이 되지 않는 변종 바이러스인 그녀를 철저히 운에 맡겨 보기로 했다.

시험 가동 시작 시간은 지금이고 종료 시간은 3시간 뒤다. 그녀가 장혁을 데리고 병원 대기실에서 제일 오래 기다린 시간이 아마 3시간 정도일 것이다. 나도 그 시간만큼 그녀를 무작정 기다려 보기로 했다.

고속버스 터미널 앞 화단에 걸터앉아 그곳을 드나드는 사람들을 쳐다보았다. 나는 그녀에 대한 어떠한 정보도 없다. 그녀가 차를 가지고 갔을 수도, 이미 도착했을 수도 있다. 그게 아니더라도, 그녀가 내가 기다리고 있는 입구로 나오지 않고 뒷문으로 나오거나 한다면 만나지 못할 수도 있다.

그렇게 어긋난다면 더 이상 고민하지 않고 그녀를 머릿속에서 삭제하자고 마음속에 되뇌고 있었다.

나는 그녀를 마음속에서 지우고 싶은 건지, 아니면 지우고 싶지 않은 건지. 그녀를 지울 핑계를 찾는 건지, 아니면 그녀를 만날 핑계를 찾는 건지 머릿속이 복잡했다.

그렇게 2시간 50분이 지나고 종료 시점까지 10분이 남았다. 10분 뒤면 모든 것이 해결될 것이다.

"박재하, 오늘 하루 보는 거 가지고 웬 엄살이야. 아기 보는 게 쉬운 줄 알았어? 지금 내렸으니까 바로 갈게. 알았어."

그 순간 익숙한 목소리가 들렸다. 그녀가 휴대폰을 받으며 걸어 나오고 있었다.

옥에도 티가 있듯이 세상에 완벽한 건 없다. 완벽하다 자부했던 내 인생의 데이터에 자그마한 균열이 생겼고 그 틈새로 바이러스가 침투했다.

무용지물이 된 데이터는 오늘 자로 폐기 처분이 될 것이다. 그녀를 어떤 상황에서도 치료 불가한 변종 바이러스로 인정하기로 했다. 언제가 될지 모르겠지만 백신이 만들어질 때까지는 이 상황을 있는 그대로 받아들여야 할지도 모르겠다.

"어? 원장님? 누구 기다리시나요?"

그녀가 나를 보고 놀라워한다.

"운동 나왔습니다."

"그 차림으로요?"

비즈니스 슈트와 구두를 신고 운동을 나왔다고 하니 그녀는 의심이 가득한 눈초리로 쳐다본다.

"머리가 복잡한 일이 있어 좀 걸었습니다."

"음. 이해는 돼요. 2시간 이상 기다리는 것도 유체이탈이 되던데, 병원에서 하루 종일 일하니 머리가 복잡할 만도 해요."

"집에 갑시다."

나는 화단에서 일어났다. 그녀는 내 말에 놀라는 것 같다.

"원장님과 제가요? 왜요?"

"집이 같은 방향이니까요."

"아, 맞다. 원장님과 저는 이웃사촌이죠."

그녀가 트레이닝복을 벗고 정장을 한 모습이 오랜만이라 생소했다. 고속버스에서 처음 만난 그날처럼 마음이 설렌다.

그날 내 옆에 앉은 그녀는 사늘하고 무표정한 얼굴로 창밖을 바라보고 있었는데 묘하게 눈길이 그녀에게 쏠렸다. 그녀가 창에 머리를 기대고 눈을 감고 있는 모습을 보았을 때는 시선을 뗄 수 없었다.

그런데 갑자기 그녀가 나에게 기대듯 쓰러졌고, 그 바람에 내 다리를 베고 자는 묘한 상황이 연출됐었지만 기분이 나쁘지 않았었다.

그녀에게서 좋은 향이 났다. 허리까지 내려오는 긴 생머리가 햇볕에 반짝인다. 머릿결이 너무 고와 만지고픈 충동도 일었다. 이런 감정들이 나에게는 생소한 일이라 그것이 무엇을 의미하는지 몰랐다. 수치로도 단계로도 따질 수 없는 감정들이었다.

"혁이 기다립니다. 집에 갑시다."

멈칫하는 그녀의 손을 잡았다. 손끝에서 전해지는 따스함이 좋았다. 두근두근, 심장이 따스해진다.

"그리고……."

이제 고민은 끝났다. 지금 이 순간부터 연애에 관한 새로운 데이터를 만들어야겠다. 0단계 아무것도 아닌 사이. 1~2단계 아무것도 아닌 그녀가 눈에 들어온다. 3~5단계 그녀를 알아간다. 6~7단계는…….

"남현우입니다."

"네?"

"원장님이 아니라 남현우입니다, 장미 씨."

지금은 2에서 3으로 넘어가는 단계쯤 될까? 앞으로 단계별로 어떤 상황이 진행될지 알 수 없지만 한 치의 오차도 없이 살고 싶었던 내 인생에 최대한의 변수가 될 것이라는 사실만큼은 틀림없을 것이다.

관계의 발전

“혁이 보호자 박재하 님. 요즘 자주 뵙는군요.”

“장미 누나가 일 때문에 서울에 갔거든요.”

“자주 가는군요.”

“원래 서울이 거주지니까요.”

남소아과의 절대 권력자 남 원장님의 용안을 뵈오니 감격에 겨워 목이 멘다. 원장님이 내 이름 박재하를 힘주어 부를 때, ‘네가 왜 왔냐’라는 싸한 느낌을 받았지만 그런 건 상관이 없었다. 또한 거주지라는 단어에 원장님이 인상을 쓴 것도 같지만 나는 거기에 신경을 쓸 여력이 없다.

오늘은 식목일이자 일요일이다. 대부분의 소아과들이 문을 닫는 공휴일에 유일하게 진료를 하는 남소아과에 들어선 순간, 신세계를 보게 되었다.

이 광경은 어린이날 부모님과 함께 놀러 간 놀이동산 이후로 처음이었다. 원주의 모든 어린이들이 이곳에 모인 듯했다.

진료실 안에 계신 그분을 영접하기 위해 이 모든 사람들이 하염없이 기다리고 있었다. 이 공간에서 그분은 신과도 같은 존재이다.

정확히 2시간 59분 50초가 되었을 때, '혁이 들어오세요.' 하는 어여쁜 간호사 누님의 아름다운 음성을 들었다. 지옥에서 나를 탈출시켜 주려 하는 천사의 목소리 같았다.

진료실에서 원장님을 보자 긴장이 풀려 3시간가량 바싹 잡고 있던 정신줄을 놓쳤다. 분명 질문하는 것에 대답은 하고 있는데 무슨 말을 하고 있는지 정신이 하나도 없다.

"……그럼 아예 서울로 가는 겁니까?"

"아직은 아닐걸요. 오늘은 빠져서는 안 되는 행사 때문에 간다고 했어요."

"행사? 무슨?"

"나무 심으러 간다고 한 것 같은데……. 어디였지? 아, 아, 남산? 남산에 간다고 한 것 같아요."

"나무를 심으러 서울로 갔다? 치악산도 있는데 남산까지 가서 심는다? ……전화가 오고 있습니다. 받으시죠."

진료 중에 전화를 받아도 되나 싶었지만 휴대폰 액정에 장미 누나란 글씨가 보이자, 자동적으로 받았다.

'몇 시 차로 예약했는지…….' 귀에 이명처럼 그분의 목소리가 들리자 나는 자동적으로 말했다.

"누나 몇 시 차야? 응. 5시 차라고? 알았어."

'5시면 대략…… 쯤 도착하겠…….' 귓속을 파고드는 그분의 음성은 혼잣말로 내뱉은 말인지 누군가에게 하는 말인지 가늠할 수 없어 나는 조용히 전화를 끊고 원장님을 바라보았다.

"……응? 저한테 뭐라고 하셨어요?"

원장님이 분명 마중? 뭐라고 하신 것 같은데? 내가 잘못 들었나?

"오늘 혁이는 어디가 안 좋습니까?"

"아, 혁이가요. 어제저녁부터 코가 막히는지 숨을 제대로 쉬지 못하고 씩씩거리더니 기침을 심하게 하더라고요. 기침 때문에 잠을 거의 자지 못했어요. 새벽에는 열이 39도까지 올랐고요."

"지금은 37도군요. 해열제는 몇 시에 복용시켰습니까?"

"새벽 2시하고 아침 7시요."

"음."

원장님은 아무 일 없다는 듯 덤덤하게 혁이를 진료하신다. 청진기를 귀에 꽂고 혁이의 심장과 배를 진료하더니 입안을 살펴보고 코도 뺐다. 아무 일도 없었다는 듯 덤덤히 진료하는 원장님을 보며 재하는 고개를 갸웃거렸다.

"원장님, 저에게 정말 뭐라고 안 하셨어요?"

"누런 코가 많이 차 있고 목도 많이 부어 있습니다. 목의 염증으로 인해 고열이 며칠 지속될 수 있습니다."

"아? 네."

"약을 복용시키시고 1시간 뒤에도 열이 떨어지지 않으면 해열제를 따로 복용시키면 됩니다."

"아, 네."

"경과를 봐야 하니, 이틀 뒤에 다시 내원하십시오."

간단하게 진료를 마치고 모니터를 바라보며 처방전을 작성하고 있는 원장님을 보며 재하는 눈을 질끈 감고 고개를 흔들었다.

"오늘은 호흡기 치료를 받고 가세요. 기관지 패치도 처방할 테니 자기 전에 붙여 주시고요. 숨 쉬기가 편할 겁니다."

침착하게 설명을 하며 마우스를 클릭하는 원장님을 보며 재하는 자신이 헛소리를 들은 거라고 확신했다.

아무래도 오랜 시간 소아과 대기실에서 혁이를 매달고 기다리다 보니 머리에 이상이 생긴 것 같다. 귀에서 희미한 쇳소리가 나는 것을 보면 헛소리를 들은 건지도 모르겠다.

하긴 이런 환경에서 멀쩡하기가 더 힘들 것이다. 전쟁터가 따로 없으니까.

머릿속이 짙은 안개가 깔려 있는 듯 멍했다.

❊ ✱ ❊

우리나라 사람들은 기념일을 좋아한다. 나무도 평소에 잘 심을 것이지 꼭 식목일이라는 유별난 날을 만들어 심으려고 한다.

남산 초입에 다다르자 중턱에 서 있는 고성호텔이 보였다. 장미는 우뚝 솟은 으리으리한 호텔을 바라보았다. 'Kosung Hotel'이라는 커다란 글자가 선명하게 보이자 장미의 표정은 더욱 서늘해졌다.

나무를 심자는 행사라면 나무를 심어야 정상일 것이다. 그런데 왜! 특급 호텔에서 행사를 하는 건지. 이건 나무를 심으러 모이는 것이 아니라 놀자고 모이는 것이다.

초청한 이가 이환 감독이 아니었으면 장미는 이런 자리에 오지 않았을 것이다. 이 감독이 워낙 호탕한 성격이라 인맥이 두텁기 때문에 그분의 영향력을 무시할 수 없어 참석은 하지만 마음은 편하지 않다.

이 감독 주축으로 행사가 진행이 된다면 그가 참석할 확률이 높을 것이다. 역시나 불길한 예감은 틀리는 법이 없다. 다시는 보고 싶지 않은 사람 중 한 명을 호텔 입구에서 보게 되었다.

스타크래프트 밴에서 그가 내리는 것을 보니 피식 웃음이 나왔다. 이곳에 올 때 각오는 하고 있었지만 막상 마주치니 기분이 더러웠다. 내가 잘못한 게 없으니 그를 피할 이유는 없지만 껄끄러운 건 사실이다.

여자 스태프들과 자연스레 스킨십을 하고 환하게 웃으며 호텔 안으로 들어가는 그를 보니 머리가 점점 지근거린다.

'신우태.'

모델 출신 연기자로 훌륭한 바디와 마스크를 가지고 있어 광고계에서는 떠오르는 블루칩이다.

그와는 3년 전 이 감독의 영화에서 만나게 되었고 원작자와 남자 주인공의 인연으로 좋은 관계를 유지하다 사귀게 되었다. 나름 꽤 진지하게 사귄 사이였지만 신우태의 배신으로 쓰디쓴 이별을 맞았다.

사귈 당시 스캔들이 나기도 했지만 그가 작가와 배우로서 한두 번 매니저를 동반해서 식사를 한 것이라고 부인해서 흐지부지된 적도 있었다.

"장미?"

행사장인 그랜드볼룸으로 들어가자 신우태가 먼저 장미를 알아보았다.

"오우, 여전하네."

"당신도 여전하네."

"나야 뭐. 그렇지."

그가 자연스럽게 다가와 악수를 했다. 누가 보면 오랜만에 만난 반가운 지인끼리 나누는 악수 정도로 알겠지만 장미는 소름이 돋았다. 손끝에 자그마한 경련이 인다.

"여전히 차가워. 이 손만큼 너의 속도 차가울지 항상 궁금했지."

"더러운 손이나 치워. 당신과는 확인하고 싶은 생각 없으니까."

"이미 끝난 사람이라 예의는 필요 없다는 건가?"

"무엇에 대한 예의? 예의를 갖출 무언가를 당신이 나에게 보여 준 적이 있었나? 그리고 사랑에 대한 예의라면 이미 네가 먼저 저버린 거 아니었니? 그런 너한테 지키고 말고 할 문제의 것이 아니야."

"이미 돌이킬 수 없을 만큼 망가져 버린 관계라서 그렇다? 도도한 척하지만, 너와 나 별반 클래스가 다르지 않잖아."

그가 비웃으며 장미를 지나간다.

이별에도 합리적이고 원만한 헤어짐의 예의는 필요하겠지만, 그건 정상적인 이별 수순을 밟은 연인에게나 필요한 단어일 것이다.

장미의 손가락은 쉼 없이 테이블을 치고 있다. 톡, 톡, 톡, 톡. 그 소리만큼 장미의 머릿속은 복잡하기만 하다. 원수는 외나무다리에서 만난다고 신우태가 바로 옆자리다. 그가 옆에 앉았다는 사실만으로도 뒷골이 땅긴다.

"다크로즈가 내 옆자리라니 하늘은 참 짓궂어. 우리가 스캔들이 터졌던 관계라서 그런지 기자들이 우리 쪽을 쳐다보고 있는데."

행사장 한쪽에 큰 스테이지가 있고 그 앞에는 원형 테이블들이 놓여 있었다. 그리고 테이블을 둘러싼 의자들에는 각각 이름이 붙어 있었다. 공교롭게도 장미의 옆자리가 신우태였다.

테이블 위에 그녀의 작품명이 쓰인 팻말이 있는 것을 보아, 작품을 기준으로 좌석을 배치한 것 같다. 공식적으로는 원작자와 그 원작의 남자 주인공의 만남이지만 그들 사이를 눈치챈 이들도 많을 것이다.

벌써 수군거리며 쳐다보는 눈들이 심상치 않아 거북하다. 잘못하면 또다시 A에서 Z사이의 알파벳 이니셜로 불리는 기분 나쁜 상황이 발생할 수도 있다. 저번에는 아무런 상관도 없는 알파벳 E였지.

"우리는 헤어진 관계일 뿐이야."

"아까부터 넌 우리가 헤어졌다고 말하는데, 난 말이야? 너와 헤어진 기억이 없어."

신우태는 테이블을 치고 있던 장미의 손을 잡아 밑으로 끌어내렸다. 테이블보로 가려지긴 했지만 자세히 보면 그가 장미의 손을 만지고 있다는 것쯤은 눈치챌 수 있었다. 큰 키에 어울리는 큰 손은 힘도 셌다.

"또 스캔들 터지고 싶어? 이번에는 어떤 이니셜을 새겨 줄 건데? 아, 한 번 E 양은 영원한 E 양인가?"

장미는 터져 나오려는 신음을 간신히 참으며 이를 악물었다. 억센 손아귀에 잡힌 장미의 손이 파르르 떨리고 있었다. 그는 이 상황을 즐기는 것 같았다.

"E 양이든 Q 양이든 난 상관없는데."

"Q 양은 여의사 아닌가? 이미 있는 Q 양을 쓰면 반칙이지."

"너의 이런 쿨함이 참 마음에 들어."

"한 번 더 말하는데, 이 손 치워. 망신당하지 않으려면……."

장미는 일어서려 했지만 이 감독이 다가와 장미 옆자리에 앉으며 말을 건네는 바람에 기회를 놓치고 말았다.

"로즈 작가. 신우태 군과 벌써 이야기 중이었군. 너무 친해 보여서 다른 사람들이 보면 둘이 사귀는 사이인 줄 알 거야? 그러니까 스캔들이 터지지. 하하."

이 감독이 호탕하게 웃으며 그들을 쳐다봤다.

"감독님, 그 발언 위험하십니다. 제 팬들 무서운 것 아시지 않습니까? 그 친구들 귀에 이 이야기가 들어가면 로즈 작가와 저 큰일 납니다."

신우태는 연기자답게 금세 가면을 쓰고 연기를 시작한다. 실제 연기를 이렇게 했으면 발연기자란 오명은 진작 벗었을 텐데.

"하하. 역시 신 군은 유쾌해. 그러니 여자 팬들이 많지."

"과찬이십니다."

"그리고 우리 로즈 작가는 연락 좀 하고 살자고. 하도 연락이 안 되니까 로즈가 해외로 잠적했다는 소문까지 돌았다고."

"죄송합니다."

"죄송까지야. 앞으로 연락 좀 자주 하고……. 어? 권우진 군이 왔네. 오우, 이혜연도 오랜만이고. 로즈 작가, 잠깐 실례 좀 하겠네."

이 감독은 장미와 대화를 하다 왕년의 스타였던 여배우와 그의 아들이자 아시아의 별이란 별명을 가진 남자 배우가 행사장 안으로 들어오자 반가운 표정으로 벌떡 일어나 그들에게 갔다.

"권우진 잰 부모 백 아니면 볼 거 없지. 마마보이답게 자기 엄마랑 같이 왔네. 저런 스타일이 여자들에게 먹히나? 장미 너도 권우진이 나보다 낫다고 생각해?"

신우태는 아니꼬운 표정으로 권우진을 노려보았다.

"권우진이고 마마보이고 내 알 바 아니야. 경고 한 번만 더 하겠는데, 이 손 치워."

"싫으면 네가 빼 봐. 나는 오랜만이라 설레서 빼기 싫거든."

장미는 지분거리는 신우태의 손길과 유들거리는 말에 참을 인 자를 새기고 있다.

그의 바람을 눈으로 직접 목격하지 않았을 때는 그의 말을 믿었다. 같이 영화 찍은 사이인데 밥 한 번 먹은 거 가지고 소문이 났다. CF 찍은 동생이고 손 한 번 잡았을 뿐인데 그때 마침 사진이 찍힌 거다. 친한 소속사 선후배 사이일 뿐이다. 이런 말 같지 않은 변명들을 바보같이 믿었었다. 다른 여자와의 정사 장면을 목격하고 그의 본성을 알아채기 전까지는 말이다.

"이렇게 만난 것도 인연인데 오늘 우리 집에 갈래?"

신우태의 말이 무엇을 의미하는지 안다. 그날 못 했던 것을 마저 하자는 뻔뻔한 제안이다.

뺨이라도 한 대 치고 싶지만 이성이 가로막는다. 기자들이 그들의 대화가 길어질수록 호기심 어린 눈길로 바라보고 있었다. 장미는 한때 사랑했다고 믿었던 연인에 대한 마지막 배려라고 생각하며 이를 악물고 참았다.

'집에 갑시다.'

어째서인지 그가 생각났다. 집에 가자고 손을 잡은 건 비슷하지만 느낌이 달랐다.

그는 집에 도착하는 20분 동안 손을 잡고 걷기만 했다. 손끝에서 전해지는 따스함이 생소했다. 그는 아무것도 요구하지 않고 아무 말도 하지 않고 조용히 걷기만 했다. 그것이 오히려 신선하게 다가왔다.

신우태처럼 처음부터 들이대지 않았고 자신의 섹시함을 모른다며 투정하지도, 강요하지도 않았다. 오히려 그는 그녀의 보폭에 맞춰 천천히 걸었다. 손을 잡고 천천히 걷는다는 것이 그렇게 가슴 설레는 행동인 줄 몰랐었다.

'남현우입니다.'

그저 이름을 들었을 뿐인데 심장이 쿵 하고 내려앉았다. 처음이다. 이름이 이 세상에 단 하나밖에 없는 고유명사로 들린 적이……. 이름은 그저 사람들을 구별해 주는 식별 번호 같은 의미 없는 글자일 뿐이라 생각했다.

"남, 현, 우."

"남현우가 누구인데?"

젠장. 머릿속의 생각이 입 밖으로 나왔나 보다. 신우태는 장미의 중얼거림을 들었는지 의미심장한 표정으로 그녀를 쳐다보았다.

"……."

"설마, 남자랑 잠적했던 거야? 그래서 연락이 안 됐던 거야?"

"당신이 상관할 바 아니야."

"헐, 정말? 말도 안 돼."

신우태는 기가 막힌지 목소리 톤을 올리며 손에 힘을 주었다. 그의 손안에 꽉 잡힌 손이 아파 온다.

쿵쿵, 비트가 강한 음악이 흘러나오며 쇼가 시작되었다. 스테이지에 형형색색 조명들이 켜지면서 행사장은 어두워졌다.

이름을 대면 알 만한 걸 그룹의 노래가 시작되면서 사람들의 시선이 무대로 향했다. 어둠을 틈타 신우태의 손길은 더욱 대담하고 노골적으로 변해 갔다.

"안 될 건 없잖아. 당신도 하는데 나라고 연애를 못하겠어?"

"그 남자도 알아? 네가 남자와 섹스도 안 되고 진지한 관계 자체를 거부하는 관계 기피증이라는 거?"

"거창하게 관계 기피증이라 말할 정도는 아니야. 대인관계는 나름 원만하니까. 다만 섹, 아니 그 부분만, 그것도 안 되는 게 아니라 못 하는 거야."

"그게 그거지. 둘 다 안 된다는 거잖아. 진지하게 상대하는 걸 거부하는 주제에 못 하는 거라고 말로만 거창하게 표현하지. 넌 착각하고 있는 거야. 어휘적으로 다르다고 그 본질이 다르지 않아. 결국 둘 다 NO라는 부정의 뜻인 거야."

"내가 별나다는 건 알고 시작했잖아. 난 처음부터 말했어. 모든 것을 천천히 하자고. 동의하고 시작했으면서 안 된다고 다른 곳에서 욕구를 푸는 건 아니라고 봐."

"그렇게 오래 기다려야 할지 몰랐지. 나도 풀어야 하잖아? 그 욕구."

"하고 싶은 대로 풀고 살라고 비켜 줬잖아. 이제 나하고는 상관없으니 마음대로 살아."

"너무 쿨하게 떠나니까 자존심 상하는데? 다른 여자들은 날 보면 미치는데 넌 왜 아닐까?"

신우태의 손에 힘이 더 들어가는가 싶더니 장미의 손을 자신의 허벅지 쪽으로 끌고 간다. 장미는 허리를 비틀면서 손을 빼려고 했지만 벌떡 일어서지 않는 한 벗어나기 힘든 자세였다.

도돌도돌하고 미끈거리는 물컹한 물건이 만져지자 장미는 숨이 턱 막혀 왔다. 장미가 놀라 신우태를 쳐다보자 그의 입꼬리가 올라갔다. 사람들의 시선이 무대로 향해 있는 지금 신우태의 행위가 위험 수위를 넘었다.

"한번 너도 느껴 봐. 얼마나 짜릿한지."

연기자 신우태, 가면을 쓴 그는 위트가 넘치는 완벽한 매너남이지만 그의 본성은 더럽고 추하다. 신우태는 알고 있다. 이곳에서 다크로즈인 난 아무것도 할 수 없다는 것을……. 그것을 철저히 이용하고 있다.

"왜 이렇게 떨어? 마치 처음 만져 본 것처럼? 지금 반응을 보니까 그놈하고도 못했다는 거네. 그러니까 내가 가르쳐 준다니까."

신우태가 자연스럽게 장미에게 몸을 밀착시키면서 귓속말로 속삭인다.

"뭐가 떨어진 것처럼 하고 테이블 밑으로 들어가서 내 것 맛 좀 볼래? 네가 관계 기피증이라서 섹스를 못한다고 하더라도 느끼는 건 가능할 거야."

신우태는 게슴츠레 눈을 뜨면서 이 상황을 즐기고 있다. 이 성과의 만남에서 그는 자신을 제외한 남에 대한 배려는 조금도 없었다.

관계 기피증이라고 비아냥대며 성희롱을 하고 있는 신우태가 조금만 인내심을 가지고 날 배려해 주었다면 적어도 지금 같은 관계는 되지 않았을 것이다.

난 안 되는 것이 아니라 못 하는 거다.

더 이상 참을 수가 없었다.

"……다크로즈는 여기서 아무것도 하지 못하겠지만, 혁이 누나는 다르지."

장미는 무대 위에서 현란하게 춤을 추고 있는 아이돌을 보며 중얼거렸다.

와아아. 모든 이들이 함성을 지르며 박수를 친다. 한 곡이 끝났는지 귀를 울리던 음악만큼이나 큰 박수 소리가 터져 나왔다. 그리고 바로 다음 곡이 이어졌다.

"혁이는 또 누구야? 너 두 달 동안 몇 명을 만나고 다닌 거야?"

"그 사람처럼 향기가 나거나 거부감이 안 드는 것도 아니고 혁이처럼 귀엽지도 않으면서 들이대기만 하는……."

장미가 사늘하게 웃으며 점점 딱딱해지고 있는 이물질을 꽉 잡았다.

"허허헉!"

신우태의 눈이 커지면서 컥컥 숨넘어가는 소리를 냈다. 고통 때문에 벌어진 입이 다물어지지 않는다.

"네 좆은 여태껏 내가 만진 것 중에 가장 형편없어."

"너, 허허헉, 너."

장미의 손에 힘이 점점 들어갔다. 장미는 혁이를 키우면서 기르지 못한 손톱이 아쉽다는 생각을 하면서 그것을 있는 힘껏 쥐어 비틀어 버렸다.

"너너너, 아아악!"

신우태는 처절하게 비명을 질렀지만 그 비명은 무대 위에서

칼군무를 하며 노래를 부르는 아이돌의 노랫소리에 묻혀 버렸다.

"어머머머, 웁스! 이렇게 하는 게 아니었어? 선생이 시원찮아서 내가 잘 못 알아들었나 보네. 난 또 이렇게 하라는 줄 알았지. 그렇다고 여기서 비명을 지르면 내가 뭐가 되니? 물이라도 마실래?"

장미가 놀란 표정으로 일어나, 신우태의 등을 있는 힘껏 펑펑 두들겼다. 장미는 테이블 위에 비치되어 있던 음료수와 물을 바라보았다. 하늘이 나를 도왔는지 음료수는 핏빛 나는 체리 주스였다. 지금의 내 마음을 대변해 주는 것 같은 색깔이다.

장미는 음료수 잔을 들고 씨익 웃었다. 장미는 하얗게 사색이 되어 헉헉거리며 테이블에 엎드린 채 신음하고 있는 신우태를 일으켜 체리 주스 잔을 입에 대 주는 척하며 옷에 부어 버렸다. 오늘따라 눈부시게 하얀 슈트를 입고 온 그였다.

"웁스! 어쩌지? 너무 놀라서 손이 미끄러졌네."

장미는 울상을 지으며 테이블 위에 놓여 있는 티슈를 집어 닦는 척을 하면서 하이힐 뒷굽으로 신우태의 발등을 찍고 지그시 눌러 뭉갰다.

"아악, 너, 무, 무슨…… 커컥, 컥."

장미는 고함을 지르려는 신우태의 입에 물컵을 대며 소곤거렸다.

"이 물이나 마시면서 입 닥쳐. 네 소리에 사람들의 시선이 몰리면 어쩌려고 그래? 너의 추한 모습 다 보이게 될 텐데. 테이블 밑에 추하게 늘어진 네 물건 사진 찍혀 평생 인터넷에 떠돌아다니게 하고 싶어? '국민 변태 신우태'라는 주홍글씨 한번 새겨 보려고? 나야 이니셜 E 양으로 표기되다 사라지겠지만, 너는 평생 주홍글씨처럼 따라다닐 거야. 이 변태 새끼야, 할 일이 없어 벌건 대낮에 성추행이야? 너 나 잘못 봤어. 이래 봬도 이틀에 한 번씩 9킬로그램 매달고 수많은 인파들 속에서 2~3시간씩 대기하면서 레벨 업시킨 강철 멘탈이야."

쿵쿵쿵, 신나는 댄스 음악이 계속 흘러나오고 있다. 모두들 박수 치며 무대에 집중하고 있었지만 신우태는 식은땀을 흘리며 테이블 위에 엎드려 신음하고 있었다.

그 모습을 보며 장미는 의자에 편하게 자리 잡고 다리를 꼬고 앉았다. 장미는 아무렇지도 않은 척 테이블 위에 올려놓았던 클러치 백에서 휴대용 손 소독제와 물티슈를 꺼냈다. 장미는 손 소독제를 꾹꾹 짜내 손을 비빈 후, 물티슈를 뽑아 손가락 하나하나 정성스럽게 닦았다. 그런 장미를 보며 신우태는 험악하게 인상을 찡그렸다.

"뭐, 뭐 하는 짓이야!"

"더러운 세균 덩어리를 만졌으니 소독해야지."

"자, 장미 너, 이러니까 네가 더 소름이 끼치는 거야. 아무 일도 아닌 척하는 너를 보면 내가 아니라 네가 더 연기자 같아. 허, 헉."

신우태가 신음을 참으며 간신히 입을 열었다.

"너처럼 발연기 하는 사람이 연기자겠어? 말은 바로 하라고 넌 그냥 광고 찍는 사람이지."

"이 미친년 같으니라고. 허헉, 끙."

"어머, 그 소리도 오랜만에 들으니 반가운걸."

장미가 신우태를 보며 서늘한 표정을 지었다. 그사이 걸 그룹의 무대가 끝나고 1부의 행사가 마무리되었다. 행사장 안에 환하게 불이 켜지자 그제야 신우태의 상태를 알게 된 주변 사람들이 수군거리기 시작했다.

"신 군? 괜찮은가? 갑자기 왜 그러는가?"

이 감독이 다가오자 장미가 얼른 일어나 이 감독의 팔짱을 끼며 막아섰다.

"며칠 밤샘하면서 광고 찍어서 그렇대요. 참, 감독님. 아까 이혜연 선생님 오셨던데 전 아직 인사를 못 드렸어요."

"아, 맞다. 이 여사와 로즈 작가는 안면이 있었지?"

장미는 테이블에 엎드려 신음하고 있는 신우태를 뒤로하고 이 감독을 끌다시피 데려가 버렸다.

"선생님, 오랜만이에요."

"어? 로즈 오랜만이네. 내가 먼저 연락하지 않으면 도통 연락할 생각을 안 해. 서운해."

"죄송해요."

"어머, 로즈 너 손이 왜 이렇게 차가워? 떨고 있잖아? 어디 안 좋아?"

"제가 수족냉증이 있어요. 혈액순환이 잘 안 되나 봐요."

"어머, 아가씨가 손발이 차면 안 되지. 내가 잘 아는 한의원 소개해 줄 테니까. 한번 가 봐."

"네, 그럴게요."

장미를 보자 반가운 얼굴을 하며 손을 잡은 이혜연이 덜덜 떠는 그녀의 손을 보고 놀라자 장미는 급하게 변명을 했다.

"장미 누나. 난 안 보이나 봐."

"어머, 우진이는 점점 멋있어져. 역시 카메라 마사지가 최고라니까."

"서운하게 카메라 마사지라니. 그냥 잘생긴 거지. 장미 누나는 오랜만이네."

"음, 요즘 아이를 키우고 있어서."

"아이? 아, 새 작품 들어갔구나."

신작이라. 휴, 두 달 동안 단 한 줄도 쓰지 못한 백수 아닌 백수로 지내고 있다. 청소하고, 밥하고, 장 보고, 장혁 보고, 소아과 가고. 그렇게 다람쥐 쳇바퀴 돌듯 살다 보니 두 달이 지나 있었다.

글을 쓸 수나 있을까? 아무리 생각을 해도 무리다. 예자연 여사가 와서 장혁을 데리고 가지 않는 이상 무리다.

"로즈 작가 새 작품 들어간 거야? 이번에는 무슨 내용인데?"

이 감독님도 장미의 신작에 흥미가 생기는 모양이다.

"내용이라면, 음, 젊은 아가씨에게 어쩌다 아기가 생겼는데……."

"음, 미혼모 얘기군."

"아기를 키우면서 동네 소아과에 다니다 잘생긴 원장님을 만나고……."

"음. 로즈 작가. 기왕이면 동네 소아과 원장이 아니라, 대학병원 과장급 정도로 하는 게 좋지 않을까?"

"누나, 내 생각도 감독님과 같아. 남자 주인공이라면 적어도 대학 병원 교수급이나 과장급이 좋지. 그리고 내가 소아과를 비하하는 건 아닌데, 극적인 상황에서 가장 멋있는 건 역시 외과야. 심장 전문의 아니면 뇌 전문의가 있어 보이지. 하버드나 존스 홉킨스 출신의 천재 의사면 더 좋고."

"권우진 군은 역시 나와 생각이 같아."

"감독님, 그러면 여자 주인공은 알고 보니 병원장 딸 어떻습니까? 아기는 알고 보니 남자 주인공 아기인데, 남자 주인공이 기억상실에 걸려 기억을 못 하고……."

"기억상실? 뭐 사골처럼 우려먹긴 하지만 그것처럼 긴장감 있는 설정은 없지."

"그럼 아기의 출생의 비밀이 밝혀지는 계기로는 백혈병 어떨까요? 아버지만 골수가 맞아 자신의 아이의 존재를 알게 되는 거죠."

"음, 그런 극적인 부분은 꼭 있어야 해."

이 감독과 권우진의 대화를 들으며 장미는 피식 웃었다.

그는 대학 병원 교수나 과장급은 아니지만 한번 보려면 대기 2시간은 기본인 우리 동네 신이랍니다. 우리 동네에서는 그분을 만나려면 유체이탈 한번 해야 하죠. 그리고 아기에게 백혈병이라니 절대 안 돼요. 그냥 감기, 비염, 장염으로도 충분히 힘들답니다.

"어? 신우태가 장미 누나를 험하게 노려보는 거 같아. 왜 누나를 노려보지?"

권우진의 시선을 따라가 보니 신우태가 매니저에게 기대 절

뚝거리면서 행사장을 빠져나가고 있었다. 눈이 마주쳤지만 아무렇지 않은 척 슥 시선을 옮겼다.

"나를 왜 노려보겠어. 널 보는 거겠지. 아까 잠깐 얘기했는데 신우태가 너한테 라이벌 의식이 있나 봐. 마마보이라고 대놓고 뭐라던데……."

"헐. 정말? 자기는 허우대 하나 믿고 발연기나 하는 주제에 누굴."

"그러게 말이야. 저렇게 노려볼 시간이 있으면 연기 연습이나 할 것이지."

권우진의 말에 동조해 주며 장미는 그가 빠져나간 문을 쳐다보았다.

신우태, 나를 배신하고 희롱한 것에 대한 복수다. 누누이 말했지만 나는 관계 기피증이 아니야. 오히려 너무 많은 이들을 알고 있다는 것이 병이지.

지금껏 여자에게 형편없다는 소리는 처음 들었겠지? 육체적인 고통도 심하겠지만, 정신적인 충격이 더 심할 거다. 아마 진실을 알게 되면 더 미치겠지. 내가 경험한 것이 고속버스에서 죽부인으로 착각하고 비빌 때 스친 그의 것과 장혁 미니어처를 본 것이 전부라는 사실을 알게 된다면 말이야.

네가 자랑스러워하는 물건이 8개월 된 아기 고추보다 못하다고 한 거니까. 하지만 난 거짓은 말하지 않았다. 크기는 몰라도 촉감은 그들이 더 좋았으니까.

"참, 우리 누나가 장미 누나 연락 안 된다고 아주 난리야."

"내 상황이 좀 그래. 누구에게 연락할 정신이 아니야."

"음, 자료 조사할 것이 많구나. 알았어. 장미 누나 새 작품 들어갔다고 전할게."

"응. 그리고 내가 약속이 있어서 2부 시작하면 바로 가야 할 것 같아. 인사 못 하고 가도 이해해."

"알았어."

통쾌하게 복수를 하긴 했지만 신우태가 눈앞에서 사라지자 긴장이 풀렸는지 몸이 사시나무 떨리듯 떨렸다. 손의 떨림이 멈추지 않아 주먹을 꽉 쥐었다. 아닌 척 버티었지만 한계인가 보다.

"……집에 가고 싶다."

❀ ✿ ❀

빽빽한 빌딩과 주차장같이 꽉 막힌 도로가 답답하다. 29년 동안 살았던 대도시가 답답하다. 고속버스가 서울을 벗어나 고속도로를 달리기 시작하자 장미는 꽉 막혔던 가슴이 뚫리는 것 같이 시원해졌다.

고속버스의 차창 밖으로 보이는 산과 들의 모습과 소도시의 풍경이 포근하게 느껴지는 건 왜일까? 익숙한 풍경들이 보이자 숨이 쉬어졌다. 오랜만에 집에 가는 느낌이 든다.

고속버스 터미널에서 나오다 빵 하는 클랙슨 소리에 고개를 돌렸다. 은색 SUV 차량에서 나는 소리였다. 열린 창문 사이로 남 원장이 보인다.

"원장님? 여긴 무슨 일로?"

장미가 놀라서 묻자 그는 장미를 쳐다보며 대답했다.

"저녁 식사를 하려고 나오던 길에 장미 씨가 보여서요."

"아."

"식사 전이면 같이 갈까요?"

"제가요? 왜요?"

"이런 날은 혼자 식사하는 사람이 없어서요."

그 말을 끝으로 그가 고개를 돌려 앞을 바라본다. 그의 옆모습이 쓸쓸하고 외롭게 보였다. 공휴일 저녁 시간이다. 대부분 친구들끼리 아니면 가족과 함께 식사를 할 것이다. 그런 공간에서 홀로 있는다는 건 쓸쓸하고 외로울 것이다. 겪어 본 사람은 그 기분을 안다.

꼬르륵, 갑자기 배에서 소리가 났다. 생각을 해 보니 오늘 하루 종일 먹은 것이 없었다. 장미는 피식 웃음이 새어 나왔다. 그가 식사하자고 말하기 전까지는 배가 고프다는 사실조차 인식하지 못하고 있었다.

"무엇을 하든 혼자는 외롭죠."

타라는 걸까? 아닌 걸까? 그는 절대 강요하지 않는다. 신우태처럼 살갑게 차 문을 열어 주며 앉으라는 친절을 베풀지 않는다. 그는 핸들에 두 팔을 대충 걸치고 그 위에 얼굴을 기대 앞을 바라보고 있다. 나보고 오라는 건가?

그가 신우태와 다른 점을 또 하나 찾았다. 내가 다가갈 시간을 준다. 다가가지 않는다고 조급하게 강요하지 않는다.

과거를 확실하게 끝맺고 온 오늘, 다른 인연을 새로 시작하는 것도 나쁘지 않다는 생각이 들었다.

장미는 숨을 깊게 들이쉬면서 차 문을 열고 탔다. 안전벨트가 철컥하고 잠기는 소리가 들리자 조용히 앞만 바라보던 그가 고개를 돌렸다. 그의 눈빛에 심장이 쿵하고 떨어졌다.

"이곳도 나무 심을 곳은 많습니다."

조용하고 차분한 목소리, 침착한 얼굴과 달리 그의 눈동자는 심하게 떨리고 있었다.

그는 지나가다 멈춘 게 아니었다. 꺼져 있는 시동, 반듯하게 주차가 되어 있는 차, 아무렇게나 벗겨져 자동차 대시보드 위에서 굴러다니는 은테 안경을 보니 그는 나를 기다리고 있었던 것 같다. 나를 왜 기다린 걸까?

"소아과는…… 계속 다니던 곳이 아기에게 심리적인 안정을 준다고 합니다."

이유는 모르겠지만 그가 초초해하는 것처럼 보였다.

"대기 시간이 정 힘들면……."

"힘들면요?"

"아닙니다. 식사하러 갑시다."

그가 안경을 쓰더니 시동을 걸었다. 그는 나에게 무슨 말을 하고 싶었던 걸까? 궁금하지만 묻지 않았다.

그가 옆에 있을 뿐인데 신우태를 만난 이후 멈추지 않는 떨림으로 냉기가 돌았던 손가락에 다시 온기가 돌고 있다. 그 사실만이 중요했다.

포용

그녀가 5시 차를 탄다고 했지만 정확한 근거에 의해 얻은 정보가 아니므로 꼭 그 시간에 탄다는 보장은 없었다. 예상 출발 시간을 추론하자면 4시 30분부터 5시 30분 사이.

소요 시간은 1시간 30분이라 적혀 있지만 오늘 같은 공휴일에는 정확한 도착 시간을 예상하는 건 무의미하므로 그녀가 언제 도착할지 모른다는 결론을 내렸다.

예상이 가능하지 않은 일을 한다는 건, 몸이 피곤하기 마련이다. 결국 고민 끝에 모든 오차범위 내에 절대 빠져나갈 수 없는 시간인 5시부터 언제 나올지도 모르는 그녀를 기다리고 있다.

재깍, 재깍, 시계의 초침 소리가 유난히도 크게 들려왔다. 시침과 분침이 6시 30분을 가리키고 있었다. 하늘은 파란빛에서 붉은빛으로 물들기 시작했다. 이제 곧 어둠이 밀려온다는 신호일 것이다.

"휴우."

현우는 안경을 벗어 대시보드 위에 던졌다. 안경이라는 거추장스러운 물건을 벗어 버리니 모든 사물이 흐릿해진다. 신호등의 불빛이 두 겹 세 겹으로 겹쳐 보였다. 현우는 가죽시트에 등을 깊숙이 기대 머리를 뒤로 젖히고 눈을 감았다.

'원래 서울이 거주지니까요.'

그녀의 사촌 동생은 오늘은 아니더라도 그녀가 언제든지 이곳을 떠날 수 있다고 했다. 그녀가 이곳을 떠날 수도 있다는 생각에 마음이 무거웠지만 이곳에 남아 달라고 말할 자격은 나에게 없다.

미래를 보장하는 약속도 아닌, 그저 당신이 내 눈에 자꾸 보이는 것이 거슬린다는 이유로는 더더욱 잡을 수가 없다. 그녀는 벌써 혁이 생부로 인해 많은 상처를 입었다.

'우리 한번 사귀어 볼까요?', '우리 연애해요.' 일상적으로 남녀가 만나 대시하는 행동들은 그녀의 아물지도 않은 상처에 더 큰 생채기를 낼 수도 있다. 상처가 깊은 사람은 꽃으로도 때리지 말라고 했다.

기다림의 시간은 초조하다. 기다림의 상대가 언제 나올지 모르는 상황에서는 잠깐 한눈파는 것도 용납이 안 된다.

눈을 번쩍 뜬 현우가 몸을 일으켜 대시보드 위에 던져 놓은 안경을 잡으러 손을 뻗다 그녀를 발견했다. 희미한 윤곽이지만 알아볼 수 있었다. 사물이 정확하게 보이지 않아도 그녀라는 확실한 예감이 들었다.

빵 하고 클랙슨을 울리자 그녀가 다가온다. 어떤 표정으로 다가오고 있는지 알고 싶다는 생각이 들었다. 다가올수록 흐릿하게 겹쳐 보이던 그녀가 조금씩 윤곽을 찾아갔다.

"원장님? 여긴 무슨 일로?"

"저녁 식사를 하려고 나오던 길에 장미 씨가 보여서요."

"아."

아직까지는 그녀의 표정이 제대로 보이지 않는다. 두 겹 세 겹 겹쳐지는 흐릿한 영상 속에서 모험을 해 보기로 했다.

난 당신에게 식사를 하자고 할 것이고 당신은 선택을 하겠죠. 지금은 비겁하게 당신에게 모든 선택을 맡기지만 내 제안을 받아들이는 순간 지금까지의 고민을 마무리 지을까 합니다.

"식사 전이면 같이 갈까요?"

"제가요? 왜요?"

"이런 날은 혼자 식사하는 사람이 없어서요."

여기까지가 한계였다. 고개를 돌렸다. 현우의 시간은 여기서 멈추었지만 전면 유리창 밖의 세상은 분주했다. 신호가 바뀌었는지 횡단보도를 건너는 사람들의 윤곽이 희미하게 보였다.

두 번의 신호가 바뀌고 달칵 문소리가 들렸다. 안전벨트의 철컥하는 잠금 소리가 들리자 그제야 안심이 되었다.

고개를 돌려 그녀를 바라보았다. 뿌연 안개 속 세상에서 그녀만이 또렷하게 보인다. 안경이라는 또 다른 매개체가 아닌 눈으로 생생히 볼 수 있는 내 경계선 안으로 그녀가 들어왔다.

"……식사하러 갑시다."

대시보드 위에 내팽개쳤던 안경을 다시 썼다. 시동을 켜고 룸미러를 통해 뒤를 확인했다. 신호가 바뀌어선지 차들이 옆을 지나치고 터미널에서 나온 승객을 태운 택시들이 그 틈을 비집고 나갔다.

좌측 방향지시등의 달칵거리는 소리가 거슬리기 시작할 무렵 신호가 바뀌었다. 긴 차량 행렬이 끝나고 핸들을 꺾는 순간, 그는 자신의 눈을 의심했다. 저건?

인생은 예측불허다. 수치와 통계 계산으로도 설명이 안 되는 변수라는 것이 항상 존재를 한다. 바로 이런 경우처럼…….

"스토오오오옵! 장미 누나. 허허헉."

장혁의 서브 보호자, 박재하. 그가 유모차를 밀며 전속력으로 달려오고 있었다.

"허헉, 맞은편 신호등에서 누나 보고 신호 바뀌자마자 뛰어온 건데 이상한 차를 타서 내가 얼마나 놀랐는지 알아? 누나가 원주에서 아는 사람도 없을 텐데……. 헉, 헉."

"재하야, 네가 웬일이야?"

장미가 창문을 열자 재하는 의심스런 눈으로 안을 기웃거리다 운전석에 앉아 있는 남현우를 보자 눈매가 가늘어졌다.

"원주에 도착했으면 재깍 집으로 올 것이지. 지금 뭐 하려고 이 차에 탄 거지? 그리고 저분 오늘 내가 3시간 기다려서 간신히 뵌 남 원장님 아니셔? 왜 누나가 남 원장님 차를 타고 있을까?"

"나오다가 우연히 만나서 탔어. 같은 방향이잖아. 그런데 너는 마중 나오는 애가 차도 안 가지고 왔어?"

"마중 나오려고 한 게 아니라 혁이가 하도 징징거려서 유모차 끌고 나왔다가 누나 올 시간이 된 것 같아 겸사겸사 이쪽으로 온 거지. 마침 잘됐다. 다리도 아프고 했는데. 원장님, 저희도 태워 주세요. 그런데 정말 집으로 가려고 한 거야? 저, 엉, 말?"

그녀에게는 장혁뿐만이 아니라 박재하라는 사촌 동생도 딸린 옵션이라는 새로운 사실이 추가되었다.

이런 상황을 유추한 적은 없다. 기나긴 기다림 끝에 간신히 만난 그녀에게 어렵사리 얻은 식사 기회다. 지금껏 모든 영상매체와 책에서 얻은 데이터에 이런 상황은 없었다.

그녀가 내 옆자리가 아닌 뒷자리에서 아기를 안고 있고, 그녀의 옆자리에는 내가 아닌 박재하라는 사촌 동생이 버티고 앉아 나를 노려보고 있다. 나는 왜 그들을 모시고 가는 운전기사가 된 것인지…….

"역시 차는 커야 해. 내 차는 유모차가 들어가지 않는데 이 차는 아주 여유롭게 들어가네. 역시 SUV는 패밀리카야."

❀ ✱ ❀

"〈전설의 고향〉에나 나올 법한 이곳의 정체는?"

"장미 누나, 여기 이래 봬도 소문난 맛집이야."

재하는 주변을 두리번거리며 함박웃음을 지었다.

"재하가 아는 집이야?"

"응. 교수님들 모시고 몇 번 왔는데 지금 비수기라서 그렇지 복날 되면 여기 못 들어와. 주인아주머니가 직접 기르는 토종닭에 유기농으로 재배하는 채소랑 심마니인 주인아저씨가 직접 캐 오시는 약재로 만든 백숙이라 인기 좋아."

"여기가 그렇게 유명한 집이였구나. 인테리어는 별로인데."

"그러니까 숨은 맛집이지."

현우가 데리고 온 곳은 원주 시내에서 차로 30분 거리인 치악산 줄기에 위치한 '구룡 엄마손 가든'이었다. 어딘가 친근한 이름답게 슬레이트 지붕을 한 가건물로 휑하게 뚫린 흙 마당에 평상이 군데군데 놓여 있었다.

그들은 그중 가장 환하게 불이 켜진 널찍한 평상에 자리를 잡았다. 벚꽃이 피는 4월의 날씨지만 계곡이 위치한 산줄기인지라 아직은 많이 쌀쌀해 바람을 막기 위해 삼면에 포장마차에서 본 듯한 파란색 비닐 휘장이 쳐져 있었다.

하얀 전지가 깔린 커다란 상에 금방 푸짐한 한 상이 차려졌다. 남현우와 장미가 말없이 마주 앉았다.

말없는 그들과는 달리 주변은 소음으로 가득했다. 꼬꼬꼬꼬꼭, 꼬꼬오옥, 먼저 간 동료 생각에 서러운지 하늘을 바라보며 구슬프게 우는 놈, 흙바닥을 콕콕거리면서 쪼아 먹으며 발가락으로는 흙바닥을 파는 이중 스킬을 쓰는 놈, 푸드득거리며 부산하게 뛰어다니는 놈, 높은 곳에서 꾸벅꾸벅 졸고 있는 놈, 그리고 남현우와 장미가 앉아 있는 평상 밑에 버티고 서서 그들을 째려보고 있는 놈.

재하는 혁이를 안고 마당 여기저기를 돌아다녔다. 혁이는 생전 처음 보는 닭들이 신기한지 눈이 동그래져서 팔을 허우적거리며 즐거워했다.

장미가 주변을 훑어보는 동안, 음식을 서빙해 주는 나이 든 할머니가 갖은 약재를 품은 닭이 담긴 냄비를 가지고 평상 위로 올라왔다. 할머니의 등장과 함께 평상 밑에서 그들을 째려보던 닭이 심하게 날개를 퍼덕였다.

"아무리 맛집이라도…… 닭털이 풀풀 날리는 이곳에서 그들의 동료를 뜯어먹는 건 좀……. 휴우우. 지금 냄비 속에 들어가 있는 아이가 네 친구였구나."

"허이, 저리 가! 잡아 버리기 전에……."

할머니가 휴대용 가스레인지 위에 냄비를 올려놓으며 소리를 버럭 지르자 날개를 퍼덕이던 불청객은 순식간에 사라졌다.

이 모습을 말없이 지켜만 보던 현우가 담담하게 말문을 열었다.

"아까 제가 연락드렸을 때 이런 곳이라고 말씀 안 하셨습니다."

"묻지도 않아 놓고. 블로그 보고 전화한다고 하고 예약만 했잖아, 젊은이가."

"블로그 사진에는 닭들이 뛰어다니지 않았습니다. 닭들은 밤에 자는 조류 아닙니까?"

"푸하하, 다 옛날 얘기지. 환한 불빛에 사람들이 왔다 갔다 하는데 애들이라고 잠이 올까?"

냄비 안에 알몸을 드러내고 있는 닭을 찢어 육수를 붓던 할머니가 현우를 보며 화통하게 말했고 현우의 낯빛은 점점 굳어갔다.

"까아악, 까악."

"우짜. 우리 혁이 기분이 좋아요?"

장미는 재하와 혁이를 쳐다보았다. 뭐가 그렇게 좋은지 재하는 혁이를 안고 깔깔거리며 닭들의 뒤를 쫓고 있었다.

"여보세요? 어? 혜주? 나 장미 누나랑 밥 먹으러 왔는데……. 어어, 잠깐만 잘 안 들린다. 잠깐만. 누나, 혁이 좀 봐 봐. 왜 이렇게 지지직거리지? 혜주야, 오빠가 다시 걸게."

재하는 전화가 잘 안 들리는지 고개를 갸웃거리다 혁이를 평상에 두고 잽싸게 식당 밖으로 뛰어나갔다. 혁이는 재미있게 놀아 주고 있던 재하가 사라지자 얼굴이 금방 울상이 되어 삐죽거렸다.

"혁아, 재하 형아 전화 받으러 갔어요. 금방 올 거야. 우리 아기 착하지?"

장미가 토닥거렸지만 혁이는 재하에게 가려고 버둥거리다가 품에서 빠져나왔다. 장미가 잡을 틈도 없이 혁이는 잽싸게 기어갔다. 금방 평상 끝에 다다랐지만 장미가 붙잡기엔 너무 늦어 버렸다.

손을 두 번만 더 짚으면 그대로 평상 아래로 떨어지려는 그때, 민첩하게 움직인 현우가 막 허공에 손을 짚으려던 혁이를 안아 올렸다. 놀란 혁이가 입을 삐죽거리더니 눈에 눈물이 맺혔다. 금방이라도 울음이 터질 것 같은 얼굴이었다.

"우리 혁이 괜찮아요?"

장미가 놀라서 목소리가 커지자 현우는 고개를 끄덕이며 손으로 조용히 하라는 신호를 했다.

"이럴 때 보호자가 놀라면 아기는 불안해합니다."

현우가 혁이를 안고 '괜찮아요. 이제 괜찮아요.' 조용히 속삭이듯 말을 하며 등을 도닥거리자 혁이는 입술을 삐죽거리며 움찔움찔하다가 현우의 품에 폭 안겼다.

"휴우, 원장님은 역시 전문가라서 저랑은 달리 침착하시네요."

장미는 혁이가 현우의 품에 안겨 진정하자 감탄하듯 바라보았다.

"전문가라……."

현우는 하루에도 수백 명의 아이들을 본다. 5분에 한 명꼴로 아픈 아이들을 보고 그들의 몸에 침투한 바이러스를 퇴치해 주는 일을 한다.

그들과 나는 마주 앉아 바라보며 최소한의 신체 접촉을 한다. 그 아이들과 심장 소리가 들릴 만큼 가깝게 밀착해 본 적이 없다.

현우는 혁이에게서 전해지는 콩콩거리는 심장 소리에 머릿속이 멍해졌다. 혁이의 숨소리가 들리고 아기 특유의 냄새가 코끝으로 전해지자 가슴이 두근거리기 시작했다. 파르르 떨리는 혁이의 속눈썹을 보면서 현우는 생각했다.

"장미 씨와 혁이 많이 닮았어요."

"같은 핏줄이니까요."

"그렇겠죠."

보글보글, 냄비 안에서는 닭이 맛있게 익어 가는 소리가 들리기 시작했다. 장미와 현우는 멍하게 서로를 바라보았다.

"대기 시간이 정 힘들면……."

콩콩콩콩, 혁이의 심장 소리인지 자신의 심장 소리인지 구분이 되지 않지만 새삼 존재가 느껴질 만큼 뛰고 있었다.

"힘들면요?"

"힘들면 전화를 하시면 됩니다."

"전화요? 피, 그거 안 해 봤을 것 같아요? 남소아과 전화 예약 안 되잖아요."

장미는 현우가 산뜻한 해결 방법을 말해 줄 거라 생각했는지 전화하라는 부분에서 피식 웃음을 터트렸다.

"병원으로 말고 저에게 직접 전화해요."

"네?"

장미의 얼굴에서 웃음이 사라졌다.

"장미 씨가 병원 오시기 전 전화나 문자를 주시면 제가 예약을 해 놓겠습니다."

"원장님이요? 뭐, 미리 예약을 해 주신다고 하면 시간 맞춰 가면 되니까 기다리지 않고 저야 편하겠지만……."

"원칙에 어긋나지 않으니 괜찮습니다."

"융통성 없긴. 알았어요. 저야 원장님이 해 주신다면 마다할 이유는 없지만, 제가 원장님의 개인 번호를 몰라 연락을 할 수 있을지는 모르겠어요."

보글보글, 냄비 안에서 김이 모락모락 피어오른다. 열기가 훅하고 느껴진다. 그 열기만큼 심장은 쿵쿵 뛰어 댄다.

"장미 씨 번호 불러 봐요. 제 번호 전송할 테니……."

"제가 밤낮으로 전화해서 원장님 괴롭히면 어쩌려고요."

"……원장님이 아닌 남현우는 상관없을 것 같습니다."

"네?"

"번호를 부를까요. 아니면 제가 저장해 드릴까요."

현우에 말에 장미가 미소를 지으며 휴대폰을 내밀었다. 현우는 그녀가 내미는 휴대폰을 받았다. 이성에게 자신의 휴대폰 번호를 알려 주는 건 동기들 외에는 처음인 듯싶다.

"자, 잠깐, 만, 요. 원장님."

그녀가 내미는 휴대폰을 받고 전화번호를 찍으려는 순간 그는 자신의 눈을 의심했다. 그녀가 당황하며 자신의 휴대폰을 빼앗으려 손을 내밀었지만 동작은 그가 더 빨랐다.

"아, 들켰다."

"설명이 필요할 듯싶습니다만……."

그녀의 휴대폰 메인 화면 사진은 언제 찍혔는지 모르겠지만 분명 현우였다. 그녀의 얼굴이 홍시처럼 붉어졌다.

"아, 도촬 사진인데."

그녀가 현우의 손에 있던 휴대폰을 빼앗았다. 그러고는 휴대폰을 만지작거리며 그를 빤히 쳐다보았다. 나는 그녀가 어떤 변명을 할지 궁금해졌다.

찰칵, 생각지도 못한 반전이었다. 그녀가 씨익 웃더니 현우의 사진을 찍었다.

"지금 뭐 하시는 겁니까?"

"사진을 바꿀 때가 되어서요. 정면 사진으로 바꾸고 싶었는데, 지금 그 표정 정말 좋았거든요. 혁이 표정도 좋았고요."

그녀가 상당히 만족스러운 표정을 지었다.

"저 초상권 있습니다."

"얼마면 되는데요? 얼마면……."

휴대폰을 흔들며 오래전 유행했던 드라마 대사를 흉내 내는 그녀가 몹시도 사랑스러웠다. 내 표정을 오해했는지 그녀가 나직이 한숨을 쉬었다.

"아, 농담이었는데. 저만 볼게요. 그럼 됐죠?"

"대부분 메인 화면은 애들 사진이지 않나요?"

"안 그래도 매일 보는 혁이 얼굴 메인 화면으로 저장해서 뭐하게요."

"그렇게도 좋습니까?"

내가 그녀에게 어떤 존재인지 묻고 싶었다.

"휴대폰 이리 줘 봐요."

"치, 사진 지우게요? 한번 찍혔으면 끝이에요."

"제 번호 필요 없습니까, 장미 씨?"

그녀가 현우의 사진을 가지고 있었다는 사실이 기분 나쁘지 않았다. 오히려 그녀가 전화를 확인할 때마다 그를 보며 내 생각을 한다는 것이 좋았다.

오늘 장미와 현우는 서로에 대해 한 가지를 더 공유하게 되었다. 서로의 전화번호 알기.

"이제 식사합시다. 생긴 건 이래도 몸에 좋다고 파워블로거 님이 말씀하시더군요."

"정말 인터넷 검색하신 거예요?"

현우가 눈이 동그래진 장미를 보며 피식 웃었다.

"드세요. 아기를 보려면 체력이 받쳐 주어야 하니까요."

현우는 국자를 들어 닭고기를 크게 퍼서 접시에 담아 장미에게 내밀었다.

"어, 치사하게 먼저 먹기야? 원장님도 그렇게 안 봤는데 먹는 거 가지고 그러면 서운해요."

재하가 허둥지둥 뛰어왔다.

현우 품에 안긴 혁이는 재하가 뛰어오는 모습을 보자 좋은지 까륵거리고 웃기 시작했다. 혁이를 바라보는 장미의 얼굴에 미소가 퍼진다. 품에 안겨 있는 혁이 때문에 불편하긴 했지만 현우는 장미에게 시선을 떼지 못했다.

이제야 실감이 난다. 그녀를 내 경계선 안에 받아들인다는 건 한 아이를 같이 책임져야 하는 것까지 포함되어 있다는 것을…….

❀ ✱ ❀

"장염입니다. 오늘은 흰죽과 생수를 먹이시고 상태를 봐서 야채나 소고기를 섞어 만든 죽을 먹이세요. 그 대신 유제품과 과일은 피하시는 것이 좋습니다."

"보리차는 괜찮을까요?"

"보리차도 차입니다. 생수가 좋습……니다."

찌링, 현우는 진료를 하다 책상 위에 놓인 휴대폰에 문자메시지가 오자 순간 멈칫했다. 문자메시지를 확인한 그가 자리에서 일어났다.

"죄송합니다. 잠시만 실례하겠습니다."

남현우는 환자의 보호자에게 양해를 구하고 진료실 밖으로 나갔다. 그가 진료실에서 나오자 대기실에 대기 중이던 모든 사람들의 시선이 몰렸다. 그는 침착한 걸음으로 대기실을 가로질러 데스크로 갔다.

"원장님, 무슨 일이 있으세요?"

데스크에서 접수를 보던 김 간호사가 눈이 동그래져 묻자 남현우는 나직이 한숨을 쉬며 데스크 위에 놓여 있는 볼펜을 들었다. 그러고는 대기 장부에 무언가를 적더니 탁 소리와 함께 볼펜을 데스크에 놓고 뒤돌아 대기실을 가로질러 진료실로 들어갔다.

그가 진료실로 들어가자 대기 장부를 확인한 김 간호사는 깜짝 놀랐다. 그 곳에는 장혁의 이름이 적혀 있었다.

그녀의 사랑법

[지금 출발합니다. – 장미]

남현우는 장미에게서 온 문자메시지를 보고 흐뭇한 미소를 지었다. 역시 대리 예약을 해 주기로 한 건 잘한 것 같다. 남현우는 장미의 칼주름 잡힌 트레이닝복을 생각하며 의사 가운을 탁탁 털어 주름을 없애고 흐트러진 머리도 만졌다.

"혁이 들어오세요."

박 간호사가 장혁을 호명하자 남현우는 자세도 고쳐 앉고 안경도 매만졌다. 덜컥, 소리와 함께 진료실의 문이 열렸다.

"우리 장미 누나가요. 병원 가도 이제 안 기다려도 된다더니 정말이네요. 와, 원장님 백이 정말 최고네요."

장혁의 서브 보호자 박재하가 엄지손가락을 치켜 세우면서 요란스럽게 진료실 안으로 들어왔다. 박재하의 얼굴에는 연신 웃음이 떠나지 않았다.
그 함박웃음에 남현우의 심기는 더더욱 불편해졌다. 자신을 바라보며 웃음을 지어야 하는 건 장미지 박재하는 아니다. 이건 명백한 배반의 장미다.
남현우는 팔짱을 끼고 다리를 꼰 채 가죽 의자에 등을 깊게 파묻고 심각하게 혁이와 그의 보호자를 쳐다보았다.
"장미 누나가 서울 가 봤자 소아과 뚫기 힘들다고 하는 것 봐서 아예 눌러 있을 작정인가 봐요. 그 성격에 코딱지만 한 우리 집에 있는 것도 신기하다니까요. 하긴 집 넓어 봐야 청소하기만 힘들죠."
박재하는 여기가 소아과라는 것을 망각하고 열심히 주절주절 떠들었지만 남현우는 말리지 않았다. 그의 수다가 길어질수록 장미에 대한 새로운 데이터가 속속들이 입력되고 있었기 때문이다.
한 가지는 확실했다. 자신이 소아과 대기 시간을 줄여 줌으로써 장미가 서울에 갈 확률이 현저히 줄었다는 것. 그 부분은 마음에 들었다.
"하긴, 서울 가려면 택배로 온 육아용품을 도로 부쳐야 하는데 한두 박스도 아니고 여러모로 번거롭겠죠."
"……택배?"
"네, 어느 날 갑자기 혁이랑 혁이의 육아 물품들이 택배로 배달되어 왔어요. 얼마나 놀랐는지 알아요? 세상이 바뀌었다고 아기 운송 수단이 황새에서 택배로 바뀐 것 있죠. 거기다가 세상 참 각박해졌어요. 황새가 물고 왔을 때는 무료 배달이었잖아요. 맞죠? 황새가 돈 받아 갔다는 소리는 못 들었으니까. 하여튼 택배는 착불이라고 돈을 받아 가더라고요."

이런 말 같지 않은 소리까지 들어야 하나 싶어 남현우의 한쪽 눈가가 바르르 떨리려는 찰나 그녀에 대한 중대한 정보를 얻을 수 있었다.

"그런데 그것이 다 혁이를 장미 누나에게 맡기려는 음모였던 거예요. 아주 뒤가 구린데 알 수가 없단 말이죠."

"음……. 그렇군요. 처음부터 혁이를 장미 씨가 키운 건 아니군요."

"그렇죠. 혁이를 장미 누나가 맡아 키운 건 두 달이 좀 넘었으니까요."

두 달 전이라면 고속버스에서 그녀를 만났을 무렵이다.

"오늘도 꽃 같은 자연 님이 화려하게 소식을 전해 주었는데요. 그 양반들이 혁이를 나와 장미 누나에게 맡기고 띵까띵까 제대로 유럽 일주를 하고 있더라고요."

박재하의 횡설수설하는 말을 요약하자면……. 하나, 혁이 생부는 그녀가 장혁을 낳자마자 빼앗아 갔다. 둘, 혁이 생부는 불륜으로 인해 틀어진 부부 관계를 회복하고자 와이프와 세계 여행을 계획했다. 셋, 그 계획에 현저히 방해가 될 것이 뻔한 장혁을 그녀에게 도로 보내려 했다. 넷, 정상적인 방법을 피하고 비정상적인 루트를 통해 장혁을 그녀에게 보냈다. 다섯, 아직도 혁이 생부는 유럽에 있다.

분노에 관한 수치가 오랜만에 급상승되고 있다. 삐삑, 오랜만에 듣는 경고음에 반갑기도 한……. 헉, 이상한 말들을 듣다

보니 같이 미쳐 가는 것 같다. 이건 절대 내가 아니야. 남현우는 이성을 찾기 위해 숨을 계속 고르게 쉬었다.

"그래서 오늘 우리 누나 심기가 아주 불편해요. 정말 내일부터 집을 비우니 망정이지 안 그랬으면 며칠을 누나에게 들볶일 뻔했다니까요."

"어디 갑니까?"

귀가 번쩍 뜨이는 정보에 삐삑거리는 경계경보가 거짓말처럼 해제되었다.

"아? 저요? 우리 교수님 프로젝트 때문에 중국 북경대에 다녀와야 해요. 한 보름 걸릴 것 같은데……."

"보름씩이나?"

"상황 봐서 한 달 정도 걸릴 수도 있고요."

"음. 그건 마음에 드는군요."

"네?"

박재하가 눈을 동그랗게 뜨자 남현우는 아무 일도 없었다는 듯 청진기를 끼면서 자세를 고쳐 앉았다.

"이제 혁이 상태 좀 볼까요."

"아? 네."

눈엣가시 같았던 장혁의 서브 보호자 박재하의 부재 소식에 남현우의 입꼬리가 올라가기 시작했다.

그가 보름에서 한 달 동안 집을 비운다. 이건 분명 하늘이 내게 주신…… 기회!

❀ ✿ ❀

다음 날, 남현우는 아침 출근길에 15층에서 커다란 여행 캐리어를 끌고 엘리베이터를 타는 박재하와 맞닥뜨렸다. 그는 현우를 보자 화색이 돌 정도로 반가워했다.

"아, 원장님. 병원 말고 여기서 보니 정말 반갑네요."

"오늘 떠나시나 봅니다."

"네. 되도록 빨리 오긴 해야 할 텐데 잘 모르겠어요."

"천천히 오셔도 됩니다."

"네?"

현우는 박재하의 30인치는 돼 보이는 캐리어를 내려다보며 상당히 만족스런 미소를 지었다.

성인 남자가 대형 캐리어에 짐을 쌌다는 건 그가 한 말처럼 최소 보름에서 한 달 정도는 집을 비운다는 말이다. 오늘따라 아파트 단지 앞 벚나무들의 활짝 터진 꽃망울이 화사하게 보인다.

그는 허둥지둥 떠나는 재하를 보내고 자신의 차에 올라탔다. 현우는 자동차 창문을 활짝 열었다. 열린 창으로 향긋한 꽃내음이 상쾌한 바람을 타고 전해졌다.

❀ ✱ ❀

어스름하게 해가 지는 저녁, 현우는 아파트 단지 앞에서 유모차를 밀당하고 있는 장미를 보았다.

"장미 씨."

"어, 원장님? 지금 오세요?"

"네. 그런데 장미 씨, 여기서 뭐 하십니까?"

"자꾸 혁이가 재하를 찾아서요. 꽃이라도 보여 주면 괜찮을까 싶어 나왔는데 집에 안 들어가려고 하네요. 후우."

"혁이도 답답한 집 안보다 밖이 좋겠죠."

"혁이야 좋겠지만 몇 시간씩 유모차를 밀고 돌아다니는 저는 힘들거든요. 우리 혁이가 빨리 걸었으면 좋겠어요. 유모차 안 끌고 다니게요."

"유모차에 가둬 두는 것이 더 편할 겁니다. 뛰어다니기 시작하면 잡으러 다니는 게 더 힘들 거예요."

"와, 역시 원장님은 다르세요. 전 하나만 생각했지, 그 뒤는 생각 못 했거든요."

장미는 연신 고개를 끄덕이며 유모차를 밀고 당겼다.

"저녁은 드셨습니까?"

"아뇨. 먹긴 해야 하는데 혼자서 먹으려니까 입맛도 없고……. 조금 전 최씨 아저씨에게 들었는데요. 저기 상가 길 건너 건물 1층에 새로 생긴 횟집이 회가 정말 싱싱하고 맛있대요."

정말 먹고 싶다는 듯 장미의 눈이 반짝인다.

"가죠."

"정말요? 혼자서 횟집 가기도 그렇고 회를 포장하기도 그렇고 고민이 많았는데 원장님이 같이 가 주신다면 저야 좋죠."

'싱싱한 횟집' 개업 기념으로 소주 한 병 서비스합니다.

길 건너 횟집은 새로 생긴 식당답게 인테리어가 깔끔했다.

내부가 꽤 넓었는데 벌써 손님들로 바글바글했다.

"어서 오십시오."

한 손에 보기에도 섬뜩한 칼을 든 주방장이 우리를 보더니 인사를 했다.

두 사람은 자리를 잡고 앉았다. 현우는 가만히 앉아 있기가 머쓱해 주변을 휘리릭 훑어보았다. 왜소한 체격을 가진 주방장의 현란한 칼 솜씨가 눈길을 잡는다.

저렇게 칼을 휘두르면 생선이 너덜너덜해지지 않나? 현우는 고개를 갸웃거렸다. 그러나 바로 나온 회를 본 순간 모든 건 기우라는 사실을 깨달았다. 보이는 것이 전부는 아니구나. 현우는 생각했다.

"와……."

회가 나오자 장미의 입이 활짝 벌어진다. 회가 정말 먹음직스럽게 담겨 있었다. 생긴 것과 다르게 일류 주방장인가 보다. 현우도 근래 들어 이런 싱싱한 회는 처음 먹어 보는 것 같았다. 입에서 살살 녹는다.

"소주 처음 마셔 보는데……."

"주량이 어떻게 되는데요?"

"사실, 지금껏 와인은 두 잔, 양주는 한 잔? 그 이상은 마셔 본 적이 없어요. 생맥주도 얼마 전 맛있는 치킨에서 원장님과 마신 것이 처음이라 주량이 어떤지 잘 모르겠어요."

장미는 서비스로 나온 소주를 들고 이리저리 쳐다보며 고민을 한다.

"하지만 원장님과 생맥주를 마셔 보니 술을 못 마시는 건 아닌 것 같아요."

맛있는 치킨에서 생맥주를 놓고 고민하던 모습이나 소주병을 노려보며 심각하게 고민하는 모습이 귀여워 보였다. 그녀는 결심했다는 표정으로 소주잔을 내밀었다.

"원장님 한잔 따라 주세요. 기브 앤 테이크, 우리 그거 해요. 혼자 술을 따라 마시면 처량해 보이잖아요."

"좋습니다."

장미가 내미는 소주잔에 소주를 따라 주었다.

"원장님도 한잔 받으세요."

장미가 소주를 따라 줬지만 현우는 술이 찬 잔을 테이블에 내려놓았다.

"원장님은 안 마셔요?"

"내일 진료를 해야 하기도 하지만 오늘은 장미 씨 기분을 풀어 주기 위해 온 거니까요."

"제 기분이라니요?"

"어제 사촌 동생분에게 들었습니다. 억지로 밝은 표정 안 지으셔도 이해합니다."

"재하가 무슨 소리를?"

"혁이를 비정상적인 방법으로 장미 씨에게 맡겼다고요."

"재하는 그게 무슨 자랑이라고……. 일이 있어서 대신 병원에 보냈더니 별소리를 다 하고 왔네요."

장미가 소주잔을 입에 가져가더니 원 샷을 했다.

"괜찮습니까?"

"괜찮을 리가 없잖아요. 부모가 돼서 할 일은 아니니까. 낳았다고 다 부모는 아닌 것 같아요."

"그래도 장미 씨가 있어서 혁이에게는 다행입니다."

"잘해 주지도 못하는데요."

"이런 환경 속에서도 꿋꿋하게 혁이를 돌보는 장미 씨는 정말 잘하시는 겁니다."

"전 혁이가 저처럼 자랄까 봐 걱정이었는데 원장님에게 칭찬을 들으니 힘이 나네요."

"장미 씨가 어때서요."

"평범하지는 않죠. 다들 저보고 별종이래요. 하긴 원장님도 만만치 않은 것 같지만……."

현우는 장미의 빈 잔에 소주를 따라 주었다. 장미는 소주를 처음 마시는 거라고 말하지만 지금 마시는 모양새로 보아 믿기는 힘들었다. 그녀는 따라 주기가 무섭게 잔을 비우고 있다.

"원장님이 보시기에도 정말 말도 안 되는 상황이죠? 어떻게 아기를 택배인 척하고 보내죠? 그게 말이 되냐고요. 이건 해외 토픽감이야. 정말 집안 망신만 아니면 방송국에 제보를 하고 싶다니까요."

그녀는 술이 들어가자 신세 한탄을 시작했다.

"그렇게 나에게 아기를 맡기고 자기들은 해외 여행이라니요. 원장님도 처음 듣는 소리겠죠? 소설이나 드라마에도 없는……."

"……남현우입니다."

"네?"

"원장님이 아니라 남현우라고 말했습니다."

"부르는 호칭이 뭐가 중요하다고."

"저는 중요합니다."

"원장, 아니 현우 씨, 휴우, 호칭 때문에 제가 어디까지 이야기를 했는지 잊어버렸잖아요."

"소설이나 드라마에도 없는……까지 말씀하셨습니다."

현우는 장미의 빈 잔에 술을 따라 주었다. 장미는 잔을 들며 나직이 한숨을 내쉬었다.

"휴우. 그래도 현우 씨가 있어서 든든해요. 혁이 병도 다 고쳐 주고. 전 아기들 병명이 그렇게 많은지 몰랐어요. 비염, 구내염, 수족구, 중이염, 결막염……. 휴우. 현우 씨는 더 많이 알겠죠?"

"장미 씨가 원하신다면 다 읊어 드릴 수도 있습니다."

"피, 됐어요. 제가 알고 있는 것만으로도 충분히 머리가 아프거든요."

'현우 씨.' 그녀의 입에서 불리는 내 이름이 달콤하게 들린다. 술을 마시지 않았는데도 취하는 것 같다.

"개업 서비스입니다."

"감, 감사합니다. 사장님."

"정 사장이라고 부르십시오."

싱싱한 횟집 정 사장이 우리에게 서비스로 내민 건, 보기에도 먹음직스러운 튀김. 바삭한 식감이 좋아 정말 맛있다.

이런 분위기가 좋은지 혁이도 연신 공갈 젖꼭지를 빨며 두리번거린다. 혁이의 손에는 언제 집었는지 모르지만 오이와 당근이 들려 있었다.

"원장님, 아, 아니 현우 씨는 안 마셔요? 왠지 나만 마시는 것 같아…….”

아까 했던 질문을 또 하는 걸 보니 정말 취한 모양이다.

“혁이가 있는데 둘 다 취하면 안 되죠.”

“혁이? 아, 우리 장혁이요. 아, 혁이가 있었지? 키운 지 얼마 되지 않아서 자꾸 잊어버려요.”

“오늘은 걱정 말고 마셔요. 스트레스는 받을 때마다 풀어 주는 것이 정신 건강에 좋아요.”

“아주 반가운 소리인데요. 현우 씨 그 말 책임져야 해요.”

“그럼요.”

현우는 기회를 봐서 다른 곳으로 기어가려는 혁이를 붙잡아 무릎에 앉히며 장미의 빈 잔에 소주를 따라 주었다.

얼마 지나지 않아 그는 그녀의 주량과 주사를 알게 되었다.

“원장, 아니 혀우 씨이.”

혀 짧은 발음에 애교 넘치는 웃음, 종종 술을 먹여야겠다는 생각까지 들었다.

“와, 취하니까 세상이 빙글빙글 도네. 와우, 다들 이래서 술을 마시는구나. 그동안의 스트레스가 확 풀리는 것 같아. 캬아아.”

이런 장미에게 혁이를 맡길 수는 없었다. 결국 공갈 젖꼭지를 물고 험하게 째려보는 혁이의 유모차를 그가 끌게 되었다.

“현우 씨, 우리 아파트 한 바퀴 돌면 안 될까요. 술도 깰 겸요.”

“전 별로……. 어? 장미 씨.”

장미가 성큼성큼 앞서 걸어간다. 비틀거리는 걸음이 위태롭다 싶더니 역시나 삐끗하면서 휘청거린다. 현우는 얼른 장미를 붙잡았다.

"에이, 정말 취했나 봐요."

"깰 때까지 걸읍시다. 여기 말고 공원 쪽으로 가요. 벚꽃이 볼만합니다."

현우는 장미의 손을 잡았다. 찌르르 전기가 온다. 따스하고 놓치기 싫어졌다.

아파트 단지 앞에 조성되어 있는 벚꽃 가로수 길에 구경 나온 지역 주민들이 꽤 되었다. 현우는 흩날리는 새하얀 꽃송이들 속으로 걸어가고 있는 장미를 뒤에서 따라가며 바라보았다.

"와, 번잡하게 여의도로 갈 필요가 없겠어요. 정말 예쁘다."

"아아우우."

장미와 장혁, 둘 다 벚꽃을 보며 좋아한다. 이 모습에 현우의 얼굴에는 미소가 드리워졌다. 머리로는 이해가 안 되는 이 상황. 다른 이들은 이런 나에게 미쳤다고 할 것이다.

봄바람 휘날리며 흩날리는 벚꽃 잎이 울려 퍼질 이 거리를 둘이 걸어요.

누가 틀어 놓았는지 모르지만 〈벚꽃 엔딩〉이 흘러나왔다. 그 가사와 지금 이 상황이 너무 맞아떨어져 현우는 마음이 센티해졌다.

현우는 앞서가는 장미의 팔을 잡고 돌려세웠다. 두 사람의 눈이 마주쳤다.

"다시는 당신이 상처 입지 않았으면 좋겠어요. 당신과 혁이를 내가 지켜 줄게요. 당신의 상처 더 이상 곪지 않게 제가 치료를 해 줄게요. 이래 봬도 꽤 유능한 의사입니다."

지금 그는 자신이 정말 멋있는 말과 행동을 했다고 생각했다. 그러나 그녀는 이 상황에서 감동의 눈물은 흘리지 못할망정 또 다른 변수를 만들어 내고 말았다.

"평소 나무에 물 한 방울도 안 주는 것들이……."

장미의 눈썹이 씰룩거리기 시작하더니, 성큼성큼 걸어간다. 그녀는 현우가 아닌 다른 곳을 바라보고 있었던 것이다!

"이 며칠 꽃을 피우기 위해 1년을 고생한 나무에게 이러면 안 되지. 얘들아!"

벚꽃나무 곁에서 중학생쯤으로 보이는 남학생이 나뭇가지를 흔들어 벚꽃을 흩날리고 있고, 그 밑에 같은 또래의 여학생이 즐거워하고 있다.

현우의 기분을 심취하게 만들었던 벚꽃 엔딩 음악은 그들의 휴대폰에서 흘러나오고 있었고 그들은 그 음악에 맞춰 나무를 흔들어 벚꽃 잎을 흩날리고 있었다.

장미는 지금 저들에게 걸어가고 있었다. 알코올에 의해 겁을 상실했다고 하지만, 대한민국에서 절대 건드리지 말아야 할 존재들이 중학생이라는 것도 모르나? 오죽하면 북한군이 남침을 못 하는 이유도 21세기 새로운 인류 호모 중딩쿠스, 중학생 때문이라는 말이 생겨났을까.

"이 아줌마는 뭐야."

"갈 길이나 갈 것이지 웬 참견이래."

"아, 줌, 마? 호호. 얘들아, 이 벚꽃 보려고 얼마나 많은 사람들이 왔는지 안 보여? 너희들이 이러면 다음 사람들은 보지 못해."

"무슨 상관이래."

한 무리의 애들이 장미 주위로 모였다. 이 지역에서 노는 아이들 같은 게 아무래도 잘못 건드린 것 같다.

장미의 두 번째 주사를 알게 되었다. 불의를 보고 참지 못하는 정의의 용사가 된다. 현우는 한숨을 쉬며 장미에게 다가갔다. 더 있다가는 큰일이 날 듯싶다.

"야, 이 잡것들이, 머리에 피도 안 마른 것들이 꼭 이런 삐리릭한 일들을 하지!"

난데없이 쩌렁쩌렁 울리는 남자의 목소리가 들려왔다. 아이들의 뒤편에 맛있는 치킨 박 사장이 인상을 쓰며 서 있었다. 웃어도 인상이 좋은 편은 아니었지만 인상을 찡그리니 그야말로 험악했다.

"저 아저씨는 뭐야."

"뭐긴, 너희들이 전화 주문한 치킨집 사장이다."

"벼, 별꼴이야, 치킨만 두고 사라지면 될 걸 웬 참견이래."

"후라이드 한 마리, 양념 한 마리 세트 2만 3천 원이란다, 얘들아."

박 사장이 치킨 봉투를 들고 그들에게 다가갔다. 분명 말투는 다정한데 박 사장이 내뿜는 험악한 분위기에 아이들이 겁을 먹고 달아나 버렸다.

"저것들이, 시킨 것은 가지고 가야지!"

박 사장이 달아나는 아이들에게 소리를 질렀다. 현우는 한숨을 내쉬며 박 사장에게 다가갔다.

“감사합니다. 박 사장님 아니었으면 꼴사나운 일이 벌어질 뻔했습니다.”

“그러게 말입니다. 그런데 혁이 엄마는 북한군도 안 건드린다는 중딩들을 무슨 배짱으로 건드렸답니까?”

“알코올의 힘이죠.”

현우는 달아나는 중딩들을 보며 여전히 구시렁거리고 있는 장미를 보며 중얼거렸다.

“그나저나 저희 때문에 장사 망쳐서 어쩝니까. 그 치킨 저희가 사겠습니다.”

“아이고, 구입해 주시면 고맙습니다만 다 드실 수 있겠습니까? 아까 보니 싱싱한 횟집에서 나오는 것 같던데…….”

눈초리를 보니 치킨집에 안 오고 횟집에 가서 서운하다는 표정이다.

“벼, 별로 못 먹었습니다. 주시죠.”

“그렇죠. 회 먹어서 배가 부른답니까? 자고로 치킨이 최고지요. 후라이드 한 마리, 양념 한 마리 세트 2만 3천 원입니다.”

장미 덕분에 치킨을 구입하게 됐다. 더 이상 들어갈 곳은 없지만 당연히 사야 할 것 같았다.

“용감한 건지……. 당신은 알 수가 없어. 평소 나무에 물 한 방울 안 주는 것들이라니…….”

생각할수록 웃음이 나오는 말이다. 가로수에 물 주는 사람이 누가 있다고……. 현우는 지갑을 꺼내 박 사장에게 치킨값을 건넸다.

"아, 셋이서 놀러 오셨나 보네요. 벚꽃 배경으로 사진 한 장 찍어 드릴까요?"

'이 밤에 사진을요?' 하고 말하고 싶었지만, 덩치에 어울리지 않는 순진한 눈빛에 안 된다는 말을 차마 할 수 없었다.

"어머어머, 사진요? 좋지요."

박 사장에게 휴대폰을 넘긴 장미는 신이 났다. 현우는 장미에게 알코올이 들어가면 과한 액션과 코맹맹이 소리가 나온다는 것을 다시 한 번 확인했다.

장미의 사촌 동생 박재하에게서 얻은 정보가 나름 쓸모가 있다. 장미의 아픈 상처를 보듬어 줄 기회도 만들었고, 무엇보다 장미가 화를 낼지언정 슬퍼하지 않아서 좋았다.

옛사랑을 생각하며 눈물을 흘린다는 건 아직도 그 사랑이 마음에 남아 있다는 증거가 되지만, 아무렇지 않다는 건 그 사랑은 벌써 존재조차 없이 사라졌다는 의미가 된다.

"기왕이면 팔짱도 끼고. 오, 사모님 적극적인 것이 좋습니다."

현우는 장미에게 종종 술을 먹여야겠다는 생각을 한 번 더 했다. 평소의 시크하고 도도한 모습이 사라지고 귀여운 모습이 나온다. 이런 것이 주사라면 상관없다는 생각이 들었다. 그런데 사, 사모님? 현우의 얼굴이 점점 굳어 갔다.

"하시는 김에 볼에 뽀뽀도 해 보세요. 뭐가 그리 밋밋합니까?"

"호호, 까짓것."

쪽, 말캉하고 따스하고 부드러운 것이 뺨에 스쳐 지나갔다. 현우는 민망함에 얼굴이 화끈거렸다.

"오우, 좋습니다. 원장님도 사모님 어깨에 손 좀 얹어 봐요.

팔만 길면 뭐 합니까? 긴 팔로 허리 좀 감아 봐요. 에잇, 원장님 뭐가 그리 뻣뻣합니까."

"호호, 현우 씨가 못하면 내가 하지용."

장미가 현우의 허리를 더듬거리며 감아 온다. 부드럽고 따스한 손길로 온몸을 더듬고 간질인다. 참을 수 없는 아찔한 유혹이었다.

"헉. 자, 장미 씨."

폭죽의 심지에 점화를 했다. 장미의 행동은 폭죽의 점화장치와도 같았다. 한 번에 일제히 타들어 가다 펑하고 불꽃으로 터져 버리는 것 같은……. 이것은 뭐지?

현우가 뻣뻣하게 굳어 가는 사이 장미는 열심히 현우를 더듬고 박 사장은 신나게 사진을 찍어 댔다.

그녀는 지킬 박사와 하이드처럼 두 얼굴을 가진 여인이었다. 평소 냉담함이라는 가면을 쓰고 자신을 숨겼지만 알코올이라는 봉인 해제 열쇠를 꽂으면 그녀는 가면을 벗고 또 다른 모습을 보여 준다. 술에 취한 그녀는 영혼 체인지가 되어 버렸다. 이로써 현우는 장미가 술에 취하면 변하게 되는 단계별 상황을 확실히 알게 되었다.

첫 번째, 과한 애교. 두 번째, 정의의 사도. 그리고 마지막 세 번째는 긴급 경보가 울리는 비상사태가 발생된다. 그때가 되면 절대로 밖에 나다니지 말고 집에서만……. 헉! 집 안에서 뭘 하려고?

생각이 점점 깊어짐에 따라 현우의 미간에 주름이 깊어져 갔다. 장미의 돌발 행동으로 모든 데이터가 초기화가 된 듯했지만 '절대, 밖에 나다니지 말고…… 집에서만…….' 이 문장만큼은 어떤 삭제 프로그램으로도 지울 수 없는 절대 암호가 되어 현우 머릿속에 각인되었다.

현우는 자신의 허리를 양팔로 감고 폴짝폴짝 뛰고 있는 장미를 빤히 쳐다보았다. 이건 하늘이 내게 주신…….

"장미 씨. 그만 집에 갑시다."

……기회다.

❀ ✱ ❀

"아, 머리야."

장미는 지끈거리는 두통과 메스꺼움으로 인해 잠에서 깼다. 어제 횟집에서 분위기에 휩싸여 현우가 따라 주는 소주를 덥석덥석 받아 마신 것이 화근이었다. 술에 취해 기분이 한껏 좋아져 엄청 싸돌아다닌 것까지 기억이 난다.

장미는 협탁 위의 시계를 보았다. 벌써 아침 10시다. 방 안이 어두워서 시간이 이렇게 지난 줄 몰랐다. 비틀거리면서 일어난 장미는 창으로 가 커튼을 걷고 머리를 지그시 누르며 방에서 나왔다.

주방으로 걸어가 냉장고 홈바에서 생수를 꺼내 마시다가 식탁 위에 덩그러니 놓여 있는 정체불명의 박스를 발견했다.

"어? 이게 왜 여기 있지? 어제 남 원장님과 싱싱한 횟집에서 무지 많이 먹었는데……. 이 치킨의 정체는 뭘까?"

장미는 식탁 위에 있는 치킨 박스를 들쳐 보았다. 아무리 생각해도 치킨을 시킨 기억이 없다.

"나무에 물 한 방울도 안 주는 것들이……."

치킨 박스를 보니 머릿속에 이상한 단어들이 연상된다. 나무는 뭐고 물 한 방울은 뭐지? 후우우, 남 원장에게 물어보기도 창피하다.

"음……."

치킨 옆에 맥주병들과 황도 캔이 뒹굴고 있다. 어제 분명 싱싱한 횟집에서 소주를 마신 것으로 기억하는데 이 빈 캔들의 정체는 또 뭐지? 남 원장과 2차를 했나? 지지직- 지직. 머릿속에서 단편적인 영상들이 토막토막 재생이 된다.

'호호, 원, 자아니임, 아니 현우 씨. 밤도 늦었는데 자고 가아요오. 재하는 중국 가서 없다고요.'

아아, 미치겠다. 집에 가겠다는 원장님을 우리 집으로 끌고 들어온 것이 기억이 났다.

"휴우, 손가락은 어쩌다 다쳤……."

장미는 엄지손가락에 반창고가 붙어 있자 인상을 찡그렸다.

"아, 복숭아 캔을 따다가 다쳤나 보네."

장미는 식탁 위에 굴러다니는 황도 캔을 집어 들면서 한숨을 쉬었다.

'사람과의 관계를 쉽게 맺고 싶진 않아요.'

'장미 씨는 어떤 사랑을 하고 싶은데요?'

지직-직, 황도 캔을 들자 남 원장과 했던 대화들이 떠올랐다.

'아앗.'

'많이 다치셨습니까?'

'아니, 괜찮아요.'

'캔에 베인 상처입니다. 잘못하면 파상풍에 걸릴 수 있어요. 구급상자 어디 있습니까?'

찬물에 헹구고 소독을 하고 연고를 바르는 그의 모습이 떠올랐다.

'생각보다 깊게 베이지 않아 다행입니다.'

반창고를 붙여 주는 손길이 부드러워 눈물이 나왔다.

"휴우, 나 밤새 무슨 짓을 한 거니?"

장미는 반창고를 어루만졌다. 순간, 마음에 깊게 생긴 생채기도 그라면 연고를 바르고 반창고를 붙여 치유해 줄 수 있을 것 같다는 생각이 들었다. 29년을 살면서 누구에게 기대 본 적도 기대려 한 적도 없다.

그런 장미인데 현우 앞에서는 평생 하지 않았던 행동들을 하고 실수를 하고 있다. 첫 만남부터 빈틈과 실수의 연속을 넘어 민폐 수준이다. 아니, 이 정도면 테러라고 해도 무방할 듯싶다.

"아, 미치겠다."

이렇게 계속 실수를 한다면 남소아과를 갈 수나 있을까. 혁이를 키우는 동안은 싫든 좋든 계속 그와 마주쳐야 할 텐데.

어? 그러고 보니 무언가 이상하다. 장미는 너무도 조용한 집 안의 분위기가 이상하다고 생각했다. 순간 두통이 사라질 만큼 놀랐다. 혁, 혁이가 없다.

"혁아."

장미는 집 안 곳곳을 찾아보았지만 혁이의 흔적을 찾을 수가 없다. 혹시 어제 술 먹고 혁이를 버리고 온 건 아니겠지? 아무리 생각을 해 보려고 해도 생각이 안 난다.

하지만 현관에 유모차가 있는 것을 보고 안심은 했다. 일단 아기를 어딘가에 버리고 온 것 같지는 않다.

"그럼 혁이는 어디 있지?"

지잉, 문자메시지가 왔다. 장미는 문자메시지를 확인하고 그대로 굳어 버렸다.

[혁이 찾으러 병원으로 오십시오.]

남 원장 문자메시지다. 남 원장이 왜! 혁이를 데리고 병원으로 출근을 했을까. 장미는 생각할 틈도 없이 다음 문자메시지를 받았다.

[저와 할 말 많을 겁니다. 이따 봅시다.]

아, 어떤 상황인지 알 것 같다. 술 취해 엄청난 민폐를 끼쳤고 장미가 아기를 볼 만한 상황이 아닌지라 남 원장이 혁이를 데리고 병원으로 출근을 했다는 결론이 나왔다.

"휴우."

머리가 깨질 것 같다. 사태 수습이 안 되고 있다. 장미는 옷을 입고 빈 병과 빈 캔을 비닐에 담고 터덜터덜 밖으로 나왔다.

장미는 빈 병들을 분리수거함에 넣으며 한숨을 푹푹 쉬었다. 재활용 쓰레기를 버리고 혁이를 데리러 남소아과로 가야 한다. 생각만으로도 머리가 지끈거리며 아파 온다.

"안녕하세요? 날씨가 참 좋습니다."

빗자루질을 하던 경비원 최 씨가 장미를 보더니 반가운 표정으로 인사를 건넸다.

"아. 네, 아저씨. 안녕하세요."

"의사 선생님과 화해를 하셨나 봅니다."

"네?"

"어젯밤에 의사 선생님하고 오붓하게 들어가는 모습을 보니. 허허."

"아, 아저씨. 저 오해를 하신 것 같은데, 저희는……."

"부녀회장님, 안녕하십니까? 어디를 가십니까?"

언제나 인자하고 조용했던 경비원 최씨 아저씨의 목소리가 이렇게 컸었나 싶다. 쓱싹쓱싹 바닥을 쓰는 소리가 멈추는가 싶더니 익숙한 부녀회장님의 말소리가 가까이서 들려왔다.

"호호, 날씨가 좋아서 마실 가요. 어머, 아기 엄마도 있었네. 어제 남 원장님과 벚꽃 길에서 영화 찍던데. 그동안 감쪽같이 속았잖아. 아기 아빠가 남 원장인 줄 꿈에도 생각하지 못했다니까."

"남 원장님 내외분이 어제 그곳에서 데이트를 하셨군요?"

"호호, 어제 우리 부녀회가 벚꽃 길에서 단합회를 가져서 거기 다 모여 있었거든요."

"그랬군요."

최씨 아저씨와 부녀회장님은 장미의 존재를 무시하고 자기들끼리 열심히 수다를 떨고 있다. 이 두 분의 대화를 요약컨대 어제 내가 벚꽃 길에서 남 원장에게 엄청난 추태를 부렸고 지역 주민들이 그걸 다 봤다는 결론이다.

"난 층이 다른 아파트서 살길래 당연히 부부라는 생각을 못 했다니까. 우리는 싸우면 각방 정도는 쓰지만 이쪽은 차원이 달라. 아파트를 따로 얻어 사니까."

그들의 오해는 점점 도가 지나치고 있었다. 장미는 더 이상 두었다간 진화가 안 될 것 같아 사태 수습에 나서기로 했다.

"저, 저기요. 저와 남 원장님은요……."

"호호, 아기 엄마, 신혼 때 초반 주도권을 잡겠다고 싸움도 많이 하지만, 살다 보면 별거 없어요. 그냥 남 원장 정도면 아주 훌륭하니까 너무 바가지 긁지 마요. 바람나면 어쩌려고?"

"저, 부녀 회장님. 저희 그런 관계가 아니……."

"남 원장님 사모님. 밤새 안녕하셨지요?"

스쿠터를 타고 배달을 가시던 맛있는 치킨 박 사장님이 장미를 보더니 반가운지 손을 흔들었다.

"최씨 아저씨와 부녀회장님도 안녕하십니까?"

"네. 박 사장님."

"호호, 안녕하죠."

맛있는 치킨 박 사장은 경비원 최 씨와 부녀회장에게도 인사하는 것을 빠트리지 않았다.

"아, 그리고 남 원장님 사모님. 치킨이 식어서 맛이 없었지요? 아무리 생각해도 그렇게 치킨을 넘기는 것이 아니었어요. 다음에는 서비스로 한 마리 드릴 테니 원장님과 함께 내려와요."

맛있는 치킨 박 사장님의 커다란 음성에 지나가던 아파트 주민들이 그녀를 한꺼번에 쳐다봤다.

"남 원장이면 남소아과 원장? 그분이 유부남이었어?"

"어머, 그럼 이분이 남 원장님 사모님?"

장미는 지나가는 아파트 주민들의 수군거리는 소리에 그 자리에서 얼어붙고 말았다.

사모님이라니. 헐! 나 정말 무슨 짓을 하고 다닌 거니? 아니 길거리에서만 추태를 부린 걸까? 남 원장님에게 이상한 짓을 한 건 아니겠지? 목이 타들어 간다. 확인이 필요했다. 장미는 남 원장에게 전화를 걸었다.

"저, 어제 제가 실수한 것 없지요?"

장미는 조심스럽게 물어보았다.

– 왜 아니겠습니까.

전화기 저편 덤덤한 남 원장의 목소리에 절망했다.

– 혹시, 장미 씨. 기억 안 나시는 겁니까. 서, 얼, 마, 요?

"네?"

– 혁이 데리러 안 올 겁니까?

"지금 병원으로 갈게요."

장미는 절망적이었다. 그녀가 제일 싫어하는 것이 술 먹고 필름 끊겨 진상 짓을 떠는 건데, 도대체 온 동네를 다니면서 무슨 진상 짓을 떨고 다닌 걸까. 온 동네 CCTV를 다 돌려 보고 싶다.

장미는 아파트 단지 앞에 대기하고 있던 택시를 타고 급하게 남소아과로 갔다. 병원 안으로 들어가려 하니 얼굴이 화끈거려 고개를 들 수가 없다.

"아바바바."

익숙한 음성이 들리고 장미는 데스크 김 간호사 품에 안겨 있는 혁이를 볼 수 있었다. 혁이는 아름다운 간호사에게 안겨 너무도 만족스런 표정으로 주변을 두리번거리고 있다. 데스크의 김 간호사는 장미를 보더니 의미심장한 웃음을 지었다.

"혁이 보호자님은 원장님께서 부르실 때까지 기다리시랍니다."

"아? 네."

배신자 장혁은 젊고 예쁜 여자에게 홀려 그동안 힘들게 키워 준 누나를 배신했다. 그녀가 왔는데도 쳐다보지도 않고 김 간호사만 보고 있다. 뿐만 아니라 그녀의 유니폼이 마음에 드는지 연신 만지작거리면서 미소를 짓고 있었다.

배신감이 심히 들지만 지금은 혁이를 신경 쓸 상황이 아니다. 가장 큰 난관은 진료실 안에 있는 남 원장이다.

이곳까지 오면서 몸소 느낀 지역 주민들의 반응을 보아, 그녀는 어젯밤 곱게 술에 취한 것이 아니라 개진상을 떨었다는 결론을 내렸다.

이제 이 지역에서 얼굴을 들고 살 수 없다. 그 자리에서 서울로 도망을 가고 싶었지만 약삭빠른 남 원장이 혁이를 인질로 잡고 있어 이곳까지 순순히 오게 되었다. 하지만 인질 장혁은 지금 남 원장 품이 아닌 김 간호사 품에 있다.

순간 장미의 눈이 살벌하게 빛났다. 춘추전국시대 전략가인

손무가 말씀하셨다. 적을 이기는 36가지 병법이 있다고. 하지만 그가 주장하는 병법 중 미인계라든가 자신을 희생해 적을 안심시키는 등의 방법이 남 원장에게 통할지 의문이다.

고로 통할지 안 통할지 모르는 1계부터 35계까지의 병법은 쓸 수 없다는 결론이 나온다. 손무는 이를 대비해 모든 것이 실패했을 경우 최후의 보류로 마지막 방법 36계를 추천하셨다. 후세 사람들도 잘 아는 이 병법은 전략상 후퇴, 바로 '줄행랑'이다.

이 스타일은 장미와 맞지 않는 치졸한 방법이긴 하지만 지금 그녀의 상황에 가장 필요한 병법으로, 혁이를 데리고 바로 서울로 도망가기로 결정을 내렸다. 36계 줄행랑을 내가 써 먹을 줄이야. 장미가 손을 뻗어 장혁을 안으려고 하는 찰나, 진료실의 박 간호사가 장미를 호명했다.

"혁이 보호자님, 원장님께서 긴히 상담 좀 하시자고 합니다. 들어오시죠."

박 간호사의 말에 병원 안의 모든 눈들이 장미에게 집중되었다.

아, 간발의 차로 늦었다. 모든 이들의 시선이 쏠린 지금 장혁을 안고 도망을 간다면 꼴은 더 우습게 될 것이다. 데스크의 김 간호사는 장혁을 여전히 안고 있고 진료실의 박 간호사는 진료실 밖에 서서 손가락으로 들어가라는 신호를 보내는 것으로 보아 남 원장과의 단독면담이다.

올 것이 왔다.

장미는 비장한 표정을 지으며 진료실 안으로 성큼성큼 들어

갔다.

❊ ✱ ❊

현우는 집으로 가는 길에 이렇게 많은 난관이 존재하리라고는 생각하지 못했다. 맛있는 치킨 박 사장만 떼어 내면 될 줄 알았지만, 벚꽃이 만발한 이 시점에 지역의 모든 주민들이 이곳에서 단체로 모임을 가졌는지 한 걸음을 제대로 떼지 못하고 아는 사람들을 만나고 있다.

S아파트 부녀회장님은 현우와 장미를 보고 눈썹을 씰룩거리고 의미심장한 웃음을 지으며 지나갔다. 그 뒤로 소아과 단골 어린이도 만났다. 새 나라의 어린이는 9시면 잠을 자야 하는 것 아닌가?

"원장님이다. 엄마, 원장님이야."

"음. 원장님이 총각이 아니었구나."

본의 아니게 오해까지 받고 있는 상황이다. 힘들게 S아파트 단지 안으로 들어오나 싶었는데 그녀는 이곳에서도 쉬이 집에 들어가지 않고 버티고 있었다.

"와, 마트당."

장미가 상가 마트의 환한 불빛을 보더니 나방이 불을 향해 돌진하는 것처럼 현우를 질질 끌고 마트로 들어갔다. 말릴 틈도 없었다.

"장미 씨, 웬만하면 좀 떨어지시죠. 장미 씨 손과 제 허리에 땀 차겠습니다."

장미가 순순히 팔을 푼다 싶더니 폴짝거리면서 마트 안쪽으로 사라졌다. 그리고 잠시 후 양손 가득 맥주병과 황도 캔을 안고 등장했다.

"치킨에는 맥주라면서용."

"휴우우."

그 후 힘들게 장미의 집에 들어갈 수 있게 되었다. 현우는 덜덜거리는 유모차 안에서 잠이 든 장혁을 아기 침대에 눕히고 거실로 나왔다.

"아, 왜 이렇게 안 되는 거지?"

식탁 위에서 장미가 황도 캔을 가지고 끙끙거리고 있다. 뭐 하나 싶어 가까이 가 보니 그녀는 황도 캔을 바로 세워 캔 오프너로 한 땀 한 땀 캔 뚜껑을 따고 있었다.

현우는 기가 막혀 웃음도 나오지 않는다. 아무리 술에 취했다고 하지만 뒤집으면 원터치 캔 따개가 있는 제품을 바로 세워 캔 오프너로 따고 있는 건 말이 안 된다.

"장미 씨, 뒤집으면 원터치 캔 따개가 있어요. 이리 주세요. 제가 따죠."

결국 현우는 참지 못하고 그녀에게서 황도 캔을 빼앗으려 했지만, 장미는 그의 손길을 밀어냈다.

"이 아이가 쉽게 먹으라고 나온 인스턴트 복숭아라 다들 쉽게 먹긴 하지만, 내가 이 아이라면 슬플 것 같아요."

"슬프다니요?"

"다들 쉽게 먹으려고 뒤집잖아요. 바로 세워 놓고 천천히 따는 게 왜 잘못된 거죠?"

"그거야. 시간 낭비니까요."

"그렇죠. 이렇게 따는 건 시간 낭비겠죠. 그 사람도 그랬으니까. 쉽게 먹고 쉽게 사랑할 수 있는데 어렵게 만드는 것도 재주라고요."

장미는 복숭아 캔에 집중한 채 계속 중얼거렸다.

"원터치 캔 따개가 생기면서 이 아이는 먹기가 쉬워졌어요. 캔 오프너를 쓸 때는 손이 베일까 조심하면서 한 땀 한 땀 정성으로 땄죠. 마지막까지 따고 뚜껑을 열었을 때 보이는 내용물에 감격까지 하면서요. 저는요, 어떤 것을 하든지 이런 기대감과 설렘이 좋아요. 원터치 캔 따개는 뭐랄까? 처음 만난 사람과 원나잇 스탠드를 하는 그런 기분이랄까?"

장미가 한 땀 한 땀 정성스럽게 캔 뚜껑을 따는 것을 바라보던 현우는 마음이 이상했다. 쉽게 딸 수 있는 복숭아 캔을 요상하게 따는 걸 고집스레 고수하는 것도 신기했지만 이상하게도 그녀의 말이 마음에 와 닿았다.

"사람과의 관계를 쉽게 맺고 싶지 않아요. 이 아이도 분명 자기가 쉽게 취급받는 것을 원하지 않을지도 몰라요."

"장미 씨는 어떤 사랑을 하고 싶은데요?"

"이 복숭아 캔도 사람의 관점에 따라 쉽게 먹고 싶으면 그냥 원터치로 따 먹는 거고, 저처럼 의미를 부여하고자 하는 사람은 캔 오프너로 따겠죠. 그런 거 아닐까요? 이제는 절 쉽게 먹을 수 있다고 생각하는 가벼운 사람과는 만나고 싶지 않아요."

장혁 생부를 말하는 것 같다. 그녀를 가볍게 여긴 남자. 그 남자에게 받은 상처로 그녀는 자신을 더 꽁꽁 숨기고 있다.

"예전에 사귄 사람 말씀을 하시는 겁니까?"

"신우, 아니 그 S 군은 여자와의 관계를 쉽게 생각했어요. 처음에는 바보처럼 위트 있고 재미있는 남자라고만 생각했죠. 많은 사람들이 그를 좋아하니까 그 사람의 내면을 보지 못했어요."

"그랬군요. 지금은 어떻습니까? 아직도 그 사람 때문에 아픈 건 아니겠지요?"

"아프긴요. 생각도 안 나는데……. 내가 아주 묵사발을, 아!"

"많이 다치셨습니까?"

"아니, 괜찮아요."

"캔에 베인 상처입니다. 잘못하면 파상풍에 걸릴 수 있어요. 구급상자 어디 있습니까."

"TV 장식장 서랍에 있어요."

현우는 그녀의 상처를 헹구고 소독을 했다. 다행히 깊게 베이지는 않았지만 그녀의 손가락에 난 상처가 묘하게도 신경이 쓰였다.

"생각보다 깊게 베이지 않아 다행입니다."

"눈에 보이는 상처는 치료를 하면 되는데 마음에 입은 상처는 어떻게 치료를 해야 아프지 않을까요?"

그를 지그시 쳐다보는 그녀의 눈에 눈물이 그렁그렁 고였다. 현우는 그녀의 손가락에 반창고를 붙이고 그녀 옆에 놓인 황도 캔을 집었다. 3분의 1 정도 열린 캔을 그녀처럼 따기 시작했다.

이렇게 캔 뚜껑을 따 본 것이 언제였는지 기억이 안 난다. 원터치로 따는 것에 익숙해진 그. 그녀를 알기 전이라면 이렇게 따는 것은 시간 낭비일 뿐인 구식 방법이라 비웃었을 것이다. 쉽게 먹으려고 뒤집는다는 것조차 의식하지 못한 채 당연한 줄 알고 그렇게 먹었다.

뚜껑을 다 땄다. 까칠까칠한 면들이 꼭 가시 돋친 장미 같다. 오늘따라 복숭아의 색깔이 더 먹음직해 보였다.

"처음부터 다치지 않게 조심하는 것이 가장 좋은 방법이겠지만, 조심한다고 사고가 일어나지 않는 건 아니지요. 지금처럼요."

현우가 접시에 황도를 덜어 장미에게 내밀었다.

"자그마하게 다쳤다고 아프지 않은 상처는 없습니다. 다만 그 상처를 숨긴다면 연고를 바르고 반창고를 붙이는 응급처치만으로도 고칠 수 있는 상처를 키울 수 있습니다."

"숨길 수밖에 없는 상황이라면요? 아니, 치료할 시기를 놓쳐 상처가 깊어 곪아 터질 것 같으면요?"

"더 크게 번져 목숨이 위태로워지기 전에 상처가 흉하게 남더라도 도려내야죠."

"그러면 아프지 않을까요? 우리 혁이는 아프면 남소아과에 가서 치료받는데 저는 어디로 가야 될까요?"

갑자기 쿵 소리가 나더니 그녀가 식탁 위에 머리를 박았다. 그 모양새를 보니 잠이 든 것 같다.

그는 식탁에 엎드려 있는 장미를 안아 침대에 눕혔다.

"당신의 상처, 제가 치료해 주면 안 될까요?"

현우는 잠이 든 장미의 얼굴을 내려다보며 나직이 중얼거렸다.

커튼을 치고 침대 옆 협탁 위 조명을 켰다. 은은한 조명 속에 비친 그녀의 모습을 보니 마음이 심란해졌다. 현우는 방에서 나와 식탁 위에 널브러져 있는 맥주를 마셨다. 캔 안의 먹음직스러운 복숭아도 먹어 보았다. 술기운이 도니 마음이 더 싱숭생숭해졌다.

밤새 잠을 이루지 못하고 아침 해를 보고 말았다. 역시 장미는 일어나지 못하고 있다. 이 상태에서 혁이를 두고 나가는 건 아무래도 마음에 걸렸다.

현우는 혁이를 안고 20층 자신의 집으로 올라갔다. 출근 준비를 위해 평소처럼 깔끔한 정장을 입었다. 거울을 보니 피곤함이 묻어 있다. 밤새 잠을 못 잤으니 피곤할 만하다.

"내가 당신 때문에 미친놈이 된 것 같아요."

오늘 하루도 많이 피곤할 듯하다.

"아바바."

옆에서 방글거리면서 웃고 있는 혁이를 보니 기분이 묘했다. 현우는 결국 혁이를 안고 병원으로 출근을 했다. 병원 안으로 들어오자 모두들 현우의 품에 안긴 혁이를 보고 놀란 표정을 지었지만, 그는 무덤덤하게 데스크 김 간호사에게 다가갔다.

"원장님, 왜 혁이를 데리고 오세요?"

데스크 김 간호사, 진료실 박 간호사와 이 간호사는 의심의 눈초리로 현우를 쳐다봤다. 그들의 얼굴은 '궁금해요. 왜, 왜, 왜! 묻고 싶어 궁금해서 죽을 지경이에요!' 하는 표정이지만 그녀들은 안다. 묻는다고 대답해 줄 남 원장이 아니라는 것을…….

"혁이 보호자님이 곧 오실 겁니다."

현우는 혁이를 김 간호사에게 맡기고 진료실 안으로 들어갔다. 차라리 이런 캐릭터로 굳은 것이 다행이라는 생각이 든다. 해명하고 변명할 필요가 없었다.

장미가 병원에 온 건 알고 있었지만 현우는 느긋하게 진료를 보았다. 밤새 그가 생각한 것이 있었다. 절대 다른 곳에서 술을 못 먹게 만들어야겠다는 것.

한참의 시간이 흐르고 진료실 문이 열리면서 장미가 들어왔다. 보기에도 풀이 죽어 있는 모습이다. 그녀는 의자에 앉으면서도 현우와 눈을 마주치지 못했다.

"저, 어제 제가 큰 민폐를 끼친 것 같은데, 죄, 죄송합니다."

"민폐라면 어떤 것을 말씀하시는 겁니까. 구체적으로 말씀해 보시죠."

"그, 그게……. 드문드문 기억은 나는데요. 결정적인 사건들이 기억이 안 나서……."

"장미 씨, 정말 기억이 안 나는 겁니까?"

"죄송합니다."

남현우는 풀이 죽어 있는 장미를 보며 씨익 웃었다. 장미의 시무룩한 목소리가 귀엽게 들렸다.

"여긴 서울이 아니에요. 한번 소문 잘못 나면 끝이에요. 한 다리 건너면 다 아는 사람들인데……. 절 아기 아빠라고 소문을 내 놓으셨더군요. 오늘 오는 환자 보호자들이 다 한마디씩 했습니다."

"죄, 죄송합니다."

"온 동네에 소문 다 내 놓고 이러면 반칙입니다."

현우는 가늘게 눈을 뜨고 장미를 사늘하게 쳐다보았다. 그 눈빛에 장미는 한숨을 쉬더니 고개를 푹 숙이고 말았다.

"원장님. 죄, 죄송합니다. 후우, 저, 제가 어제 무슨 짓을 했는지……. 말씀해 주시면 제가 오해하시는 분들에게 다 해명할게요."

"장미 씨, 분명 원장님이 아니라 남현우라고 말했을 텐데요. 지금 보니 학습 능력도 좋은 것 같지 않군요."

"휴우우."

"처음 만났을 때부터 심상치가 않다고는 생각했지만 속수무책으로 여자에게 당한 건 처음입니다."

현우의 말에 장미는 토 달지 못하고 죄인처럼 고개만 숙이고 있다.

"남자로서 자존심이라는 것이 있습니다. 다른 곳은 장미 씨에게 먼저 당했지만, 단 한 곳만큼은 당, 하, 기, 전에 제가 먼저 사수를 해야겠습니다."

"사수라니요?"

현우가 팔을 뻗어 장미의 어깨를 잡고 눈높이가 비슷해질 정도로 가깝게 끌어당겼다. 장미는 갑작스런 현우의 행동에 영문을 몰라 눈을 크게 떴고 그는 장미의 얕게 오르내리는 숨소리가 들릴 만큼의 거리까지 가까워지자 나지막하게 말했다.

"당신을 처음 만나고 지금까지 유일하게 장미 씨에게 당하지 않은 부위가 한 군데뿐이더군요."

"네?"

장미는 너무 놀라 숨을 들이마시다 뱉었지만 그 순간 현우는 그녀의 입술을 자신의 입술로 지그시 눌렀다. 따스하고 부드러운 촉감에 현우는 참지 못하고 위아래 입술을 깨물듯 빨아 당겼다. 훅, 하는 장미의 뜨거운 호흡이 밀려온다. 쿵쿵대는 심장 소리가 그녀의 것인지 그의 것인지 모르겠다. 제멋대로 뛰는 소리만 들릴 뿐이다.

"병원에 온 김에 상처 좀 봅시다."

현우는 입술을 떼며 장미의 손을 잡았다. 그 바람에 정신을 차린 그녀의 얼굴은 장미처럼 붉게 물들어 있었다.

"아, 괘, 괜찮아요."

"작은 상처는 크게 키우는 것이 아니라고 했습니다."

현우는 장미의 상처를 치료하고 책상 쪽으로 몸을 돌렸다. 서랍을 열고 자그마한 상자를 꺼내 장미에게 내밀었다.

"그리고 이건 선물입니다."

"이게 뭔데요?"

"한 번에 따는 원터치 캔이 싫다고 구식 방법을 고수하는 장미 씨를 보며 생각을 많이 했습니다. 하지만 장미 씨가 다치는 건 싫더군요."

"아, 네?"

"당신과 내 합의점을 찾았습니다. 원터치 자동 캔 오프너입니다. 장미 씨는 언제나처럼 따십시오. 단 손가락을 위해 이걸로 따세요."

장미는 현우가 내미는 선물을 받으면서도 멍하게 현우를 쳐다보았다.

"밖에서는 지금 뭐 하나 다들 궁금해 죽을 지경일 겁니다. 이제 혁이 데리고 가세요."

현우는 혼이 나가 정신을 못 차리는 장미의 이마를 가볍게 툭 건드렸다.

"휴우우."

장미는 시뻘겋게 달아오른 얼굴로 나직이 한숨을 쉬며 자리에서 일어났다.

"늦어도 7시까지 갈 테니까 기다려요. 같이 저녁 먹어요."

현우의 말에 진료실을 나가려던 장미가 멈칫하더니 고개를 돌렸다.

"……36계까지 갈 필요가 없네. 제31계 미인계."

현우의 착각일지 모르겠지만 장미의 입꼬리가 살짝 올라간 것 같다는 느낌을 받았다.

"지금 무슨 말씀을 하셨습니까?"

"기다릴게요, 현우 씨."

그녀가 시크한 웃음을 지으며 진료실 밖으로 나갔다. 현우는 그녀의 말에 폭격을 맞은 듯 멍해졌다. 이름을 불리는 것만으로도 정신이 나갈 수 있다는 것이 신기했다.

현우는 가죽 의자에 몸을 깊숙이 묻고 눈을 감았다.

앞으로 당신 덕분에 모든 원터치 뚜껑이 있는 깡통들을 쉽게 따지 못할 것 같아요. 지금껏 많은 사람들을 만났지만 당신 같은 독특한 사람은 처음입니다.

"당신 참…… 정말 가지고 싶다."

습관

열심히 장을 봐서 음식을 만들어 저녁을 먹여 놓았더니 책만 본다. 저 남자는 저렇게 두꺼운 책을 왜! 항상 소지하고 다닐까? 고속버스 안에서도 내 뒤통수를 사정없이 누른 저 책을 내 집에 밥 먹으러 오면서도 들고 온 이유는 무엇일까?

그가 책을 보는 동안 장미는 설거지를 했다. 뒷정리까지 완벽하게 마무리를 하고 전기 포트에 물을 끓였다. 혁이를 키우면서 마시게 된 믹스커피가 은근 중독이다.

아예 두 봉지를 머그잔에 털어 물을 붓고 마시며 남현우를 노려보았다. 그는 거실 한복판에서 1시간 전과 다름없이 곧은 자세로 책을 보고 있다.

테이블이 있지만 혁이 때문에 그나마 있던 2인용 소파를 치웠다. 바닥에 유아용 매트리스를 깔아 놓았다고 하지만 책상다리를 하고 허리를 펴고 앉아 있는 저 자세는 다리에 쥐가 나거나 허리에 담이 생길 것처럼 꼿꼿했다.

그의 주변으로 장혁이 정신 사납게 기어 다니고 있지만 책보다 죽은 선비 귀신이 빙의가 된 것처럼 그의 자세와 표정은 흐트러짐이 없다. 참다 참다 장미가 먼저 말을 꺼냈다.

"현우 씨, 내일 뭐 해요?"

그제야 책에서 시선을 뗀 현우가 장미를 뚫어져라 쳐다본다.

"뭐 하긴요. 병원 출근합니다."

"토요일은 일한다 치고, 일요일은요?"

"일요일도 출근합니다. 장미 씨는 병원에 그렇게 자주 왔으면서 몰라서 묻습니까?"

"그러니까 언제 쉬냐고요?"

"안 쉽니다."

"아, 그렇군요."

왠지 모를 배신감과 허탈감이란. 마음이 착잡하다. 난 이 남자에게서 무엇을 바라고 있었던 걸까?

"남현우 씨, 늦었는데 집에 올라가시죠. 내일 진료 보려면 힘, 들, 텐, 테."

"그러죠."

현우가 자리에서 일어났다. 그런 현우를 장미는 사정없이 노려보았다.

좀 다르긴 하겠지만 신우태가 늘 먹는 것에 비유해서 말하던 그 배신감이라는 것이 이런 것이었을까? 사탕을 맛있게 먹고 있는데 빼기는 그런 느낌?

“토요일은 3시 이후, 일요일은 1시 이후 시간됩니다.”

현우는 조용하고 나직하게 말을 이었다.

“아, 황송해서 몸 둘 바를 모르겠군요. 남현우 씨.”

“오늘 저녁을 맛있게 차려 준 장미 씨에게 보답하기 위해 점심을 대접하겠습니다. 언제가 좋으시겠습니까?”

“……일요일.”

“일요일에 뵙죠.”

단정한 대답만 남기고 그냥 나가려는 현우에게 장미는 한마디 더 쏘아붙였다.

“아, 책만 읽다 가시겠다? 그 책 들고 다니려면 무겁지 않나요? 재미나지도 않은 책을…….”

가시 돋친 장미의 말에 현우는 자리에 도로 앉으면서 책을 테이블 위에 내려놓았다. 탁, 하는 둔탁한 소리가 났다.

“정말 책이 보고 싶었다면 제 집, 제 서재에 가서 편하게 봤겠지요.”

“네?”

“제가 왜 책을 보았다고 생각합니까?”

“왜요?”

“……책이라도 봐야 진정이 될 것 같아서요.”

“피, 그런 거라면 진작 말을 하죠.”

현우의 말에 장미가 미소를 지으며 다가와 그의 뺨에다 가볍게 입을 맞췄다. 장미의 행동에 현우는 상당히 만족한 표정을 지었다. 그는 자세를 편히 고쳐 앉고 고집스럽게 매여 있던 넥타이를 편하게 잡아당겨 느슨하게 풀었다.

"오늘 잘 참은 상이에요."

"……이게 끝입니까?"

"설마요."

장미가 현우의 풀어 헤쳐진 넥타이를 잡아끌자 현우의 몸이 급격히 앞으로 쏠렸고 몸이 기우뚱해진 틈을 타서 그의 입술을 눌렀다. 그의 입가에 미소가 번지는 것이 느껴진다.

이 남자는 진짜다. 이 남자와의 신체 접촉은 송충이가 지나가는 것처럼 징그럽지도 소름 돋지도 않는다. 내가 먼저 남자를 덮칠 줄이야. 신우태가 이 모습을 보았다면 기함을 했을 것이다. 역시 나는…… 안 되는 것이 아니라 못 하는 거였다.

❀ ✱ ❀

일요일 오후, 현우는 장미와 점심 식사를 하고 그녀를 집으로 초대했다. 차를 한잔 마시고 싶었지만 혁이를 데리고 갈 만한 곳이 많지 않았다. 차라리 편하게 집에서 차를 마시는 게 나을 듯싶어 데리고 왔다.

장미는 현우의 집 안에 발을 들이자마자 표정이 복잡하게 변했다. 현우는 그녀의 눈썹이 실룩거리고 있다는 느낌을 받고 의아해했다.

"저, 현우 씨, 제가 이 시점에서 이런 이야기를 해도 될지 모르겠는데, 잠깐 혁이 좀 봐 주세요."

"네?"

"정말로 눈에 거슬려서 그래요."

장미는 고무장갑을 끼고 개수대에 쌓여 있던 그릇들을 설거지하기 시작했다. 현우는 혁이를 안고 멍하게 소파에 앉았다.

그녀를 집에 데리고 온 것은 부려 먹기 위해서가 아니었다. 그냥 차나 한잔 대접하려고 데리고 온 것인데.

장미는 설거지가 끝나자마자 거실 한가운데 서서 집 안을 구석구석 스캔하기 시작했다.

"현우 씨, 집 안 청소는 누가 하나요?"

"가사도우미 아주머니가 일주일에 두 번 오셔서 청소를 해주고 있습니다."

"가사 도우미요? 이렇게 청소를 해 놓고 돈을 받아 간단 말이에요?"

"네?"

"돈을 받고 하는 청소인데 이렇게 하면 안 되죠."

장미가 갑자기 팔을 걷어 올리고 머리까지 질끈 동여매더니 청소기를 돌리기 시작했다.

현우는 집 안을 둘러보았지만 청소할 만한 곳은 보이지 않았다. 자신도 한 깔끔 하는 성격이긴 하지만 장미를 보니 새 발의 피라는 생각이 들었다.

"현우 씨, 이거 걸레죠?"

"행주로 알고 있습니다."

"행주요? 걸레도 얘보다는 깨끗하겠어요. 오늘부로 얘는 걸레예요."

"마, 마음대로 하십시오."

혹시 결벽증이 있는 걸까? 그녀의 손길이 지나간 자리가 윤이 나기 시작했다. 열심히 걸레질을 하던 장미가 갑자기 청소하던 손길을 멈추었다.

"저, 현우 씨?"

"네?"

"제가 청소하는 것 불편하지 않으세요?"

장미가 걸레질을 하다 말고 현우를 멀거니 쳐다본다. 그녀의 눈동자가 흔들리는 것으로 보아 상당히 불안한 것 같았다.

"불편하긴요. 깨끗해져서 좋습니다."

"그러면 다행이고요. 예전 알던 사람은 자기 물건 건드리는 걸 엄청 싫어했거든요. 그 집에 가면 아무것도 건드리지 못했어요."

혁이 생부 얘기인가 보다. 현우는 그 남자와 동급으로 취급받는 것에 자존심이 허락하지 않아 더 오기를 부렸다.

"그건 비밀이 많기 때문일 겁니다. 숨기고 싶은 것이 많으니 들킬까 봐 감추는 겁니다. 전 장미 씨에게 감출 것이 하나도 없으니 상관없습니다. 마음대로 하세요. 장미 씨가 하고 싶은 대로요."

장미의 얼굴이 환해진다.

그러나 그것이 실수였다는 것을 깨닫는 데는 그리 오래 걸리지 않았다. 아무리 그가 말을 그렇게 했다고 해도 장미는 1시간이 넘도록 청소만 했다. 처음으로 그는 집 안 모든 물건들의 원래 색깔을 확인할 수 있었다.

장미가 걸레를 들고 서재로 들어갔다. 잠시 뒤에 생각나는 물건이 있어 황급히 서재에 따라 들어갔지만 이미 늦었다. 장미는 서재 책상을 걸레질하다가 책상 위 메모지 박스 안에 놓여 있던 그녀의 옛 물건을 보고 말았다.

"이게 왜 여기 있는 거죠?"

"휴우, 장미 씨가 뒤지니까 숨기고 싶은 것이 나오긴 하는군요."

"왜 여기 있냐고 물었어요."

"……부메랑이라고 합시다."

"부메랑이요?"

"장미 씨도 알다시피 우리 첫 만남 자체가 기억하고 싶은 상황은 아니잖습니까. 설마 제가 그 물건을 주워 왔다고는 생각하지 않으시겠죠? 저 또한 그날은 잊고 싶은 사람이지만 어찌된 것인지 당신이나 반지나 다 나에게 부메랑처럼 되돌아 왔습니다."

장미의 표정은 여전히 굳어 있다. 설명을 요구하는 얼굴이다. 장미의 손에는 예전 그녀가 고속버스에서 떨어뜨리고 간 반지가 들려 있다. 현우는 그런 장미를 보고 한숨을 쉬었다.

"그날 고속버스에서 우리 옆 좌석에 소아과 단골 어린이와 보호자가 타고 있었나 봅니다. 그다음 날 그 어린이가 소아과로 반지를 들고 와서 제 여자 친구가 잃어버리고 간 반지라고 돌려주는데 안 받을 수가 없었어요. 물론 그 당시에는 당신을 몰랐기에 돌려줄 수 없었습니다."

"나중이라도 돌려줄 수 있지 않았나요?"

"잊어버렸다고 하면 믿을래요?"

"아니요."

"그냥 돌려주기 싫었다고 칩시다."

현우는 자기가 생각해도 어처구니없는 변명이었고 그녀의 반응도 역시 시큰둥했다.

현우는 팽팽하게 감도는 어색함을 어떻게든 깨고 싶었다. 그녀에게 납득이 가는 설명은 아니겠지만 이렇게 된 바에야 현우는 자신의 생각을 말해야겠다고 생각했다.

"기왕 이렇게 된 거 장미 씨에게 돌려 드리겠습니다. 어쭙잖게 충고를 한마디 하자면 반지는 몰래 버리는 것이 아니라 상대방에게 돌려줘야 하는 물건입니다. 그것이 한때 사랑했던 이에 대한 예의라 생각합니다."

"현우 씨, 당신은 책임감 없이 여자와 커플링을 나누는 남자는 아니라 생각해요. 그런 남자와의 헤어짐에는 예의가 필요하겠지만 커플 반지의 소중한 의미조차 모르는 남자에게는 돌려줄 필요가 없어요."

그녀의 표정이 슬퍼 보인다. 그 표정에 현우는 마음이 무거워졌다.

"이 반지는 짝을 잃었거든요. 그 남자는 이 반지의 짝꿍 반지를 끼고 다른 여자와 섹스를 했어요. 커플 반지의 의미, 약속 따위를 안다면 적어도 바람을 피울 때 반지는 빼야 했어요. 그것이 상대방에 대한 최소한의 예의죠."

장미의 이야기를 묵묵히 듣고 있던 현우가 장미의 손에 쥐여진 반지를 빼앗아 성큼성큼 베란다로 나갔다.

"현우 씨, 뭐 하려고요?"

현우가 베란다 창문을 열고 방충망까지 활짝 열어 반지를 허공에 던져 버렸다.

"여긴 20층입니다. 버스 바닥에 팽개치는 것보단 20층에서 묵사발을 만드는 것이 더 통쾌하지 않습니까!"

현우는 장미에게 성큼성큼 다가가 그녀를 꼭 껴안았다.

"다시는 당신이 상처 입지 않았으면 좋겠습니다."

두 사람의 눈이 마주쳤다. 멋진 키스를 바란 것은 아니었지만 장미의 반응은 예상외였다.

"그 사람 반지였다면 통쾌했을지 모르지만, 저건 내 반지라 그다지……."

장미는 열린 창문을 흘끔 쳐다보며 중얼거렸다. 갑자기 침묵이 흘렀다.

"하지만 당신, 명의가 맞는 거 같아요. 여기가 더 이상 아프지가 않은 것을 보면."

장미가 현우의 손을 끌어 자신의 가슴에 얹었다.

"보셔서 아시겠지만 저 별나요. 데이트하겠다고 현우 씨 집에 와서 기껏 한다는 것이 청소인 것을 보면. 평범하고는 거리가 멀어요."

"습관이겠죠."

"그 습관 때문에 정신병자 같다는 소리까지 들었어요."

쉽게 하는 고백은 아닐 것이다. 장미의 맥박이 빨라지고 있는 것을 보면 그녀는 힘들게 말하고 있는 것이다.

"조금씩 고치면 됩니다. 한 번에 바꾸려 하지 마세요."

"지금 같은 상황에 다른 여자였으면 포옹이나 키스 단계로 넘어가겠죠?"

장미의 볼이 붉게 물들어 갔다.

"그, 그런데. 저는 이 상황에서 뭐가 보이는지 아세요?"

"뭐가 보입니까?"

"방충망이요. 정말 아닌 척하려고 해도 온 신경이 방충망에 가 있어요."

장미는 창을 향해 힘겹게 손가락질을 했다.

"저 방충망 청소 언제 했을까? 먼지가 대롱거리는 것이 보인다. 저곳으로 바람이 들어오면 먼지까지 딸려 들어올 텐데. 그 공기를 마시면 현우 씨 건강에도 문제가 있을 텐데. 전 이런 생각이 먼저 드니까요."

장미의 시선을 좇아 현우도 방충망을 바라보았다. 자신이 보기에는 별문제 없었지만 장미는 아닌가 보다.

"제가 이래요. 헤어진 남자 친구도 이런 제가 끔찍하고 소름이 끼친다고 했어요. 한마디로 미친년이라고."

떨리는 목소리, 붉게 물든 얼굴, 장미는 방충망을 쳐다보며 힘겹게 말을 이었다. 그 모습이 안쓰럽고 애처로웠다.

"고민할 이유가 있습니까? 생각대로 하면 되지 않습니까?"

"네?"

"방충망 청소합시다. 장미 씨가 원하는 대로 청소를 하고 포옹이든 키스든 진도를 나가 봅시다. 그때에도 무언가 거슬리는 것이 보인다면, 또 그때 생각합시다."

현우는 방충망 쪽으로 몸을 돌렸다.

"음, 그런데 방충망 청소는 비 오는 날에 해야 하는 것 아닙니까? 오늘같이 날씨 좋은 날은 하는 게 아니라고 알고 있습니다."

"현우 씨 집에 신문지 있어요?"

"신문이라면 있지만, 왜요?"

"어디에 있죠?"

"그거야 뒷 베란다에 있긴 한데……. 신문지가 왜 필요한 겁니까?"

"현우 씨는 방충망 좀 떼어 봐요. 그러면 제가 시범을 보일게요."

장미가 씨익 웃으며 현우를 베란다에 두고 주방 뒤쪽 베란다로 향했다. 하지만 뒤쪽 베란다까지도 가지 못하고 주방 가스레인지 앞에 멈춰 살벌하게 후드를 노려보기 시작했다.

"현우 씨, 후드 청소는 언제 했어요?"

"제가 알 리가 있겠습니까. 아주머니가 알아서……."

"기름방울이 떨어지려고 하는데……. 혹시 베이킹소다, 구연산, 과탄산수소 있어요?"

"그런 것이 집에 있을 리가 있겠습니까?"

"그 삼종 세트는 우리 집에서 가지고 오면 되지만, 기본적인 것은 구입하는 것이 좋은데……. 음, 현우 씨?"

장미가 시키는 대로 방충망을 떼고 있던 현우는 장미가 부르자 자동적으로 그녀를 쳐다보았다.

"방충망 다 떼면 마트 좀 갔다 오세요. 없는 게 너무 많아요."

"다 시키십시오."

"먼저……."

현우는 그녀가 원하는 대로 방충망을 몽땅 떼었다.

그는 신문지를 방충망 뒤에 깔고 물을 뿌리면서 먼지가 너무 많다고 툴툴거리는 장미를 피해 아기 띠 힙 시트로 혁이를 안고 마트로 향했다.

'혁이한테 먼지는 안 좋은데…….' 하는 그녀의 말을 듣고 먼지 소굴인 우리 집에 아기를 그냥 둘 수는 없었다. 손에는 장미가 사 오라고 시킨 물품들이 적혀 있는 쪽지를 들고 있었다.

"어머, 원장님. 아드님 데리고 어디 가세요?"

"……마트 갑니다."

"호호, 사모님이 심부름 시키셨구나. 보기 좋아요."

"후우, 네."

평소에도 말이 많으신 S아파트 부녀회장님의 눈에 또 띄었다. 이제 나는 빼도 박도 못하게 아기 아빠가 되어 버렸다. 하지만 이제는 그런 오해 따위를 받아도 상관없다는 생각이 들었다. 지금은 그녀가 혁이 생부를 잊었다는 것에 만족하기로 했다.

불꽃 튀는 연애도 좋지만 때론 이런 평범한 연애도 나쁘지 않은 것 같다. 오래된 부부처럼 자연스레 그녀와 계속 살 수 있다면 좋겠다는 생각이 든다. 그거면 된 거 아닐까?

'그' 만 빼고 다 알아!

생각지도 못하게 정착하게 된 원주에서의 생활이 석 달이 되어 간다. 그동안 나에게 많은 변화가 생겼다.

신우태와의 관계 청산 이후 다른 남자를 만나려면 꽤 오랜 시간이 필요할 줄 알았지만 혁이라는 매개체로 남현우를 만나게 되었다.

그런데 벚꽃 길 데이트 이후 나름 진지하게 사귄다 생각은 들었지만 진도가 영 안 나간다. 그 이유를 곰곰이 생각해 보니 원인은 남현우에게 있었다. 우리가 평범하게 데이트를 하기에는 그가 무지 바쁘고, 쉬는 날 없이 바쁘고, 빨간 날은 더 바쁘다.

"현우 씨가 뱀파이어도 아니고 오밤중이 아니면 만날 수가 없어요. 그러다 만나도 밥만 먹고 헤어지는 이런 것들이 과연 데이트인가요?"

"평일은 이 시간이 아니면 만날 시간이 없고, 이곳은 서울과 달리 저녁이 되면 갈 곳이 없습니다."

장미의 서늘한 눈초리 속에서도 침착하게 차를 마시고 있는 현우는 전생에 분명 선비였을 것이다. 꼿꼿하고 흐트러짐 없는 저 자세는 장미조차 혀를 내두를 정도다.

"소아과 대기 시간만 줄면 뭐하나. 가도 5분도 못 보고 나오는 것을……."

"정 불만이시면……."

"불만이면요?"

"……이제부터 일요일은 쉬겠습니다."

"정말요?"

현우가 마시던 찻잔을 테이블 위에 내려놓고 장미를 지그시 쳐다보았다.

"병원도 어느 정도 자리 잡았고 일주일에 한 번 쉬는 것도 나쁘지 않을 듯해서요."

"단지 그 이유뿐?"

"제가 주말에 일하는 걸 장미 씨가 상당히 불만스러워하는 이유가 가장 큽니다."

"제가 언제 그랬다고요."

장미가 새치름하게 앉아 눈을 흘기며 입을 삐죽거리자 현우는 씽긋 웃었다.

"제가 일요일에 쉰다니까 좋습니까?"

"엎드려 절 받는 기분이긴 하지만……. 뭐, 싫지는 않네요."

장미는 떨떠름한 표정을 지으며 입술을 씰룩거렸다. 그런 장미의 입술을 현우가 손가락으로 눌렀다.

"이렇게 자꾸 입을 내밀면 저에게 뭘 해 달라고 요구하는 것 같아 참기 힘들어요."

고집스럽게 보이는 은테 안경 속 그의 눈매는 날카롭다. 현우의 강렬한 시선을 받자니 장미는 그의 안경을 벗기고 싶다는 충동이 일었다.

장미의 손이 현우의 안경 쪽으로 제멋대로 뻗어 나간다. 이성을 찾고 보니 손은 벌써 그의 안경을 벗겨 들고 있었다.

"……렌, 렌즈 끼는 건 어때요? 멋진 눈을 안경으로 가리는 건 너무 아까워서요. 휴우우."

말 끝에 저절로 한숨이 따라붙었다. 이 변명 같지 않은 변명이란……. 장미는 현우가 턱에다 팔을 괴고 자신을 여유롭게 쳐다보는 것을 보면서 한숨을 쉬었다. 이렇게 된 것 감상이나 더 하자 싶어 장미는 그를 뚫어지게 쳐다보았다.

정말 수려한 이목구비다. 많은 연예인들을 보았고 나름 섹시 스타라는 신우태도 사귀었지만 일반인이 이렇게 생긴 건 말이 안 된다.

장미는 그의 입술에서 시선이 멈추게 되자 마른침이 저절로 삼켜졌다. 키스를 부르는 입술이다.

도발은 남현우가 먼저 했지만 지금 상황은 아무리 봐도 내가 안달을 내고 있는 것같이 보인다. 이 상황에서도 서두르지도 늦추지도 않고 묵묵히 앉아 있는 그는 분명 밀당의 고수처럼 보인다.

순간 궁금해졌다. 남현우는 과연 몇 명의 여자를 사귀었을까?

"이번 주 토요일에 동기들이 좀 보자고 연락이 왔습니다. 서울 신촌에 갈까 하는데 장미 씨도 바람 쐴 겸 혁이랑 같이 올라갈래요?"

장미는 현우의 말소리에 정신을 차렸다.

"신촌요? 안 그래도 빠른 시일 내에 한번 올라가려고 했는데, 정말 반가운 말이네요. 저 갈래요."

"무슨 일이 있습니까?"

"아까 낮에 재하 여자 친구 혜주와 통화를 했는데 신촌에서 예 여사를 본 것 같다고 해서요. 바로 어제 에비앙 생수를 들고 에펠탑 앞에서 사진을 찍은 예 여사가 신촌에 있을 리가 없거든요."

갑자기 장미의 눈빛이 날카롭게 빛났다.

"예 여사요? 혹시 혁이와 관련 있는?"

"네, 혁이를 나에게 맡기고 무언가 일을 벌이는 것 같은데 아무래도 제가 원주에 있다 보니 상황 파악이 안 돼서요. 불시에 쳐들어가면 무언가 알 수 있지 않을까 싶어요."

"그게 뭔데요?"

"집안의 치부라서 시시콜콜 말하긴 뭐하고 확실해지면 말해드릴게요. 아, 몇 시에 출발할 거예요?"

"병원 진료 끝나면 대략 3시쯤 출발할 겁니다."

"아무리 늦어도 6시 안에 도착하겠네요. 현우 씨가 친구분들 만날 때 전 신촌부터 연희동까지 샅샅이 훑어봐야겠어요."

현우의 표정이 심상치 않게 변해 갔지만 장미는 눈치채지 못하고 계속 말을 이었다.

"이번에는 확실하게 찾고 말 거야."

"장미 씨는 그들을 찾아서 뭐 하게요?"

"뭐 하긴요. 찾아서 부모의 도리를 가르쳐야죠. 나를 이렇게 후줄근한 아기 엄마로 만들었으니 가만둘 수는 없죠."

"단지 그 이유뿐입니까?"

"당연하죠. 다른 이유가 있을 리가 없잖아요."

장미는 흥분한 나머지 목소리가 하이 톤으로 높아져 갔다. 그런 장미를 현우가 잡아당겨 안았다. 흥분한 장미의 심장이 평소와 다르게 빨리 뛰고 있다.

"장미 씨. 이제 그만해요. 그래 봐야 장미 씨만 상처 입어요."

"알지만, 그래도 화가 나잖아요."

"휴우, 그럼 편한 대로 하세요. 전 장미 씨도 운전할 수 있게 자동차 보험을 바꿔 둘게요. 혁이랑 다니려면 아무래도 차가 있어야 편할 거예요."

"차는 와이프도 안 빌려주는 거라고 하던데……. 정말 써도 돼요?"

"어차피 소모품입니다. 상관없어요."

"아, 그러면 되겠다. 현우 씨는 모임이니까 술을 마실 테고 운전 못 하잖아요. 모임 끝나면 연락 주세요. 제가 픽업하러 갈게요."

"그러죠."

현우는 상당히 혼란스러운 표정을 지으며 장미를 더 꼭 안았다.

✻ ✱ ✻

"남현우! 여기다."

현우는 오랜만에 대학 동기들을 만났다. 이민호, 오세훈, 김준호가 먼저 자리 잡고 있었다.

"기껏 온 곳이 여기냐? 돈 많은 의사 선생님들이 모일 곳으로는 부실하지 않나?"

현우가 씩 웃으며 그들을 보았다. 이곳 '봉주점'은 의대생 시절 잘 오던 곳이었다. 대학 병원에서 가깝다는 장점도 있었지만, 저렴한 가격에 푸짐한 안주를 내주는 봉주점 주 사장님의 후덕한 인심에 단골로 자주 오던 곳이다.

"추억 삼아 왔지. 설마 여기서 끝내겠냐? 1차는 간단하게 여기서 마시고, 2차는 광란의 밤이야. 강남 다몬클럽이다. 병원은 강남에 차리지 못했어도, 놀기는 강남에서 놀아야지. 아, 김수현은 일 보고 온다고 연락 왔다. 오랜만에 다 모이는 거야."

벌써부터 얼굴이 벌게진 이민호가 신나서 말했다. 현우는 자리에 앉으려다가 구석에 앉아 있는 한 여자를 보고 멈칫 굳어 버렸다.

"안녕, 현우."

"……오랜만이네."

"그러게. 나 개원하고 처음이지?"

"병원 잘된다는 소문은 들었어."

"너야말로. 원주에서 남소아과 모르면 간첩이라면서?"

"그 정도는 아니야."

어색한 인사가 오가자, 김준호가 놀려 대기 시작했다.

"뭐야. 변수은, 성격 많이 좋아졌다? 언제부터 현우에게 조신했다고. 옛날처럼 그냥 들이대."

"너희들 놀리면 나 간다."

"히히, 아직도 현우 얘기만 나오면 얼굴이 빨개져. 이러니 자꾸 놀리고 싶은 거야."

김준호가 낄낄거리자, 이민호도 옆에서 거들었다.

"야, 남현우 이제 그만 튕기고 변수은 받아 줘라. 예과 때부터 일편단심 너만 쫓아다녔잖냐. 이런 정성이면 이제는 못 이기는 척 넘어가 줘라. 우리 수은이 같은 여자 없다. 집안 좋지, 인물 좋지, 직업 좋지."

"너희들 그만해. 현우 불편해하잖아. 또 알아? 원주에서 여자 친구 만들었을지?"

"……."

"어? 현우가 부정 안 하네. 정말 원주에서 여자 만든 거야?"

이민호가 현우를 흘끔 보다가 그가 아무런 대답도 안 하자 변수은의 눈치를 슬금슬금 보기 시작했다.

"뭐, 없는 게 이상하지. 비록 서울은 아니지만 그곳에서 가장 잘나가는 소아과 원장님에다가 인물 훌륭하지 성, 성격은 좀 그렇지만, 그래도 저만하면 일등 신랑감이지."

김준호도 거들었다. 동기들의 말에 현우는 부정도 긍정도 하지 않은 채 술을 들이켰다. 그의 반응에 변수은의 표정이 굳어만 갔다. 그런 그녀를 보며 오세훈이 비꼬듯 말을 시작했다.

"서울과 원주가 거리가 있긴 하나 보다. 변수은의 손길이 미치지 않은 걸 보면……."

"내가 뭘!"

변수은이 새된 목소리로 앙칼지게 받아치자 오세훈은 비웃듯 입꼬리를 올렸다.

"남현우 하면 변수은이 연관 검색어야. 예과 때부터 남현우 죽어라 쫓아다닌 스토커 변수은이잖아. 너 때문에 현우가 대학병원에 남아 있지 못했어. 사실 내가 아니라 현우가 병원에 남았어야 했지. 현우는 다들 탐내던 인재였다고."

"그만해라."

"남현우, 입은 삐뚤어져도 말은 바로 하라고 했어. 환자들이 널 쳐다보는 것도 가만있지 못해 난리 친 게 변수은이잖아."

"세훈아, 그만해."

김준호가 오세훈을 툭 건드렸다. 분위기가 갑자기 심각해지자 다들 아무 말 없이 술만 들이켰다.

"이런 말을 해도 부정을 안 하는 것을 보면 현우 정말 여자 생긴 거네. 어떤 집안 여자야?"

"뭐, 현우 정도면 엄청난 여자 사귀지 않을까? 뭐, 원주 땅 부자라든가. 그곳이 나름 알짜배기 부자들이 많아."

이민호는 냉랭해진 분위기를 바꾸고자 얼른 화제를 바꿨고 김준호도 그와 함께 장단을 맞추기 시작했다.

"야, 그건 아니다. 병원 차려 준다고 사위 삼겠다고 덤빈 사람들이 한둘이 아니잖아. 그래도 현우 자기 힘으로 병원 개원한다고 원주까지 내려간 놈이야. 저 자존심에 그건 아닐걸?"

"하긴, 내가 현우 정도의 허우대만 가지고 있었어도 종합병원 차려 준다는 준재벌 여식은 만났을 거야."

"이민호, 그 말 제수씨에게 할까? 너 병원 차려 준다고 선산까지 팔았다고 했잖아."

"그래 봤자 강북에 3층짜리 병원이야. 다음 달 결혼하는 김수현 봐라. 강남역 근처 병원하고 청담 아파트 받고 결혼한다고 하더라. 강남역 맞은편 건물 5층 전체를 쓴다며 얼마나 뻐기던지. 더러워서 빚을 내더라도 강남에 병원을 차리든가 해야지. 야! 남현우, 너 무슨 생각 하는 거야?"

현우는 그제야 그들을 쳐다보았다. 모두들 현우를 쳐다보고 있었다.

"에, 그러니까 현우야. 모든 게 부담스러우면 우리 처제 어때? 내 결혼식 날, 너 보고 우리 처제가 반했잖아. 너 소개시켜 달라고 아주 야단이다. 오죽하면 장인어른이 네가 우리 처제와 잘되면 남은 땅 팔아서 병원 차려 준다고 하면서 꼬셔 오라더라."

이민호가 남현우의 손을 덥석 잡고 과하게 눈을 껌벅이며 애교를 떨었다.

"……."

"에이, 됐다. 가라. 꽉 막힌 널 두고 무슨 소리를 하냐. 에라, 평생 뼈 빠지게 일이나 해라."

현우는 그들의 속물적인 이야기를 들으며 술잔만 계속 들이켰다. 답답하다. 이런 이야기들……. 누구는 어디에 병원을 차린다. 결혼을 하는데 무엇을 받았다는 등의 이야기들은 그에게 있어 먼 나라 이야기일 뿐이다. 그런 삶을 원한 적도 없고, 앞으로도 없을 것이다.

현우는 테이블에 올려놓은 휴대폰이 진동으로 흔들리자 발신자를 확인했다. 휴대폰 액정에 뜬 장미의 이름을 본 그의 입매가 느슨하게 풀어졌다.

"네, 장미 씨. 아닙니다. 지금 일어나려고 했습니다. 네, 제가 그리로 가겠습니다."

현우가 전화를 끊자 그의 동기들은 일순 조용해졌다.

"나 술에 취했나봐. 현우가 전화를 받으며 웃는 모습을 봤다."

"나도 봤다. 지금 나 온몸에 소름이 돋았어."

"헐, 대박이야. 어떤 여자야? 분명 미인이겠지? 남현우가 고른 여자가 누군지 궁금한데?"

"현우처럼 계산적인 사람이 어디 있다고. 분명 엄청난 스펙의 여자를 골랐을 거야."

"뭐 하는 집안에 여자 직업은, 아니 너 뭐 차려 준다고 했냐?"

이민호와 김준호는 궁금한지 속사포처럼 물어보기 시작했다. 오세훈은 변수은을 바라보며 속이 시원하다는 표정으로 술을 마셨고, 수은은 입술을 깨물며 바르르 떨었다. 그들을 조용히 쳐다보던 현우가 말문을 열었다.

"……그녀와 데이트를 하고 싶어 주말 진료를 포기했다."

현우의 돌발 발언에 주위는 물을 끼얹은 듯 조용해졌다. 현우는 자신 앞에 놓여 있던 술잔을 들어 한 번에 마셨다.

"……그녀에게 서울에 같이 오자고 해 놓고, 혹시나 그녀가 원주에 안 내려가겠다고 할까 봐 불안하더라. 그래서 결국, 그녀에게 내 차 운전을 맡겼지."

현우는 앞에 있는 소주병을 들어 잔을 채운 뒤, 한 번에 털어 마셨다.

"……술에 취해 인사불성이 되면 날 원주까지 데리고 가겠지 싶어 맛없는 술 억지로 마시는 거다."

현우의 말이 길어질수록 다들 믿지 못하겠다는 표정이었다.

"뭐? 네가?"

"헉, 남현우가? 말도 안 돼."

"그녀가 도착할 시간이라 그만 일어난다."

현우가 일어나자 다들 입을 다물지 못하고 그를 따라 시선을 들어 올렸다.

"쟤 남현우 맞아? 무늬만 현우 아니야? 영혼이 바뀐 것 같아. 남현우라면 절대 저럴 리가 없어."

"야야야, 우리 나가자. 어떤 여자인지 봐야 해. 얼음왕자 남현우를 말랑하게 만든 여자라면 필히 봐야 해."

이민호가 일어나 나가는 현우를 쫓아가려다 울리는 전화를 받았다.

"어, 여보세요. 어, 수현아. 응, 우리 봉주점에서 나가려고. 어, 바로 다몬으로 와라. 번거롭게 이리로 오지 말고. 현우? 야야야, 말도 마. 대박 사건. 현우 여자 생겼다. 아씨, 변수은 말고 딴 여자. 정말이라니까. 지금 현우 여자 온단다. 구경 가야 해. 끊어.”

현우가 봉주점 밖으로 나가자 변수은이 급하게 따라 나갔다. 그 모습을 본 이민호는 고개를 절레절레 저으며 혀를 찼다.

“어어, 젠장. 난 천천히 나가야겠다. 지금 변수은 터지기 일보 직전이다. 뭐, 뻔하지. 남현우 스토커 어디 가겠냐? 오죽하면 현우가 서울 말고 원주에다 병원을 차렸겠냐? 아무리 집안 좋고 스펙 좋으면 뭐해. 난 변수은 같은 여자 그냥 줘도 싫다. 저런 여자에게 걸린 현우만 불쌍하지. 오늘도 현우 나온다니까 어떻게 알고 왔는지……. 오죽하면 현우가 1시간도 안 돼 간다고 하냐. 아주 말없이 1시간 내내 술만 마셨다. 불쌍한 우리 현우. 후우, 현우 만나는 여자가 기가 세야 할 텐데. 걱정이다. 변수은이 만만치 않잖아.”

푸념 늘어놓듯이 한참 수현과 통화를 하던 민호는 자리를 정리하고 일어서는 준호와 세훈을 따라서 봉주점을 나섰다.

현우는 봉주점에서 나와 큰길가 쪽으로 걸었다. 장미와 만나기로 한 지점에서 멈추자 뒤따라 나온 수은도 같이 멈췄다.

“현우야. 너, 정말 여자가 생긴 거야?”

“응.”

“남현우다운 대답이네. 여지가 없는 너의 말, 잔인하다 싶을 정도로 깔끔해. 어떤 여자야. 나보다 조건이 좋아? 왜, 서울에 병원이라도 차려 준다니? 난 너만 있으면 된다고 했어. 이제는 날 봐 줘도 되잖아."

"수은아, 그만하자."

현우가 수은의 손가락에 껴 있는 반지를 쳐다봤다. 그녀는 현우의 시선이 자신의 손가락에 닿자 자랑스럽게 펴 보였다.

"널 잊지 못한다는 증표가 여기 있잖아. 너와 함께한 커플링을 아직도 끼고 있어."

"내가 아는 상식에는 같이 낀 적이 없는 반지를 커플링이라고 하지 않아."

"너, 이렇게 꼭 확인 사살을 해야겠니?"

"내 손가락에 반지가 끼워지게 된다면 그건 평생을 같이할 여자와 나눌 결혼반지일 거야."

현우가 수은을 쳐다보았다. 그 눈빛이 슬퍼 보인다.

"너 왜 그래? 너처럼 조건 따지는 남자가 어디 있다고. 넌 모든 것을 계산에 의해 움직이는 남자잖아. 나보다 더 조건 좋은 여자가 나타난 거야? 정말 종합병원이라도 차려 준다니?"

"조건이라……. 넌 나에 대해 누구보다도 잘 알 거야. 오랜 시간 봤으니 내가 어떤 것을 가장 싫어하는지도 알겠지. 난 책임감 없는 발언과 행동을 하는 사람을 가장 싫어해."

"굳이 네가 말하지 않아도 알아. 내가 널 좋아하는 이유 중 하나니까."

"내 인생에 끼어든 두 여자 때문에 확실히 알게 된 것이 있어. 과거는 용서가 되도 현재진행형은 용서가 안 된다는 것."

"현재진행형이라니?"

"……."

"남현우, 무슨 말이냐고 물었잖아."

"한 번쯤은 너와 진지하게 대화를 해 보고 싶었지. 네가 왜 나를 좋아할까. 나와 결혼이라는 것을 왜 하고 싶을까."

"그야 좋아하니까."

"만만하게 봤던 건 아니고?"

"만만하다니. 내가 널 쫓아다닌 시간이 몇 년인 줄 알아?"

현우는 수은을 냉담하게 쳐다보았다.

"그러면 너는, 내가 내 여자의 외도쯤은 눈감아 줄 정도로 아량이 넓은 남자로 보였단 말인데."

"현우야."

"변수은, 나라고 감정이 없는 건 아니야. 너희 병원 한 번도 안 가 본 건 아니었어."

"뭐?"

현우는 변수은을 보며 쓴웃음을 지었다. 머리가 어지러워 백화점 건물 앞 벤치에 앉았다. 시간이 늦었음에도 빽빽한 차들과 그 차들이 뿜어내는 배기가스에 숨이 막혔다.

"나도 남자야. 그날 그냥 되돌아 나올 수 있었던 건, 네가 내 여자가 아니었기 때문이야. 너를 사랑하지 않아서 정말 다행이란 생각이 들었지. 사랑이란 감정을 가지고 있었다면 아마도 많이 힘들었을 거야."

"너, 뭘 본 거야? 뭘. 말 좀 해 봐."

"너의 추악한 진실."

변수은의 얼굴이 하얗게 사색이 되어 갔다.

"혹시……?"

"어차피 확실하게 끝맺음을 지으러 간 거였지만 내가 굳이 말할 필요도 없어 다행이라는 생각이 들었지. 변수은 너는 나를 사랑한 게 아니야. 나를 사랑했다면 절대……."

"현우야……."

'현우 저기 있네.' 왁자지껄하는 소리와 함께 민호, 준호, 세훈이 그들 쪽으로 걸어오는 것이 보였다. 오세훈은 현우 앞에서 있는 수은을 쳐다보며 기가 막힌다는 듯 인상을 찡그렸다.

"변수은, 할 말 다 했으면 이제 현우 놔둬라."

"내가 뭘 잘못했다고 다들 그래?"

"몰라서 그래?"

변수은을 쳐다보는 오세훈의 표정은 못마땅한 기색이 역력했다.

"그만해. 다 끝났으니까."

현우가 머리가 아픈지 이마를 누르면서 눈을 감았다.

"뭐야. 현우 자식 취한 거야?"

"현우의 흐트러진 모습 오랜만이라서 정겹다."

"조용히 앉아만 있는 것을 흐트러졌다고 할 수 없지. 적어도 개같이 울부짖어야 우리가 나중에 놀려 먹을 수나 있지. 이건 영."

"남현우가 흐트러지는 것 봤냐? 아무리 죽어라 술을 먹여 봐도 취침이 좀 빨라질 뿐이지."

"하긴. 좀 일찍 자느냐, 늦게 자느냐, 그 차이긴 하지."

민호와 준호는 의자에 꼿꼿이 앉아 눈을 감고 있는 현우를 보며 혀를 찼다. 못 말린다는 표정이다.

그때였다. 빵빵, 큰길 쪽에서 클랙슨 소리가 들렸다.

"현우 씨."

장미가 창문을 열고 현우의 이름을 부르자 다들 그쪽을 쳐다보았다. 장미는 현우가 움직일 기미가 보이지 않자 차에서 내렸다.

"현우 여자 친구분?"

이민호가 호기심 어린 얼굴로 장미를 쳐다보았다.

"네? 아, 네."

장미는 얼떨결에 대답을 했다. 그들은 장미를 훑어보더니 상당히 만족스런 웃음을 지었다.

"남현우를 홀리신 분이 어떤 분인가 했더니……. 오, 역시 미인이십니다. 반갑습니다. 이민호입니다. 아, 요즘 TV에서 저와 같은 동명이인이 나오는데 역시 우리 이민호들은 다 인물이 출중하지요."

"아, 너 그 말 하지 말라고 했지? 이 친구가 SNS에서 의학계의 이민호, 인물이 같은…… 어쩌고 글 올렸다가 악플 폭탄 맞은 친구입니다. 하하하. 저는 김준호입니다."

"안녕하십니까. 저는 오세훈입니다. 현우 동기고요. 현우는 이러다 깨니까 걱정 말아요."

다들 장미를 감상하듯 쳐다보며 자신들을 소개하자 장미는 얼떨결에 대답을 하고 말았다.

"네, 안녕하세요. 전 장미라고 합니다."

"오, 장미 씨. 역시 이름처럼 아름다우십니다. 이렇게 만난 것도 인연인데, 우리 2차 가는데 같이 가실래요? 현우를 이렇게 보내는 것이 아쉽기도 하고."

"아, 그러고 싶지만 제가 동생을 데리고 와서요. 부모님이 여행 중이라 동생을 보고 있거든요."

장미의 말에 다들 열려 있는 창문을 흘끔거리며 보았다. 뒷좌석에 유아용 카시트가 보이고 그 안에 아기가 색색거리고 자고 있다.

"누가 보면 아들이라고 생각하겠는데요. 부모님의 연세가?"

"너무 잉꼬부부다 보니 쉰둥이를 보셨죠."

장미가 난감한 듯 살짝 인상을 찡그리자, 그들은 상황 파악이 된 듯 고개를 끄덕였다.

"부모님이 대단하신데요. 허허. 쉰둥이라 저도 나중에 꼭 도전해 보고 싶습니다. 현우 여자 친구를 보는 건 처음이라 아쉽지만 아기가 있으면 아무래도 힘들겠죠. 다음에 꼭 같이 한잔해요."

"네, 저, 현우 씨 좀 차에 태워 주실래요?"

"현우는 술이 조금이라도 들어가면 자 버리는 게 버릇입니다. 이렇게 한두 시간 자고 나면 괜찮아지니, 원주 도착할 때쯤이면 깰 겁니다. 원주 가서 불타는 밤을 보내십시오."

오세훈은 변수은더러 들으라는 듯 큰 소리로 말하면서 현우를 앞좌석에 태우고 안전벨트를 매 주었다.

"아, 현우 씨 주사가 자는 거군요?"

"성격답게 주사도 깔끔하죠. 그럼 저희는 사라지겠습니다."

오세훈은 김준호와 이민호를 끌고 택시 승강장 쪽으로 갔다. 장미는 아직도 움직이지 않고 서 있는 변수은을 보며 고개를 갸웃거리며 뚫어지게 쳐다보았다. 어딘가 모르게 낯이 익다.

"음…… 하!"

장미는 갑자기 헛웃음이 나왔다. 그녀가 누군지 생각이 났기 때문이다. 장미는 변수은을 위아래로 훑듯 쳐다보았다.

"뭘 그렇게 보는 거죠?"

"당신도 남현우 씨 의대 동기신가 봐요?"

"그런데요."

"당신이 누군지 알 것 같은데, 남현우 씨 동기라니 세상이 참 좁다는 생각이 들어서요."

"네?"

장미의 돌발질문에 수은은 당황한 듯했다.

"신 군의 여의사 Q 양."

"헉."

장미의 폭탄 발언에 수은이 사색이 되어 자신도 모르게 숨을 들이마셨다.

"요즘 신 군 어때요? 얼마 전 기사를 보니 몸이 안 좋아 요양을 한다고 하던데, Q 양에게 상당히 미안하게 되었어요."

장미가 시크하게 웃었다. 그 웃음의 의미를 눈치챈 변수은의 얼굴이 순식간에 변했다. 변수은의 붉으락푸르락거리는 얼굴을 보며 장미는 몸을 돌렸다.

"너 누구야?"

수은이 장미의 팔을 잡아당기며 쏘아붙이자, 장미는 불쾌하다는 표정을 지으며 수은의 손을 쳐 냈다.

"좋은 머리 굴려서 잘 생각해 봐. 답 나올 테니까. 난 이만

갈 길이 바빠서……. 저기 의사 선생님들 기다리는데 계속 여기 있으면 오해받을 텐데요. 내가 저기 선생님들에게 가서 Q 양의 이중생활 낱낱이 파헤쳐 줄까요? 자기 환자와 놀아나는 의사라고 말하면 다들 흥미 있어 할 텐데…….”

수은은 장미의 폭탄 발언에 놀라 움직이질 못했다. 그런 수은을 두고 장미는 차에 탔다.

그녀는 옆 좌석에 잠들어 있는 현우를 쳐다보았다. 남현우의 의대 동기 중에 신우태의 Q 양이 있었다. 그와 한 침대에서 뒹굴었던 그 여자.

‘나무토막같이 뻣뻣한 것 한번 선심 쓰듯 안아 주려 했더니 그걸 박차고 나가?’

‘미친것 아냐? 너를 버리고 갔단 말이야? 설마? 하, 학.’

‘그년은 미친년이야. 아무것도 안 되는…….’

한동안 장미를 괴롭혔던 그들의 추잡한 행위와 대화가 떠올랐다. Q 양이 남현우의 동기라는 것이 아이러니하다.

다시는 보고 싶지 않은 신우태와 Q 양이었는데, 현우와 사귀게 된다면 싫어도 마주칠 수밖에 없게 되는 건가. 나중에 현우가 정신을 차리면 물어봐야겠다. Q 양에 대해서…….

운전을 하는 내내 머릿속이 복잡했다.

❀ ✱ ❀

"현우 씨, 눈떠 봐요. 집에 도착했어요."

원주에 도착해 현우를 흔들어 깨우는 장미의 손길에 그가 눈을 떴다.

"얼마나 마셨는데 정신을 못 차리는 거예요?"

"원래 술을 잘 못합니다. 오늘은 좀 오기를 부려 봤는데 역시 힘들군요."

그의 목에서 갈라진 쇳소리가 난다.

"오기요? 오늘 안 좋은 일이 있었어요?"

문득 장미는 Q 양이 현우를 바라보던 눈빛이 생각났다.

"술이 들어가니 더 확실해지는 것 같습니다."

"뭐가요?"

"장미 씨에 대한 제 감정 말입니다. 남들이 따지는 조건보다 제 마음이 더 우선이고, 장미 씨가 선택하고 책임지고 있는 현 상황들을 같이 헤쳐 나가고 싶습니다."

"책임요? 혹시 혁이 말인가요?"

"혁이 생부 찾는 것 이제 그만두세요. 당신을 버리고 간 남자 이제 잊으라고요."

장미는 현우를 쳐다보았다. 현우는 슬픈 눈으로 장미를 쳐다보고 있었다. 장미는 순간 싸한 것을 느꼈다.

"현우 씨 말 뉘앙스가 이상한데요. 혹시 저를 혁이 엄마라고……?"

"……아닙니까?"

"허어얼, 이봐요. 남현우 씨! 혁이는요! 휴우우."

"전 남들이 뭐라 해도 장미 씨 선택을 존중합니다."

"현우 씨, 당신 정말 못 말리겠네요. 제가 애 딸린 미혼모인데도 좋았다는 말인가요?"

장미의 얼굴에 미소가 번졌다. 이 남자 좀 귀엽다.

"다 편견일 뿐이니까요."

"편견이라."

장미는 그와 나누웠던 모든 대화들을 떠올렸다. 수많은 만남과 대화를 통해서 분명 충분히 설명을 했다고 생각했었다.

"미혼모라……. 남현우 씨, 그거 알아요? 장혁이 누구인지 오늘 처음 만난 당신 동기들도 알아요."

"그렇습니까? 그들이 뭐라고 했어도 당신이 상처받지 않았으면 좋겠습니다."

"휴우, 현우 씨. 당신은 내가 친절히 설명하지 않는다면……."

'당신은 계속 오해를 할까요?' 묻고 싶었지만 현우의 진지한 모습에 말문이 막혀 버렸다.

"어떤 상황 속에서도 당당한 당신이 좋아요. 육아를 하는 모습이나 청소를 하고 있는 모습이나 모든 것들이 다 좋습니다. 심지어 주사를 부리는 모습까지 예뻐 보입니다."

장미는 자신의 약점마저 좋아 보인다는 그의 말에서 진심이 느껴졌다. 순간 그라면 되지 않을까? 안 되는 거였는지 못 하는 거였는지 확인하고 싶어졌다.

"당신이라는 남자……. 정말로 마음에 드네요."

장미는 자신이 아기 엄마가 아니라는 사실을 알면 현우는 어떤 표정을 지을지 궁금해졌지만 당장은 오해를 풀어 주고 싶지 않았다. 그의 순수한 마음을 더 즐기고 싶었다. 좀 놀려 준

후에 천천히 풀어 줘야겠다고 생각했다.

"그 말은?"

장미는 현우를 보며 씽긋 미소를 지었다.

"당신이라면 될지도 모르겠어요."

장미는 현우의 얼굴을 쓰다듬었다.

장미가 현우의 얼굴을 쓰다듬자 그가 강렬한 눈빛으로 장미를 쳐다보았다. 그의 눈빛 속에는 뜨거운 욕망이 보였다. 그가 천천히 다가오자 장미는 반쯤 감은 눈으로 가쁜 숨을 내쉬었다. 속눈썹이 파르르 떨린다. 그의 부드러운 입술의 감촉이 느껴지고 알싸한 알코올의 맛이 전해졌다.

"그 말에 책임져야 할 겁니다. 오늘은 그냥 안 보낼 거예요."

"저도 원하는 바예요."

그의 거부할 수 없는 아찔한 유혹에 장미는 얼굴을 붉히며 고개를 끄덕였다. 현우는 장미의 머리카락을 귀 뒤로 넘기면서 부드럽게 목을 쓰다듬었다. 이 공간에 그와 나 둘뿐인 듯한 착각이 들었다.

똑똑. 창문을 두드리는 소리에 장미는 창밖으로 눈길을 돌렸다. 창문에 한 남자가 얼굴을 바짝 대고 차 안을 들여다보고 있는 것이 아닌가?

"헉!"

장미는 화들짝 놀라 현우에게서 떨어졌다. 장미의 눈이 휘둥그레졌다. 자세히 살펴보니 어디서 많이 본 얼굴이다.

"박, 재, 하?"

장미가 중얼거리며 인상을 찡그리자, 현우도 쳐다보았다.

창문에 박재하의 얼굴이 눌려 찍혀 있었다.

짙게 선팅된 창문이라 잘 안 보이는지 그가 인상을 찡그리며 얼굴을 붙이고 차 안을 들여다보고 있었다. 손을 동그랗게 말아 이마에 대고 쳐다보기까지 한다. 그래도 잘 안 보이는지 창문을 똑똑, 계속 두드린다. 장미는 한숨을 내쉬며 창문을 내렸다.

"어? 맞네! 남 원장님 차 같아서 와 봤는데. 누나, 남 원장님과 뭐 하고 있었어?"

재하가 의심의 눈으로 쳐다본다.

"한 달 정도 걸린다고 하더니 일찍 왔네?"

장미의 심드렁한 말에 재하가 캐리어를 툭툭 치면서 대답했다.

"일찍 앞당겨 귀국했지. 일이 빨리 끝나기도 했지만 혁이랑 누나 걱정돼서 서둘러 왔어. 오면서 회포 풀려고 소주 사 왔는데 잘됐다. 남 원장님도 같이 마셔요!"

박재하의 손목에는 소주와 육포가 든 편의점 봉투가 있었다. 그는 장미와 남현우의 서늘하게 변해 가는 표정도 파악 못 한 채, 자신의 술 상대가 있다는 것에 상당히 만족하며 환하게 웃었다.

❀ ✱ ❀

재하는 장미에게 아침상을 받는 순간 자신이 뭔가 잘못했다는 걸 깨달을 수 있었다. 어제 귀국 후, 교수님들과 회포를 풀고 기분 좋게 취해 집으로 돌아오던 중 지하 주차장에서 발견한 남 원장님의 차, 시동이 꺼져 있지 않아 반가운 마음에 다가갔다.

의도한 바는 아니었지만 술김에 분위기 파악도 못 하고 그들에게 끼어드는 오류를 범했다. 아무리 내가 눈치 없이 끼어들었다고 해도 거의 한 달 만인데 반기기는커녕 불청객 취급을 받아야 하는 건 억울하다. 그것도 바로 내 집에서 말이다.

내가 집을 비운 사이 이 요상한 조합의 커플이 탄생한 것도 신기했지만 언제 이들이 이런 사이로 발전했는지 의문이다. 물어보고 싶었지만 장미 누나의 표정이 유난히 섬뜩해 보여 묻지도 못하겠다.

앞에 놓인 콩나물국을 바라보니 마른침이 저절로 꼴깍 삼켜진다. 콩나물국의 상태를 보니 물을 필요도 없이 나는 어젯밤에 엄청난 실수를 저질렀다.

콩나물국에 콩은 없고 나물만 있는 나물국이다. 머리가 댕강댕강 잘려져 나간 콩나물을 보니 도저히 떠먹을 수가 없다.

"꼬리도 자를까 하다가 꼬리에 있는 아스파라긴산이 숙취해소에 좋다고 해서 남겼지."

장미의 중얼거림이 들리는 순간 재하는 '너의 목을 자르고 싶었다'와 함께 다른 그 무엇도 자르고 싶었는데 참았다는 소리로 들려 간담이 서늘해졌다.

"누나, 내가 실수한 거라도 있어?"

"박재하, 모르겠니?"

재하는 애써 담담한 표정을 지으며 물었지만 돌아오는 장미의 대답은 역시나 절망적이었다. 바로 앞에서 표정 없이 완전체 콩나물국을 떠먹는 남 원장을 보니 재하는 순간 배신감이 느껴졌다.

한 달 가까이 혁이와 장미를 걱정한 나에게는 머리 잘린 나물국을 주면서 사귄 지 얼마 안 된 남 원장에게는 콩이 완전히 붙어 있는 진짜 콩나물국을 주었다.

"나 학교에 가 봐야 해. 한 달을 비웠더니 할 일이 많네."

재하는 장미가 끓여 준 콩나물국도 안 먹고 뿌루퉁한 표정으로 일어났다. 가방을 메고 현관 밖으로 나갔지만 장미는 잡지도 않는다.

이러니 딸내미는 키워 봐야 소용없다는 말이 있는 것이다. 내가 장미 누나와 혁이를 어떤 마음으로 돌봐 왔는데 돌아온 건 배신뿐이다. 재하의 눈에 서운함의 눈물이 핑 돌았다.

아파트 단지 담장의 덩굴장미에 몽우리가 맺혀 있다. 군데군데 꽃도 피었다. 이제 곧 장미의 계절이 올 것이다. 담장에 피어 있는 장미꽃을 보니 가슴이 아팠다.

재하가 나가고 그들은 묵묵히 아침 식사를 마쳤다. 식사를 마친 후 장미는 조용히 설거지를 했고 현우는 혁이를 안고 책을 보았다.

설거지를 마친 장미가 차를 내왔다. 고고한 자태로 차를 마시는 그를 쳐다보던 그녀는 야릇한 미소를 지었다.

깐깐한 성격의 소유자인 남현우가 미혼모라 생각한 자신을 받아들이기까지 얼마나 많은 고민을 했을지 보지 않아도 알 듯하다.

술기운을 빌려 자신에게 힘들게 고백한 뒤, 서로의 마음을 확인하고 행동으로 옮기려는 순간 박재하가 끼어드는 바람에 상황이 이상하게 종료되었다. 분명 일을 벌인 뒤보다, 불발된 지금이 더 어색하고 민망스러울 것 같았다.

"남현우 씨, 어제 일 기억은 나요?"

장미는 어색한 상황을 종료하고자 긴 침묵을 깨고 입을 열었다.

"전, 누구처럼 기억을 통째로 날려 먹지는 않습니다."

"하, 그래도 전 누구처럼 아무 곳에서나 잠들지는 않지요. 남현우 씨 주사는 사고 치기 딱 좋은 주사예요."

"잠만 자는 제가 무슨 사고를 치겠습니까?"

"아하, 그래서 어젯밤에……. 휴우, 말을 말아야지."

"어젯밤에 뭘 말입니까? 상당히 아쉬워하는 표정으로 보입니다."

"뭐가요?"

괜히 말을 먼저 꺼냈나 보다. 현우가 자신을 뚫어지게 바라보자 어젯밤의 대화들이 생각나 얼굴이 화끈거리기 시작했다.

"알코올의 힘을 빌리는 건 어차피 안 좋아합니다. 오늘은 맨 정신이니 다시 하죠."

"뭘 다시 한다는 거죠?"

"오늘은 방해자가 없는 우리 집으로 갑시다."

"하, 자신감이 상당하신데요, 남현우 원장님."

"저를 가만히 두지 않겠다는 장미 씨의 강한 의도가 보여 말씀드리는 겁니다. 정 싫다면 저도 강요하지는 않겠습니다. 전 장미 씨가 하자는 대로 할 테니 마음대로 하십시오."

"오홀, 그러십니까?"

"그전에 혁이 낮잠을 재우기 위해 동네 한 바퀴 도는 건 어떻습니까?"

"그 제안은 마음에 드는군요."

현우의 말에 장미의 눈빛은 먹이를 노리는 포식자의 그것으로 변했다. 혁이를 재우고 남현우를 잡아먹는다? 음, 마음에 든다.

장미는 혁이를 유모차에 태우고 밖으로 나왔다. 현우와 만나면서 그와 함께 아침 시간에 여유롭게 산책을 하는 건 처음인 듯싶다.

아파트 단지를 나와 공원 쪽으로 발걸음을 옮겼다. 5월이라 그런지 유난히 맑은 하늘과 아침 햇살을 머금고 있는 연녹색의 플라타너스 잎이 싱그럽게 보인다.

플라타너스를 지나니 벚꽃 길이 보인다. 얼마 전만 해도 하얀 꽃이 만개했던 벚꽃나무는 파란 잎만 무성하다.

이 길에서 처음 그와 데이트를 했었는데 그때의 벚꽃은 지고 이제 또 다른 꽃이 장미의 눈을 즐겁게 하고 있다.

눈앞에 화사하게 핀 아카시아 꽃과 함께 그 향기가 코끝으로 전해지자 기분이 묘해진다.

이곳 원주로 기분 전환을 하기 위해 내려온 것이 2월이었다. 그때는 이렇게 오랜 시간 이곳에 머물러 있을 거라는 생각도 못 했었다. 무엇보다 가장 큰 변화는 남현우를 만났다는 것이다.

"현우 씨는 제가 왜 좋아요?"

내 곁에서 묵묵히 유모차를 밀면서 걷고 있는 남현우로 인해 그녀는 원주를 떠나지 못하고 있다. 이런 마음을 그는 알까?

"사실, 이유는 잘 모르겠습니다. 모든 것은 이유가 있어야 한다고 생각하는 저에게 생소한 일이라 이런 저한테 스스로도 놀라고 있는 중이긴 합니다."

너무도 솔직한, 그다운 대답이다.

"현우 씨에게 해 주고 싶은 말이 있긴 해요. 사실 조금 더 놀려 줄까 했는데 아무리 생각해도 오해는 풀어 줘야 하는 게 맞는 것 같아요."

"오해요?"

"네."

장미는 현우에게로 몸을 돌려 그의 눈을 쳐다보았다. 사실을 말하면 그는 어떤 표정을 지을까.

"현우 씨. 사실…… 혁이는 제 아이가……."

"어머, 남 원장님과 사모님 아니세요?"

뒤쪽에서 익숙한 하이 톤의 목소리가 들린다. 이 목소리의 정체는 S아파트 부녀회장님이다. 장미가 뒤돌아보니 성경책을 들고 남 원장과 자신에게 환한 미소를 지으며 서 있는 부녀회장님이 보였다.

"호호, 세 식구가 나란히 있는 모습은 언제 봐도 좋아요. 기왕이면 데이트를 교회에서 성스럽게 하시는 건 어때요?"

"네, 네?"

장미는 순간 당황을 해서 말을 더듬거렸다.

"할머니, 원장님이 우리 교회에 오시는 거예요?"

"대답이 없으셔서 모르겠네."

부녀회장님 손을 잡고 있는 여섯 살쯤으로 보이는 여자아이의 눈이 초롱초롱 빛나고 있었다. 그들의 대답을 기다리고 있는 어린이의 순진한 얼굴을 보니 NO라는 대답이 차마 나오지 않았다.

"혁이 어머니와 원장님이 교회에 오신답니까?"

"어머, 최 집사님."

그들에게 다가온 최 집사님은 그들도 알고 있는 경비 최씨 아저씨였다.

"우리 원장님과 혁이 어머님 복 받으실 겁니다. 할렐루야."

최 집사님이 갑자기 할렐루야를 외쳤다. 얼떨결에 그들을 따라가다 멈춘 곳은 S아파트 후문 옆에 위치한 S교회 정문이었다.

"할, 렐, 루, 야! 당신을 환영합니다."

교회 성도님들의 열렬한 환영을 받으며 남현우와 장미는 얼떨떨한 표정을 지었다. 유모차 속 혁이는 눈만 동그랗게 떴다. 태어나 처음 와 보는 곳이 신기한가 보다.

"아기 영아세례는 받았어요?"

"아, 아니요."

"어머, 아직까지 안 받았어요?"

"우리 남 원장님과 사모님 먼저 새 신자 등록해 주시고, 우리 아가도……."

우리 부녀회장님이 신이 나셨다.

“그런데 반지 아직 안 끼셨네요? 기껏 우리 손녀가 찾아 주었는데 또 잃어버린 건 아니겠죠?”

부녀회장님이 둘의 손을 보면서 잔소리를 하기 시작했다. 부녀회장님의 말씀을 들으니 장미가 고속버스에서 버린 반지를 주워 온 것이 부녀회장님의 손녀딸이었나 보다.

“아, 그거, 여기 있습니다.”

부녀회장님이 이상하다는 표정을 지으며 현우를 쳐다보자, 그가 쭈뼛거리더니 주머니에서 작은 상자를 꺼냈다.

“뭐예요? 반지는 끼고 다니는 거지 주머니에 넣고 다니는 게 아닌데.”

“네? 아, 수, 수리를 했습니다.”

“아, 찾은 반지가 잘못되었나 보구나. 아무래도 버스에서 굴러다녔으니 망가졌을 만도 하죠.”

부녀회장님은 알겠다는 표정을 지으셨다.

“장미 씨, 수, 수선이 아주 자, 잘 되었어요.”

“네? 아, 네네.”

장미도 얼떨결에 대답을 하고 말았다.

“미안합니다. 이렇게 주려고 준비한 반지는 아니었지만 당신이 오해받는 건 싫어요.”

현우가 장미에 귀에 대고 나직이 소곤거렸다.

그의 말뜻을 알 것 같다. 그는 내가 이 사람들에게 미혼모라는 오해를 받게 하고 싶지 않은 것이다. 그의 마음이 전해지는 것 같아 미소가 지어진다.

“호호, 우리 원장님이 사모님에게 뭐라고 사랑의 멘트를 날리셨을까? 역시 신혼은 달라. 눈치 없는 아줌마는 빠질게요. 말씀 다 나누시고 안으로 들어오세요."

부녀회장님은 연신 웃음을 지으며 교회 안으로 들어갔다.

장미는 그의 손에 들린 반지 케이스를 보았다. 다른 남자들 같으면 이벤트를 하면서 요란하게 끼워 주는 반지겠지만, 남현우니까 그냥 주어도 좋다. 화려한 이벤트, 현란한 말들로 포장한 것보다 소박한 진심이 느껴지는 지금이 더 좋다.

"현우 씨, 안 끼워 줄 거예요?"

"정말 저 남자 무드 없다. 장미 씨 지금 그렇게 생각했죠?"

"제 머릿속에 들어갔다 나오셨나 봐요?"

"이런 남자라서 정말 미안합니다."

"……."

"……다음 반지는 좀 더 의미 있는 장소에서 끼워 드리겠습니다."

그는 케이스에서 반지를 빼서 장미의 왼손을 부드럽게 잡아 네 번째 손가락에 끼워 주었다.

"커플링이나 결혼반지를 약지에 끼워 주는 전통은 고대 로마시대부터 비롯되었다고 합니다. 그들은 왼손 약지 손가락에 베나 아모리스Vena amoris라는 특별한 정맥이 심장과 직접 연결되었다고 믿었다고 해요. 내 심장을 상징하는 곳에 영원을 상징하는 둥근 원의 반지를 끼움으로써 상대방과의 연결 고리를 만들어 영원한 사랑을 맹세했던 거죠."

장미는 네 번째 손가락에서 반짝거리며 빛나는 둥근 링을 보았다. 예전 누구처럼 거창한 이벤트를 하면서 끼워 준 반지는 아니었지만, 그 의미를 설명하며 조용히 끼워 준 이 반지가 더 좋다는 걸 이 남자는 알까?

화려한 이벤트라고 해 봤자 식당이나 호텔, 혹은 공원에서 이뤄지는 식상한 절차일 뿐이다. 원주의 작은 교회 앞, 지나가는 사람들이 흘끔거리면서 쳐다보고 있지만 상관없었다. 눈에서 눈물이 핑 돌려고 한다. 코끝이 찡해진다.

"딱 맞네요. 제 치수를 알고 있었던 것처럼요."

커플링의 의미를 정확하게 알고 있는 남현우는 별 의미 없이 쉽게 반지를 구입하지는 않았을 것이고, 예전 누구처럼 액세서리 취급을 하지도 않을 것이다. 그의 반지는 절대반지처럼 손가락에서 영원히 빠지지 않을 것이다.

"당신의 예전 반지를 가지고 있었으니까요."

그가 웃는다. 그의 웃음에 모든 아픔이 치유되는 듯하다. 수많은 이름 모를 약을 먹고 치료를 받아도 치유되지 못했던 상처들이 아무는 느낌이 든다.

모든 병은 마음에서 온다는 말이 이제는 이해가 된다. 남이 치료해 줄 수 없는 것이 마음의 병이다. 내가 극복하지 못한다면 평생의 불치병이 되는 것. 이 남자가 내 치료약인 듯한 착각이 든다.

"남현우 씨, 당신에게 나이 어린 처남이 생긴다면 깍듯이 대우해 줄 수 있나요?"

"어느 정도 차이가 나기에 그런 말씀을 하십니까."

"……말도 못 할 정도?"

"네?"

역시나 돌려서 말을 하면 못 알아듣는 당신. 남현우 씨, 당신이 끌고 있는 유모차 안에 있는 장혁이 당신 미래의 처남이랍니다.

"제가 돌직구로 말해 주지 않는다면 아마도 당신은 그 아이와 대화가 통하게 될 즈음 알게 될지도 모르겠네요."

"네?"

"하지만 제가 확실하게 그 아이에게 교육은 시킬게요. 다른 호칭이 아닌 매형이라고 부르도록요."

"그 말의 뜻은?"

"왜요? 궁금해요?"

"다른 건 몰라도 당신 동생이 내 미래의 처남이 될 거라는 사실은 확실하게 이해를 했습니다."

'그 처남이 장혁이라는 사실만 이해 못 하고 있죠.'

장미는 그가 장혁이 미래의 처남이라는 사실을 알게 된다면 어떤 표정을 지을지 궁금해졌다. 극적인 순간에 말해 그를 놀래 주어야겠다는 생각이 들었다.

"그럼, 남현우 씨. 오늘 밤 기대하세요. 아주아주 재미날 테니까요."

"뭔지는 모르겠지만, 장미 씨 눈빛을 보니 기대는 됩니다."

"기대해도 좋아요."

오늘 밤, 그는 놀라운 신세계를 경험하게 될 것이다.

❀ ✱ ❀

"혁아, 이 형아는 일요일이 싫다. 너를 나에게 하루 종일 맡기고 그들은 코빼기도 볼 수가 없어. 정말 말도 안 돼."

재하가 투덜거리면서 유모차를 밀고 S아파트 후문을 빠져나왔다. 오늘도 잡으러 가지 않으면 장미와 남 원장은 저녁 늦게까지 집에 오지 않을 것이다.

두 사람이 정식으로 사귀게 되었다고 그에게 통보를 한 지 한 달째. 아무리 좋을 때라지만 이건 너무한다. 재하는 아파트 후문을 빠져나와 바로 옆 육중한 철문으로 꺾어 들어갔다. 철문을 지나자 오르막길이다.

유모차를 끌고 올라가기에는 난코스라고 할 수 있다. 그나마 오르막길 주변 아치형 철제 울타리를 타고 덩굴장미가 화사하게 핀 것이 볼만해서 다행이다.

혁이는 화사하게 핀 장미꽃을 보자 좋아했다. 오르막길 끝 빨간색 벽돌로 지어진 2층 건물이 보였다. 건물의 현관으로 보이는 커다란 유리문 위에는 낯익은 이름이 적혀 있는 현수막이 걸려 있었다.

– 노인성 질환, 치매, 중풍, 노환으로 고생하는 분들께 희소식! 남 원장님의 상담으로 자유로워지세요. –

이곳은 S아파트 후문 바로 옆에 위치한 S교회. 아파트 주민들이 많이 다니는 소규모의 교회다.

재하는 펄럭이는 현수막을 보며 본당 뒤편 건물로 들어갔다. 그 안에는 커다란 테이블과 의자에 꼿꼿한 자세로 앉은 남 원장이 있었다.

남소아과 남 원장의 명성은 여기서도 어김없이 발휘를 했다. 기나긴 줄의 향연, 이곳이 남소아과와 다른 점이 있다면 어린이가 아닌 백발의 노인들이 주를 이룬다는 것. 하지만 어린이든 노인이든 남 원장을 바라보는 눈빛만은 변함이 없다.

“내가 40년 동안 우리 영감에게 당한 것을 생각하면…….”

남 원장의 손을 부여잡고 하소연하시는 백발의 권사님을 시작으로 가정 상담 및 미취학 자녀의 직업 상담 혹은 자녀의 결혼 상담까지 내용도 천차만별이었다.

“우리 손녀 어떠우? 지금 서원주고 음악 선생님이라우.”

이제는 맞선까지 주선한다.

“주 권사님 다 끝났으면 그만 비켜 봐. 나도 실한 의사 쌤 손 한번 잡아 보게.”

음험한 속내까지 드러내는 분도 있었다.

한편, 교회 본당 안에서는…….

“그렇게 하시면 절대 광이 안 납니다. 잘 보고 따라 하세요.”

장미의 손길이 지날 때마다 마법을 부린 것처럼 깨끗하게 변하는 교회 내부의 모습에 사람들이 모두 감탄 어린 눈빛으로 장미를 바라본다.

“우리 장미 성도님은 신의 손입니다. 저희는 아무리 해도 이렇게 깨끗해지지 않거든요.”

“사모님, 안 되는 것이 아니라 못 하는 겁니다. 청소도 다 요령입니다.”

“음, 역시. 장미 성도님은 청소 분야에 탁월한 달란트를 가지고 계십니다."

장미가 시범을 보일 때마다 끄덕이며 감탄 어린 추임새를 끊임없이 터뜨렸다.

재하가 알고 있는 장미와 남 원장은 절대 믿음이 있는 신앙인이라고는 말할 수 없다. 그럼에도 그들이 일요일마다 이곳에 나와 있는 건 아마도 봉사가 그들의 적성에 맞기 때문 아닐까 싶다. 남 원장과 장미는 자신의 몸에 딱 맞는 일을 찾은 거다. 딱 보아도 물 만난 고기다.

두 사람은 봉사하는 동안 간혹 자신의 손가락에 끼워져 있는 반짝이는 커플링을 흐뭇한 표정으로 쳐다보곤 했다. 하지만 재하가 지켜본 바로는 그것이 끝이다.

보통 커플들은 일요일을 하루 종일 봉사를 하며 보내지는 않는다. 평일보다 더 바쁜 일요일을 보내는 그들을 보며 재하는 한숨을 내쉬었다.

"하긴, 연애의 역사가 밤에 이뤄지긴 하지."

밤에 피는 장미처럼, 밤마다 사라지는 장미가 수상하지만 굳이 뭐 하는지 확인하고 싶지는 않다. ……눈물 젖은 목 잘린 콩나물국은 한 번으로 족하다.

밝혀지는 비밀

찌링, 오늘은 하늘이 무너지려나. 예자연 여사에게 문자메시지가 왔다.

[청담 '필와쏘' 스튜디오 예약, 아기 사진 가장 잘 찍는다는 곳. 이름을 듣는 순간 필이 왔소. 예약 날짜 첨부했으니 돌 기념 촬영 잘하길 바란다. -꽃 같은 자연]

문자메시지를 확인하면서 장미는 부들부들 떨었다.

"아예 나보고 다 키워서 장가까지 보내라 하지, 엉."

찌링.

[돌잔치 장소도 같이 첨부했으니 클릭해서 확인 바란다. -꽃 같은 자연]

"그래도 장혁 돌 때는 오겠다는 거네. 하. 드디어 얼굴을 보는 건가? 예자연 여사."

장미는 고개를 돌리면서 손가락 깍지를 끼었다. 깍지를 낀 손가락에 힘을 주자 두드득 뼈 소리가 났다. 장미의 눈이 살벌하게 빛났다.

❀ ✱ ❀

“예 여사 발 넓은 건 알아줘야 해. 아니, 돈이 썩어 나게 많은 건가?”

예 여사가 혁의 돌 사진 예약을 일요일에 해서 그나마 다행이다. 혁이를 데리고 청담동까지 오는 것도 고민이었는데 현우가 같이 와 주었다.

청담동에 위치한 ‘필와쏘’ 스튜디오는 A급 연예인들 화보 사진을 주로 촬영해 이름을 알린 곳이다. 이곳에서 돌 기념 촬영을 하겠다고 한 예 여사의 정신상태도 궁금하지만 혁이의 사진을 촬영해 주겠다고 한 유 작가도 의심스럽다.

신우태를 비롯하여 권우진까지 유명 연예인들의 화보를 담당하는 그가 고작 돌쟁이 사진을 찍겠다 했다면 분명 예 여사와 무슨 검은 거래가 오갔다는 건데, 조용할 때 면담 좀 해 봐야겠다.

장미는 5층짜리 건물 전체를 사용하는 필와쏘 스튜디오에 들어가면서 의심의 눈초리를 거두지 않았다.

“로즈 작가 오랜만이야. 얼굴 본 지 1년 되었나? 만삭 사진을 찍었을 때니까 벌써 꽤 되었네.”

생각을 해 보니 이곳에서 예 여사의 만삭 사진을 찍었었다.

"만삭 사진을 찍은 게 엊그제 같은데, 아기가 벌써 돌이야. 시간 참 빨리 간다니까."

혁이의 사진을 촬영하면서 유 작가는 어느 때보다 신이 난 것 같다. 그의 한껏 업그레이드 된 기분을 볼 때 예 여사에게 상당한 금액을 받았을 거라는 데 한 표를 던진다.

"이곳에서 만삭 사진을 찍으셨군요."

"네."

"이곳에 또 온 이유는 무엇입니까."

현우의 가라앉은 목소리에 장미는 아차 싶었다. 아직 그는 자신을 오해하고 있는 상황이라는 것을 가끔 잊어버릴 때가 있다.

"현우 씨. 정말 이 상황 이해가 안 되나요?"

"제 상식으로는……."

숨기려고 한 문제는 아니기에 말 못 할 이유는 없다. 어쩌다 보니 숨기게 되었지만 더 이상 현우가 상처받는 건 싫다. 장미는 사실을 말해 주기로 했다.

"현우 씨, 사실……."

"로즈 작가. 이분 모델이신가? 마스크가 신선해."

유 작가가 현우를 보며 감탄을 하면서 끼어드는 바람에 현우에게 말할 기회를 또 놓치고 말았다. 아무래도 지금은 말할 타이밍이 아닌 것 같다. 장미는 방해자가 없을 때 조용히 말해 줘야겠다는 생각을 했다.

"일반인이십니다. 유 작가님."

"헐, 일반인이 이 정도면 대박 사건인데. 마스크와 바디는 신우태보다 나은 것 같고. 이참에 모델 할 생각은 없으신지?"

"바쁘신 분입니다."

"에이 저런 마스크 썩히는 건 낭비야, 낭비. 오래오래 여러 사람이 봐 줘야지."

"저 혼자 볼 겁니다, 유 작가님."

유 작가의 사심 어린 발언에 장미의 눈썹이 씰룩거린다. 어딜 감히 남현우를 만인의 연인을 만들려고. 지금도 관리가 힘들어 죽겠구먼. 더 바빠지면 얼굴도 못 본다고요.

"에이. 로즈 작가, 그렇게 비싸게 굴지 말고 남자 친구분 설득 좀 해 봐. 저 마스크를 썩히는 건 낭비라고."

유 작가는 남현우를 보며 침을 꼴깍 삼키신다. 저 표정을 보아 남현우를 카메라에 꼭 담고 싶은 모양인데 절대 내가 용납 못 한다. 연예인 남친은 신우태 하나면 족하다. 이 남자까지 유명인을 만들고 싶지 않다.

"어, 장미 조카 아닌가?"

중년의 남자가 장미에게 알은척을 하며 다가오자 유 작가의 사심 어린 발언이 중단이 되었다.

"마 대표님 아니십니까. 오늘 마 대표님까지 오실 줄 몰랐습니다."

"어, 유 작가. 이곳 지나갈 일이 있어 겸사겸사 온 거지. 오늘 아침에 바쁜 일이 있다더니 장미 조카 일이었어?"

"특별히 부탁을 받은 거라서요. 죄송합니다."

"장미 조카 얼굴을 보니 난 좋구먼. 장미 조카 너무 오랜만이야. 이 삼촌은 너무 서운해. 연락도 없고."

마 대표가 장미를 바라보며 자상한 미소를 지었다.

"음, 이 실한 청년은 뉘신가? 장미 조카가 나 몰래 결혼을 한건 아닐 테고. 이 청년이 장미 조카 신랑 후보인가? 반갑네."

마 대표는 장미 옆에 서 있는 현우를 감상하듯 한참을 쳐다보았다.

"내 소개가 늦었네. 마시라 주류 대표이사 마석이네. 내가 장미의 수많은 삼촌 중에 넘버 원이지."

현우는 그가 내미는 명함을 받았다. 마시라 주류라면 20년 가까이 대한민국의 주류 업계를 평정한 인물이다. 대한민국 국민이 가장 많이 마셨다는 맥주와 소주가 이 회사의 제품이다.

"남현우입니다."

현우도 마 대표에게 자신을 소개하면서 명함을 내밀었다. 마 대표는 현우가 내민 명함과 현우를 훑어보며 흡족한 미소를 지었다. 어느새 유 작가도 마 대표 옆에 붙어 있었다.

"마스크도 훌륭한데 병원 원장님이시구나. 역시 장 대표님이 사위 삼을 만하네."

"음, 역시 우리 형님과 형수님이 흡족해할 사윗감이야. 그래서 우리 형님과 형수님이 요즘……."

"저, 마 대표님……. 쉿."

마 대표가 무언가 말을 하려고 하자 유 작가가 마 대표의 옆구리를 찔렀고 순간 마 대표의 얼굴에 당황스러운 표정이 스쳐 지나갔다. 장미는 마 대표와 유 작가의 대화에서 수상한 낌새를 느낄 수 있었다.

"삼촌은 뭔가 알고 있지요?"

장미의 눈초리가 새치름하게 변해 마 대표를 사정없이 노려보자, 마 대표는 헛기침만 해 댔다.

"흠흠. 내가 뭐라고 했다고. 허허, 우리 형님이 잘생긴 의사 선생님을 사위로 두게 생겼다는 말이지. 허허."

"허, 그럼 유 작가님이 말씀해 보시죠."

"헐. 로즈 작가, 내가 뭘 알겠어. 난 사모님에게 혁이 도련님 돌 사진 의뢰를 받았을 뿐이야."

장미는 그들의 행동에 의심스러운 부분이 있어 물었으나 그들은 두리뭉실하게 넘겼다. 자꾸 수상한 냄새가 난다.

"아? 이 아이가 장혁이구나. 언제 이렇게 많이 컸나."

마 대표는 장미의 시선을 의식했는지 과장된 몸짓을 하면서 장혁을 번쩍 안았다. 험악하게 생긴 아저씨가 자신을 안자 장혁의 인상이 구겨졌다.

"그런데 삼촌이 여기 웬일이세요?"

"아, 오늘 우리 회사 광고 화보 촬영이 있어 겸사겸사 들렀지."

"화보 촬영요?"

장미가 인상을 찡그렸다. 마시라 주류의 광고 모델이라면 장미도 잘 알고 있는 그 남자이기 때문이다. 그가 오늘 여기서 화보 촬영을 한다면 마주칠 수 있다는 것인데 그를 남현우와 마주치게 하고 싶지는 않다.

"어, 저기 들어오는군. 신 군, 여길세."

마 대표가 손짓을 하는 곳을 보니 신우태가 매니저와 함께 스튜디오 안으로 들어오고 있었다. 장미는 그를 보니 표정 관리가 되지 않았다. 신우태의 화사한 면상을 보니 그가 자신에게 한 역겨운 행위가 떠올라 구역질이 난다.

"신 군, 여기 인사하게. 내 조카 장미일세."

신우태는 마 대표가 보이자 환하게 웃으며 들어오다 장미를 보고 단번 인상을 구겼다. 그라고 장미가 반가울 리는 없을 것이다.

"네? 로즈 작가님이 마 대표님 조카라고요?"

"피는 안 섞였지만 세상에서 내가 가장 아끼는 조카지. 신 군도 장미 조카에게 잘 보이면 연예계 생활을 편히 할 수 있을 걸세. 허허."

신우태가 마 대표의 말에 미간을 찡그리며 장미와 남현우를 뚫어지게 바라보았다.

"로즈 작가님이 그렇게 대단하신 분이였나 보군요? 몰랐습니다."

"하하, 우리 형님과 형수님이 대단하신 분이지."

"삼촌, 그만하세요."

장미가 저지하자 마 대표는 호탕하게 웃었다. 마 대표는 눈치도 없이 주절주절 계속 떠들면서 혁이를 어르고 달래고 있다. 미치겠다. 우리 부모님의 지인들은 하나같이 저리 눈치들이 없을까.

"우리 장미 조카가 어렸을 때는 삼촌, 삼촌 하면서 잘 따랐는데 컸다고 이렇게 구박을 하다니, 삼촌은 서러워."

"마 대표님, 로즈 작가님의 부모님들과도 친하신가 봅니다.

뭐 하시는 분인데…….”

“하하, 그게 말이지.”

신우태는 무언가를 알아내려는 듯 마 대표 옆에 딱 붙어 서며 물었다.

아, 눈치 없는 마석 삼촌 분명 미주알고주알 떠들어 댈 텐데. 저런 싼 입을 가지고 성공했다는 게 신기하다.

“휴.”

“혹시, 저 사람입니까. 장미 씨 옛 반지 주인요.”

우리 남현우 원장님을 잠시 잊고 있었다. 평소에는 눈치가 제로이면서 이런 촉만 빠른 우리 남현우 씨.

장미는 한숨을 깊게 쉬었다. 그나마 그가 점잖고 이상적인 성격의 소유자라는 데 안심은 되지만 현우의 복잡한 표정을 보니 더 이상 미룰 수는 없을 듯하다. 장혁의 출생의 비밀과 자신의 집안에 대해 자세히 말해야겠다는 생각에 장미는 입을 열었다.

“현우 씨. 다 지난 옛날 일인데요. 현우 씨가 걱정할 일도 없어요. 우린 아무 일도 없…….”

“저자가 혁이와 장미 씨를 버린 인면수심 장혁 생부군요.”

“네? 무슨 소리예요?”

장미는 현우의 사늘해진 표정과 혁이 생부라는 단어를 힘주어 말한 대목에서 상황 파악이 되었다. 그동안 현우를 놀린 대가가 이렇게 오는가 싶어 뒷골이 땅기는 것이 아찔하다.

“현우 씨 아니에요. 오해예요. 혁이는 내내, 동, 새……. 현우 씨!”

장미가 말릴 틈도 없이 남현우가 신우태 쪽으로 성큼성큼 걸어갔다. 장미는 다급히 그를 잡으려 했지만 현우의 동작이 빨랐다. 현우는 신우태의 멱살을 잡더니 주먹을 크게 휘둘렀다. 퍽, 소리와 함께 신우태가 휘청거리더니 바닥으로 나뒹굴었다.

시선이 일제히 그들에게로 집중이 되었다.

"뭐 하는 짓이야!"

신우태의 입장에서는 어처구니없이 봉변을 당한지라 인상을 구기면서 남현우에게 소리를 질렀다.

"장미 씨를 두고 바람을 피운 당신은 남자의 수치야. 특히 자신이 저지른 일에 책임 회피를 하는 남자는 인간 말종이라 하지."

현우는 주먹을 쥐락펴락하면서 서늘하게 말을 이었다. 현우의 행동에 스튜디오의 분위기가 냉랭하다 못해 싸늘하게 변했다.

"무슨 소리야. 당한 건 나란 말이야. 바람 한번 피운 것 때문에 내가 장미에게 얼마나 당한 줄 알아? 그것 때문에 몇 달을 개고생하고 간신히 몸 추슬러 나왔단 말이야."

"아주 편히 다른 여자와 세계 여행을 다녔으면서."

"편하게라니. 국내에서는 쪽팔려서 미국으로 치료받으러 간 건데 무슨 헛소리야."

이들 대화의 정확한 진위는 장미만이 알고 있다. 남현우는 신우태를 장혁 생부로 오인, 자기 아이를 버리고 세계 여행을 갔다 비난 중이고, 신우태는 식목일 고성호텔서 장미에게 당한 중요 부위의 치료를 위해 외국에 갔다는 건데, 요상하게 대화가 이어지고 있다.

장미는 남현우와 신우태를 번갈이 쳐다보았다. 허우대 하나로 보자면 혀를 내두를 정도로 기가 막힌 두 남자의 대화가 덤앤더머 같아 실소가 흘러나온다.

빨리 이 상황을 정리를 해야 할 것 같다. 필와쏘 스튜디오에 우리만 있는 것이 아니기에 소문이 요상하게 나는 건 방지해야 했다. 장미는 나직이 한숨을 내쉬면서 그들에게 다가갔지만 때는 이미 늦었다.

"신 군이 장미 조카를 데리고 놀다 버렸다는 말인가?"

소름이 돋을 만큼 오싹한 음성이 울려 퍼졌다. 혁이를 품에 안고 어르면서 화통하게 분위기를 띄우고 있던 마 대표는 우태의 만행을 듣자 얼굴의 표정이 험악하게 변해 버렸다.

마 대표는 신우태가 쓰러져 있는 곳에 다가가 무릎을 바닥에 대고 앉으며 그를 험하게 노려보았다. 신우태는 마 대표의 붉으락푸르락하는 얼굴이 바로 앞에 커다랗게 보이자 입만 벙긋거리며 할 말을 잃었다.

"네네? 저저, 그, 그게 아니라."

"감히, 자네가 우리 장미 조카를 데리고 놀아. 감히, 자네가……. 감히, 감히……."

마 대표의 숨이 넘어간다. 신우태는 어이가 없어 벌어진 입이 닫히지 않았다.

상황이 요상하게 흘러가고 있다. 맞기는 자신이 맞았는데, 그를 바라보는 모든 이들의 눈이 서늘하다 못해 숨이 막힐 정도로 험악했다. 아니라고 오해를 풀어 주어야 하는 장미의 표정도 냉랭하기만 했다.

"누우나."

조용하고 적막함이 감도는 공간에 천사의 음성이 울려 퍼졌다. 사람들은 목소리의 주인공 쪽으로 시선을 돌렸다. 무릎을 접고 앉아 있던 마 대표의 품에 안긴 혁이가 답답한지 장미를 향해 손을 뻗치며 옹알거리고 있다.

"장혁아, 삼촌이다. 삼촌이라고 불러 봐."

혁이의 모습이 귀여운지 마 대표의 표정이 말랑말랑하게 풀리더니 자신의 볼을 혁이의 볼에 대고 사정없이 문질렀다. 혁은 마 대표의 수염이 따가운지 인상을 찡그리며 꿈틀거리면서 품에서 빠져나와 있는 힘을 다해 현우에게 기어가 현우의 다리를 잡고 일어났다.

"마아혀."

혁의 말에 현우는 석상처럼 굳어 버렸다.

"마아혀."

혁이는 안아 달라고 현우에게 계속 손을 내밀었다.

"당신 미래의 처남이 매형에게 안아 달라고 하네요."

"네? 미래의 처남요?"

"이 상황이 얼마나 답답했으면 우리 혁이가 말문이 터졌을까. 쯧쯧."

장미의 말에 현우는 멍해져 아래를 내려다보았다. 장혁이 순진한 눈망울로 자신을 올려보고 있다. '마아혀'이라 부르며 옹알거리는 입술을 바라보던 현우는 그제야 분위기를 파악하고 입이 헤벌쭉 벌어지고 말았다.

"혁아, 매형만 부르지 말고 삼촌도 불러 봐."

"유 삼촌도 해 봐용."

주책없는 마 대표와 유 작가는 혁이 주변에 모여 손뼉까지 치는 상황이 되었고, 아직 일어나지 못하고 있는 신우태는 모두의 기억에서 잊히고 말았다. 그는 상황 파악 중인지 눈만 껌벅거리고 있었다.

❀ ✱ ❀

"장미는 누구?"

"누우아."

"난 누구?"

"마아혀."

불쌍한 우리 혁이. 몇 시간째 같은 소리를 반복하고 있다. 남현우는 혁이를 데리고 밤새 저럴 모양이다. 그가 시킨다고 꼬박꼬박 대답해 주는 착한 우리 장혁. 내가 다른 건 몰라도 교육 하나는 잘 시킨 듯싶다.

"혁이가 많이 피곤했나 봐요. 금방 잠이 든 것을 보면……."

장미는 현우와 놀다가 갑자기 픽 잠든 혁이를 보며 안쓰러운 마음에 도닥거렸다. 장미는 작은방에 깔아 놓은 이불 위에 혁이를 눕혔다.

"우리 집에도 아기 침대를 하나 구입할까 고민 중입니다. 우리 처남이 주무시는 게 아무래도 불편해 보이네요."

"여기서 얼마나 잔다고 침대를 구입해요."

"아기 침대 아깝지 않게 계속 쓰면 되지요."

"현우 씨도 참……."

현우의 말뜻을 이해한 장미는 얼굴이 빨개졌다. 그와 나 사이에 태어날 아기라. 생각만 해도 기분이 좋아진다. 하지만 확실히 짚고 넘어갈 부분은 있다.

"남현우 씨가 그렇게 다혈질인 줄 몰랐어요. 다 큰 어른이 주먹질이라뇨."

"누구 때문에 안 하던 짓을 한 거지요. 그래도 잘 해결되지 않았습니까."

"신우태가 마시라 대표인 마 삼촌의 심기를 건드리고 싶지 않아 울며 겨자 먹기로 그냥 넘어간 거죠. 이번에는 고소까지 가지 않아서 다행이지만, 한 번만 더 주먹질을 한다면 저에게 먼저 혼날 줄 아세요."

"앞으로 그럴 일은 없을 겁니다."

말은 그렇게 하지만 상당히 후련한 표정을 하는 현우를 보며 장미도 씩 웃었다. 바람을 피운 대가를 좀 혹독하게 치른 신우태가 조금은 불쌍한 생각은 들지만 그게 끝이다.

그는 오늘 뒤끝이 상당히 안 좋은 마 삼촌에게 제대로 찍혀 마시라 주류의 광고 재계약이 힘들어질 것이다.

마시라에서만 제외되면 그나마 다행일 테지만 마 삼촌의 영향력이 어디까지인지 알 수는 없다. 그러니 사람은 남의 눈에 피눈물을 내면 안 된다는 거야. 결국 그 원한은 부메랑처럼 자신에게 돌아오는 법이니까.

"장미 씨, 이리 와 봐요."

현우가 침대에 누워 장미를 부르자 장미는 그가 내민 팔을 베고 옆에 누웠다. 은은한 조명 불빛이 오늘따라 가슴을 두근거리게 만든다.

"현우 씨, 오늘은 무슨 이야기를 할까요? 매일 밤마다 대화를 나눠도 끊임없이 새로운 주제가 생기는 것이 신기해요."

벌써 두 달 전이다. 원주의 작은 교회 앞에서 커플링을 받던 날, 장미는 현우에게 모험을 걸어 보기로 했다.

분명 다짐하고 또 다짐한 일이었지만 장미의 감각들은 머릿속 생각과는 다르게 반응을 했다. 현우의 셔츠 단추를 끄르는 손은 바들바들 떨렸고 숨이 쉬어지지 않아 장미의 얼굴은 창백해졌다.

커다랗고 강한 힘이 장미의 손을 덮쳐 왔다. 장미의 차가운 손에 현우의 따스함이 느껴지자 손끝이 저려 왔다. 현우가 벌떡 자리에서 일어나 그의 손에 꽉 잡혀 있던 장미는 덩달아 일어날 수밖에 없었다.

장미가 멍하게 쳐다보자, 그는 '우리 나가서 바람 좀 쐴까요?' 하고 조용하고 나직한 목소리와 함께 부드럽게 웃어 주었다. 그는 손을 놓지 않았고 장미도 그 손을 놓고 싶지 않았다.

아파트 단지를 나섰고 목적지 없이 무작정 걸었다. 아무도 없는 새벽의 도로, 가로수의 잎 내음과 이름 모를 풀과 꽃 냄새에 경직되었던 몸의 감각들이 돌아오는 듯한 착각이 들었다. 혼란스러움이 정리가 되자 몸의 떨림도 자연스레 사라졌다.

"저는 고민도 고통도 수치와 통계로 환산을 하고 관리를 해왔습니다. 단순한 고민을 할 때는 나름 유용하더군요. 걷는 것도 그 방법 중 하나인데 장미 씨에게 어떨지 모르겠습니다. 떨림이 멈춘 것으로 보아 해결 방법으로 나쁘지 않았다는 생각은 들지만 앞으로는 숨기지 마세요. 저를 이상한 남자로 만들지는 않았으면 합니다."

깍지를 낀 손은 조금의 틈도 없이 꽉 잡혀 있었다. 손에서 느껴지는 온기만으로도 마음이 편안해졌다.

"저희 병원에 오는 단골 어린이 중에 쌍둥이 형제가 있어요. 쌍둥이라서 그런지 같은 시기에 같은 병에 걸려 병원에 옵니다. 그러다 보니 약도 같은 약이 처방되더군요."

"그래요?"

"그러면 다들 비슷한 시기에 병이 나을 거라 생각을 하지만, 그렇지 않았어요. 형은 이틀이면 병을 이기지만 동생은 일주일이 넘게 아프기도 하고 최악의 경우는 대학 병원에 입원을 하기도 해요."

"아, 그래요?"

"감기를 예로 들자면, 사람들이 흔히들 감기는 쉽게 나을 수 있는 병이라 합니다. 하지만 그 낫기 쉬운 감기조차 걸리는 사람에 따라 증상이 다르게 나타나요. 며칠 만에 쉽게 이기는 사람도 있지만 독감으로 가는 사람도 있고 심하면 폐렴으로 가서 죽음의 위협을 받기도 하죠. 제 생각에 장미 씨는 후자 쪽인 것 같습니다."

"네?"

"다른 사람들에게는 쉬운 행위겠지만 장미 씨에게 유독 힘든 건, 당신이 다른 사람보다 면역력이 약해서입니다. 그래서 저는 오늘부터 당신의 면역력을 키워 치료를 할 생각입니다. 장미 씨가 종종 잊고 있는 사실이 있는데 이래 봬도 저 유능한 의사입니다."

현우의 말에 장미는 제정신을 차릴 수 없을 정도로 충격을 받았다. 남자들은 다 기본적인 욕구가 있는 것이 아니었나? 자신을 거부하는 여자를 배려하는 남자가 몇이나 될까?

장미는 자신이 가지고 있는 병을 조롱하지도 않고 크게 확대 해석하지도 않고, 그저 면역력이 약해 남들보다 조금 더 아픈 거라고 표현해 주는 현우에게 크게 감동을 받았다.

"모든 거부 반응과 그에 따른 행동에는 다 원인이 있습니다. 기본적으로 원인을 알아야 치유도 가능하겠지요."

남현우와 함께라면 자신이 가지고 있는 관계 기피증을 완치할 수 있겠다는 생각이 처음으로 강하게 들었다. 이 남자…… 절대 놓치지 말아야겠다.

이렇게 시작된 밤의 외출과 대화들. 아무도 없는 새벽, 간간이 술에 취해 비틀거리는 사람도 보이기는 하지만 그들을 알아보는 이는 없다.

낮에는 어린이들로 바글거리는 공원도 그 시간엔 텅 비어 있었다. 그 틈에 그들은 다른 이들 눈치를 볼 것도 없이 허리 돌리기도 하고 윗몸일으키기도 하면서 모든 운동기구들을 하나씩 사용해 보았다. 놀이터에 가서도 어린이들의 전유물인 시소를 타면서 크게 웃음을 터트렸다.

듣는 이가 없으니 마음껏 웃고 떠들었다. 장미는 지금껏 이렇게 편하게 웃어 본 적이 없다. 아니, 이렇게 행복한 적이 없었던 것 같다.

"……그런 것들이 당신과 나 사이를 더욱 돈독하게 만들어 준 것 같아요. 평생을 같이 지내 온 사람처럼 많은 것들을 알아 갈수 있어서요."

"그렇게 많은 대화를 했음에도 처남의 출생 비밀은 몰랐지요."

"숨기려 한 건 아니에요. 그건 현우 씨가 더 잘 알 거예요."

"사랑에 눈 먼 남자를 놀리니까 좋습니까?"

현우가 화난 표정을 지으려 하자, 장미는 손가락으로 미간의 주름을 눌러 펴 주었다.

"인상 찡그리지 마요. 주름 생겨요. 그리고 난 당신을 놀린 기억은 없어요. 오히려 당신 쌍코피 터지게 놀아 줬잖아요."

"아무 짓도 안 하는데 터진 쌍코피라. 병원에서 다들 이상한 눈으로 보긴 했습니다. 장미 씨, 그거 압니까? 매일 밤 제 몸속에 사리가 하나씩은 생성되었다는 것을요. 제 몸에 생긴 사리들을 꺼내 실로 꿰면 장미 씨 목에 걸고도 남을 겁니다."

"그 대신 전 밤마다 모기 밥이 돼서 헌혈 제대로 했는데요? 강원도 흡혈모기는 뱀파이어처럼 목을 물기도 한다는 것도 몸소 알게 되었고요."

"모기에게 물린 것을 가지고 헌혈당했다고 빵과 우유를 먹어야 한다는 장미 씨 때문에 새벽 2시에 사러 다닌 저는요? 기왕이면 따스한 빵이 좋다는 장미 씨의 입맛을 맞추느라 얼마나 힘이 들었는지 아십니까?"

"현우 씨도 맛있게 먹었잖아요."

"장미 씨는 몰라도 전 아닙니다. 새벽에 음식을 먹으니 소화가 잘 안 되더군요. 특히 그 굵은 면은……."

현우의 머릿속에 그 음식들이 연상되는지 나직이 한숨을 쉬었다. 그런 현우조차 멋있게 보이는 것을 보니 눈에 콩깍지가 제대로 씐 것 같다.

"전 당신과 저의 공통점을 발견한 것 같아 좋았는데요. 학창 시절 남들 다 해 보는 것을 못 해 보고 못 먹어 본 것들을 당신과 함께하니까 좋았어요."

"전 공부하느라 못 한 거였지만, 당신은 의외였어요."

"뭐, 환경이 그래서 어쩔 수 없었던 거지만, 어릴 때 못 해 보니까 어른이 돼서는 더 안 되더라고요. 당신이 끌리는 이유가 이 모든 것을 다 해 볼 수 있어서일지도 모르겠어요. 간접 경험이 아닌 직접 경험은 느낌이 참 달라요."

"저도 그렇습니다. 이렇게 많이 말해 본 적은 없었던 것 같아요."

"그건 저도 그래요. 평생에 한 말보다 이 두 달 동안 한 말이 더 많은걸요."

현우도 마찬가지겠지만 장미도 수다와 거리가 먼 성격이다. 그럼에도 둘은 쉼 없이 대화를 했다.

대화를 하다 보니 현우의 어렸을 적 이야기도 나오고 의대 시절 이야기도 나오게 되면서 자연스럽게 알게 된 사실도 있었다.

신 군의 Q 양 변수은. 현우는 그녀에 대해 나쁘게 이야기하진 않았지만 장미의 촉은 Q 양이 남현우를 엄청나게 쫓아다녔다는 걸 알아차렸다.

그리고 저번에 신촌에서 Q 양이 현우를 바라보던 눈빛으로 보아 아직 현우를 잊지 못했다고 결론을 내렸다. 이제부터 단단히 내 남자 단속을 해야겠다. 절대 Q 양에게 남현우를 줄 수 없다.

“참, 제가 현우 씨에게 작가라고 말했죠?”

“처남을 키우면서 단 한 줄도 쓰지 못했다고 하지 않았습니까.”

귀여운 남현우 씨. 혁이가 내 동생이라는 사실을 알게 되면서 그는 꼬박꼬박 혁이를 처남이라고 부른다. 자꾸 웃음이 새어 나와 표정 관리가 되지 않는다.

“제 필명이 왜 다크로즈인 줄 알아요?”

“왜입니까?”

“다크로즈는요. 터키 유프라테스강 유역 할페티, 산우르파현 할페티의 남동부에서만 피는 희귀한 장미로 어떠한 색소도 차후에 코팅하지 않는 천연색 장미예요. 이렇게 장미가 검게 되는 이유는 그 지역의 토양 조건과 지하수 PH수소이온 농도에 따른 것이기 때문에 다른 지역에서는 검게 피지 않는다고 해요. 이런 흑장미의 꽃말은 여러 가지가 있는데 그중에는 죽음이나 사신, 이별 같은 어두운 꽃말이 있어 사람들이 좋아하는 꽃은 아니지만 다른 뜻으로 ‘소원을 들어준다’, ‘당신은 영원히 나의 것’이라는 뜻도 가지고 있다고 해요.”

"당신은 영원히 나의 것이라. 참 마음에 드는 꽃말이군요."

"누가 나를 그렇게 생각해 주길 바라면서 지은 필명이긴 한데, 글을 쓰면서 과분하게 많은 사랑을 받았어요."

"제가 장미 씨에게 그런 존재가 되면 좋겠군요."

"그런 당신은요. 영원히 제 것이 되어 줄 수 있나요?"

"꼭 말로 해야 압니까."

장미를 바라보는 현우의 눈빛이 부드럽다. 장미는 그의 날렵한 턱 선과 뺨에 가볍게 키스를 하면서 귓가에 나직하게 속삭였다.

"당신 몸속에 만들어진 사리들. 아깝지만 오늘부터 하나씩 제거해 줄게요. 아주 빵- 터트려 줄게요."

"정말입니까?"

"예전에는 누구와의 관계를 생각하면 소름이 돋았는데, 당신을 대입시키니 몸이 간질간질해요. 이 정도면 많이 발전한 것이 아닐까 생각해요."

"흥분이 아닌 간질간질한 정도면 아직 먼 것 같은데. 오늘도 동네 한 바퀴 돌까요?"

"됐거든요, 남현우 씨. 동네 도는 건 이제 끝내고 본격적으로 다른 곳을 탐색하는 건 어때요?"

"어딜 말입니까."

"음. 일단 키스는 완벽하게 끝냈으니 다음 단계는 어디일까요? 전문가의 의견을 듣고 싶어요."

"글쎄요. 그쪽은 저도 전문가는 아닌지라."

"하, 그럼 문제인데……. 이런 건 검색해도 안 나올 테고?

혹시 책 없어요? 남자들은 이상한 책들 한두 권씩은 가지고 있다던데. 동영상도 좋고."

"저에게 있는 책이라면 아나토미……."

"이봐요. 남현우 씨, 내가 당신을 해부해 주길 바라요? 감춰둔 《플레이보이》라도 내놓으라 했더니, 누가 모범생 아니랄까 봐 해부학 책을 얘기하는 당신에게 뭘 바라. 차라리 내가 개척을 하고 말지. 당신, 단계 좋아한다고 했었죠?"

장미가 현우를 스캔하듯 위아래로 훑으며 생각에 잠겼다.

1단계 손을 잡는다. 2단계 가벼운 스킨십. 가벼운 포옹 포함. 3단계 베이비 키스. 4단계 프렌치 키스. 5단계……. 음, 음……. 그다음은?

"단계를 나누는 것도 하던 사람이 해야 되나 봐요. 세분화하는 것이 힘이 드네요. 그냥 내 식으로 할래요."

"당신 식이라면."

"그냥 덮치기."

장미가 벌떡 일어나 누워 있는 현우의 몸 위로 올라갔다. 현우의 표정이 여유롭다. 그는 이 상황을 즐기는 듯했다. 장미는 익숙해진 그의 입술을 먼저 맛보았다. 그의 입술에서는 달콤한 맛이 났다.

"이제 남자 옷 벗기는 건 자신 있어요. 그동안 혁이 상대로 연습 많이 했거든요. 크고 작고 차이겠죠?"

그녀의 손이 현우의 셔츠 쪽으로 향한다. 단추를 하나씩 끄를 때마다 그의 아찔한 속살이 보였다. 살짝살짝, 그의 속살이 스칠 때마다 손끝에 찌르르 전기가 흘렀다.

이랬던 적은 없었다. 모든 관계에서 서두르지 않고 내가 다가가길 기다려 주고 보듬어 준 결과일까. 손이 떨리지도 소름이 돋지도 않는다.

"장미 씨는 여기까지지요. 다음은 제가 해도 될까요?"

"이제 급하세요?"

"더 이상 기다렸다간 정말 죽을지도 모르겠다는 생각이 들어서……."

그는 날 기다릴 만큼 기다려 주었다고 생각하고 있었다. 그 결과로 수년을 알고 지낸 다른 이에게는 안 되는 행위들이 그에게는 되고 있다. 마음의 교감이 이루지는 건 시간이 문제가 아니었다. 그의 눈빛, 그의 손길 하나하나에 또 다른 의미의 떨림이 시작되고 있었다.

오늘 밤은 길고 길 것이다.

❀ ✱ ❀

"재하 오빠, 요즘 원주 물이 안 좋아진 것 같아."

"왜?"

스마트폰을 만지작거리던 혜주가 불만을 터트리자 재하가 그녀를 쳐다보았다.

"오빠와 맛있는 것 먹으려고 원주 맛집을 검색했는데, 자꾸 짜증 나는 음식들만 검색이 되네."

"응?"

"이 블로거 못쓰겠어. 아니, 원주에 나름 숨은 맛집들이 얼마나 많은데, 이런 음식들을 추천하면서 올려놓았냐고!"

혜주가 흥분을 하며 계속 화면을 터치한다. 재하는 그녀의 손에서 스마트폰을 뺏어 보았다. '추천! 원주 24시간 맛집'이라 적혀 있는 한 블로거의 음식 사진들이 떠 있었다.

"응? 엠씨도날드의 신비의 나라 햄버거? 편의점에서 산 흰 우유? 나 참, 패스트푸드점이랑 편의점이 언제부터 맛집이 된 거지? 이건 또 뭐야? 김밥구원의 쫄면과 참치김밥? 오잉? 분식집도 원주 24시간 맛집인 거야? 어, 이거 어디서 많이 본……."

"오빠, 왜?"

재하의 눈에 띈 사진은 쫄면을 스파게티 면처럼 포크로 돌돌 감고 있는 손 사진인데 사진 속 손가락에 끼워져 있는 반지가 익숙하다.

장미 누나와 남 원장님의 커플링과 같은 모양의 반지다. 저 반지가 흔한 모양의 반지던가? 의심은 가지만 그들을 생각하면 절대 저러고 놀 리가 없다.

누나가 밤마다 나가 이런 음식을 먹으며 사진을 찍을 리는 절대 없을 거다. 남 원장님과 장미 누나는 절대로 이런 성격들의 소유자가 아니다.

얼마 전 장미 누나의 목에 생긴 진한 키스마크를 보았다. 그들은 불타는 밤을 보내고 있지 이런 초딩 짓거리를 하지 않을 것이다.

"아니다. 혜주야, 우리 오랜만에 만났는데 좋은 데 놀러라도 갈까? 장미 누나도 혁이 데리고 돌 사진 찍는다고 서울 가서 아직 안 왔거든."

"정말? 아, 오랜만에 혁이 보고 싶었는데. 같이 쫓아갈 걸 그랬나?"

"누나 남자 친구도 같이 갔어. 괜히 그 사이에 끼어들었다간 목 잘린 콩나물국을 맛보게 된다고."

"듣기만 해도 서늘하다. 장미 언니라면 가능하지. 그나저나 우리 뭐 하고 놀까?"

대면

소공동에 위치한 SJ호텔의 그랜드볼룸은 8월의 불볕더위도 비켜 간 듯 서늘한 한기가 돌고 있다.

장혁의 첫 생일을 축하합니다. –OOO상가 번영회 회원일동

장혁의 첫 번째 생일을 축하합니다. –마시라 주류 대표이사 마석

필와쏘 스튜디오, ##재단, △△협회…….

출입문부터 줄지어 서 있는 화환들을 지나니 특급호텔의 위엄을 자랑하듯 고급스런 뷔페 음식들이 즐비해 있었다.

장미는 화환들과 시장통처럼 바글거리는 하객들을 보니 기가 막히다 못해 실소가 흘러나왔다.

예자연의 돈 씀씀이는 익히 알고 있었지만 혁이의 돌잔치를 이렇게까지 호화스럽게 할 줄 몰랐다. 이들은 장혁에게 필요한 게 화려한 돌잔치가 아니라 부모의 사랑이란 걸 모를까?

여섯 달 만에 만난 예자연과 장상철은 변한 것이 하나도 없었다. 지금은 손님을 맞는 것보다 장혁을 안고 어르는 것이 우선순위라는 것조차 잊고 있었다.

그들은 항상 그랬다. 어렸을 적부터 장미는 항상 바빴던 그들의 얼굴을 1년에 한두 번도 보기 힘들었다. 장미의 결벽증과 관계 기피증이라는 마음의 병도 그들의 관심을 끌기 위해 쓸고 닦는 것을 반복한 행동과 혼자라는 외로움을 반복적으로 느끼면서 시작되었다는 것을…… 그들은 알까?

"역시 형님이 사윗감으로 점찍어 놓은 청년답습니다. 불의를 보고 참지 못하고 신우태를 한 방에 날리는데 소싯적 저를 보는 것 같아서 감동의 도가니였습니다. 자기 여자를 지키지 못하면 그게 남자겠습니까."

"마석이가 소싯적에 주먹 좀 쓰긴 했지."

"형님. 조금이라뇨, 서운합니다. 이래 봬도 대한복싱협회장입니다. 하하."

이 음성의 주인은 익히 알고 있다. 마시라 주류의 마석 대표다. 올 화이트 슈트와 백구두를 신은 그는 장미 아버지 장상철 옆에서 현우가 필와쏘 스튜디오에서 신우태를 한 대 후려친 장면을 재연하듯 빈 공간에 주먹을 휭휭 휘둘러 보였다.

"남자라면 역시 주먹이죠."

마석은 주먹을 꽉 쥐며 자못 비장하게 말했고, 그런 마석과 장상철 주변에는 젊었을 때 좀 놀았을 것 같은 분들이 그들의 말을 경청하고 있었다.

“호호, 잘 좀 찍어 봐.”

“사모님은 여전히 고우셔서 그냥 찍어도 예술 사진이 나온다니까요.”

“호호, 우리 유 작가, 아부가 점점 늘어. 아부라고 해도 기분은 좋은걸.”

곱게 한복을 차려입은 장미의 어머니 예자연을 찰칵거리며 열심히 카메라 셔터를 눌러 대는 남자는 필와쏘 스튜디오의 유 작가다.

유 작가의 패션은 하와이에서나 볼 법한 큰 야자수가 그려진 민소매 티셔츠와 빨간색 땡땡이가 선명한 반바지에 조리를 신어 이곳에서 유독 튀었다.

“사모님, 오늘 혁이 도련님의 빛나는 돌잔치를 위해 제가 고심해서 사회자를 골랐답니다.”

“어머, 누가 오는데?”

“요즘 대세라고 하지요. 제 동생 무한 빵빵이의 유재……. 사모님, 잠깐만요.”

유 작가는 목에 걸고 있던 휴대폰이 울리자 예 여사에게 양해를 구하고 받았다.

“뭐? 동생, 여기 못 온다고? 일 바쁜 건 아는데 그런 건 진작 말해야지. ……어. 뭐? 후배가 와? 누군데? ……무명? 행사 전문? 휴우, 어쩔 수 없지. 알았어. 빵빵이 가요제 준비 잘하고. 끊어!”

유 작가는 깊은 한숨을 쉬며 전화를 끊었다. 최고의 프로그램을 하고 있는 만큼 바쁜 사람이라 못 오게 되었다는 연락이 왔다. 대신 다른 사람을 보냈는데 피에로 복장을 하고 올 거라는 말을 전했다. 그는 조심스럽게 예자연을 쳐다보며 억지웃음을 지었다.

"난 유 작가만 믿었는데……."

"사모님, 그래도 행사는 베테랑이랍니다. 사모님 마음에 드실 겁니다."

그때 행사장 안으로 피에로 복장을 한 남자가 들어왔고, 그는 성큼성큼 걸어 진행자석으로 갔다. 유 작가는 진행자석에서 마이크를 조율하고 있는 피에로를 쳐다보았다.

"뭐, 재미있게 분위기만 띄우면 되지."

"그렇지요, 사모님. 프로가 달리 프로겠습니까."

예 여사가 인상을 찡그리며 피에로를 보자 유 작가는 설레발을 치면서 예자연의 눈치를 보다 조심스럽게 말을 이었다.

"그럼, 사모님. 이번기회에 임대료를 조금 인하해 주심은 어떨지."

"어머, 지금도 시세보다 싸게 받고 있잖아. 청담동 5층짜리 건물 임대 시세 몰라?"

"알지요, 사모님. 사모님의 미모답게 착한 임대료를 고수하고 계시잖아요."

"호호. 그 정도는 아니지만 기분은 좋네."

유 작가의 아부성 발언은 점점 깊어져 갔고 그의 사탕발림에 예 여사의 기분은 점점 좋아지기 시작했다. 그녀 주변에는 필와쏘 스튜디오의 유 작가 외에도 사장님 포스를 풍기는 사람들이 그녀를 둘러싸고 있었다.

어린 아들을 장미에게 맡기고 세계 여행을 다녀 온 예자연과 장상철은 죄책감도 없이 화사하게 손님들에게 둘러싸여 여유롭게 담소를 나누고 있었다. 모두들 무슨 연유인지는 모르겠으나 그들의 비위를 맞추는 듯이 보였다.

“장 여사, 빨리 불어. 정말 외숙모와 세계 여행 다닌 거야? 수상해.”

“아들, 수상하긴 뭐가 수상해. 새언니가 경비를 다 대고 합류하라고 하는데 누가 안 가니. 넌 쓸데없는 데 신경 쓰지 말고 밥이나 먹어.”

“뭐, 일단 먹고 나서 장 여사는 이따가 나와 심도 깊게 면담 좀 합시다.”

후덕하게 살집이 있는 중년의 부인이 박재하의 어머니 장 여사였다. 살집에 맞게 연신 먹을 것을 흡입하는 그녀 옆에 딱 붙은 박재하는 그녀의 아들답게 커다란 접시에 산처럼 쌓아 놓은 뷔페 음식을 흡입했다.

한편, 남현우와 장미는 돌상이 차려져 있는 단상에 나란히 섰다. 오늘의 주인공 장혁은 오랜만에 보는—기억도 안 날— 부모님과 어수선한 분위기가 낯선지 남현우의 목을 꽉 감고 안겨 있었다.

돌상이 차려진 이곳은 저 밑의 혼돈의 세상과 별개의 공간 같았다. 이곳에서 유일하게 자신의 포커페이스를 유지하는 이는 남현우와 장미뿐인 듯하다.

"아주 다들 신이 나셨어. 헐."

오랜만에 풀 메이크업을 한 장미는 아주 불만스러운 표정으로 모인 이들을 노려보았다. 자신의 잘못을 모르는 부모님을 보니 열이 오르다 못해 뒷목이 뻐근할 지경이다. 장미의 코에서는 분노로 인한 콧바람이 휭휭 나오고 있었다.

"오늘 보니 장미 씨 결벽증과 관계 기피증의 형성 이유를 알 것 같긴 합니다."

"현우 씨 눈으로 직접 보니 어떤가요? 저란 여자 생각보다 잘 자란 것 같지 않나요?"

"그런 것 같군요."

"우리 엄마 보면 알겠지만, 아직 철이 없어요. 어렸을 적부터 공주님 대접을 받고 자라서 그럴지도 모르겠어요."

"밝은 모습은 보기 좋긴 합니다만."

"……딱, 거기까지일걸요."

남현우는 어수선한 그랜드볼룸 내부를 훑어보며 그녀의 말에 수긍하는 듯 고개를 끄덕였다.

"장미 씨, 이제 부모님도 오셨는데 앞으로 어쩔 생각이십니까."

"부모님이 오셨으니 혁이를 제가 키울 이유는 없겠고, 제가 원주에 계속 머물 이유도 없겠지요."

장미가 현우를 쳐다보았다. 현우의 씁쓸한 옆모습이 보인다.

"현우 씨는 원주가 삶의 터전이니 그곳에 계속 있겠죠?"

"그렇겠죠."

"그럼 어쩔 수 없겠네요. 현우 씨가 올수 없다면 제가 가야죠."

현우는 그제야 장미를 쳐다보았다. 그의 입가에 살며시 미소가 걸렸다.

"제 직업 알잖아요. 노트북만 있으면 오케이. 서울에 있어봤자 예자연 여사가 심심하면 쳐들어와 혁이를 맡길 텐데. 이번 기회에 주거지를 원주로 옮겨 버려야겠어요."

"마음에 드는군요."

"음, 문제는 집인데. 계속 재하네 얹혀살 수도 없고……."

장미가 새치름하게 눈을 뜨자 현우는 여유로운 미소를 지었다.

"몇 평이면 됩니까?"

"우리 남현우 씨 눈치가 빨라졌네. 아무래도 지금 평수는 제 짐이 들어가면 좁을 수도 있으니 조금만 넓혀서 이사 가요. 음, 당신 병원과 가까운…….헉. 뭐야, 이거."

장미는 머리 위로 쏟아지는 오색 색종이에 놀라 대화를 멈췄다. '빵빠라, 빵빠, 축하합니다. 축하합니다.' 하는 노랫소리가 장내에 크게 울려 퍼지기 시작한다. 커다란 노랫소리에 수다를 떨던 사람들이 모두 하던 행동을 멈추고 단상 위로 시선을 돌렸다.

"자, 이제 고대하고 고대하던 장혁 아가님의 돌잔치가 시작되겠습니다!"

피에로가 장미와 현우를 향해 손가락으로 하트를 그리더니 찡긋 윙크를 날리면서 애교를 부린다. 장미와 현우는 피에로의 윙크 발사에 표정이 사늘하게 변해 갔다. 피에로는 여기서 멈추지 않고 단상을 향해 급하게 걸어오는 예자연을 보며 크게 소리까지 쳤다.

"여러분, 저기 우리 장혁 아가님의 할머니가 뛰어오십니다!"

찌릭, 순간 백만 볼트의 고압 전류가 방출되었다. 장내에 자리 잡은 모든 하객들이 박수 칠 준비를 하다 피에로의 멘트에 흠칫 놀라 일제히 동작을 멈추었다. 술렁거리던 장내가 물을 끼얹은 듯 조용해졌다.

모든 이들의 시선이 일제히 예자연에게 모였다. 예자연은 뛰다 말고 피에로의 멘트에 기가 막힌지 입만 벙긋거리고 있다.

"우리 장혁 아가님은 젊고 아름다운 엄마와 너무너무 잘생긴 젊은 아빠를 둬서 행복하겠어요!"

쩌어억, 백만 볼트 전류 후폭풍으로 이 공간에 균열이 생긴 듯한 환상을 모든 이들이 보았다. 단 한 사람, 피에로만 빼고.

여기서 가장 신나 하는 눈치 없는 피에로는 '젊음', '든든한 후원자 할머니'를 계속 강조하며 진행을 해 나갔고, 연타석으로 피에로에게 직격탄을 맞은 예자연의 머리 위로 검은 아우라가 피어오르는 것을 모든 이들이 지켜볼 수밖에 없었다.

보다 못해 필와쏘의 유 작가가 한걸음에 피에로에게 달려가 사정없이 그의 옆구리를 찔렀다.

"아아아, 왜 그러세요."

"여사님에게 할머니라니. 정신 나갔어?"

"장혁이가 홍길동도 아니고 할머니를 할머니라고 부르지 뭐라고 불러요!"

마이크라도 꺼 놓고 말할 것이지, 그들은 예자연을 두 번 죽이는 행동을 하고 말았다. 그들의 대화에 예자연은 충격을 받았는지 옆에 있던 의자에 털썩 주저앉고 말았다.

유 작가는 사태의 심각성을 알았는지 잽싸게 물수건을 구해 와 앉아 있던 예 여사의 이마에 올려 주며 손바닥으로 부채질을 하기 시작했다.

"예자연 여사에게 할머니라……. 우리 예 여사 생애 첫 굴욕인가? 후후후."

장미는 피에로와 유 작가가 벌인 코미디 한 편에 비웃듯 입꼬리가 올라갔고, 현우의 얼굴 근육은 웃음을 참느라 조금씩 경련이 이는 듯 움찔거렸다.

반면 정지 동작이 된 예자연 여사의 표정은 경악으로 가득 찼고 장상철은 민망함을 감출 수 없는지 눈썹 위의 근육만 씰룩거리고 있었다.

"아앙, 누우아, 마아혀. 아아앙."

혁이가 결국 참지 못하고 울음을 터트렸다. 예 여사는 간신히 나간 정신을 수습하고 현우 품에 안긴 혁이를 받아 안았다. 예 여사의 행동에 혁이는 온 힘을 다해 바둥거리면서 현우에게 손을 뻗쳤다.

"마아혀. 마아혀."

그 모습에 장미가 서늘하게 말문을 열었다.

"여사님, 장혁이 지 애미 애비도 몰라보는 것을 어떻게 생각하지?"

기회가 오자 장미는 놓치지 않고 예 여사를 몰아 댔다.

"어머, 장미야. 무슨 소리를……."

"미국 같았으면 두 사람은 벌써 애 빼앗기고 구속되었을 거야. 지금도 얼마나 이 상황이 웃기면 피에로가 우릴 보고 웃고 있겠어."

장미의 서늘한 표정에 예자연은 시선을 둘 곳이 없는지 장혁을 어르면서 엄한 피에로만 노려보았다.

"오늘은 혁이 데리고 갈 거지? 설마 계속 나에게 맡기지는 않겠지, 예 여사님?"

"우리가 언제 안 데리고 간다고 그랬니? 그치, 여보야?"

"그럼 그럼……."

"그런데 우리가 육아용품이 없어서 혁이를 키울 수 있을까?"

예 여사는 당황스러운지 말조차 제대로 잇지 못하면서 식은 땀을 흘리고 있다. 에어컨의 찬 바람도 장미가 쏘아 내는 분노의 열기는 식히지 못하고 있다.

"그럴 줄 알고 이미 택배로 부쳤어. 내일이면 연희동 집으로 몽땅 다 도착할 거야. 아! 당연 착불로 부쳤고 당장 쓸 건 가방에 챙겨 놓았으니까 돌잔치 끝나고 갈 때 가지고 가."

"너는 집으로 안 가니?"

"나? 당연히 집으로 가야지. 원주에 있는 우리 자기 집."

"결혼도 안 한 처녀가 어딜."

"결혼도 안 한 처녀에게 아기를 맡기고 놀러 간 부모의 입에서 나올 소리는 아니라고 봐. 나도 내 인생 살아야지."

"장미야."

장미는 냉소적인 표정으로 예자연을 노려보며 그녀 보란 듯이 현우의 팔짱을 끼었다.

"누우아. 마아혀."

혁이가 장미에게 손을 뻗치며 통곡을 하지만, 장미는 여유롭게 손까지 흔들어 주었다.

"동생, 이 젊고 젊은 누님은 연애 사업이 바쁘니 이제부터 진짜 엄마 아빠랑 살아. 아, 예 여사, 이참에 피부 관리도 받아. 여섯 달을 자외선 차단도 안 하고 싸돌아다니셨는지 피부가 아주 쪼글쪼글해졌어. 이러니까 피에로에게 할머니 소리를 듣지. 계속 혁이 할머니라는 소리 듣고 싶지 않으면 지금부터 관리 잘 해."

이제는 음악도 멈추어 버린 조용한 장내에 이들의 대화 소리만 울려 퍼졌다. 손님으로 온 모든 이들이 흘끗거리며 눈치만 보고 있었다. 그제야 자신의 실수를 알게 된 피에로의 입이 쩍 벌어졌다.

장미와 남현우가 지키고 있던 단상의 주인공들이 바뀌었다. 입술을 계속 실룩거리며 표정이 굳어 버린 예자연과 무안한 표정의 장상철, 그리고 그의 품에 안겨 눈물이 맺힌 눈을 하고 인상을 찡그리고 있는 장혁.

그들에게 비위를 맞추며 열심히 사진을 찍고 있는 유 작가와 아낌없이 아부 발언을 속사포처럼 쏘며 조금 전의 실수를 만회하려는 피에로. 열심히 박수를 치고 있는 이름 모를 손님들로 돌상 주변은 다시 북적거리기 시작했다.

장미와 현우는 돌상 바로 밑 원형 테이블에 앉아 여유로운 표정으로 모든 소란들을 바라보았다.

“장미 씨, 저에게 숨기는 것이 또 있다면 다 말하는 것이 좋을 겁니다.”

“제가 뭘요?”

“부모님이 부동산 임대업을 하면서 월세로 살아가는 한량이라 하셨지 않습니까.”

“틀린 말 아닌데요. 정말 월세 받으면서 놀고먹고 사세요.”

“……그러기에는 좀 규모가 큰 듯한데요.”

“규모의 차이일 뿐 결론은 같아요. 월세 받으며 그 돈으로 노시는 분.”

행사장 입구에 쭉 나열되어 있는 화환들에 적힌 상호명들과 돌상 주변에 몰려들어 아부성 발언을 서슴지 않는 사람들의 분위기만 보아도 그는 눈치를 챘을 것이다. 장미의 부모님이 평범한 분이 아니라는 것을.

“휴우, 이러니 당신이 내 인생 데이터에 유일한 변종 바이러스인 겁니다. 생각지도 못한 수십 가지의 변수를 만들어 내니 백신을 개발할 수가 없어요.”

“듣는 사람 기분 나쁘게 사람을 바이러스 취급을 해요. 핏.”

장미가 토라지자 현우는 그녀의 어깨에 팔을 둘렀고 장미는 그 어깨에 편하게 기댔다.

“그래서 당신이 좋은 걸지도 모르겠습니다.”

“왜요. 돈이 많다고 하니 더 예뻐 보이나요?”

“돈은 저도 많이 벌다 보니 큰 메리트로 다가오지 않아요.”

"헐, 잘나셨습니다."

"저 잘난 것 지금 아셨습니까?"

이 남자, 이제는 농담도 할 줄 안다. 농담도 진담처럼 말하는 현우지만 그 진지함이 더 마음에 와 닿는다.

장미는 현우에게 기대어 돌상이 차려져 있는 단상을 바라보았다. 돌잡이를 하려는 모양인데 주인공인 장혁만 무덤덤하지 주변은 난리가 났다.

돌잡이라면 돌상에 몇 가지 물건을 올려놓고 아기가 잡도록 하는 거라 알고 있는데, 저 앞에는 어른들이 하나씩 손에 들고 혁이 앞에서 물건을 흔들고 난리다.

"결국 돈을 집으라는 거네. 다들 돈독이 올랐나."

만 원, 오만 원, 십만 원짜리 지폐와 수표를 흔드는 이들이 장혁 주변에 대거 포진해 있었다. 반면 청진기나 판사 봉, 마이크를 든 이들은 한 발자국 뒤로 물러나 있었다.

장혁과 가장 가까이 있는 박재하의 손에 들려져 있는 건 흰색 종이다. 분명 백지 수표일 것이다.

재하는 아주 신이 났다. 까꿍을 연발하며 박수를 치면서 자신의 손에 들려 있는 수표를 잡게 하려고 생쇼를 벌이고 있지만 우리 혁이는 관심이 없는 듯 보였다. 혁이의 눈은 현우와 장미만을 좇고 있었다. 그 모습에 장미는 가슴이 짠해 왔다.

"저 모습을 보니 앞으로 혁이가 걱정이에요."

"아무리 잘해 준다고 해도 장미 씨는 누나일 뿐입니다. 아이는 부모 밑에서 크는 것이 가장 좋아요."

"부모도 부모 나름이겠죠. 우리 부모님은 뭐든지 돈으로 해결하려고 해요. 다른 이들에게 이런 소리를 하면 배부른 투정이라고 하겠지만, 전 돈이 전부는 아니라고 봐요."

장미는 장상철의 품에서 인상을 펴지 못하는 장혁을 보자 걱정이 되었다. 돈을 흔들며 다가오는 재하와 다른 어른들을 손으로 팍팍 밀쳐 내는 모습을 보니 혁이는 짜증이 나 있는 상태다. 홧김에 장혁을 넘기고 나 몰라라 하고 있지만 걱정이 된다.

"당신 부모님이 장혁을 바라보는 눈빛을 보니 걱정은 안 해도 될 듯한데……."

"제 눈에는 확 구겨진 모습밖에 안 보이는데요."

"제삼자의 눈이 가장 정확한 법입니다. 장미 씨가 부모님을 오해하는 부분이 있을 것 같다는 생각이 문득 듭니다만."

현우의 말에 아무리 예자연을 자세히 봐도 할머니라는 소리에 충격을 받아 정신이 반쯤 나간 모습밖에 안 보인다. 평소 그녀 주변의 아부하는 사람들 틈에서 사탕발림 소리만 듣다가 직격탄으로 쓴소리를 들으니 충격을 받을 만하지만 저렇게까지 멘탈이 붕괴될 줄은 몰랐다.

"아무리 봐도 우리 부모님은 혁이를……."

"……사랑합니다."

현우의 나직한 중저음의 목소리가 소란스럽고 어수선한 공간속에서도 또렷하게 들렸다. 장미는 백만 볼트의 전류가 한꺼번에 온몸에 흘러 들어와 감전되는 듯한 충격을 받았다.

"당신, 남현우 씨, 지금 뭐라고 했죠?"

그제야 장미는 현우의 품에서 빠져나와 그를 똑바로 바라보았다. 그는 장미에게 얼굴을 바싹 들이대며 조용히 속삭였다.

"우리 여행 갈까요?"

"여행이요?"

"휴가 냈거든요. 우리 여행 갑시다."

현우가 휴가를 냈다는 말에 장미의 얼굴이 환하게 펴졌다.

"휴가라면 며칠요?"

"20일."

"20일요?"

남현우가 휴가를 낸 것도 놀라운데 그것도 장장 20일이라고 한다. 장미는 '20일 휴가는 좋은데 짐을 어느 정도 챙겨야 하나?'라는 생각과 동시에 '옷을 챙겨 갈 필요가 있을까? 얼마나 갈아입으려고? 뭐, 갈아입기는 할까?' 머릿속에 이상야릇한 동영상이 플레이되면서 얼굴이 화끈 달아올랐다. 갑자기 음란마귀가 빙의된 것 같다.

장미는 현우를 야릇한 눈으로 쳐다보았다. 최근 그와의 관계 속에서 알게 된 행위의 기쁨이 있다. 기회가 왔으니 마음껏 누려 주겠지만 소아과를 20일 동안 쉬어도 되나?

"혹시, 남소아과 문 닫은 거예요?"

"설마요. 지금껏 쉬지도 못했고, 8월은 비수기라 겸사겸사 쉬려고요."

"비수기요? 소아과도 그런 것이 있나요?"

"장미 씨가 우리 병원에 드나들던 2월과 4월은 전염병 창궐 시기라 하이라이트 성수기였어요. 그 시기에는 어느 병원을 가도 2시간 대기는 기본일 겁니다. 하지만 한여름에 소아과에 오시면 대기 시간이 없다는 걸 말해 주고 싶어요."

현우가 싱끗 웃자 장미의 인상이 구겨졌다. 그는 인상을 써서 생긴 장미의 미간 주름을 손가락으로 꾹꾹 눌렀다.

"그렇게 절 기다렸던 시간이 억울합니까?"

"그건 아니지만. 아무리 합리적으로 생각해 보려고 해도 기분이 좋지만은 않아요."

"……억울해하지 말아요. 앞으로는 장미 씨에게 대기 시간은 없을 테니까."

"네?"

"꼭 말로 해야 압니까."

현우의 느긋한 표정을 보니 그에게 묻고자 했던 것이 떠올랐다.

"그전에 아까 한 말 다시 말해 볼래요? 너무 휘리릭 들어서 긴가민가해요."

현우는 테이블에 한쪽 팔을 기대어 턱을 괸 채 여유로운 표정으로 장미를 바라보았다.

"누가 비싼 사람 아니랄까 봐. 내가 잘못 들었나 보네요."

조용히 자신을 바라보기만 하는 현우를 보며 장미는 입술을 삐쭉 내밀었다. 그런 그를 보니 무언가를 해 달라고 조르고 있는 모양새가 된 것 같아 민망스럽다.

"사랑합니다."

지금 이 순간만큼은 부모님에 대한 원망과 미움조차도 부질없다는 생각이 들었다. 단상 위를 바라보니 혁이가 모든 이들이 원하고 원하던 물건이 아닌 돌상 위에 디스플레이로 장식해 놓았던 해바라기 꽃을 뽑아 휭휭 휘두르고 있었다.

예자연 여사의 '혁아, 이건 아니야! 해바라기가 뭐야. 휘두르고 싶으면 차라리 판사 봉을 집어!'라는 경악에 찬 음성이 울려 퍼지고, '이건 무효야. 다시 해야 해!'라는 소리까지 들렸다.

역시나 철없는 행동을 하시는 부모님이지만, 그들의 철없는 행동으로 인해 남현우를 만났다. 그를 만나게 해 준 동기가 되었다는 이유 하나로, 미움도 원망도 눈 녹듯 사라졌다.

"한 번만 더 해 줘요."

"……사랑합니다, 장미 씨."

예전의 그녀는 세상에 대한 원망과 믿었던 이들에게서 받은 배신이 미움이 되어 마음이 얼기 시작했다. 조금씩 얼어붙던 마음은 어느새 견고한 얼음성이 되었다. 그곳에서 탈출하고 싶어 몸부림쳤지만 그때마다 세상 사람들의 추악한 진실과 더러운 욕망을 보게 되면서 성은 더욱 단단해져 갔다.

그런데 더 이상 희망이 없다 생각하고 포기할 때쯤 얼음성에 훈풍이 불기 시작했다. 견고한 얼음성이지만 조금씩 전해오던 따스한 바람이 한 귀퉁이를 조금씩 녹였고, 균열이 생기기 시작했다.

나에게 진정한 사랑 따위는 없을 줄 알았다. 돈으로 살 수 없는 건 사람의 마음, 그리고 감정이다. 몇 달 전만 해도 그런 감정들은 모른다 했다.

하지만 지금은 알 것 같다. 나도 당신을…….

"사랑……."

찰칵찰칵. 갑자기 터지는 플래시 불빛에 장미가 입술을 씰룩거리며 유 작가를 째려보았다. 지금 분위기가 절정에 이르렀는데, 이럴 때 꼭 초를 치는 것들이 있다.

"로즈 작가, 웨딩 촬영은 필와쏘에서 할 거지? 내가 아주 예술 작품을 만들어 줄게."

현우와 장미를 바라보는 유 작가의 눈빛이 반짝반짝 빛이 났다. 남현우를 카메라에 담을 생각을 하니 신이 난 듯한데, 어림도 없다.

협박

군데군데 페인트가 벗겨진 허름하고 낡은 상가 건물 주차장 안으로 건물과 어울리지 않는 화려한 스포츠카가 들어왔다.

커다란 선글라스와 캡 모자를 푹 뒤집어쓴 남자가 차에서 내리더니 두리번거리며 주변을 보다 아무도 없는 것을 확인하고 잽싸게 비상계단을 통해 2층까지 올라갔다.

그는 2층 복도 끝에 위치한 우중충한 철문 앞에 섰다. 철문 정중앙에는 기다란 아크릴 간판이 붙어 있고, 간판에는 '다캐요 심부름센터'라 적혀 있었다.

그가 철문을 열자 짧은 헤어스타일과 검은 양복을 입은 깍두기들이 일제히 그를 쳐다봤다.

"대표님과 약속이 있어 왔습니다."

"어서 오쇼잉. 으메, 탈렌트라 하더니 낯짝이 겁나 반반하요."

가장 어려 보이는 깍두기가 그를 보자 대뜸 인사를 하더니 얼굴 감상을 하면서 감탄을 했다. 그는 이런 시선에 익숙했지만 아름다운 여성이 아닌 깍두기의 시선은 사양하고 싶었다.

"에라, 문딩 자슥아, 니는 눈꾸녕을 얻다 두고 댕기냐? 반반은 무슨, 기생오래비 같……."

"기생오래비?"

"앗. 죄송합……니다, 손님. 저, 저기 앉으시죠."

막내 깍두기의 뒤통수를 날리며 떠들던 중간 깍두기는 그가 험하게 노려보자 헛기침을 하며 중앙에 놓인 소파를 손가락질했다.

그보고 거기에 앉으라는 것 같지만 그는 싸구려 인조가죽 소파를 보고 인상을 찡그렸다. 가죽이 찢어진 곳을 청테이프로 붙여 놓은 낡은 소파는 앉는 순간 엉덩이에 인조가죽이 쩍쩍 들러붙을 것 같아 앉기가 찜찜했다.

"아따, 뽀짝 붙어 안그랑께요."

"막내야. 이쁘게 말을 해야징. 손님, 앉으시죠."

빨리 앉으라고 재촉하는 깍두기들로 인해 결국 그는 테이블 위에 놓여 있던 광고 전단지를 소파에 놓고 어정쩡한 자세로 앉았다.

그가 앉자 소파 앞에 덩그러니 놓인 철제 책상 뒤, 가죽 의자가 빙그르 돌아가더니 두목으로 보이는 깍두기가 모습을 드러냈다. '대표이사 곽두기' 철제 책상 위 자개 명패 속 이름이 유난히 빛나 보인다.

곽두기가 여유롭게 손가락을 까닥이자 막내 깍두기가 곽두기의 철제 책상에 놓여 있는 서류 봉투를 잽싸게 들어 소파에 앉아 있는 그에게 전달했다. 그는 막내 깍두기가 내미는 서류 봉투를 받아 내용물을 확인했다.

이름- 장미
직업- 소설가 겸 시나리오 작가
나이- 29세
가족관계- 아버지: 장상철, 어머니: 예자연, 동생: 장혁

"설마 이것이 다는 아니겠지요?"
"뒷장을 넘겨 보시죠."
곽두기의 말에 그는 뒷장을 넘겨 내용을 확인했다.

장미의 부모님은 연희동 2층 단독주택에 거주 중.
장미는 강남의 오피스텔에서 거주하다 여섯 달 전 원주에 정착함. 현재 사촌 동생 박재하의 S아파트 1510호에서 동생 장혁과 같이 살고 있음.
장미의 부모님은 여섯 달 전 장미에게 늦둥이 장혁을 맡기고 세계 여행을 떠났음. 세계 여행을 갔다는 증거로 로즈 팬카페에 매일 사진이 올라오고 있음. 장미의 부모님은 강남, 청담동에서 임대업을 하며 임대 수입으로 여유롭고 호화스럽게 살고 있음.
장미 부모님의 소유 건물과 빌딩으로는…….

꽝. 그는 테이블을 치며 일어났다.

"젠장. 장미…… 글 잘 쓰는 글쟁이로만 알았는데 집안이……."
"신우태 씨, 흥분을 가라앉히고 앉으시죠."
장미의 뒷조사를 시킨 이는 바로 신우태였다. 그는 필와쏘 스튜디오에서 마석의 행동을 보고 장미에 대해 의문을 품기 시작했다.
마석이 언뜻 흘린 말들로 장미의 집안이 평범한 집안은 아니라는 결론을 내리고 돈만 주면 불법적인 일이라도 뒤를 다 캐며 해결해 준다는 '다캐요 심부름센터'에 장미의 뒷조사를 의뢰했던 것이다.
"눈치를 챘어야 했는데……. 젠장, 똥차를 버리고 새 차로 갈아탔는데, 알고 보니 그 똥차가 구할 수 없는 한정판이었다는 거네, 가격이 어마어마한……. 도로 되찾아 와야 해. 적어도 의사 나부랭이에게 빼앗길 수는 없어."
"수당을 더 챙겨 주신다면 남현우의 뒷조사도 해 드리죠."
"금액은 걱정 말고 무조건 다 수집해요!"
"그러죠."
곽두기의 회심 어린 미소를 보며 신우태는 깊은 생각에 잠겼다.
장미와의 꼬인 실타래를 풀기 위해서는 일단 그녀의 마음을 풀어 주는 것이 우선이라는 생각이 들었다.
장미에게 남현우도 자신과 별반 다르지 않은 남자라는 인식을 심어 주고, 그들 사이를 이간질시켜 멀어지게 만든다. 그 후, 상처받은 장미 마음을 자신이 풀어 주면 된다.
물론 처음부터 쉽지는 않겠지만 그동안 여자들을 사귀면서 터득한 노하우를 총동원해 장미의 마음을 되돌릴 것이다. 아직 나에게 기회는 있을 것이다.

그러면 1단계로 장미 주변 사람들에게 작업을 시작할까? 내가 누구인가, 모든 여인들의 우상 신우태다. 분명 내 매력에 다들 흠뻑 빠질 것이다.

❀ ✿ ❀

신우태는 예자연이 살고 있는 장미의 본가, 연희동 집을 찾아갔다.

"어머, 텔레비전에서 많이 본 연예인이네."

"안녕하십니까? 장미 어머님."

능청스럽게 인사를 나눈 신우태는 응접실에 들어와 자연과 나란히 앉았다. 거실에는 장미의 동생 장혁이 걸음마 보조기를 끌고 신나게 돌아다니고 있었다.

"연예인이 우리 집에 무슨 일로 왔을까?"

"장미 씨 문제로 상의 드릴 게 있어서 왔습니다."

"우리 장미 일을 왜 나와 상의를 할까? 당사자끼리 해결해야지."

"이제라도 부모 노릇 제대로 할 기회를 드리고자 하는 겁니다."

"난 내가 부모 노릇을 못했다고 생각한 적이 한 번도 없는데 이상하네."

"역시 장미 씨에게 무심한 어머니군요. 그러니 결혼도 안 한 딸에게 늦둥이 아들을 맡기고 여섯 달이나 세계 여행을 다녔겠지요."

"어머, 지금 날 비난하는 거야? 우리와 아무 상관 없는 자네가 무슨 권리로 그런 말을 할까?"

예자연의 싱글거리는 웃음을 보자 신우태는 무언가 이상하다고 생각했다. 아무리 생각 없는 부모라고 해도 대놓고 비난을 하는데 웃다니 이상했다.

"제가 따님의 남자 친구입니다. 아니, 애인이라고 하죠."

"이상하네, 장미 남자 친구는 자네가 아닌 걸로 알고 있는데?"

"원래 장미 씨 남자 친구는 저였습니다."

신우태는 인생 최고의 연기를 하고 있다. 이런 자연스러운 연기를 브라운관에서 했다면 분명 남우주연상을 받았을 것이다.

"신우태 군. 자네가 착각하고 있나 본데, 난 자네를 우리 장미 짝으로 생각해 본 적이 한 번도 없었어."

싱글거리며 웃던 예자연의 표정이 사늘하게 변했다. 신우태는 예자연의 표정에서 장미가 보여 섬뜩함을 느꼈다. 장미의 서늘함이 모계 혈통이었나 싶을 정도로 똑같이 닮아 있었다.

"그, 그게 무슨 말씀이신지."

순간 당황해서 더듬거리는 신우태를 보며 예자연은 여유롭게 차를 음미했다.

"어떤 피라미에게 일을 맡기면 내가 세계 여행을 다녔다고 보고를 할까? 발로 뛰면 바로 알 문제들을 인터넷 검색질만 한 거겠지. 딱 봐도 신우태 군은 호구처럼 보이거든."

"네, 네?"

"말귀도 못 알아듣고, 눈치도 없고, 믿는 건 허우대 하나뿐인 것 같은데 그마저도 누구보다 못하니 장미에게 버림받지."

"버림받다니요. 아직 우리는 헤어지지 않았습니다."

"헤어지지 않았다? 허, 조용히 찌그러져 있으면 가만두려고 했는데, 정말 안 되겠네."

예자연이 마시던 차를 신우태에게 확 부어 버렸다.

"앗, 뜨뜨뜨. 뭐 하는 짓입니까?"

"지금 여기가 어디라고 와서 헛소리를 지껄여!"

예자연이 찻잔을 테이블에 쾅 소리가 나도록 세게 놓았다. 그 바람에 찻잔이 두 동강 나 버렸다.

"내 성질대로 했다면 신 군은 내 손에 벌써 죽었어. 장미 아빠가 말리지만 않았다면 이 찻잔처럼 부숴 버렸을 거라고."

"무슨 말씀을 하시는 건지 모르겠지만, 대한민국은 법치국가입니다!"

신우태는 손수건으로 물기를 닦으며 소리를 버럭 질렀다.

"오늘은 봐줄 테니까 가. 한 번만 더 내 눈에 띄거나 장미 곁에 알짱거렸다가는 세상에 태어난 것을 후회하게 만들어 줄 테니까."

예자연은 조용히 자리에서 일어났다. 예자연은 장혁이 걸어오자 혁이를 번쩍 안았다.

"아줌마! 거실 청소 좀 해요. 쓰레기가 들어와 악취가 너무 심하네. 혁아, 엄마랑 산책이나 가자."

예자연이 혁이를 안고 나가자 신우태는 멍하게 서 있을 수

밖에 없었다. 다캐요에서 받은 정보에 예자연은 철없는 사모님이라고만 적혀 있었다. 살벌하다는 말은 찾아볼 수가 없었다. 다캐요 이것들 정말 인터넷 검색질만 하고 돈을 받아먹은 걸까?

"곽두기. 이 시끼 뭐야. 다캐요도 다 사기 아니야?"

신우태는 벌떡 일어났다. 나를 속인 거라면 절대 용서하지 않을 것이다.

– 사기라니요? 그 상황에서 내가 철이 없어 그랬다고 말할 부모가 몇이나 됩니까?

전화기 너머로 차분하게 설명하는 곽두기의 말을 들으니 그 말도 맞는다는 생각이 들었다.

– 아무런 대책도 세우지 않고 무작정 쳐들어가니 실패하는 겁니다.

"뭐라고?"

– 음, 고객님이 원하신 남현우의 신상 정보를 알아냈는데, 어떻게 할까요. 보낼까요? 아니면 폐기할까요?

"폐기라니?"

– 저희를 믿지 못하니 계약 파기가 아닙니까?

"아, 아니야. 보내요."

– 지금 메일로 보냅니다. 확인하십시오.

곽두기의 전화가 끊어지기도 전에 띠링, 하고 메일 알림음이 울렸다. 신우태는 휴대폰을 터치해서 메일을 확인했다.

이름- 남현우

직업- 소아과 전문의. 원주에서 남소아과 운영

나이- 35세

가족관계- 아버지: 남광수, 어머니: 이명자, 동생: 남선우, 남해안

아버지 남광수는 원주 소재 고등학교 교장 선생님이고, 어머니 이명자는 전문대학 요리 선생님.

동생 남선우는 현재 미국에 거주 중이고, 여동생 남해안은 지방 대학 병원 인턴으로 근무 중. 둘 다 미혼.

"허."

읽을수록 실소만 터져 나온다. 평범한 부모님을 둔 원주의 자그마한 소아과 의원 원장이라. 이런 남자를 만나려고 나를 버렸다니 자존심이 상했다.

이 정도의 스펙을 가진 남자라면 크게 힘쓰지 않아도 정리될 듯하다.

신우태는 의미심장한 웃음을 지으며 원주로 향했다. 장미를 먼저 찾아갈까 하다가, 예전 고성호텔에서 그녀에게 당했던 일이 생각났다. 갑자기 아랫도리가 쑤셔 온다.

모녀는 닮는다더니 사나운 것이 판박이다. 그는 성질 더러운 장미를 만나기보다는 장미의 애인인 의사 나부랭이를 자극하는 방법을 선택했다.

신우태는 남현우의 병원인 남소아과에 찾아가 담판을 지어야겠다고 생각했다. 그는 다캐요에서 얻은 정보로 남소아과를 찾았다.

원주 시내 대로변에 위치한 8층 건물이 보였다. 남소아과는 그 건물 4층에 위치해 있었다.

신우태는 건물을 쭉 올려다보면서 비웃었다. 중소 도시의 조그마한 개인 병원을 운영하는 주제에 잘난 척을 하고 있다. 그는 턱을 만지작거리면서 현우가 자신을 쳤던 그날을 회상했다. 마석의 서슬 퍼런 시선 때문에 그냥 넘겼지만 장미를 그놈에게서 다시 빼앗아 그날 당한 굴욕은 꼭 갚아 줄 것이다.

신우태는 타고 온 스포츠카를 우아하게 꺾어 남소아과 건물 지하 주차장에 주차한 후 여유롭게 내렸다. 엘리베이터를 타고 4층 버튼을 누른 그는 엘리베이터 문에 비친 자신의 모습을 보면서 여유만만한 표정을 지었다.

"역시, 잘생겼어."

하지만 공인인데 숨겨야겠지? 신우태는 준비해 온 모자를 푹 눌러쓰고 커다란 선글라스를 꼈다.

엘리베이터의 문이 열리고 신우태는 여유로운 웃음을 지으며 내렸다. 남소아과라는 간판과 커다란 유리문이 보였다.

신우태는 병원 문을 열고 두리번거리며 진료실을 찾았다. 대기실을 가로질러 진료실 문을 벌컥 열자 남현우와 진료를 받고 있던 환자와 보호자가 동시에 그를 쳐다보았다. 바깥에서 그를 부르는 간호사의 목소리는 무시했다.

신우태는 이런 시선에 익숙하다. 그는 여유로운 미소를 지으며 진료실 안으로 들어가 남현우에게 단도직입적으로 물었다.

"당신이 남현우 원장이십니까?"

"네."

"저와 대화 좀 하시죠."

"진료 중입니다."

남현우는 귀에서 청진기를 빼고 기다란 막대기처럼 생긴 도구를 네다섯 살쯤 되어 보이는 여자아이의 귀에 넣어 귀를 살폈다.

"이잉."

여자아이가 싫은 소리를 낸다.

"장미 얘기를 하러 왔으니 시간 좀 내시죠."

"네."

대답을 하면서도 그는 진료를 멈추지 않았다.

"귀도 깨끗하고 열도 없으니 DPT, 소아마비, MMR 추가 접종을 하겠습니다."

"아, 네."

"소매 좀 걷어 주세요."

그는 여자아이의 양쪽 팔에 번갈아 무시무시한 주사를 세 대나 놓았고 여자아이는 자지러지게 울었다.

"오늘 목욕은 피하시고, 열이 오르나 확인하십시오."

"네, 원장님."

보호자가 남현우에게 꾸벅 인사를 하더니 여자아이의 손을 잡고 진료실에서 나갔다. 신우태는 자신을 무시하는 남현우에게 화가 났다.

"장미 때문에 왔다고."

"들었습니다."

그제야 남현우가 신우태를 쳐다보았다.

"내가 장미의 남자라고."

"그런가요? 할 말 다 하셨습니까?"

"아직 시작도 안 했……."

"그러시다면 대기 장부에 이름을 기재하시고 대기실에서 기다리십시오."

"뭐?"

"지금 당신 차례가 아니라는 겁니다. 저와 면담을 하고 싶으면 순번을 지키십시오."

신우태가 멍한 표정을 하고 있는 사이 박 간호사가 들어오면서 짜증을 냈다.

"다 큰 어른이 새치기를 하시면 어떡합니까? 몇 시간 전부터 기다리고 있는 사람들이 한둘인 줄 알아요? 안 그래도 원장님 장기 휴가가 잡혔다고 환자들이 몰려와 정신이 없는데……. 이렇게 막무가내로 행동하시면 안 돼요."

"엉?"

"어서 나가서 밖에서 기다리세요. 당신 때문에 밖이 난리인 거 안 보여요!"

그는 갑자기 들이닥친 덩치 큰 간호사에게 끌려 나왔다. 진료실 밖으로 나오니 눈초리가 사나운 아줌마들이 그를 노려보며 수군거린다.

"누군 새치기할 줄 몰라서 몇 시간씩 기다리는 줄 아나?"

"그러게요."

신우태는 자신의 정체가 들통이 날까 봐 모자를 더 푹 눌러쓰고 옷깃을 세웠다. 고개를 숙이고 데스크에 가서 간호사에게 속삭였다.

“한참 기다려야 합니까?”

“처음 오셨으면 인적 사항을 기재하시고 대기 장부에 이름을 적으세요.”

“그냥 대기 시간만 가르쳐 주시죠.”

“인적 사항을 적으시지 않으면 의료 보험 적용이 안 됩니다.”

이 여자가 지금 나보고 신우태라고 다 까발리라는 건가?

“됐으니 그냥 무명이라 적으세요. 얼마나 기다리면 됩니까?”

신우태는 대한민국의 여심을 홀린 중저음의 보이스로 최대한 정중하게 말했다.

“음, 무명 씨 앞으로 서른 명이 있습니다.”

“서른 명?”

너무 놀라 새된 목소리가 흘러나왔다.

“그래도 다른 날 보다 적은데요. 2시간 정도면 되겠네요.”

간호사가 빙긋 웃으며 친절하게 대답을 했다.

나는 대한민국의 섹시 스타 신우태다. 대부분 다른 사람들이 나를 기다리지 내가 누구를 만날 때 이렇게 대책 없이 기다려 본 적이 없다. 아니, 이런 식의 대접을 받아 본 적이 없다.

그리고 나는…… 줄어들지 않는 아이들과 그 보호자들 틈바구니에서 2시간째 앉아 있다.

“으아아아아앙.”

“아아아앙.”

“우어어.”

울어 젖히는 아이들 울음소리에 머리가 깨질 것 같다. 이곳은 영화판보다 더한 전쟁터다. 병원 문은 닫히기가 무섭게 또 다시 열리고 그 문으로 아이들이 계속 쓰나미처럼 밀려온다. 뛰는 아이, 우는 아이, 자는 아이, 그리고 신우태를 노려보고 있는 아이들.

왜, 왜, 왜, 아이들은 걷지 않고 뛰는 걸까.

왜, 왜, 왜, 진료실에서는 아이들의 울음소리가 끊이지 않는 걸까. 남현우는 무슨 짓을 하길래 애들을 울리는 거야!

머릿속이 멍해져 간다.

"이제 들어오세요."

신우태는 2시간의 기다림 끝에 결국 남현우와 대면하게 되었다.

"오래 기다리게 하면 내가 포기하고 갈 거라고 생각했나 본데, 오산이야. 남현우, 오늘 보니까 힘든 환경에서 일하는데, 이렇게 살기 싫어서 장미 꼬신 거잖아."

신우태는 진료실에 들어오자마자 의자에 앉으면서 현우에게 대들었다.

"장미는 내 여자야."

"내 여자라?"

"내 여자였어. 네가 끼어들기 전까지."

"그랬군요."

"아, 장미 돈을 보고 접근한 거니 상관없다는 건가?"

신우태는 현우를 보며 비웃었다. 모자와 선글라스를 벗으며 의기양양하게 얼굴을 쳐들었다.

"남현우, 당신이 장미에게 원하는 건 뻔하겠지. 이런 시골구석 의원이 아닌, 서울 중심부에서 종합병원을 차리고 싶은 거잖아. 나한테는 그 검은 속내가 다 보인다구."

"그렇군요."

남현우의 표정 없는 서늘함에 신우태는 조급해졌다.

대스타가 와서 네 여자의 애인이라고 말을 하는데 이런 무덤덤한 반응이라니. 이런 반응을 원한 게 아니었다. 남현우가 흥분하며 화를 내든지 뭐라고 따지는 그런 반응을 예상했는데 이 남자는 도무지 저 묵직한 의자에서 일어날 생각도 하지 않는다. 오히려 여유로운 표정으로 자신을 바라보고 있다. 이 남자 정체가 뭐야?

현우가 묵직한 의자에 몸을 깊숙이 파묻고 자세를 편하게 잡아 앉았다. 그는 다리를 꼰 후 신우태의 얼굴을 빤히 쳐다보았다.

"음, 무명 씨가 저에게 상담을 받기 위해 오셨다고 적혀 있군요. 여기는 소아과지 신경정신과가 아닌데."

"저, 정신과라니? 무슨 소리를 하고 싶은 거야?"

"당신 정신 수준은 아이만도 못하니 소아과에서 진료해도 무방하겠지만 안타깝게도 제가 그쪽 전문의가 아니니, 제가 잘 아는 교수님을 소개시켜 드리죠. 적어도 변수은 같은 돌팔이는 아닐 겁니다."

"변수은을 알아? 네가 그 여잘 어떻게 아는 거야!"

신우태의 얼굴이 붉으락푸르락해지면서 목소리 톤이 높아졌다. 침착한 표정의 남현우를 보니 신우태는 화가 치밀어 올랐다.

"같은 동종 업계 인맥이라 해 두지요."

비웃는 듯한 입꼬리. 느릿느릿한 말투는 모든 것을 알고 있다는 비웃음이었다.

"너, 어디까지 아는 거야?"

"스캔들에서 자유로울 수 없는 직업을 가지신 분과 명예를 지켜야 하는 이의 추잡한 일탈은 자세히 알고 싶지도 않습니다."

"날 알고 있었지? 다 알고 협박하는 거지?"

"협박이라니요. 이곳은 제 진료실이고 이곳에 제 발로 걸어오신 분은 무명 씨입니다. 누가 봐도 이 상황은 무명 씨가 저를 공갈 협박하고자 온 것으로 보이지 않을까 생각합니다만."

남현우는 의자와 한 몸이 된 것같이 여유로웠지만 신우태는 조급해졌다.

"모든 병은 원인이 있습니다. 아무리 불치병이라도 잘게 쪼개고 쪼개다 보면 최초의 원인이 나오게 되지요."

"내가 하려는 대화는 이게 아닌……."

"제가 정신과 의사는 아니지만 이 공간에 들어온 이상 제 환자니 상담을 해 드리죠."

중저음의 편안한 보이스는 흥분한 그의 마음을 편안하게 해주었다. 은테 안경을 매만지며 자세를 바로잡는 그를 보며 신우태는 기분이 묘해졌다.

"짧은 시간 무명 씨의 행동 패턴을 분석해 보니 모든 것을 이성이 아닌 감성적으로 해결하려는 것으로 보입니다."

"감성?"

"감성에 휘둘려 시간을 낭비하는 것처럼 어리석은 행동은 없습니다. 고통과 고민은 길어질수록 정상적인 생활이 불가능하게 되지요."

"하고 싶은 말이 뭔데?"

"요즘 머릿속에 가득한 고민으로 아무 일도 안 되지 않습니까?"

"어? 어, 어떻게 알았……."

"무명 씨를 보니 고민 수치가 9단계쯤 되겠군요. 갑자기 생긴 변수로 인해 모든 것이 엉망이 되어 분노 수치가 상승이 되었겠지요."

"분노 수치? 어? 그런 것 같은데, 요."

"참으려 하지만 참을 수 없어 폭발하는 단계. 분노 수치는 8단계로 넘어가는 중이군요. 분노에서 8단계 이상은 중증이라."

"중증이면 심각한 건지, 요?"

"고통과 고민의 원천은 뇌입니다."

"뇌에 문제가 생긴 건가요?"

신우태는 자신이 현우의 말에 장단을 맞추고 있다는 사실도 인지하지 못했다. 시간이 지날수록 신우태는 그에게 낱낱이 분석되고 있었다.

"자신이 거부당했다는 사실을 인지 못하고 있는 것이 문제라면 문제겠죠."

"거부?"

"한정판 리미티드 에디션을 소유하고 싶은 심리와도 비슷할 겁니다. 희소성 상품을 소유하고 싶은 건 인간의 본성이니까요. 그것을 집착이라고 표현합니다."

이 남자는 왜 이리 침착할까? 그는 어떠한 상황에서도 표정 변화가 없다.

"집착이 아니라 사랑이야. 장미는 처음부터 내 거였어."

"무명 씨의 자신감은 마음에 듭니다."

장미가 내 여자라고 말하는데 남현우는 장미의 이름조차 거론하지 않고 있다. 장미도 나도 처음부터 모르는 사람처럼 그는 덤덤했다. 자신을 꿰뚫어 보고 있는 듯한 점쟁이 같은 이 남자의 정체가 뭘까?

"그럼 지금부터 본격적으로 시작할까요?"

뭘 시작한다고? 지금까지는 뭐였고?

신우태는 혼이 나간 듯 멍하게 남현우를 바라보았다.

"현실을 인정하지 못하니 누군가 나서서 포기시켜 주는 것도 한 방법이라 생각합니다."

지금껏 표정 없던 그의 얼굴이 자그마한 변화가 생겼다. 신우태는 자신을 보며 사늘한 미소를 지고 있는 현우를 보자 온몸에 소름이 돋았다. 큰 소리로 언쟁을 하는 것도 폭력이 오가는 상황도 아니었지만 그의 미소에서 한기가 느껴졌다. 병원이라는 특정 공간이 주는 서늘함도 한몫했으리라.

악연의 끝

장미의 모친에게서는 차 세례를 받고, 남현우는 자극하려다 되레 세뇌를 당하고 왔다. 그를 만나기 전 대기실에서 2시간 동안 혼이 나가는 바람에 정신줄을 놓았나 보다. 그에게 상담을 받은 것도 모자라 상담료까지 지불하고 오다니, 멍청하다 못해 팔푼이 짓을 하고 왔다.

"젠장."

따지러 갔다가 되레 철저하게 분석당한 후 설득당해 잘못했다고 빌고 온 상황이랄까? 큰 대가를 지불했지만 한 가지 사실은 알게 되었다. 말로는 절대 그를 이기지 못한다는 것을…….

그런 샌님 꼰대에게는 말이 아니라 행동으로 직접 보여 줘야 한다. 장미를 내 것으로 만들었을 때도 그렇게 침착하게 행동을 할지 궁금하다.

아무래도 장미를 먼저 내 것으로 만드는 것이 시급했다. 시간을 끌어 봐야 말발 좋은 남현우에게 장미를 빼앗기고 말 것 같다. 수단과 방법을 가리지 말고 무조건 나에게 오게 만들면 된다.

장미가 거주한다는 원주 S아파트. 최신식 아파트들만 보다 오래된 아파트를 보니 저절로 인상이 찌푸려졌다. 장미는 이런 곳과 어울리지 않는다. 신우태는 경비실 앞에 차를 세워 놓고 휴대폰을 들었다.

일단 장미를 집 밖으로 유인해서 일대일 만남의 상황을 만들어야 한다.

"나 신우태인데 나와! 그러면 되려나?"

신우태는 고개를 절레절레 저었다. 장미 성격을 아는데 나오라고 호락호락 나올 것 같지 않다. 그렇다면 모든 이들이 의심하지 않는 방법을 써야 하는데, 기가 막힌 방법이 생각났다.

[GB택배 기사입니다. 예자연 씨가 보낸 택배를 경비실에 맡겨 놓았으니 찾아가시기 바랍니다.]

신우태는 경비실 앞 분리수거함 앞에 수북이 쌓여 있는 박스들을 보며 번쩍이는 아이디어를 생각한 자신이 기특했다.

"역시 난 천재야. 하하하. 이제 전송 버튼만 누르면?"

문자메시지를 작성하며 우태는 자신의 기가 막힌 꾀에 감탄을 했다. 택배를 찾아가라는 문자메시지를 받으면 장미는 이곳 경비실로 올 것이고 그녀를 차에 태우고 인적이 드문 한적한 별장으로 데리고 가면 게임 오버.

우태가 키득거리며 문자메시지의 전송 버튼을 누르려는 순간, 창문을 두드리는 소리가 났다. 창문을 내리니 아파트 경비원이 서 있었다.

"여기다 차를 세워 두시면 안 됩니다."

"입주민에게 볼일이 있어 왔습니다."

"몇 동 몇 호실에 오신 손님이십니까? 방문증 작성해야 합니다."

"1510호, 아, 아니 내려오면 바로 갈 겁니다."

"1510호면 남 원장님 사모님 댁인데. 사모님에게 볼일이 있으신 겁니까?"

"사모님이라니? 아직 결혼도 안 한 처녀에게."

경비원의 말에 신우태는 버럭 소리를 질렀지만 경비원은 침착하게 대꾸를 했다.

"남 원장님 사모님은 아까 원장님 뵈러 소아과 간다고 하셨는데요. 만나 뵈려면 병원으로 가 보세요."

내가 병원에서 오는 길인데 그 병원을 또 가라고? 젠장. 신우태는 나직이 욕설을 내뱉고 창문을 닫았다. 아무래도 그의 힘을 빌려야 할 것 같다. 우태는 어딘가로 전화를 걸었다.

"곽 대표, 아무래도 마지막 방법을 써야 할 것 같은데. 보수는 걱정 마시고요."

– 납치까지 해야겠습니까?

"납치라니. 그냥 대면으로 말을 바꾸시죠."

– 명칭이야 상관없습니다. 그 대면을 위해 즉석 만남을 주선하도록 하지요. 암호명 '장미를 꺾었다'.

"장미를 꺾었다? 마음에 드는 암호명이군."

– 그러시겠죠.

“그러면 언제쯤 일을 시작하실 건가요?”

– 바로 해 드리죠.

“오, 속도감 마음에 드는…… 뭡니까?”

방금까지 자신에게 말을 걸던 경비원 뒤로 익스플로러 밴이 멈춰 서는 게 보였다. 그리고 밴의 문이 스르륵 열리더니 그 안에서 곽두기가 내렸다.

“어? 곽 대표가 여기 무슨 일로…….”

신우태는 창문을 열고 곽두기를 멍하게 쳐다보았다.

“저희의 모토가 고객이 원하는 것을 뭐든지 해 드린다지요. 그래서 맞춤 서비스를 하기 위해 왔습니다.”

“맞춤 서비스?”

“저희를 따라오십시오. 즉석 만남을 준비해 두었습니다.”

“즉석 만남? 벌써?”

곽두기가 신우태에게 다가오더니 귓속말로 속삭였다.

“그분은 오늘 소아과에 가지 않았습니다. 다 저희가 꾸민 일이지요.”

“뭘?”

“암호명 ‘장미를 꺾었다’.”

“그러면?”

곽두기가 의미심장한 웃음을 지었고, 신우태의 표정은 밝아졌다. 역시 전문가에게 일을 맡기니 수월하구나. 바로바로 서비스라.

“지금 출발하면 장미를 만날 수 있는 겁니까?”

신우태가 조급하게 말을 하자 곽두기는 고개를 끄덕였다. 그런 그를 보며 신우태는 비열한 웃음을 지었다.

이제 장미는 남자를 아는 몸이다. 그러면 내가 얼마나 훌륭한 연인인 줄 알 것이다. 내 품에 한번 안기고 나면 절대로 나를 놓지 못할 것이다.

'장미를 꺾었다'. 다시 되뇌어 봐도 마음에 드는 문장이다. 오늘 밤 나는 장미를 꺾어 기필코 내 화병에 넣을 것이다.

신우태는 곽두기의 익스플로러 밴을 쫓아갔다. 문득 신우태는 자신의 밴보다 더 비싸고 좋은 차량을 보며 의문을 가졌다. 이 밴의 가격이 지금 다캐요의 사무실보다 더 비쌀 것이기 때문이다.

하긴 이들은 기동력이 필요하니 당연할 수도 있겠다 싶다. 사무실에 돈을 투자하는 것보다는 차량이나 카메라에 투자하는 것이 이쪽 일을 하는 데 더 유리할지도 모른다.

시내를 벗어나 한적한 국도로 진입했다. 그러곤 다시 비포장도로로 들어섰다. 창밖을 보니 주변에는 논과 밭뿐이다.

한참을 달려 도착한 곳은 허허벌판의 허름한 가건물 창고였다. 신우태는 이런 곳을 장미를 꺾을 장소로 정한 곽두기가 마음에 들었다.

신우태는 곽두기와 함께 차에서 내렸다. 그는 허름한 창고 안으로 들어가기 전 하늘을 힐끔 쳐다보았다. 이제 해가 어스름하게 지고 있다. 곧 어둠이 밀려올 것이다.

드르륵, 창고 문이 무겁게 열렸다. 창고 안이 어두컴컴했다.

"꺾을 장미는?"

신우태의 말에 곽두기는 창고 중앙을 손가락으로 가리켰다. 빛이 잘 들지 않아 더더욱 어두운 창고 안을 눈을 찡그리며 쳐다보았다.

아무도 없는 창고 한가운데에 가죽 의자가 희미하게 보인다. 의자에 누가 앉아 있는 것으로 보아 장미가 있나 싶어 신우태는 큰 걸음으로 안으로 들어갔다.

"장미!"

"……."

"장미, 이러는 날 이해해 줘. 당신을 가지기 위해 난 무슨 짓이든 다 할 수 있어. 그만큼 난 당신을 사랑한다고. 내 마음을 알아주었음 해."

신우태는 삼류 드라마에서나 나올 법한 대사로 연기를 하기 시작했다. 그는 의자 앞에 다가가자 무릎을 꿇고 울먹이며 그녀의 다리를 붙잡았다.

'장미 다리가 이렇게 두꺼웠나?'

신우태는 딱딱하면서 두꺼운 다리가 이상해 고개를 들다 의자에 앉은 이와 눈이 마주쳤다.

"허어억! 누구야, 넌?"

의자에는 살벌한 눈빛을 한 중년의 남성이 앉아 있었다. 중절모를 쓰고 불을 붙이지 않은 시가를 물고 있는 그 사내의 얼음 같은 표정을 보는 것만으로도 소름이 돋았다. 신우태가 벌떡 일어나 뒷걸음을 쳤다.

크크크크. 갑자기 어디서 웃음이 흘러나왔다. 신우태가 뒤를 돌아보니 창고 문 옆에 웬 중년의 남자가 크크거리며 서 있었다.

“어떤 놈인가 했더니 나까지 올 필요도 없었네요.”

“주 사장님, 오랜만입니다.”

곽두기가 인사를 한다. 드르륵, 그는 창고 문을 닫으며 신우태를 향해 걸어왔다. 그는 신촌 봉주점 주 사장이었다.

“넌 또 누구야!”

신우태의 고함에도 주 사장은 비웃듯 웃기만 하고 아무 말이 없었다.

“지금 뭐 하는 짓이야! 날 두고 감히 장난질인 거야? 이러고도 너희들이 무사할 것 같아?”

신우태의 고함 소리는 드르륵, 창고 문이 열리는 소리에 멈춰졌다. 그는 열렸다 닫힌 창고 문을 쳐다보았다. 이번에도 험악하게 생긴 중년 남자가 모습을 보였다.

“아, 하필이면 비포장이야. 스쿠터로 오기 얼마나 힘들었는지 알아요?”

‘맛있는 치킨’ 로고가 박힌 앞치마를 두른 맛있는 치킨의 박 사장이다.

“아고, 주 사장! 반갑구먼, 반가워. 먼 길 왔는데 이따가 우리 가게로 와. 치킨 맛나게 튀겨 줄게.”

“나도 반갑네. 근데 간장 소스도 되나?”

“당연하지! 맛나게 파 무침도 해 줄게.”

둘은 씩 웃더니 신우태 옆에 섰다. 그가 놀라 입만 벙긋거리는 사이 드르륵, 창고 문이 또 열렸다. 이번에는 하얀 요리사 모자와 비닐 앞치마를 두른 싱싱한 횟집 정 사장이다. 정 사장이 느릿하게 그들 쪽으로 걸어왔다.

"오랜만입니다, 쌍칼 형님."

"이제 정 사장이라고 부르라니깐."

"에이, 그래도 형님은 형님이죠."

주 사장이 정 사장을 보며 깍듯이 인사를 한다.

"쌍칼 형님은 왜 이렇게 늦으셨어요?"

"일 끝내면 큰형님 대접하려고 테이블 좀 세팅하고 왔지."

박 사장이 정 사장을 보고 툴툴거리자, 정 사장이 박 사장의 어깨를 두드린다.

"큰형님, 오랜만입니다."

정 사장이 의자에 앉아 있는 중절모를 쓴 남자에게 인사를 꾸벅한다. 그사이 드르륵, 창고 문이 또 열렸다.

"여기가 맞는 것 같군."

무뚝뚝한 말투를 쓰는 택시 기사 정복을 입은 남자와 경비 최 씨가 함께 들어왔다.

"큰형님, 오랜만입니다."

택시 기사가 중절모를 쓴 사내, 장상철에게 인사를 했다. 이 모든 장면을 생생한 라이브로 보고 있던 신우태는 일이 무언가 잘못되었다는 것을 느꼈다.

이 조폭 같은 형님들이 왜 여기에 모이고 있을까? 그리고 저 경비원은 아까 자신에게 말을 걸던 S아파트 경비가 아닌가?

"다, 당신이 왜!"

신우태가 경비 최 씨를 보며 손가락질을 하자, 그가 씨익 웃으며 장상철에게 다가와 인사를 꾸벅했다.

"형님, 오랜만입니다."

"오랜만이네, 최 대표."

신우태는 아무리 생각을 해도 알 수 없었다.

"당신들 납치 협박을 하려나 본데 어림도 없어! 내가 누군지 알고! 내가 조금이라도 잘못되면 언론들이 아니, 내 팬들이 당신들 가만두지 않을 거야!"

신우태가 버럭버럭 악을 썼다.

"형님, 저놈 뭐랍니까? 간만에 형님들 봐서 기분 좋은데 기분 잡치게……."

주 사장이 턱에 힘이 들어간 목소리로 거칠게 내뱉으며 신우태를 노려보자, 그의 낯빛이 점점 사색으로 변해 갔다.

"당, 당신들……. 그래그래, 원하는 액수를 말해. 내가 이번 한 번만 눈감아 줄게. 1억? 2억? 10억? 말만 해. 계좌로 바로 쏴 줄 테니까."

"저놈 시끄러운데 산에 확 묻어 버리죠?"

사람 좋기로 유명한 최 씨의 입에서 상상하지도 못한 말이 튀어나왔다.

"산은 무슨, 그냥 바다에 던지자고요."

주 사장이 느릿하게 말을 받는다.

"주 사장, 원주를 잘 몰라서 하는 소리인데……. 원주에서 바다까지 가려면 너무 오래 걸려. 그냥 치악산에 묻어 버리는 게 빨라."

박 사장이 거든다.

"어디든 말씀만 하십시오. 제가 바로 끌고 가지요."

택시 기사 추 씨가 느릿하게 말을 한다.

“산도 바다도 귀찮아. 그냥 사시미 뜨자고.”

정 사장이 인상을 찡그리며 품에서 회칼을 꺼내 흔들자 그의 손에 들려진 칼이 섬뜩할 만큼 예리하게 빛이 났다.

“허허헉.”

신우태의 표정이 점점 창백해져 간다. 이건 아닌데……. 겁이 나서 말도 안 나온다.

“우리가 어둠의 세계에서 손을 털었는데 그러면 안 되지.”

장상철의 말에 신우태의 표정이 밝아졌다.

“그렇지만, 죄질이 상당히 불량하고 말귀를 못 알아먹는 아이들에게는 매가 약이긴 하지.”

“몽둥이보다는 칼 쓰는 것이 더 간단한데…….”

정 사장이 아쉬운 듯 칼을 휘두른다.

“쌍칼 형님, 사시미 뜨려면 번거로우니 그냥 튀겨요.”

맛있는 치킨 박 사장이 신우태를 보며 입꼬리를 올렸다. 말은 그렇게들 하면서 다들 목을 돌리고 손가락을 깍지 끼며 두둑두둑 몸을 풀었다.

“지금 뭐 하시는 겁니까! 대한민국은 법치국가입니다! 그리고 저 신우태예요. 대한민국 스타!”

신우태는 자신을 향해 다가오는 그들을 보며 온몸을 사시나무 떨듯이 떨었다. 아래쪽에서는 축축한 물이 흘러내렸다.

그는 여기서 자신이 죽도록 맞아 병신이 되거나 죽는다면 다 소용이 없는 일이라 생각했다. 날카로운 칼에 생선회가 되고, 기름에 튀겨지고, 최후에는 산속 어딘가에 묻힐 텐데…….

생각만으로도 눈앞에 노래지고 세상이 빙글빙글 돌았다.

"어라, 형님. 이 녀석 기절했는데요."

"아직 한 것도 없는데 소변을 지리고 기절이라. 이런 새가슴이 감히 장미 조카를 어찌해 보겠다고 일을 꾸며?"

그들은 기절한 신우태를 발로 툭툭 찼다.

"아니, 얼마나 찌질하면 이 허우대를 가지고도 여자를 꼬시지 못해 납치를 하려 한답니까. 남자의 수치예요."

"여자가 장미 조카 아닌가."

"하긴 우리 장미 조카가 눈이 높죠."

"우리 형수님이 경고를 했으면 알아먹었어야지. 쯧쯧."

장상철은 기절해 누워 있는 신우태를 바라보았다. 그가 아무 소리 없이 앉아 있자 계속 침묵을 지키고 있던 곽두기가 입을 열었다.

"인간이 왜 동물과 다른 존재인 줄 압니까? 바로 자기 일에 책임을 져야 하기 때문입니다."

곽두기 다음으로 주 사장이 입을 열었다.

"저도 10대 때부터 주먹질밖에 할 줄 몰랐습니다. 큰형님이 한창 잘나가던 조직을 해산할 때 형님을 원망도 했습니다. 하지만 지금 절 보십시오. 형님이 그때 그 결정을 하지 않았다면 전 지금도 주먹질을 하고 살고 있을 겁니다."

예자연을 만나기 전까지 아무런 삶의 희망도 없던, 그저 주먹질로 삶을 연명하던 장상철이었다. 종로 일대를 주름잡던 상철이파의 큰형님. 어린 나이에 막대한 재산을 상속받은 예자연을 만나고 그녀의 재산을 노리던 친척들의 위협을 막아 주면서 사랑이 싹트고 장미가 태어났다.

부모의 사랑이 뭔지 몰랐던 그들은 돈으로 그녀를 키웠고 그것이 최선인 줄 알았지만 나날이 싸늘해지고 장벽을 치는 장미를 보며 그들은 자신들이 잘못했다는 것을 깨닫게 되었다.

장상철은 조직을 해산하고 딸에게 떳떳한 아빠가 되려고 했고, 예자연도 자신의 모습을 버리고 딸에게 다가가려 했지만 때는 이미 늦었다.

신우태와의 만남도 성인 남녀의 연애였기에 그냥 보고만 있었다. 장미가 행복하기만 하다면 어떤 남자라도 상관없다 생각했는데, 바람이라니. 온몸에 분노가 일었다. 하지만 그런 상처를 이기는 것도 장미에게 중요할 것 같아 두고 볼 뿐이었다.

그런데 바람피우는 것도 모자라 납치를 하려고 하다니. 이것만큼은 용납이 안 되는 문제다. 아무리 그가 어둠의 세계와 연을 끊었다 할지라도 딸에게 해를 가하려고 한 인물은 용납이 안 된다.

비록 납치는 미수에 그쳤지만 지금 버릇을 고쳐 놓지 않으면 언제 또 시도를 하려 할지 모른다.

"큰형님, 세상이 변하다 보니 우리들도 참 유해졌어요."

"예전 같으면 저런 놈, 소리 소문 없이 해결했을 텐데요."

그들이 장상철을 보며 말을 이었다.

"고맙네."

"고맙긴요. 큰형님이 아니었다면 저희는 아직도 어둠의 자식들이었을 텐데요. 이렇게 살길도 열어 주시고, 그래서 저 결혼도 하고 아이도 낳지 않았습니까. 다 형님 은혜인데 인간이라면 갚아야지요."

주 사장이 고개를 조아리며 말했다.

"장미 아가씨는 이런 큰형님의 마음도 모르고……."

"그저 행복하게 살아만 주면 된다네. 그런데 최 대표는 이제 서울로 올라가야지. 언제까지 여기서 경비를 하고 있을 텐가."

장상철의 말에 최 씨가 웃는다.

"아가씨가 여기 계시는 한 있어야죠."

"전국 100여 개의 커피 체인점 대표가 경비를 하고 있다고 하면 다들 놀랄 거야."

"그 자리도 다 형님 덕분입니다."

최 씨가 수줍게 말을 한다. 다시금 인자한 경비 아저씨의 모습으로 돌아왔다.

"큰형님, 그나저나 축하드립니다. 아주 잘생긴 의사 선생님 사위를 보실 듯합니다."

"그러게 말일세. 아주 잘생겼어. 능력도 좋고. 다 자네들 덕분이야. 자네들이 우리 장미와 남 원장을 계속 엮어 준 덕분에 잘된 거야."

다들 회상에 잠겼다. 그들은 두 사람이 나타났다 하면 서비스 안주와 술을 제공하고 그것을 빌미로 이런저런 소문을 내는 등 물심양면 두 사람을 엮기 위해 노력했었다.

"그렇지요. 신촌에서도 최고 인기남이었어요."

주 사장이 목소리에 힘을 주며 말을 말했다.

"하지만, 전 누님에게 놀랐습니다. 남 원장 사람 좋다는 말에 어떻게 핏덩이 혁이 조카를 두고 가실 수 있답니까."

"주 사장이 10년 동안 변함없이 극찬을 해서 그런 거 아닌가."

"제가 딸이 있다면 사위 삼고 싶다고 한 말을 누님이 새겨들으실 줄 몰랐죠."

신촌 고성병원 옆에 있는 주 사장은 예과 시절부터 현우를 꾸준히 봐 왔다. 그때부터 지금까지 여자 문제를 일으킨 적도 없는 반듯하고 착실한 청년. 주 사장은 남현우가 너무 마음에 들었다.

그 말을 장상철과 예자연에게 몇 번 했을 뿐인데, 예자연이 기회가 오자마자 바로 행동에 옮길 줄은 몰랐다.

"우리 자연이 말이, 장미가 원주로 내려오지 않았다면 억지로 엮을 수는 없는 인연이었을 거라고 하더군. 하지만 누가 시킨 것도 아닌데, 장미가 이곳에 와 있었어. 그런 걸 운명이라고 한다던데. 다 좋은데 자주 못 보는 것이 안 좋아."

"큰형님, 잘 꼬여서 서울로 진출시켜요. 장미 조카와 떨어져 지내실 수 있겠어요? 이제 곧 손주들 태어나면 꼬물거리는 것들 봐야죠."

"음, 그러고 싶은데 장미가 말을 들을까?"

"그건 하늘에 맡기고. 큰형님, 우리는 이놈을 처리해야죠."

모두들 장상철을 쳐다보았다. 장상철이 고개를 끄덕이자 그들은 몸을 풀었다.

"먼저 물부터 부을까요?"

박 사장이 생수병의 뚜껑을 돌려 열었다.

"막내야, 이제 시작해야지."

곽두기의 말에 구석에 가만히 서 있어 아무도 그 존재를 몰랐던 다캐요의 막내 깍두기가 커다란 카메라를 들고 모습을 드러냈다.

모두들 한마음으로 뭉쳐 일을 진행했다. 공인인 그에게 할 수 있는 최대한의 모욕을 주고 평생 주홍글씨가 따라다니게 만들어 줄 것이다. 여자를 밝히는 것도 모자라 범죄 행위조차 가볍게 안 행동에 책임을 져야 할 때가 온 것이다.

다음 날 모든 포털 실검 1위는 원주 변태남 신우태가 화려하게 장식을 했다. '신우태, 발가벗고 원주 한복판을 뛰어다니다 출동한 경찰에게 체포되다'. 체포 당시 신우태는 '유전무죄, 무전유죄!'를 외치며 끌려갔다고 한다.

이때 찍힌 사진들이 실시간에 SNS을 타고 퍼졌다. 그가 나체로 뛰어다니는 사진이 묘하게도 화질이 너무 좋아 모두들 의아해했지만, 요즘 전 국민이 파파라치인 시대가 아닌가. 휴대폰의 화소수가 좋아지긴 좋아졌나 보다 하고 다들 생각했다.

밤에 피는 장미

『속보입니다. 섹시 스타로 불리는 신우태가 오늘 새벽 원주에서 나체로 활보한 사건으로 대한민국이 발칵 뒤집혔습니다. 당시 신우태가 만취 상태는 아니었다는 증언으로 미루어 보아 마약 사용도 의심되는 상황이라고 합니다. 국민 변태남 신우태의…….

또 다른 소식이 들어오는 대로 …….』

"국민 변태남 신우태? 저놈 하다하다 이제는 별 이상한 짓을 다 해요. 쯧쯧쯧."

장미는 침대에서 뒹굴거리며 리모컨으로 수백 개의 채널을 돌려 보다 신우태의 소식이 속보로 나오자 유심히 보았다.

신우태가 결국 사고를 쳤다. 언젠가는 대형 사고를 칠 줄 알았지만 그저 불륜이나 삼각관계 같은 일이겠거니 했지, 저런 요상한 사건은 꿈에도 생각 못 했다.

"장미 씨, 뭐 재미난 뉴스라도 있어요?"

"아니요."

장미는 욕실에서 갓 씻고 나온 현우가 하얀 가운을 입고 들어오자 방 안이 환해진 느낌을 받았다. 지금은 신우태가 국민 변태가 된 사건이 문제가 아니다.

장미는 리모컨을 들고 텔레비전의 전원을 꺼 버렸다.

"재미없는 뉴스만 하던데요."

"그렇군요."

현우가 수건으로 털던 젖은 머리카락을 흔드는 모습을 보며 장미는 점수를 매기듯 그를 찬찬히 훑어보았다.

물기를 머금은 머리카락조차 섹시하게 보이니 중증임에 틀림없다. 장미는 그의 하얀 가운을 벗겨 버리고 싶다는 야릇한 충동에 나직이 한숨을 쉬며 침대 시트에 얼굴을 묻어 버렸다.

그를 더 보고 있다간 큰 사고 치겠지 싶다. 아, 정말 큰일이다.

부스럭, 인기척에 고개를 드니 현우가 웃으며 침대에 앉아 있었다. 현우의 웃음을 보니 그녀 안에 숨겨진 본능들이 자신을 드러내겠다고 아우성을 친다. 꿀꺽 마른침까지 넘어갔다.

"장미 씨, 무슨 상상을 했기에 얼굴이 홍당무가 되었을까요."

"더, 더워서 그런가?"

"잘 가동되는 에어컨에게 미안한 발언이군요."

그가 무안함을 없애려 손부채질을 하고 있는 장미의 옆에 누워 그녀를 뚫어지게 쳐다보았다.

"이러면 반칙인데. 휴우."

현우에게서 향긋한 바디 제품의 향이 훅 풍기자 장미는 정신이 없었다. 그저 평범한 샴푸와 비누의 향일 뿐인데 흥분제를 맡은 것처럼 온몸이 후끈 달아올랐다.

"반칙은 장미 씨가 했어요. 아침부터 절 유혹하면 어쩝니까. 지금 떠나야 하는데, 여행 스케줄이 엉망이 되고 있습니다."

"제가 뭘 했다고요. 그냥 침대에서 뒹굴거리고 있을 뿐인데."

"그게 유혹입니다."

현우가 장미의 얼굴이 닿을 듯 말 듯 한 거리에서 나직이 속삭이자 그녀는 본능적으로 그가 막 입고 나온 가운 끈을 스륵 풀었다.

"봐요. 장미 씨가 유혹하고 있잖아요."

"……그래서 싫어요?"

장미는 그의 오뚝한 콧날과 입술 선까지 손가락으로 더듬어 내렸다. 살짝 벌어진 입술 선이 매력적이다. 그녀는 그의 입술에 쪽 소리가 나게 가볍게 키스를 했다.

"내 여자의 유혹을 싫어할 남자는 없습니다."

맞닿은 입술의 자그마한 틈새로 그가 침투를 했다. 마치 영역을 표시하듯 입안 구석구석을 간질이고 맛을 보았다. 꿀물을 마신 듯 달콤하고, 온몸이 찌릿거린다. 그의 마르지 않은 머리카락이 얼굴에 닿자 장미는 시원한 샴푸 향을 깊게 들이마셨다.

장미의 두 손은 어느새 그의 가운 안으로 파고들어 가 등 근육을 쓸어내리고 있다. 그녀의 손길에 그의 입에서 나직한 신음이 터져 나왔다.

"우리 지금 떠나야 하지 않아요? 후우."

"하루 정도 늦게 가도 상관없습니다."

"저도 상관없어요. 으, 응."

"후, 읍."

그의 나지막한 신음 소리가 신호탄이 되어 그녀의 몸 위에 체중을 실었다. 그들은 한 몸인 양 엉겨 버렸다. 그의 단단한 허벅지 근육이 맨살에 느껴지자 장미는 다리로 그를 휘어 감아 버렸다. 여성에 가득 차 들어오는 남성의 느낌이 매끄럽고 좋다.

가쁜 숨을 내뿜으며 서로의 입술을 탐하고 육체를 탐했다. 쿵쾅쿵쾅 불완전한 심장박동과 롤러코스터를 타고 수직으로 하강하는 것 같은 짜릿한 쾌감이 온몸을 훑고 지나갔다.

"오늘 어디 가려고 했어요?"

"궁금합니까?"

한바탕 폭풍이 지나가고 가쁜 숨을 내뱉으면서 아쉬운 듯 그들은 손을 꼭 잡았다.

"말 안 해 줄 거예요?"

"장미 씨는 어디를 가고 싶은데요? 장미 씨가 원하는 곳으로 갈까 합니다."

"얼마 전에 TV에서 봤는데, 장사도 해상공원도 좋던데요? 이번에 거기도 갔다 와요."

"드라마 촬영지였던 곳 말입니까?"

"네, 배 타고 들어가야 하는데, 현우 씨 뱃멀미 안 하죠?"

"아마 그럴 겁니다. 사실 저는 완도에 있는 명사십리에 가 볼까 했습니다."

"명사십리요?"

"해수욕장인데, 파도에 부딪힌 고운 모래 소리가 십리에 걸쳐 들린다고 해서 명사십리라고 한답니다. 추천 글과 사진들이 좋더라고요."

"생각만 해도 좋을 것 같아요."

"직접 가 보면 더 좋을 겁니다."

"현우 씨, 이번 여행 말인데요."

"네. 말해 보세요."

"우리 아무 계획 없이 떠나는 여행 어때요?"

"계획을 짜지 말자고요? 벌써 콘도와 호텔을 예약해 놓았는데요."

현우가 의아한 표정을 지었다.

"현우 씨도 지금껏 계획 없이 무언가를 해 본 적 없을 것 아니에요. 사실 저도 마찬가지예요. 세계의 유명 관광지들과 최고의 리조트, 호텔, 다 가 보았지만 모두 다 계획된 일정에 의해서 움직였어요."

"장미 씨가 원하는 자유 여행은 어떤 변수가 작용할지 모릅니다. 고생할 수도 있을 텐데 괜찮겠습니까?"

심각하게 고민에 빠져 있는 현우를 보며 장미는 정말 괜찮다는 듯 밝은 목소리로 대답했다.

"또 알아요? 이번 여행으로 당신은 뭐든지 계산적으로 행동

하려는 습관을, 저는 심한 결벽증을 고칠 기회가 될지.”

“그렇게까지 말한다면, 좋습니다. 한번 해 보죠.”

“고마워요.”

“그러면 점심 식사를 하고 무작정 떠나 보도록 할까요? 아침부터 아무것도 먹지 못하고 힘만 썼더니 어지러워서.”

현우는 장난기 어린 미소를 지으며 장미를 놀렸다.

“누가 먹지 말라고 했던가?”

“장어구이 어떻습니까? 휴가 기간 동안 장미 씨에게 맞추려면 장어를 엄청 먹어야 할 듯한데.”

“장어도 좋지만 굴도 남자에게 참 좋다던데 같이 먹을까요?”

“장어도 먹고, 굴도 먹고, 둘 다 먹고 힘내 봅시다.”

현우와 장미는 서로를 바라보며 소리 내어 웃었다. 마주 잡은 두 사람의 손에 힘이 들어갔다.

❋✱❋

열려 있는 창문으로 시원한 바닷바람이 불어온다.

물론, 첫날부터 변수는 발생했다.

“역시, 예약 없이 오면 이런 일이 발생하는 군요.”

“그러게요, 현우 씨. 2D에서만 접해 보던 곳을 3D로 직접 접해 보니 생각처럼 아름답지만은 않네요.”

역시 극성수기에 빈방을 구하는 건 하늘의 별 따기처럼 힘들었다. 미리 예약을 하지 않았던 터라 그들은 여인숙이라는 생소한 곳에서 그것도 거금을 들여서 묵을 수밖에 없었다.

"저는 이 화장실을 누가 인테리어했을까 궁금합니다. 장미 씨, 여기서 씻을 수 있겠습니까?"

"도, 도전은 해 봐야죠."

장미는 곰팡이가 피어 모서리가 까맣게 썩어 들어간 나무로 된 화장실 문을 열고는 그 내부를 보며 실소를 금치 못했다.

기본적인 타일조차 없이 대충 발라 놓은 시멘트 바닥, 구석에는 누런색 양변기가 비스듬히 박혀 있었다. 세면기와 욕조는 실종이 되었는지 찾을 수가 없다. 대신 수도꼭지에 짧은 호스가 연결되어 있고 그 끝에 동그란 세숫대야가 덩그러니 있을 뿐이다.

장미는 어떻게든 씻겠다는 일념 하나로 긴 머리에 샴푸를 풀어 거품을 내고 수도꼭지에 머리를 들이밀었지만 헹구는 것이 생각보다 쉽지 않았다. 결국 현우가 세숫대야에 물을 받아 부어 주면서 해결이 되었지만 장미의 얼굴에는 불만이 가득 차 있었다.

"욕실에서의 로맨스가 이렇게 산산조각이 나다니. 정말 이럴 줄은 몰랐어요."

"욕실 로맨스라니요?"

"아, 현우 씨 몰라요? 남녀 욕실 로맨스에는 거품 목욕이 정석이에요. 장미꽃잎을 띄워 놓고 향초를 켜고 와인을 마시면서 서로 그윽한 눈빛으로 바라보아야 그림이 예쁘게 나와요."

"여기서도 바라보는 건 가능합니다만."

"농담이죠?"

"죄송합니다."

우여곡절 끝에 간신히 씻고 나왔지만, 그다음 문제는 방 안에 깔려 있는 이불이었다. 70년대에 생산된 듯한 빨간 꽃송이가 프린트된 이불은 언제 세탁했는지 모르게 퀴퀴한 냄새를 풀풀 풍기고 있었다. 장미는 킁킁거리며 냄새를 맡다가 괴생명체를 발견했다.

"꺄악!"

"장미 씨, 왜요!"

"저, 저기 정체 모를 것들이 뽈뽈거리며 기어 다니고 있어요."

장미가 사색이 되며 손가락질하는 곳을 보니 수십 개의 발이 달린 이름 모를 벌레 몇 마리가 기어 다니고 있었다. 현우는 네모난 구형 TV 위에 올려져 있던 파리채를 들어 탁탁거리며 벌레를 잡았다.

"현우 씨, 저기 천장에 시커멓게 말라서 붙어 있는 게 뭘까요."

"알고 싶지는 않지만, 장미 씨가 원한다면 알아보도록 하죠."

"그럴 필요는 없지만, 신기해요. 아직도 이런 곳이 있다는 것이."

"그러니 성수기에 빈방이 남았겠지요."

그들은 담요를 깔고 벽에 등을 기대고 나란히 앉았다.

"추억이잖아요. 저는 좋아요."

"그렇다면 다행입니다."

그들은 밤새 대화를 나누다 그대로 잠이 들었다. 벽에 등을 대고 서로에게 기대어 자는 불편한 쪽잠이지만 그래도 좋았다.

❀ ✿ ❀

다음 날 그들은 여인숙의 쪽잠보다는 노숙이 나을 듯싶어 근처 대형마트에 들어가 캠핑용품을 풀세트로 구입했다.

"역시 여행의 꽃은 캠핑이죠. 한 번쯤은 꼭 해 보고 싶었어요."

장미는 구입한 캠핑용품을 현우의 SUV 뒷좌석에 실으면서 만족스러운 표정을 지었다.

"점점 짐이 늘어나는 것 같아서……. 음."

현우는 한계치에 가깝게 짐으로 채워진 자신의 차 뒷좌석을 심각한 표정으로 쳐다보았다. 분명 출발할 때는 텅텅 비었던 곳인데 하루 만에 꽉꽉 채워졌다.

"현우 씨는 캠핑 싫어요?"

"싫은 건 아니지만, 불편하지 않겠습니까?"

"콘도나 호텔에 비하면 힘들겠지만 이번 기회가 아니면 언제 해 보겠어요. 우리 캠핑도 해 봐요."

"휴우. 장미 씨가 그리 원하시니 한번 도전해 보지요."

그러나 그것도 쉬운 일은 아니었다. 이곳 오토캠프장에서 멍하게 서 있는 이들은 그들뿐이었다.

"현우 씨, 텐트라고 너무 우습게 봤나 봐요. 어두워질 때까지 못 치면 오늘 어디서 자죠?"

"장미 씨, 걱정 마세요."

현우는 바닥에 펼쳐져 있는 텐트를 심각하게 쳐다보다 스마트폰으로 검색을 하기 시작했다.

"미안해요, 현우 씨. 제가 우겨서."

"아닙니다. 이렇게 해서 배우는 거지요. 나중에 아이들과도 올 텐데 미리 연습해 둔다고 생각하면 됩니다."

그와 나의 아이들이라. 생각만으로도 흐뭇한 미소가 지어졌다.

현우는 심각하게 텐트 폴대를 움켜잡고 이리 맞추고 저리 맞추고 한다. 텐트를 구입할 때 직원이 시범으로 조립할 때는 쉬워 보였는데 이것도 기술을 요하는 건지 쉽게 조립이 되지 않았다.

그런 현우를 보며 장미는 맨바닥에서 자면 허리 나간다며 침 튀기게 설명하던 캠핑용품 대리점 직원의 언변에 넘어가 같이 구입한 에어베드를 꺼냈다.

장미는 에어베드에 바람을 넣기 위해 천천히 발 펌프질을 했다. 푸숙푸숙, 장미가 발 펌프질을 할 때마다 에어베드가 보기 좋게 부풀어 오른다.

옆 라인에는 그들보다 늦게 텐트를 치기 시작했지만–아이들 둘이 뛰어다님에도– 벌써 멋진 집이 완성되었고 숯까지 피워 고기를 구우며 맛있는 냄새를 풀풀 풍기고 있었다.

'얼마만큼 바람을 더 넣어야 편하게 잘 수 있을까?'

장미는 부풀어 오르는 에어베드를 보며 고민하기 시작했다.

'아무래도 둘이 자려면 공기를 더 넣어야 할 거야, 음.'

장미는 얼굴이 빨개지면서도 열심히 발 펌프질을 했다. 옆에서 현우는 서툴지만 열심히 텐트를 치고 있었다. 장미는 매사에 완벽하기만 했던 그에게 빈틈이 보이자 그것조차 좋아 보였다.

그사이 현우는 생각보다 많이 남은 폴대를 보며 심각하게 고민을 하고 있었다.

“현우 씨, 텐트는 다 친 거예요? 어, 폴대가 왜 이렇게 남았어요?”

“여유분이 넉넉히 들어 있었나 봅니다.”

“구입할 때 그런 얘기는 못 들었던 것 같은데?”

장미는 현우가 쳐 놓은 텐트와 바닥에 굴러다니는 폴대들을 보며 의심의 눈초리를 거두지 못했다.

아무리 봐도 부실공사다. 현우가 완성한 텐트는 천장이 기형적으로 함몰되어 있고 한쪽으로 기울어져 있어 부실공사가 확실하지만, 심각한 현우를 보니 마음에도 없는 칭찬을 해 줄 수밖에 없다.

“잘하셨어요.”

현우는 마무리 작업이 한창이었다. 어디서 본 건 있는지 텐트 옆에 도랑을 파고 바람막이를 친다고 열심히 나무에 끈을 묶고 있다. 장미는 현우가 마무리 공사를 하는 사이 텐트 안에 바람을 다 넣은 에어베드를 밀어 넣었다.

“뭐, 잠만 자면 되지. 하룻밤인데 문제가 생기겠어?”

장미는 랜턴을 천장 한가운데에 걸면서 중얼거렸다. 랜턴을 걸어 놓고 에어베드 위에 침낭까지 깔아 놓으니 그럴싸해 보였다.

장미는 텐트 안에서 나와 최종적으로 점검을 했다. 역시나 겉모습이 불안해 보이지만, 이것도 집이라도 다 지어 놓고 당당하게 서 있는 현우를 보니 불만을 말할 수는 없었다.

"장미 씨, 집도 완성이 되었고 이제 우리 바다 보러 갈까요?"

"좋아요."

즐기고 쉬려고 온 휴가다. 장미는 여기서까지 완벽한 것에 집착하지 말자 다짐하면서 현우에게 팔짱을 꼈다.

장미는 모든 것에 무던해지자고 계속 주문을 걸고 있지만 한 발자국씩 걸음을 옮길 때마다 거슬리는 것들이 눈에 띄었다. 장미 눈에 먼저 들어온 곳은 음식물 찌꺼기가 널려 있는 식수대와 요상한 냄새가 진동하는 화장실이었다.

장미의 눈살은 찌푸려져 가고 온몸이 부들부들 떨렸다. 장미는 현우의 팔을 꽉 잡고 바닷가까지 간신히 걸어갔다.

"물 반, 사람 반."

"음, 그렇군요."

현우는 장미의 말에 동의하듯 고개를 끄덕였다. 장미는 손으로 해변 전체를 쭉 원을 그리듯 천천히 가리키다가 어지러운지 비틀거린다.

쿵쾅거리며 흥겨운 음악이 울려 퍼지고 있는 바닷가 모래사장에서 따가운 햇볕 속에 멍하게 서 있는 그들은 누가 봐도 휴가를 즐기러 온 아름다운 한 쌍이었다.

장미는 챙이 넓은 카플린 모자와 커다란 선글라스를 착용하고 민소매에 청 재질의 핫팬츠를 입고 있었다. 현우는 파스텔 컬러의 브이넥 티셔츠, 편해 보이는 반바지를 입었다. 완벽해 보이지만 그들은 이곳의 유일한 부적응자였다.

"장미 씨. 여기서는 청소 본능이 살아나면 안 됩니다. 숨을 천천히 고르게 쉬세요."

"후, 하, 후, 하."

현우의 말에 장미는 손을 가슴에 대고 숨을 깊게 들이쉬었다 내쉬었다 한다. 한참 숨 고르기를 한 장미가 조용히 말문을 열었다.

"현우 씨, 저도 사람이에요. 아무리 저라도 이 해변을 다 청소하는 건 무리랍니다. 그래도 차마 볼 수는 없으니 우리 보금자리로 가요."

"좋은 생각입니다. 눈에서 멀어지면 모든 번뇌에서 벗어나는 법이죠."

장미가 바라보고 있는 해변의 백사장은 많은 인파들로 인해 몸살을 겪고 있었다. 즐거워 보이기만 하는 사람들의 풍경 뒤로 쌓여만 가는 쓰레기가 눈살을 찌푸리게 했다.

푹푹 찌는 열기에 버려진 음식물 쓰레기에서는 고약한 냄새가 나고, 그 위로 파리들이 윙윙 날아다니고 있었다. 대낮이지만 벌써부터 술에 취한 듯 벌건 얼굴을 하고 고성방가를 하는 사람들도 보인다. 그들은 이 모든 것을 뒤로하고 조용히 해변을 떠났다.

그들은 텐트 앞에 펼쳐 놓은 캠핑 의자에 앉았다. 물론 캠핑 용품 대리점 직원의 사탕발림에 같이 구입한 물품이다.

장미는 텐트를 살 때 서비스로 받은 아이스박스를 열었다. 그 안에는 보기에도 시원한 맥주가 얼음들 속에 콕 박혀 있었다. 장미는 먼저 현우에게 맥주를 내밀었다.

"엄청 시원해요. 마셔 봐요. 그렇다고 금방 잠들면 안 돼요."

"잠든다고 그냥 자게 둘 것 같진 않은데……."

"뭐라고요?"

"아닙니다. 맥주가 시원하니 좋습니다."

"이렇게 있으니까 정말 휴가 온 것 같아요."

"장미 씨는 괜찮습니까?"

"안 괜찮을 줄 알았는데, 거짓말처럼 괜찮아졌어요. 예전의 나라면 지저분한 것을 보고 절대 지나치지 못했을 텐데 신기해요. 아마 구청에 민원 넣고 난리도 아니었을 거예요."

시원하고 톡 쏘는 맥주가 오늘따라 달다. 주거니 받거니 술을 마시다 보니 해가 지면서 어스름하게 노을이 졌다. 장미는 현우의 어깨에 기대 벌게졌다 서서히 까매지는 하늘을 바라보았다. 하루 종일 달구어진 지면의 후끈한 열기도 어느덧 서서히 식어 선선함이 느껴졌다.

"안으로 들어갈까요?"

현우의 말에 장미의 심장은 쿵쿵거리며 주책없이 요동쳤다.

장미는 그와 함께 텐트 안으로 들어갔다. 랜턴 불빛이 은은하게 비추는 작은 공간에서 그를 쳐다보니 온몸의 말초신경들이 쿡쿡거리며 본색을 드러내기 시작했다.

알코올의 영향일지 모르지만 평소보다 심하게 몸이 반응하고 있었다. 장미는 볼을 불그레하게 붉히면서 새치름하게 눈을 내리깔았다.

"현우 씨, 불 끌까요?"

장미는 현우가 아무런 반응이 없자 고개를 들었다. 현우는 에어베드에 길게 다리를 뻗고 앉아 말없이 장미를 보며 웃고 있었다. 그 얼굴에 장난기가 가득하다.

"뭐예요. 기껏 분위기 좀 내려 했더니."

"귀여워서요."

"치, 저 귀여운 것 이제 알았어요? 귀여운데 섹시하기까지 하죠."

현우는 손을 뻗어 장미를 끌어당겼다. 현우는 장미의 실룩거리는 입술이 이슬을 머금은 장미꽃잎 같아 마음이 설렜다. 현우는 쪽 소리가 나게 가볍게 키스를 하며 속삭였다.

"Carpe rosas."

'장미를 따고 싶다?' 뜬금없는 현우의 느끼한 대사에 장미는 피식 웃음이 나왔다. 장미의 눈을 쳐다보며 현우는 심각한 표정을 지었다.

"Carpe diem. Seize the day, boys. Make your lives extraordinary."

죽은 시인의 사회에 나왔던 명대사 중 하나다. '이 순간을 붙잡아. 삶을 특별하게 만들어 봐.' 장미는 현우가 너무도 진지하게 영화 대사를 읊조리자 웃음이 터져 나왔다.

"후후, 현우 씨. 너무 느끼한 것 아니에요? 장미를 따다가 뜬금없이 이 순간을 붙잡으라니요."

"아, 정말 준비 많이 했는데, 섹시하다고 해야지 느끼하다니요."

"느끼하니까."

"카르페 디엠carpe diem의 시적 표현이 카르페 로사스carpe rosas라고 인터넷에 나와 있어서 써 봤는데 아무래도 제 표현이 서툴렀나 봅니다."

"현우 씨는 그냥 뭐랄까. 무게 잡고 있을 때가 제일 멋진 것 같아요. 그래도 정성이 갸륵하니까 칭찬은 해 줄게요."

현우의 진지한 표정에 장미는 웃음을 참느라 에어베드에 누워 배를 잡으며 킥킥거렸다. 장미의 웃음은 현우의 부드러운 입술이 닿자 멈춰 버렸다. 신음 소리가 절로 나오자 장미는 깜짝 놀라 얼른 입을 막았다.

"밖에서 다 보이고 들릴 것 같아 신경이 쓰여요."

장미의 시선이 텐트 정중앙에 걸려 있는 랜턴의 불빛으로 향하자 현우가 서둘러 랜턴을 꺼 버렸다. 소등이 되자 텐트 안은 오토캠프장의 가로등 불빛만이 비쳐 서로의 윤곽이 희미하게 보일 뿐이었다.

"저, 이런 캠핑은 처음이라 두근거려요."

"생각해 보니 저도 캠핑은 해 본 적이 없군요."

"그동안 우리는 남들이 해 보는 것도 못 해 보고 뭐 하고 살았나 싶어요."

"그래서 더 좋은 게 아닐까 싶은데."

"다른 건 모르겠지만, 제 결벽증이 많이 치유된 건 확실해요. 이곳에 누워 있는 것을 보면요."

"저는 장미 씨가 그저 남보다 조금 깨끗한 것을 좋아할 뿐이라고 생각해요. 조금씩 바꾸면 되니 너무 조급하게 생각하지 말아요. 분명 장미 씨 말대로 좋아지고 있어요."

그러는 사이 후득, 후득, 텐트 지붕 위에서 빗방울 떨어지는 소리가 들리기 시작했다. 도독도독 떨어지던 빗방울의 소리가 굵게 바뀌면서 옆 텐트의 고스톱을 치는 쩍쩍 소리와 화통한 웃음소리가 빗소리에 묻혀 버렸다.

"하늘이 우릴 가엽게 여겼나 봅니다."

"현우 씨, 이 정도 빗소리면 밖에서 안 들리겠죠?"

"우리가 안 들리니, 다른 사람들도 마찬가지지 않을까요?"

두둑둑, 두둑, 빗소리를 들으며 현우는 장미의 민소매 옷을 돌돌 말아 벗겼다. 장미의 이마에 흘러내리는 머리를 쓸어 넘겼다.

그녀의 목덜미를 시작으로 쇄골에 부드럽게 입맞춤을 하며 내려왔다. 브래지어의 후크를 끄르자 탐스러운 꽃봉오리가 튀어나왔다. 현우는 탐스러운 꽃봉오리가 부서질까 조심스레 입안에 머금었다.

장미는 참지 못하고 그의 옷을 서둘러 벗겼다.

"끙."

현우의 신음 소리에 장미가 씨익 웃으며 현우를 깔고 앉았다.

"Wars of the Roses. 오늘 밤 장미와 함께 전쟁 한번 벌여 볼까요? 그렇게 감질나게 하다가 밤새 아무것도 못 해요."

현우는 자신의 몸 위에 앉아 있는 장미를 보았다.

"장미전쟁이라……. 좋습니다. 이런 선전포고라면 환영입니다."

장미는 제대로 된 땅을 찾지 못해 뿌리조차 뻗지 못하고 방황을 하고 있었을 때에도 날카로운 가시를 숨기지 않았다. 그녀는 어떤 상황에서도 가시를 내세워 자신의 연약함을 숨기는 자존심 강한 여자였다.

우연한 기회에 그녀의 아픔을 알게 되면서 현우는 자신이 그녀에게 윤택하고 편안한 땅이 되어 주고 싶었다. 안정되게 뿌리를 내리고 꽃을 피우게 하고 싶었다.

어떤 색의 꽃을 피울지 몰라 두근거리면서 충분한 양분을 공급해 주었다. 오랜 인고의 시간이 지나 그녀에게 커다란 꽃망울이 맺혔고 꽃을 피울 준비를 하기 시작했다.

"현우 씨. 하아악."

장미가 꽃을 피운다. 허나 불필요하게 너무 많은 양분을 주었나 보다. 그녀는 덩굴이 되어 현우를 칭칭 감아 왔다. 덩굴장미에 감긴 현우는 꼼짝도 못하고 서서히 다가오는 그녀의 먹잇감이 되고 말았다. 꽉, 그녀에게 먹혔다. 화려하게 핀 꽃이 서서히 움츠러들었다. 헉, 숨이 막힐 듯 미칠 듯이 조여 온다.

"하아. 으응."

텐트 위로 떨어지는 빗소리와 장미의 색정적인 신음 소리가 클래식의 선율처럼 몽환적으로 들려왔다. 크르릉, 콰광. 하늘도 그들의 격정적인 사랑에 힘을 실어 주는 듯 연신 크릉거렸다. 하늘이 한 번씩 번쩍일 때마다 장미의 S라인 실루엣이 적나라하게 비쳐 현우는 정신을 차릴 수가 없다.

현우의 손은 그녀의 탐스러운 엉덩이를 더듬었다. 장미꽃에 반한 나이팅게일이 피를 철철 흘리면서도 목숨을 걸고 장미를 품은 이유를 알 것 같다. 목숨을 걸 만큼 그 사랑은 미칠 듯한 쾌감을 주니까.

장미가 몸을 움직일 때마다 가시에 찔리듯 콕콕 아파 왔다. 사랑의 신 큐피드마저도 가시에 찔리는 아픔을 마다 않고 장미

꽃을 안았다 했다. 모두들 가지고 싶어 하는 꽃 중의 꽃 장미. 오죽하면 영국에서는 흰 장미와 빨간 장미가 30년 동안 싸웠을까.

"하아, 아아……."

"휴우."

장미의 입에서 나지막한 신음이 터져 나오자, 현우는 더 이상 참지 못하고 그녀를 안아 돌리면서 그녀의 몸에 체중을 실었다. 화사하게 핀 꽃에서는 달콤한 꽃 냄새와 꽃물이 흘러나온다. 그는 더 이상 참지 못하고 모든 것을 다 쏟아 낼 듯 꽃을 탐했다.

"하아."

"아아……."

우르르 콰광. 하늘이 번쩍번쩍 요란한 굉음을 지르며 폭죽이 터지듯 번쩍거렸다. 손가락 굵기 정도의 빗줄기가 사정없이 내려치고 텐트 천장에 물이 고이는 것이 보였다. 장미는 벌떡 일어나 손으로 지붕을 밀어 고인 물을 흐르게 했다.

"섹스 도중에 텐트 무너질까 봐 신경 쓰는 연인은 우리뿐일 거예요."

"집을 제대로 짓지 못해 미안해지는데요."

"미안하면 현우 씨가 하든가."

"싫습니다. 이 자세에서 보는 장미 씨 모습 정말 좋거든요."

머리 뒤로 깍지를 끼고 에어베드에 바로 누워 있는 현우는 야릇한 웃음을 지었다.

"아, 뭐예요?"

그제야 자신이 알몸인 걸 알게 된 장미가 손으로 가리려 하자 현우가 손을 뻗어 그녀를 끌어당겼다.

"사랑합니다."

"현우 씨."

도도독, 텐트 위에 떨어지는 빗소리가 이리도 낭만적일 줄 몰랐다. 완벽하지 않은 곳이지만 우리 둘이 누워 있는 이곳은 오성급 호텔의 스위트룸보다 포근하고 아름다웠다.

"우리가 소위 말하는 캠핑장의 진상 커플인 거죠?"

"그 진상 커플의 최후까지 완벽하게 보여 줄까요?"

쏟아지는 빗줄기가 이리 고마울 줄이야. 장미는 하늘이 기회를 주신 거라 믿고 싶다.

"후후후."

장미가 갑자기 웃음을 터트렸다.

"우리 꼭 사춘기 청소년들 같아요. 가출해서 집 나와 방황하고 있는 소년, 소녀들."

"계획 없이 행동하면 몸이 고생할 줄 알았는데 이것도 나름 낭만적이고 괜찮군요."

"봐요. 우리에게는 이런 일탈이 필요했을지도 몰라요. 너무 틀에 박혀 살았잖아요. 그리고…… 전 좋아요. 부모님들과 만들지 못했던 추억을 당신과 만들 수 있어서요."

"저도 당신이라 좋은 것 같습니다."

"어차피 밤새 비가 내린다면 우리는 텐트를 사수해야 하잖아요. 빗물 제때 빼 주지 않으면 텐트 무너질 텐데 그것처럼 황당한 일이 어디 있겠어요."

"밤새 저를 재우지 않겠다는 말로 들리는 군요. 맞습니까, 장미 씨?"

"부실공사의 책임은 져야겠죠? 남현우 씨."

"그런 책임이라면 기꺼이 지죠."

자연스레 그들의 입술이 겹쳐졌다. 살짝 벌어진 그녀의 입술에서 뜨거운 숨결이 느껴졌다.

밤새 내린 비는 아침이 되자 언제 그랬냐는 듯 개고 화창한 날씨를 보였다. 텐트를 해체하던 현우는 장미가 구석에 쪼그리고 앉아 심각한 표정으로 휴대폰을 쳐다보는 것을 보고는 가까이 다가가 화면을 쳐다보았다.

"음, 대여가……. 음, 평일과 주말이 다르고. 업체마다 차이가 있는데…… 오호, 괜찮네."

"캠핑카 알아보게요?"

장미의 스마트폰 화면에 캠핑카가 보이자 현우는 관심을 보이기 시작했다.

"네, 하지만 잠만 잘 거면 카라반도 괜찮을 것 같아요."

"이 근처에 있습니까?"

"네. 에어컨도 빵빵하게 나온다는데, 오늘 밤 카라반에서 한판 어때요?"

장미의 눈이 굶주린 맹수의 눈빛처럼 빛났다. 늦게 배운 도둑질에 날 새는 줄도 모른다 했다. 역시 늦바람은 무섭다.

"당신의 선전포고는 기꺼이 받아들이죠."

"아직 휴가 끝나려면 멀었으니 살살 다뤄 줄게요."

그럼, 어젯밤은 워밍업? 본판으로 가면 어떻게 하려고? 현우는 기대감에 찬 눈으로 장미를 쳐다보았다. 그녀의 표정을 보아하니 오늘 밤은 덩굴장미에 칭칭 감기는 것만으로 끝날 것 같지 않다는 불안한 예감마저 들었다.

❀ ✱ ❀

가파른 경사가 진 언덕, 끝없이 아래로 이어지는 계단식 논의 끝에는 아침 햇살을 받으며 반짝거리는 바다가 있었다. 깎아지른 가파른 절벽이 병풍처럼 이어진 남해 바다의 풍경을 보니 가슴이 탁 트이는 것 같았다.

"이곳이 다랭이마을인가 봐요."

"여행 파워블로거님께서 적어 놓기를, 저기 언덕에서 바다까지 이어진 계단식 논이 다랭이랍니다."

"그래요? 그런데 마을은 어디 있죠?"

"음, 그것까지는 안 나와 있습니다. 한번 내려가 보면 알 수 있지 않을까요?"

현우와 장미는 바다 쪽으로 이어진 길을 내려갔다. 길을 따라 내려가다 보니 희한하게 생긴 바위가 보였다.

"현우 씨, 저 바위 모양 정말 특이해요."

"사진 찍어 줄까요?"

"우리 같이 찍어요. 이럴 때 쓰려고 구입한 셀카봉이잖아요."

장미가 셀카봉을 흔들었다. 현우는 고개를 끄덕이며 장미와 함께 바위 앞으로 갔다. 현우는 셀카봉의 각도를 맞추려 이리

저리 흔들고 장미는 바위에 얼굴을 바싹 들이대며 포즈를 취했다.

"자기야, 저게 그 유명한 암수바위지? 안기만 하면 아들을 순풍순풍 낳는다고 해서 신혼부부들이 여기 오기만 하면 꼭 안는대."

"미신이지. 근데 그걸 믿는 사람도 있네."

"자기야, 아무리 그래도 저건 좀 그렇다. 바위지만 징그럽잖아. 남근 모양의 바위를 남사스럽게 안기는 좀……."

한 젊은 커플이 장미와 현우를 보며 고개를 흔들더니 내려갔다. 장미와 현우는 사람들의 시선이 자신들에게 향하자 순간 당황했다.

현우는 몇 발자국 뒤로 물러나 바위의 모양을 전체적으로 올려 보았다. 그러고는 바위 옆에 있는 안내 표지판에서 바위에 대한 전설을 읽어 내려갔다.

이 암수바위를 이곳 사람들은 미륵불이라고 부른다. 숫바위를 숫미륵, 암바위를 암미륵이라 일컫는다. 숫미륵은 남성의 성기와 닮았고, 암미륵은 임신하여 만삭이 된 여성이 비스듬히 누워 있는 모습과 비슷하다.

……이 바위는 풍요와 다산을 기원하던 선돌이었다. 그러나 세월의 흐름에 따라 그 기능이 바다와 마을의 수호신으로 확대되어 미륵불로까지 격상된 것 같다. 그럼에도 불구하고 본래 지녔던 풍요와 다산의 기능은 그대로 유지하고 있다. 이곳은 오늘날에도 아들을 갖게 해 달라고 기원하는 장소로 남아 있다.

현우는 다른 무엇보다 '다산'이란 말이 참 마음에 들었다. 현우는 바위를 안고 있는 장미를 보며 앞으로 몇 명이나 가능할까 하고 딴생각에 빠져들었다.

한편, 장미는 바위에 붙은 채 자신을 향한 지나가는 사람들의 시선에 어리둥절해했다.

"현우 씨, 왜 저렇게 보죠?"

"아, 장미 씨, 조금만 더 그대로 있으십시오."

"네? 왜요?"

"안고 있는 시간만큼 한 명씩 추가될 것 같아서요."

"뭐가요?"

장미는 주변의 시선을 의식하고는 조용히 바위에서 떨어져 몇 발자국 뒤로 갔다. 바위의 휘황찬란한 완전체의 모습이 한눈에 들어왔다. 요 근래 자주 본 모양이긴 하다.

"아, 이런 거였네요. 후, 이런 모양이면 얼른 떨어지라고 귀띔해 주지."

"다산의 상징이라기에."

"현우 씨는 아이를 많이 갖고 싶은가 봐요?"

"장미 씨 생각은 어떻습니까?"

"전 어려서 혼자 크다 보니 많이 외로웠거든요. 아이들에게 형제는 많이 만들어 주고 싶어요. 혁이를 키우다 보니 아기 키우는 노하우도 어느 정도 생겼고, 소아과 문제도 해결되었으니 별문제는 없을 듯하지만 문제라면……."

장미가 현우를 쳐다보며 음흉한 웃음을 지었다.

"장미 씨, 지금 이상한 생각 했죠? 당신 표정을 보니 상당히 기분이 묘하군요."

"우리 현우 씨가 바쁜 게 문제라고요. 아기 만들 시간이 있을까 싶어서요."

"그런 문제는 걱정 마십시오. 지금이라도……."

"피, 농담이에요. 그나저나 사람들이 자꾸 우리를 이상한 눈으로 쳐다보니 이 바위에서는 벗어나죠. 남근 모양 바위 밑에서 가족 계획은 좀……."

"그럼 우리 저 위 카페에 가서 시원한 음료라도 마시며 하던 얘기를 이어 갈까요?"

"좋은 생각이에요. 시원한 아이스커피가 마시고 싶었는데. 우리 카페에 가요."

장미는 마지막으로 숫바위의 모양을 자세히 훑어보며 감상을 했다. 아무리 봐도 저 바위는 좀, 자신의 취향과는 거리가 먼 듯하다는 생각을 하며 현우의 손을 잡고 내려오던 길을 뒤돌아 다시 올라가기 시작했다.

다랭이마을 어귀 안쪽에 있는 작은 카페에 들어갔다. 시원한 에어컨 바람을 쐬자 천국에 온 듯한 착각이 든다. 그들은 바다가 보이는 창가에 자리를 잡았다.

"우리나라도 좋은 곳들이 참 많은 것 같아요."

"시간적 여유를 갖고 천천히 둘러보니 숨겨져 있는 보물들을 찾는 듯한 기분이 들긴 합니다."

테이블 위에 관광 안내 팸플릿을 펼쳐 놓고 스마트폰으로 검색을 하며 행선지를 고심하는 현우를 보며 장미는 싱긋 미소를 지었다.

이번 여행을 통해 여실히 드러난 현우의 허점들. 예상치 못하게 그의 허당기를 보았지만 장미는 좋았다. 고급 리조트에서 보내는 풀패키지 여행이 전부였던 장미에게 이런 여행은 생소한 경험이지만 사람 냄새가 나서 좋았다. 아니, 무엇보다 그와 함께한 여행이어서 좋다.

여행은 어디로 가는지도 중요하지만 누구와 함께하느냐 하는 것이 더 중요한 것 같다. 좋은 사람과의 여행은 한여름 뜨거운 태양 아래에서도 웃음 나는 법이니까.

"현우 씨, 다음 코스는 어디예요?"

"다랭이마을에 왔으니 보리암도 가 보려고요. 그곳에서 바라보는 풍경이 좋다고 합니다. 그리고 저녁을 먹은 후, 통영으로 넘어가서 숙소를 정할까요?"

"통영 좋죠. 한려수도 케이블카는 한번 타 보고 싶었어요. 충렬사와 박경리 기념관도 가 보고 싶고."

"다 가 봅시다."

그들은 서로를 바라보며 행복한 미소를 지었다.

천생연분

장미는 원주 톨게이트를 지나자 미소가 절로 지어졌다. 몇 달 전만 해도 지친 마음을 달래기 위해 온 곳에 불과했지만 이제는 다르다. 현우와 같이 미래를 설계할 곳이라는 생각만으로 마음이 설렜다. 이번 여행은 장미에게 절대 잊지 못할 추억을 가득 만들어 주었다.

"아, 원주다. 이곳이 반가운 것을 보면 이제는 이곳이 우리 집 같아요."

"같은 게 아니라 우리 집이죠."

"그런가요?"

지하 주차장으로 들어가자 마음이 놓이면서 편해지는 것을 보면 진짜 우리 집이다. 편하게 쉴 수 있는 우리 집.

"현우 씨, 다음부터는 즉흥적으로 휴가 계획을 잡으면 안 될 것 같아요. 인터넷 검색으로 찾아다니다 보니 길에서 버린 시간이 너무 많았던 것 같아요."

"음, 보기에는 짧아 보였는데 생각보다 오래 걸리긴 했어요. 다음부터는 확실하게 계획을 잡고 갑시다."

"좋아요."

장미와 현우는 이번 여행을 통해 중요한 것을 배웠다. 성수기 때의 휴가는 미리 숙소 예약과 함께 목적지를 확실하게 정해 최소 노선을 검색하여 떠나야 한다.

삑삑삐빅, 띠리링. 2010호의 도어록 해제음도 경쾌하게 들렸다. 장미는 현우의 허리에 팔을 감고 현우는 장미의 어깨에 팔을 둘렀다. 둘은 한 치의 오차도 없이 꽉 밀착하여 집 안으로 들어갔다. 둘의 마주 보는 눈빛이 불타오른다.

"허어억."

"헉."

둘은 현관에 들어서는 순간 숨이 멈추는 듯한 충격을 받았다. 너무 놀란 나머지 그 자리에서 멍하게 서 있을 수밖에 없었다.

우선, 현관에 못 보던 신발들이 보였다. 그들은 고개를 돌려 거실 쪽을 바라보았고 그곳에서 그들을 빤히 쳐다보고 있는 눈들과 마주쳤다. 그 시선을 고스란히 받으며 사태 파악에 들어갔다.

"마아형, 누우나."

어디서 많이 듣던 소리다. 그쪽을 보자 혁이가 두 손을 뻗은 채 한 발 한 발 힘겹게 걸어오고 있었다.

"장미 누나와 남 원장님이 드디어 오셨네."

재하는 손에 들고 뜯어 먹던 닭다리로 그들을 향해 삿대질을 했다. 거실의 상황은 말 그대로 아비규환. 거실 한가운데에 커다란 상이 펼쳐져 있고 상 위에는 회와 치킨과 맥주와 소주가 차려져 있었다. 상에 빙 둘러앉은 이들은 그들도 잘 알고 있는 사람들이었다.

"그런데 누나, 웬만하면 좀 떨어지지. 하도 붙어 있어 땀띠 나겠어."

재하의 말에 장미와 현우가 화들짝 놀라 떨어졌다.

"아버지 어머니가 여기 무슨 일로……. 할머님과 고모님, 외숙부님은 또 웬일이십니까?"

현우는 너무 놀라 자기도 모르게 한 명 한 명 확인하듯 쳐다보았다.

"우리 큰아드님이 나 몰래 결혼해서 아들을 낳았다고 해서."

"우리 며느리가 소아과에 갔는데 문 닫았다고 해서 무슨 일인가 해서 왔지."

"누님이 큰아들 바람났다고 해서 잡으러 왔다."

다들 이구동성으로 말을 하는 바람에 정신이 하나도 없다.

"그, 그런데 엄마 아빠는 왜 여기 와 계신 거죠?"

장미도 예자연과 장상철을 보며 놀라서 말을 더듬거렸다.

"혁이가 누나를 하도 찾아서 원주에 왔더니, 우리 딸이 행방불명이지 뭐야."

예자연의 말에 재하가 얼른 거들었다.

"누나 대신 외숙부와 외숙모가 우리 집에 상주했다는 거 아냐. 남 원장님 식구들과는 누나 찾으러 2010호 올라왔다가 딱 마주쳤고.”

재하가 닭다리를 씹으며 말을 하는 바람에 사방에 닭이 튀었다. 장미는 재하의 입을 틀어막고 싶다는 생각을 했다. 청소도 안 하는 것이 꼭 저런 더러운 짓을 한다. 장미의 눈이 실룩거렸다.

“형, 멀뚱히 서 있지 말고 앉지그래?”

“선우 너도 왔어? 미국에 있어야 하는 네가 왜 여기에 있는 거야? 언제 왔어?”

현우는 그제야 소파에 느긋이 앉아 캔 맥주를 마시는 정체불명의 남자를 발견하고 놀라서 손가락질을 했다.

“완벽주의자 형이 바람나서 병원 문을 20일이나 닫고 놀러 갔다는데 가만히 있을 수 없잖아. 어머니에게 그 소릴 듣고 얼마나 놀랐는지 형 얼굴 보려고 비행기 타고 왔지.”

현우와 비슷하게 생긴 젊은 남성이 그제야 소파에서 일어나 그들에게 다가왔다.

“남선우입니다, 형수님.”

자신을 남선우라고 소개하며 손을 내미는 남현우의 판박이와 얼떨결에 악수를 한 장미는 정신이 하나도 없었다.

“드디어 장미가 왔네. 결벽주의 장미의 남자 친구인가?”

많이 듣던 목소리가 주방 쪽에서 들린다. 장미가 주방을 흘끔 보니 부침개를 부치고 있었는지 뒤집개를 들고 있는 고모장 여사가 보인다.

“고모는 여기에 어쩐 일로 왔어요?”

"재하가 장미 누나가 바람났다고 하도 떠들길래, 우리 장미 바람나게 한 장본인이 누군가 궁금해서 왔지. 이 청년인가? 역시 실하게 생겼네. 우리 장미 바람날 만하네."

"내가 장미 누나 때문에 얼마나 힘들었는지 알아? 좁아터진 우리 집에 엄마와 외숙모와 외숙부, 혁이까지 북적북적했다고."

재하의 마지막 푸념으로 장미네 식구가 이곳에 온 이유가 정리되었다. 결론은 박재하의 수다로 인해 장미네 식구가 총출동했고, 남현우의 식구들은 원주에 퍼져 있는 요상한 소문으로 인해 현우네 집에 찾아왔다가 급작스런 만남이 이루어진 것이다.

결론은 난감한 상황에 봉착하고 말았다는 것이다. 저 어른들을 어찌할 것인가.

"우리가 왜 무릎을 꿇고 있어야 하는 거지요?"

"지금 분위기가 꿇어야 하는 분위깁니다."

어르신들을 바라보며 무릎을 꿇고 앉은 둘은 진땀만 흘리고 있었다.

"이 처자가 우리 현우 색신가? 참하구먼. 그래, 우리 증손자는 언제 볼 수 있나?"

"어머님, 아니라고 말씀드렸잖아요. 소문의 아이는 현우 아들이 아니라 현우 처남이랍니다."

"몇 달을 붙어 있었으니 배 속에라도 있겠지."

"어머님도 참, 그런 민망한 말씀을……."

현우 할머님과 어머님의 대화에 모든 이들의 시선이 장미의 배 쪽으로 몰리자 장미는 민망함에 고개를 들 수 없었다.

현우의 할머님은 연신 장미의 손을 쓰다듬으며 흐뭇한 표정을 감추지 않으셨고, 장미는 하나같이 반짝반짝 빛나는 시선들을 감당하느라 진땀을 뺄 수밖에 없었다.

"휴우우, 딸 간수 잘못한 제 책임이 큽니다."

"아들 가진 유세 떨 생각 없습니다. 손뼉도 마주쳐야 소리가 나는 법이지요. 원주 시내에 소문이 다 날 정도면 보지 않아도 어땠을지 알 것 같습니다. 일이 이렇게 된 걸 어쩌겠습니까. 마음에 안 드시는 사윗감이라도 받아 주시면 저희는 바로 식을 올렸으면 합니다. 남자가 돼서 여자 혼삿길 망쳐 놨으면 책임을 져야지요."

"그렇게 생각해 주시면 감사하지요. 부족한 저희 딸 잘 부탁드립니다, 사돈."

"나이만 든 저놈 공부만 해서 아무것도 모릅니다. 저희가 오히려 감사하지요, 사돈."

장상철과 예자연, 그리고 현우의 부모님인 남광수와 이명자는 이렇게 자신들만의 상견례를 마쳤다.

"저, 아버지. 지금 혹시 저희 결혼에 대해 말씀하신 겁니까?"

"왜. 결혼하기 싫으냐?"

"그런 건 아니지만 저희 의견도 물어봐야 하는 것 아닙니까."

"싫으냐?"

"누가 싫다고 했습니까. 그저 저희 의견을……."

현우의 말이 끝나기도 전에 장상철이 장미를 보며 질문했다.

"장미 너도 그러냐?"

"나?"

"싫다고 하면 여기서 엎으마."

"아빠는. 내가 언제 싫다고 했어. 난……."

역시 장미의 말이 끝나기도 전에 그들은 서로를 바라보며 말을 이어 가기 시작했다.

"사돈, 애들도 좋다고 하는데 더 미룰 것도 없이 바로 시키시죠."

"그러지요."

장상철과 남광수는 비장한 표정으로 악수를 했고, 예자연과 이명자는 마주 보며 고개만 계속 끄덕였다.

"현우 씨, 지금 이 분위기 상견례 같은데……. 당사자들 무릎 꿇리며 하는 상견례가 있긴 한가요?"

"글쎄요. 저도 당황스럽긴 합니다."

"현우 씨, 저 다리가 저려요."

"잠깐만 다리 좀 뻗어 봐요. 주물러 줄게요."

장미가 몸을 틀어 다리를 뻗자, 현우는 장미의 다리를 주무르기 시작했다.

"아드님은 좀 자중하시지요. 35살 나이를 허투루 먹은 것도 아니고, 의사라는 지성인이 할 일이 없어 동네방네 이상한 소문이나 내고, 내가 남세스러워서 고개를 들고 다닐 수가 없어."

"장미도 얌전히 있어라."

장미는 뻗었던 다리를 도로 꿇었다. 그들은 아무 말도 할 수 없었다. 아무리 시대가 변했다고 해도 어르신들의 사고방식은 예전과 다를 바 없을 것이다. 자신들끼리는 미래를 약속했다고 하지만 어른들이 보시기에는 책임감 없는 철없는 젊은이의 방종으로 보일 수도 있었을 것이다.

"송구스럽습니다, 사돈."

장상철이 고개를 들지 못하자, 남광수는 다시 그의 손을 잡으며 같이 고개를 숙였다.

"노총각 구제해 주는 것만으로도 감사하지요. 성격이 워낙 깐깐해서 어떤 여자가 현우와 결혼할까 걱정을 했습니다. 저희야 감사할 따름입니다, 사돈."

이렇게 해서 그들은 양가 합의에 의해서 혼인이 성사되었다. 잘은 모르겠지만 부모님들끼리의 분위기는 좋은 것 같다고 현우와 장미는 생각했다.

그날 저녁, 한바탕 태풍이 지나간 자리에 남은 건 싱크대 개수대에 수북이 쌓인 설거지와 지저분한 거실이었다.

"장미 씨, 우리 산책합시다."

"하지만……."

장미의 시선이 개수대와 거실에서 떠나지 않자 현우가 장미의 손을 잡았다.

"하도 먹었더니 소화도 안 되네요. 걸읍시다. 청소는 오늘이 아니면 내일도 있고, 내일이 아니면 모레도 있고 시간은 많습니다."

예전 장미의 결벽증을 보고 사람들은 소름 끼친다고 표현했지만 장미는 고칠 수가 없었다. 그런 소리를 들을수록 더 치우고 닦았다.

그런 그녀가 개수대에 그릇을 산더미처럼 두고 거실이 어지럽혀져 있는 것을 보고 나왔는데 마음이 불편하지 않았다. 예전 같으면 절대 있을 수 없는 일이다. 절대 용납할 수 없었던 일에 너그러워지고 여유로워진 것이 신기하다.

"산책하자면서요. 여기는?"

"잠깐 병원에 들렀다 갑시다."

"치, 현우 씨는 쉬면서도 병원이 걱정된 거죠?"

장미는 그가 남소아과 건물로 들어가자 씨익 웃었다. 쉬면서도 병원 걱정을 하는 것을 보면 현우답다는 생각이 들었다.

엘리베이터를 타고 4층에서 내리자 익숙한 현판이 보였다. 남소아과라는 단어가 더 친근하게 다가오는 건 남현우 때문이겠지.

현우가 병원 보안을 해제하고 들어가자 장미가 뒤를 따라 들어갔다. 한 치 앞도 보이지 않게 깜깜하다. 장미는 더듬거리며 그를 찾았다.

"현우 씨. 어디 있어요?"

"장미 씨. 잠깐만요. 움직이면 다쳐요. 됐습니다."

팟, 하는 소리와 함께 불이 켜졌다. 갑자기 켜진 불에 장미는 눈을 질끈 감았다 실눈을 떴다. 장혁을 데리고 매일 살다시피 한 남소아과의 익숙한 가구들이 보이고 그 사이로 현우가 장미에게 걸어오고 있다.

"현우 씨, 무슨 일 있어요?"

긴장한 표정이 역력한 그를 보자 장미는 가슴이 철렁했다.

“어디가 좋을까 생각을 많이 했습니다. 사실은 이번 여행을 준비하면서 처음 제가 예약했던 호텔이 있었는데, 그곳에서 멋진 이벤트와 함께 하려고 했었습니다. 하지만 장미 씨의 이야기를 듣고 마음을 바꾸었죠.”

“네? 뭘요?”

그제야 장미는 남소아과 대기실이 평소와 다르다는 것을 깨달았다. 넓은 대기실 벽면에는 색색의 장미꽃들이, 천장에는 풍선들이 가득했다.

“현우 씨, 이건?”

장미는 놀라서 눈이 동그래졌다.

“평범한 장소가 아니라 우리에게 가장 의미 있는 곳에서 프러포즈를 하자.”

“혀, 현우 씨.”

현우가 장미에게 다가오더니 한쪽 무릎을 꿇었다. 그가 반지케이스를 열더니 장미에게 내밀었다. 그 안에 반짝이는 다이아 반지를 보자 장미는 코끝이 찡해졌다.

“이곳 남소아과는 저의 일터이지만, 제 삶의 의미가 되는 곳이기도 합니다. 단순히 아픈 아이들을 고치는 곳만은 아닙니다. 저는 아이들의 미래를 책임지고 있다고 믿고 있습니다. 그리고 앞으로는 당신과 우리 아이들의 미래도 책임지고 싶습니다. 장미 씨, 저와 결혼해 주십시오.”

고백을 하면서 장미의 네 번째 손가락에 끼워진 커플링을 매만지던 현우가 천천히 커플링을 뺐다. 그 자리에 청혼 반지가 끼워졌다.

"대답 안 하실 겁니까? 반지는 끼워졌는데?"

"저도 현우 씨가 좋아요."

장미의 울먹이는 말에 현우는 일어나 그녀를 안았다.

"평생 당신이 외롭지 않게 노력하겠습니다. 당신만을 바라보며 살겠습니다. 사랑합니다."

"남소아과의 원장 남현우 씨, 저도 당신을 사랑해요."

그의 품 안은 따스하고 포근하다. 장미는 팔을 뻗어 그의 허리를 감싸 안았다. 두근두근, 그의 심장 소리가 들렸다.

"현우 씨는 시간이 없었을 텐데 누가 꾸며 준 거예요?"

"저희 간호사님들이 고생 많으셨습니다. 혁이 누님에게 프러포즈를 할 예정이라고 했더니 이렇게 꾸며 놓으셨어요."

"고생 많으셨겠어요."

"20일 휴가에 대한 감사 표시라고 하더군요."

"시간 되면 식사라도 대접해야겠어요."

"네, 장미 씨가 하고 싶은 대로 하십시오. 다들 좋아해 주실 겁니다."

장미는 끄덕이며 현우의 가슴에 얼굴을 파묻었다. 처음 고속버스에서 그녀를 기분 좋게 만든 바디미스트의 향이 느껴졌다.

좋다. 당신도 당신 주변 사람들도 모두 다 좋다.

❀ ✱ ❀

원주 시내에서 30분 남짓 떨어진 매지리에 위치한 현우네 본가는 청기와 지붕의 고택으로 넓은 마당이 있는 전형적인 전통 한옥이다. 시간이 멈춘 듯한 고즈넉함이 느껴지는 고택에 오랜만에 잔치가 벌어졌다.

커다란 나무 대문이 활짝 열려 있고 커다란 마당에는 체육대회에서 본 듯한 하얀색 천막이 쭉 설치되어 있었다. 천막 밑에는 돗자리와 상들이 펼쳐져 있었다.

"현우는 하고많은 예식장, 호텔을 두고 하필이면 자기 집에서 전통혼례를 한다고 이곳까지 오게 만드냐고."

"현우답지 않냐? 현우 아니면 누가 이런 짓을 하겠냐. 푸하하."

이민호의 투덜거림과 함께 오세훈이 화통하게 웃었다. 그들은 대문을 넘어오자마자 눈앞에 보이는 믿지 못할 광경에 입이 쩍 벌어졌다.

"여기 찾기도 힘들었어. 현우 자식 서울에서 결혼하지. 결혼할 여자도 원주 사람인 거야?"

"글쎄? 저번 모임 때 잠깐 얼굴만 봐서. 작가라고 하는 것 같은데."

"무슨 작가?"

"그거야 모르지."

김수현과 김준호도 앞서 들어간 친구들을 뒤따르며 구시렁거렸다. 그들 뒤로 김수현과 이민호의 와이프들이 모습을 드러냈다.

"호텔 아닌 곳에서 하는 결혼식은 오랜만이네요."

"그러게요. 전 집에서 하는 결혼식은 처음이에요."

이민호와 김수현의 와이프들의 표정도 그다지 좋지만은 않았다. 한껏 멋을 부린 그녀들에게 이곳이 반가울 리가 없다. 하이힐이 푹푹 빠지는 흙바닥은 특히 최악이었다.

"우리 부모님 때도 이런 결혼식은 안 했어요."

"어떤 집안과 혼사를 치르기에 집에서 결혼식을 하나."

구시렁거리던 그녀들도 대문을 넘자마자 펼쳐진 압도적인 광경에 눈과 입이 휘둥그레 벌어지고 말았다.

넓은 마당에 쭉 늘어선 하얀 천막도 놀라웠지만, 담벼락을 따라 설치된 야외부스에는 음식 축제에 온 듯한 착각이 들 정도로 화려한 먹거리들이 펼쳐져 있었다.

첫 번째 부스에는 항아리 뚜껑 같은 커다란 접시들에 이름도 모를 음식들이 소담하게 담겨져 있다. 두 번째 부스에는 간이수족관이 설치되어 있고 험상궂게 생긴 중년 남성이 양손에 칼을 들고 회를 뜨고 있었다.

그 옆 부스에는 커다란 가마솥이 보였고 역시 험악하게 생긴 중년 남성이 커다란 집게를 들고 닭을 튀기고 있었다. 그 옆 부스는 이동식 카페였다.

"우리가 세계 음식 축제에 온 건가요?"

"글쎄요. 어머, 여기 카페에 그린티 크림 프라푸치노도 있어요."

"어머머, 정말이네."

"어? 저건 뭐지요?"

마시라 주류의 상호가 커다랗게 프린트된 점퍼를 입은 직원들이 끙끙거리면서 주류 냉장고를 들고 나무 대문을 넘어오고 있었다. 그들은 비어 있는 야외부스 옆에 떡하니 냉장고를 설치하고 사라지더니 곧 주류 박스를 들고 재등장해 신속하게 냉장고 안을 채워 넣기 시작했다.

"세계 주류 박람회 같아."

"헉, 그것보다 나는 저게 더 신기해요."

이민호와 김수현의 와이프들은 마시라 직원이 생맥주 기계인 하이펜서를 설치하는 것을 보았다.

"저기 화환들 좀 봐."

김준호가 눈이 동그래져서 말하자 모두들 그쪽을 쳐다보았다. 화원을 통째로 옮겨 놓은 듯 빼곡하게 화환들이 줄을 서 있고, 계속 화환들이 배송되고 있는 중이었다.

"도서출판 진&진 필름 대표 조인호? 조인호라면 엄청 유명한 베스트셀러 작가잖아."

"작가로도 유명하지만 찍었다 하면 천만 관객을 모으는 진 필름 영화사 대표라서 더 유명하지. 조인호가 화환을 보낼 정도라면 현우 와이프도 꽤 유명한 작가인가 봐."

"이 화환들 좀 봐. 이건 국무총리님이 보냈다. 총리님이 현우 결혼식에 화환이라."

"이쪽은 검찰 총장님이다."

화환들을 유심히 살펴보며 이민호와 김수현의 입이 벌어지고 있다.

"저건 또 무슨 광경인 걸까?"

김준호의 중얼거림에 이민호와 김수현의 시선이 옮겨졌다.

사방에서 검은 양복을 입은 남자들이 손님을 맞이하며 서빙을 했다. 이 생소한 장면에 그들은 벌어진 입이 다물어지지 않았다.

“분위기가 싸한데. 남현우가 조폭 마누라를 얻은 건가? 호호, 완전 가문의 영광이네.”

많이 들어 본 목소리, 변수은이 비아냥거리면서 그들을 향해 걸어왔다.

“넌 왜 왔어?”

“내가 못 올 데를 왔어? 왜 표정들이 그래?”

“남현우 스토커질도 모자라서 결혼식까지 망치려고 온 거야?”

“어머, 내가 그런 몰상식한 짓을 할까? 나 지성인이야.”

오세훈이 변수은을 보자 사색이 되어 소리를 질렀지만 그녀는 오히려 당당하게 맞받아쳤다.

“이번에 잡은 애인은 국민 변태 신우태라면서. 네 찌질한 변태 애인하고 놀지 여긴 왜 왔어.”

“어머, 어디서 근거 없는 헛소문을 들었대?”

“네가 국민 변태 신우태의 여의사 Q 양이라고 이 바닥에 소문 다 났다. 내가 너와 동기라고 말하기도 부끄럽다.”

“오세훈, 너는 그런 찌라시 기사를 믿는단 말이야? 실망이야.”

“아닌 척해도 네 병원에 치료받으러 다니던 신우태와 그렇고 그런 사이였다는 건 알 만한 사람은 다 알고 있었어.”

“말도 안 되는 음해를 하네. 동기가 그러면 되겠어? 아휴, 나는 남현우나 보고 와야겠다. 남현우는 고고한 척, 혼자 깨끗한 척하더니 우리 중에서 제일 속물이었어. 현우 같은 샌님들이 가장 무서워."

"너 뭔가 알고 있지?"

오세훈이 수은의 팔을 잡으며 묻자, 수은은 가볍게 그의 팔을 뿌리치며 윙크를 날렸다.

"그런 게 있단다. 여기 분위기 보니까, 많이 알려고 하면 다칠 듯."

"수상해, 변수은. 알고 있는 것 있으면 다 불어."

"글쎄, 나도 내 코가 석 자라서. 그놈의 찌라시 기자들은 잘 사는 나를 왜 건드린다니? 아무래도 조용해질 때까지 유럽에 가서 몇 달 쉬다 올까 봐. 그럼."

그녀는 여유롭게 웃으며 대기실로 걸어갔다. 너무도 당당한 변수은을 보며 다들 혀를 찼다.

"하긴 저래야 변수은답지. 저런 내숭 잘 살려서 결혼은 기가 막히게 잘할 거야. 재수 없게."

"세훈아, 그러지 마라. 저렇게 사는 인생도 불쌍하잖아. 남현우 잡으려고 얼마나 스토커질을 했는데……. 이제 닭 쫓던 개가 지붕만 쳐다보는 꼴이지."

다들 그녀를 보며 혀를 찼다.

"어머, 사모님이 여기 웬일이세요?"

갑자기 들려오는 김수현 와이프의 목소리에 다들 뒤를 돌아보았다.

"누구더라."

한복을 곱게 차려입은 예자연이 그녀를 보며 고개를 갸웃거렸다.

"예 여사님, 강남역 김수현 성형외과요."
"아, 김 원장 사모님이구나."
"여사님은 여기 웬일이세요?"
"우리 딸 결혼식이잖아."
"네? 어머, 여사님 따님 결혼식이었군요. 어쩐지 분위기가 남달랐어요."
김수현은 자기 와이프의 애교와 하이 톤 목소리를 처음 들어 어리둥절했다. 그녀의 변화에 적응이 되지 않는 듯 멍하게 쳐다보았다.
"아, 우리 남 서방 친구들이구나. 반가워요."
예자연이 멍하게 서 있는 그들을 보며 씽긋 웃었다.
"누군데?"
이민호가 팔꿈치로 김수현을 툭 치며 물었다.
"우리 병원 건물주."
"엥? 너희 병원 건물주라면 청담, 강남 일대의 빌딩을……. 헉, 여기 분위기가 심상치 않더라니. 수현아, 너희 건물주 혹시, 어둠의 세계에 몸담고 계신 분들이니?"
"어? 아닐 텐데. 그분들 임대료 받아 편히 노시는 분들이야. 내 인생의 멘토로 삼고 싶은 분들이지. 그런 여유로운 삶, 정말 부럽다니까."
"그런데 왜 분위기가 이상하지? 저 부담스럽게 생기신 분들은 누구냐고."
"나야 모르지."
그들은 다시 한 번 주변을 쭉 훑어보았다. 아무리 보아도 범상치 않은 풍경이었다.

한편, 신부 대기실로 쓰고 있는 곳은 안채 뒤편에 있는 사랑채로 밖의 시끌벅적한 곳과 별개의 공간같이 느껴졌다. 방 한가운데 펴 놓은 금장 보료에 다소곳하게 신부가 앉아 있었다.

신부 앞에는 신랑이 팔짱을 끼고 책상다리를 한 채 앉아 있었다. 둘은 의심이 가득 찬 표정을 지으며 이 상황에 대해 심도 있게 대화를 나누는 중이었다.

"우리 뭔가 홀린 것 같아요. 우리 부모님들이 당신과 나를 빨리 해치우지 못해 안달이 난 것처럼 너무 일사천리로 일을 진행하셨어요."

"저도 그 부분이 좀 의아하긴 합니다."

"급하게 날짜를 잡아 비어 있는 식장이 없어 그냥 집 안에서 혼례를 치르자고 한 부분도 이해가 안 돼요."

"우리 부모님은 그럴 수 있다 치더라도, 장미 씨 부모님이 동의했다는 게 정말 이해가 안 됩니다."

"제 말이요. 우리 예 여사가 특급호텔도 아닌 시골집에서의 결혼식을 오케이했다는 게 딸인 나도 이해가 안 돼요."

덜컥, 문이 열리는 소리가 나자 그들은 화들짝 놀랐다. 필와 쏘의 유 작가일까 봐 벌써부터 심장이 두근거렸다.

평소 장난기 어린 모습의 유 작가만 보아 오던 장미는 웨딩 촬영 때부터 시작된 유 작가의 예술 작품에 대한 광기 어린 집념에 혀를 내두르고 말았다. 본식마저 완벽하게 예술 작품으로 승화시키겠다는 유 작가에게 아침 내내 괴롭힘을 당해 그들은 벌써 혼이 반쯤은 나가 있는 상태였다.

"현우야."

"변수은?"

"왜 너도 그런 표정이야. 내가 못 올 데 온 것도 아닌데……."

"아니, 잘 왔어."

현우의 표정이 미묘하게 변했다. 일단 유 작가가 아님에 안도하는 표정이다.

"네 옆에 내가 서고 싶었던 것 알지?"

"변수은."

"남현우, 뭘 그렇게 놀라니? 그런 표정 안 어울려. 농담이야, 농담. 어머, 우리 E 양도 인상을 좀 펴시죠. 이러니 내가 놀리고 싶지."

변수은이 씽긋 웃으며 그들을 보았다. 전통 혼례복을 입은 남현우와 장미의 그림은 역시 훌륭했다. 부부는 닮는다고 했던가? 무표정한 얼굴을 한 두 사람은 땅바닥에 엉덩이가 붙었는지 일어나지도 않고 고고한 자세로 앉아 있었다.

"……괜찮아?"

"피, 안 괜찮은 것 알면서. 남현우 참 못됐다. 너 속으로는 고소하다고 생각하지? 너 좋다고 스토커 짓을 할 때는 언제고 신우태 같은 쓰레기와 놀아나다 결국 전 국민에게 국민 변태 애인으로 얼굴이 팔렸으니."

그들을 보는 변수은의 표정이 어두워졌다.

"알파벳 Q는 평생 신우태 옆에 따라붙을지 몰라도 변수은이란 당신의 이름은 아무도 기억하지 못할 거예요."

"우리 E 양의 경험담?"

"아마도."

"아무리 좋게 생각하려고 해도 생채기는 생기네. 내 인생에 오점이 생겼다는 건 참기 힘들어. ……어머, 내가 여기서 무슨 소리를 하는 거지?"

변수은은 순간 속내를 드러낸 것이 민망한 듯 애써 미소를 지으려 했다.

"그 상처, 도려내기 힘들겠지만 지금 하지 않으면 늦어 버릴 수도 있어. 도려낼 수 있을 때 아프더라도, 상처가 흉하게 남더라도 도려내야지. 그렇지 않으면 온몸에 퍼져 죽고 말 거야."

"나에게 다 버리라는 거야?"

변수은이 남현우와 장미를 쳐다보았다.

"도려낼 수 있는 종양 덩어리를 암 덩어리로 만들지는 말아야지."

"피, 나도 신우태에게 평생 휘둘리고 살고 싶지 않아. 국민 변태남의 애인으로 남는다는 건 변수은의 자존심에도 문제가 있어."

"어떻게 하려고?"

"나 유럽에 가서 놀다 올 거야."

"……."

"그 표정, 나 걱정해 주는 것 맞지?"

"병원은 어떻게 하고?"

"병원은 아는 후배에게 좋은 가격에 넘겼어. 은행 융자 빼니까 남는 건 별로 없지만, 마음은 홀가분해. 한 몇 년 아무 생각

없이 놀다 올 거야. 그때 되면 바뀌어 있겠지. 그랬으면 좋겠다. 아니지, 올 때는 둘이 올 거야. 너보다 더 좋은 남자 데리고 올 거니까 걱정하지 마."

변수은이 장미와 현우를 쳐다보며 착잡한 표정을 지었다.

그녀는 아마도 후회하고 있을지 모른다. 지금껏 실패를 모르고 그 자리까지 올라간 그녀가 육체적인 쾌락을 위해 신우태를 애인으로 두었던 것, 그로 인해 남현우를 놓친 것에 대한 아쉬움이 그녀의 표정에 고스란히 나타나 있었다.

"나를 불쌍하다는 표정으로 보니까 짜증 나려 하네. 그냥 오늘은 얼굴 보려고 온 것뿐이야. 남현우 잊었다는 것도 말해 주고 나도 쿨하게 정리를 하고 싶어서 온 거니까. 아, 축의금은 없어. 축하해 주는 것도 배 아픈데 돈까지는 못 내겠다. 그럼 빠이."

도도하게 퇴장을 했지만 얼굴에 아픔이 고스란히 드러나는 변수은을 보며 이 일에 관해서는 그녀도 결국 신우태로 인해 상처받은 피해자일 뿐이라고 장미는 생각했다.

변수은과 신우태의 정사 장면을 보며 상처를 입어 다친 마음을 치유하고자 무작정 내려온 원주였다. 이곳에서 남현우를 만났고, 생각지도 못하게 그와 사귀게 되었고, 평생을 같이할 동반자가 되었다.

결국 그들의 행위로 상처는 입었지만 결론은 다행이었다. 그 사건이 없었다면 나는 지금도 신우태와 엮여 있겠지. 생각만 해도 끔찍하다.

"오늘 우리가 주인공이 맞는 거지요?"

“그런 것 같긴 하지만, 잘 모르겠습니다.”

쪽머리에 큰 비녀, 커다란 오봉 족두리가 얹어져 있고 쪽 찐 머리 뒤쪽으로 기다랗게 늘어뜨린 도투락댕기는 보기에도 무거워 보였다. 홍색 바탕에 금박무늬 장식의 원삼은 그녀를 더욱 움직이지 못하게 만들고 있었다.

장미는 꼿꼿한 자세로 앉아 현우를 빤히 쳐다보았다. 사모관대를 입은 그도 불편하기는 마찬가지인지 자리에서 일어날 생각을 안 하고 있다.

“현우 씨, 오늘이 가기 전에 식은 올리겠지요?”

장미의 연지곤지가 찍힌 고운 얼굴이 실룩거린다. 현우는 그제야 일어나 밖을 기웃거렸다. 시간이 정해져 있는 예식장 같으면 어떻게 하든지 식이 진행되겠지만, 시간의 구애가 없다 보니 예식은 왠지 뒷전이 된 듯하다.

“뭐, 잊지 않았다면 올리지 않을까요?”

“현우 씨, 부침개 냄새가 솔솔 나는 게 맛있을 것 같은데 좀 가지고 와 봐요. 아침부터 굶었더니 배고프네요. 이 옷을 입고 움직이기도 힘들지만 신부가 돌아다니면서 음식을 먹는 건 모양 빠져요.”

“전과 부침개면 됩니까? 다른 건?”

“커피도 있으면 같이 부탁해요.”

“그러지요.”

현우가 밖으로 나왔다. 다들 신이 나셨다. 한쪽에서는 술판이 벌어지고 흥겹게 춤을 추는 사람도 있었다.

현우의 부모님은 친척들을 반기면서 호탕하게 웃고 있었다.

시즌 오프 세일로 안 팔리는 골칫거리 물건을 넘기고 시원해하는 모습 같아 보였다. 여기 온 하객들도 평소 보지 못했던 생소한 결혼 풍경에 다들 신기해 구경을 하며 즐기고 있었다.

"어머, 우리 남 서방 나왔네."

"현우야."

현우는 예자연 옆에 붙어 있는 김수현을 보았다.

"김수현 원장님은 친구한테는 와 보지도 않고 여기서 뭐 하고 있는 거지?"

"아, 현우야. 그게 말이야."

수현은 계속 딴청을 하며 예자연 옆에서 떨어지지 않고 있었다.

"아, 남 서방. 여기 김 원장이 알고 보니까 우리 건물 세입자였지 뭐야? 세상 참 좁아."

"아, 그래서 나에게 안 오고 어머님 옆에 붙어 있었다?"

현우의 표정이 상당히 불만스럽게 일그러지며 수현을 바라보았다.

"무슨, 어르신 예우 차원에서 힘드실까 봐 지켜보고 있었지. 내가 의사잖아."

"예우? 어머님 얼굴에 보톡스 놔 드리게?"

"그, 그게."

김수현이 무안한지 딴청을 한다. 현우는 또 다른 무리인 김준호와 오세훈 쪽으로 발걸음을 옮겼다. 그쪽이 더 꼴불견이다.

"아, 그러니까 신부 친구들이란 말씀이시죠."

"너무도 아름다우십니다. 성함이?"

그녀들을 바라보는 김준호와 오세훈의 입이 다물어지지 않는다.

"백설입니다."

"오로라입니다."

그녀들은 서늘하게 대답을 했다.

"오우! 백설 공주님과 잠자는 숲속의 공주님?"

"역시 공주님다운 외모이십니다."

김준호는 그렇다고 쳐도 오세훈마저 그럴 줄 몰랐다. 미인 앞에서는 체면이고 뭐고 없는 모양이다. 현우는 고개를 저으며 마지막으로 이민호가 있는 쪽으로 발걸음을 옮겼다.

"여기서 월드스타 권우진 씨를 뵐 줄 몰랐습니다. 유 작가님, 여기 권우진 씨와 멋지게 한 방 찍어 주세요. 병원에 크게 걸어 놓을 겁니다. 하하하."

이민호가 권우진의 팔짱을 끼고 있었다.

이 모습을 지켜본 현우의 입이 실룩거리기 시작했다. 모두들 염불에는 관심이 없고 잿밥에만 마음이 가 있다.

그리고 또 한편에는 주인공들이 식을 올리는 건 관심 없이 오로지 음식에만 관심 있어 하는 하객들의 무리가 있다. 이 무리는 식에는 관심이 없고, 모두들 그저 먹거리 장터에 온 것으로 착각하는 듯했다.

"다리만 튀겨서 간장 소스 묻혀 주세요."

"네."

그 사이에서 박재하가 커다란 가마솥에서 닭이 맛있게 튀겨지는 것을 보며 군침을 삼키고 있었다.

"감성돔도 회 떠 주는 건가?"

"그럼요."

"위에다 금가루도 뿌려 주나?"

"원하신다면!"

마시라 대표 마석의 주문이 들어오자 주방장은 간이수족관에서 감성돔을 건져 냈다. 주방장의 칼이 현란하게 빛나더니 순식간에 감성돔은 회로 변신을 했다. 그는 빛나는 금가루를 그 위에다 솔솔 뿌렸다. 마석은 상당히 만족스런 표정을 지으며 회 접시를 받았다.

그 옆에는 김수현과 이민호의 와이프들이 카페 부스에 서서 본격적인 주문을 시작했다.

"아암, 저는요. 그린티 프라푸치노 벤티로 사이즈 업 해 주시고, 으음, 자바칩은 반절만 갈아 휘핑 올려 주시고, 초코 드리즐이랑 자바칩 나머지 통으로 뿌려 주세요."

"네."

"어머, 한 번에 알아듣네? 그러면 저는요, 그린티 라떼에 바닐라 시럽 1펌프, 샷 추가, 에스프레소 크림으로 휘핑 얹어 주시고 자바칩은 갈아서 솔솔 뿌려 주세요."

"네."

"그리고요, 트리플 치즈 호밀 볼케이노랑 블루베리 피칸 스콘도 주세요."

"네."

"어머, 정말 없는 게 없고 주문도 한 번에 알아들어. 어머머."

김수현과 이민호의 와이프들은 신기한지 연신 물개 박수를 치며 주문을 계속 넣고 있었다. 그녀들이 주문을 마치자 위이잉 하는 원두 가는 소리와 함께 현란한 솜씨로 커피가 제조되었다.

"큰형님은 어떤 것으로 드시겠습니까?"

"생맥, 아이스 잔에다."

"곽두기 대표님은 어떤 걸로 드시겠습니까?"

"같은 걸로."

"여기요, 아이스 생맥 두 잔 주세요."

"알겠습니다."

장인어른 장상철이 험하게 생긴 양반들과 함께 서 있었다. 가장 어려 보이는 이가 주문을 하자 마시라 주류의 정복을 입은 직원이 간이 냉장고에서 허연 김이 서린 맥주잔을 꺼내 생맥주를 따르기 시작했다.

그 옆에는 전 잔치다. 엎어져 있는 커다란 솥뚜껑 위에 기름을 넉넉히 붓고 그 위에 전들이 맛있는 소리를 내며 지져지고 있었다.

오색찬란한 전들을 보며 다들 침을 꿀꺽 삼켰다. 전 쪽에는 S 교회 신도님들이 보였다. 다들 전을 맛보며 연신 감탄을 했다.

이건 흔히 볼 수 있는 결혼식이 아니라 시골 장터다. 현우는 그들을 보며 인상이 저절로 구겨졌다.

"아니, 다들 장터에 마실 나온 줄 아십니까? 저희 결혼식입니다. 예식은 시키고 노시죠!"

팔짱을 낀 현우가 사납게 노려보며 소리를 쳤지만, 그의 목소리는 소란스런 소음 속에 묻혀 아무도 신경을 쓰지 않았다.

현우는 한숨을 쉬며 커다란 접시에 음식을 담아 장미가 있는 대기실로 가기 위해 대청마루를 지나갔다.

대청마루의 커다란 TV 앞에는 현우의 할머니와 할머니의 친구분들 그리고 어린아이들이 함께 옹기종기 앉아서 음식을 먹으며 TV를 시청하고 있었다. 현우는 잠시 멈추었다. 그도 아는 사람이 TV에 나오고 있어서다.

『그동안 침묵으로 일관하던 신우태 씨가 드디어 입장 발표를 했습니다. 얼마 전, 원주 시내에서 나체로 거리를 활보한 사건으로 국민 변태로 낙인찍힌 신 씨는 전 국민에게 큰 비난을 받으며 자숙하고 있었는데요. 신 씨의 이미지 실추로 피해를 입은 광고주들의 위약금 청구와 함께 그는 데뷔 이래 가장 큰 위기를 맞고 있습니다.

"국민 여러분 죄송합니다. 저는 자숙의 의미로 해병대를 자원했습니다. 해병대에 가서 자랑스러운 대한 남아로 다시 태어나 돌아오겠습니다."

고개를 숙인 신우태 씨였지만 언론과 국민들의 반응은 냉담했습니다. 물의를 일으킨 연예인들의 마지막 공식 행보가 군입대가 되어 버린 것 같아 씁쓸합니다. 한편 신 씨는…….』

"저런 새끼는 광화문에다 매달아 놔야 정신을 차리지."

"하필이면 원주에서 빨가벗고 지랄을 해. 다른 곳도 많구만. 저런 놈은 비 오는 날 먼지 나도록 맞아야 정신을 차려."

찌링, 갑자기 TV가 꺼졌다. 신나게 욕을 하는 도중에 TV가 꺼지자 다들 당황하는 눈치였다.

"누가 껐어?"

웅성거리는 틈에서 당당하게 리모컨을 치켜든 아이가 있었다. 장혁이 당당하게 외쳤다.

"뽀, 로, 로!"

불만에 가득 찬 혁이의 표정이 현우 눈에 띄었다. 리모컨을 흔드는 것을 보아 연예 프로가 아닌 뽀로로를 보고 싶다고 온몸으로 말하고 있는 듯했다.

"역시 뽀통령."

혁이 눈에도 신우태는 뽀로로보다 못한 놈이다.

몇 달 전, 신우태는 무작정 진료실로 쳐들어 와 장미가 자신의 여자라 우겼다. 장미를 하찮은 물건처럼 버렸던 그가 뻔뻔하게도 그녀를 다시 찾겠다고 했을 때 주먹이 저절로 꽉 쥐어졌다.

그날따라 20일 휴가 공지로 예방 접종과 영유아 건강 검진을 미리 받고자 하는 환자들로 붐볐다. 대기실의 그들이 아니었다면 분명 몸싸움으로 번졌을 것이다. 현우도 남자이기에 내 여자의 아픔을 약점으로 이용하는 이에게 관용을 베풀 만큼 관대할 수 없었다. 하지만 그는 남자이기 전에 아이들을 고치는 의사다. 수십 명의 아이들이 있는 공간에서 감성이 아닌 이성적 판단을 해야 했다.

아이들을 진료하는 2시간 동안 치밀어 오르던 분노를 진정시키고 신우태를 대면했다. 그는 장미에게 아픔을 준 이가 아닌 그저 한 명의 환자일 뿐이라고 세뇌시키며 상담을 해 주었건만 결과가 좋지 못했다.

하필이면 상담을 해 준 날 신우태가 나체로 원주 시내를 활보하다니, 현우는 많은 고민을 하게 되었다. 그리고 결론을 내렸다. 나는 정신과가 아닌 소아과가 적성에 맞는구나. 앞으로 아이들의 건강만 책임지자. 어설프게 다른 이들의 정신적 아픔에는 끼어들지 말아야겠다고 다짐을 했다.

현우는 접시를 들고 대기실로 쓰고 있는 사랑방으로 들어갔다. 접시에 소담하게 쌓여 있는 음식을 보자 장미는 군침을 삼켰다.

“현우 씨, 이 닭튀김 냄새가 너무 좋아요.”

“맛있는 치킨 박 사장님이 직접 오셔서 닭을 튀기시더군요.”

“정말요? 어쩐지 튀김이 바삭한 것이 맛있어 보여요.”

“박 사장님 옆에는 싱싱한 횟집 정 사장님도 오셔서 바로바로 회를 떠 주시던데요. 가장 놀라운 건 최씨 아저씨가 직접 커피를 내리고 있더라구요.”

현우는 장미에게 커피를 내밀며 고개를 갸웃거렸다.

“네? 그분들이 왜 여기서 일을 하고 계시죠?”

“저도 모르겠습니다.”

현우는 한숨을 쉰다. 길게 고민하지 않은 장미는 음식을 입에 넣고 오물거렸다.

“그나저나 우리 예식은 언제 한대요?”

“언젠가는 하겠죠.”

“오늘 중에는 할 수 있나요?”

“아마도요.”

“그럼 다들 밖에서 뭐 하고 있는 거죠?”

"모두들 이 상황을 즐기고 계십니다. 단합대회에 오신 걸로 착각하는 듯합니다. 장담컨대 다들 오늘 돌아갈 것 같지는 않습니다. 밤새 놀 분위기입니다."

장미와 현우는 생각했다. 어째서 우리의 결혼식이 이렇게 요란해야 하는 건지.

"아무래도 안 되겠습니다. 장미 씨, 식사 끝났으면 일어납시다. 우리 예식은 우리가 사수해야겠습니다."

현우가 손을 내밀자 장미가 싱긋 웃으며 그의 손을 잡았다.

"우리가 나가지 않으면 밖에 계신 분들은 우리는 잊은 채 계속 놀 수도 있다는?"

"그럴 가능성이 농후합니다. 그러니 우리 예식하러 나갑시다."

장미가 보료에서 일어나 걷자 사락거리는 치맛단 스치는 소리가 경쾌하게 방 안을 울렸다.

"장미 씨, 이제 준비됐습니까?"

"네, 현우 씨."

둘은 문을 열었다. 시끌벅적한 사람들의 모습은 한 폭의 풍속화 같았다. 장미와 남현우는 꼭 잡은 손으로 함께 발을 내디뎠다.

이제 하나가 아닌 둘이 함께 만들어 가는 인생의 제 2막이 시작되려 한다.

The end

외전 1
그들도 층간 소음에서 자유롭지 못하다

일곱 살쯤 되어 보이는 남자 어린이가 파워레인저 가면을 쓰고 한 손에는 칼을 다른 한 손에는 방패를 들고 거실 한가운데서 휭휭 소리를 내며 휘두르고 있었다.

거실 한쪽 벽면 커다란 책장에는 동화책들이 빼곡히 꽂혀 있고 책장 밑에는 다섯 살쯤 된 남자 어린이가 책으로 탑을 쌓고 있었다.

"응차, 응차."

베란다에서는 세 살 정도로 보이는 남자아이가 끙끙거리면서 바퀴가 달린 블록 통을 질질 끌고 거실로 들어오더니 와르르 쏟았다. 쫘르르르륵, 오색찬란한 블록들이 온 거실에 뿌려지면서 커다란 소음을 냈다.

"남하준, 덤벼라. 나는 파워레인저다!"

"두두두두두, 장혁 삼촌 덤벼!"

책 탑을 쌓고 있던 하준이 벌떡 일어나더니 총을 들고 거실 한가운데로 돌진을 한다. 하준의 돌진에 장혁은 만반의 전투태세를 갖추었다.

쿵쿵쿵쿵, 다다다다닥, 콩콩콩콩콩, 휭휭 휘두르는 장혁의 칼에 맞서 하준은 총을 잡고 공중에 쏘았다.

"하준 조카 덤벼라! 와아아!"

"장혁 삼초온!"

칼과 총이 붙었다. 그들이 붙자 블록을 가지고 놀던 작은 아이가 깔깔거리며 그들을 향해 뛰어갔다.

"우리 강아지들아, 제발 조용히 하자."

"와아아아!"

"아드님, 손자님들. 제발 뛰지만 말아 줘요."

예 여사의 우아한 말소리는 그들의 소음 속에 묻혀 전달이 되지도 않았다.

"스토오옵! 장혁, 남하준, 남이준, 그 자리서 멈춰!"

거실을 쩌렁쩌렁 울리는 고함 소리에 모두 동작을 멈추고 고함의 근원지를 바라보았다. 그곳에는 장미가 양손을 허리에 얹고 씩씩거리고 서 있었다.

"누나."

"엄마."

"암마."

악동들을 쳐다보고 있는 장미의 입꼬리는 실룩거리며 올라가 있고 코에서는 콧바람이 휭휭 나온다. 장미의 시선은 이 상태에서도 소파에 우아하게 앉아 차를 마시고 있는 예 여사에게 향했다.

"예 여사, 웬만하면 장혁은 데리고 가지? 셋이 뭉치니까 아주 난리야 난리."

"나라고 여기 있고 싶겠니? 혁이가 죽어도 서울에는 안 가겠다고 버티잖니."

예자연은 아비규환이 된 거실을 보면서 차를 홀짝홀짝 마셨다. 장미는 험한 눈으로 세 명의 남자아이들을 노려보았다.

이제 일곱 살이 된 장혁. 흔히 사람들이 이 나이 대의 어린이를 두고 진상이라고 표현을 한다. 그 옆에서 총을 쏘던 남현우의 장남, 남하준은 올해 다섯 살이 되면서 죽이고픈 나이 대로 진입을 했다.

하준 옆에 껌 딱지처럼 붙어 있는 차남 남이준, 이준 또한 미운 세 살이 되면서 세계 전쟁에 동참을 했다. 이들 셋이 붙어 뒹굴고 있는 모습을 보자니 절로 고개가 흔들어진다.

"얘들아, 뛰지 마라. 밑에서 할머니가 올라오신다. 너희들 그렇게 뛰면 마귀할머니가 잡아간다고 했잖니."

예 여사가 수습을 하려는 듯 일어나 아이들을 다독거리더니 장미를 흘끗 쳐다보면서 한 소리 했다.

"그러니 누가 아들만 줄줄이 낳으라고 했니? 딸, 딸을 낳으라고 했잖아."

"예 여사, 그게 마음대로 되냐고. 나도 아들 둘은 바라지 않았어."

"남 서방은 병원에서 늦게 돌아오니 이 상황을 모를 거 아니니? 난 아이들 이름도 마음에 안 들어. 숫자를 나열한 이름을 듣고 있자면 열 명을 채울 것 같은 불길한 예감이 들어. 하나 하준, 둘 이준, 셋은 세준 그리고 넷은……."

"그만! 예 여사, 내가 그런 끔직한 소리 하지 말라고 했지?"

장미는 현우와 판박이처럼 생긴 아들들과 장혁을 바라보며 온몸으로 거부했다.

띵동, 띵동, 인터폰이 울리자 장미는 한숨을 푹푹 쉬었다. 그 인터폰이 무엇을 의미하는지 알고 있었다. 현관문을 열자 아래층 할머니가 난감한 표정을 지으며 반쯤 포기한 듯한 목소리로 말씀을 하신다.

"정말, 웬만하면 안 올라오려고 했는데, 우리 집 거실에 흙먼지가 떨어지는 것 같아서 도저히 참을 수가 없네. 오늘따라 더 심해."

"죄송합니다. 서울에서 아이들 삼촌이 와서 더한 것 같아요. 주의시키겠습니다."

"새댁, 좀 부탁해. 좀 조용히 살아 봤으면 좋겠네."

아래층 할머니는 한숨을 쉬며 내려갔다. 장미는 문을 닫자마자 소리를 버럭 질렀다.

"장혁, 남하준, 남이준! 뛰지 말라고 했잖아! 너희들 때문에 하루하루가 전쟁이야. 너희들 다 이리로 와서 무릎 꿇고 손들고 있어!"

장미가 화를 내자 아이들이 눈치를 슬금슬금 보며 일렬로 무릎을 꿇고 손을 든다. 이 모습에 예자연은 장미를 쳐다보며 혀를 찼다.

"아들 둘 낳으면 깡패가 된다고 하더니, 장미를 보니 이해가 되네. 우리 장미가 저렇게 변할 거라곤 생각도 못 했어."

"헐, 내가 이렇게 변한 건 혁이랑 엄마도 한몫하거든. 엄마는 도와주지 않으려면 혁이 데리고 서울로 가."

"왜 불똥이 나한테까지 튀니?"

"애들이 혁이랑 어울리니까 더 뛰잖아. 미치겠어. 내가 왜! 내 집에서 눈치를 보고 살아야 하냐고."

"그러니까 아이들 데리고 서울로 오라고 했잖아. 우리 집은 뛰어도 돼."

"그걸 말이라고 해!"

"아니면 단독으로 이사 가. 왜 아파트에 살면서 눈치를 보니."

"휴우."

장미는 머리가 아팠다. 하루 이틀도 아니고 아이들 때문에 미칠 것 같다. 아이들을 묶어 놓을 수도 없고 본능에 의해 뛰는 것을 어찌하란 말인지. 예 여사 말대로 단독주택으로 이사를 가야 할까?

띡띡띠띠, 띠리링, 도어록의 해제음과 함께 남현우가 들어왔다. 그는 집 안 상황을 보며 난감한 표정을 지었다.

"매형."

"아빠."

"아아빠아."

장혁과 아이들은 현우를 보자 구세주를 만난 것처럼 벌떡 일어나 다다닥 달려갔다.

"너희들 누가 일어나라고 했어. 당장 이리로 안 와?"

혁이와 하준은 장미의 눈치를 보면서 현우 뒤에 숨었다.

"매형, 누나가 날 잡아먹으려고 해. 마녀야, 마녀."

"엄마가……."

"아빠아 안아 줘."

다들 이구동성으로 현우에게 하소연을 하기 시작했다. 현우는 손을 뻗치는 차남 이준을 안았다. 현우의 양쪽 다리에는 혁이와 하준이 딱 달라붙었다.

"장혁, 그렇게 매형 뒤에 숨는다고 누나에게 안 혼날 줄 알아? 남씨 형제들, 너희들도 마찬가지야. 너희들 이리로 안 와?"

"장미야, 남 서방도 왔는데 그만해라."

"애들 뛰니까 아래층에서 올라오는 걸 엄마도 봤잖아. 요즘 층간 소음 때문에 이웃 간의 다툼 문제가 얼마나 심각한 줄 알아? 그나마 나는 아래층 할머니가 좋으신 분이라 이 정도로 끝나는 거야. 예민한 사람들 같았으면 신고를 수십 번도 더 했을 거야. 그리고 왜! 아이들에게 나 혼자 악역을 맡아야 하는 거야!"

장미의 절규에 예 여사가 씽긋 웃었다. 예 여사는 아이들에게 손짓을 했다.

"애들아, 이리로 와. 할머니랑 나가자."

"애들 데리고 어딜 가려고."

"아무래도 장미 네가 스트레스를 많이 받아서 신경이 예민해진 것 같아서. 내일은 남 서방도 쉬는 주말이니까 둘이 오랜만에 재미있게 보내. 혁이와 아이들은 월요일에 데리고 올 테니까."

예 여사의 손짓에 아이들이 우르르 그녀의 손을 잡는다. 그녀는 침착하게 아이들을 끌고 밖으로 나갔다.

아이 셋이 우르르 빠져나간 이곳은 폭탄이 투하된 폐허다.

"치, 청소나 해 주고 데리고 갈 것이지."

"장미 씨, 제가 할 테니까 오늘은 좀 쉬어요."

현우는 거실 가득히 늘어져 있는 블록을 치우기 시작했다.

"귀에서 쇳소리가 나는 것 같아요. 아이들이 절 부르는 환청까지 들려요."

장미는 하준이 쌓아 놓은 책들을 책장에 꽂으며 중얼거렸다.

"스트레스를 받으면 그럴 수 있어요. 장미 씨, 우리 밖으로 나가서 바람 좀 쐴까요? 그럼 조금 나아질 겁니다."

"이렇게 어질러진 상태로 나가자고요?"

"청소는 오늘이 아니면 내일 해도 되고, 내일이 아니면 모레도 있고 시간은 많습니다. 하지만 아이들이 없는 시간은 많지 않아요. 장모님이 시간을 주셨는데 오늘은 쉬어요."

예전의 장미였다면 산더미처럼 쌓아 둔 설거지에 온 집 안이 어지럽혀져 있는 것을 뒤로한 채 집을 나설 수는 없었을 것이다. 절대 있을 수 없는 일이다.

하지만 지금의 그녀는 온 집 안이 폭탄을 맞은 것 같아도 마음이 많이 불편하지 않았다. 아이들을 키우다 보니 예민하고 까칠한 성격이 무던해진 것 같다.

밖으로 나오니 벚꽃이 만개한 4월이다. 올해도 어김없이 벚꽃 가로수 길에는 아름답게 꽃이 피었고 많은 지역 주민들이 마실을 나왔다.

"원장님 내외분 산책 나오셨나 봐요."

"네."

"아이들은 어디다 두고 두 분이 오붓하게 데이트를 하실까?"

"장모님이 봐 주고 계십니다."

"호호, 아직 좋을 때라니까. 보기 좋아요."

"감사합니다."

손을 잡고 여유롭게 산책했던 적이 언제였는지 기억이 가물거릴 정도였다. 결혼 전에는 장혁이 그들 사이에 있었고, 결혼 후에는 하준과 이준이 그들 사이에 끼면서 둘만의 시간을 가질 엄두를 내지 못했다.

"우리 내일 교외로 드라이브 갈까요? 가까운 춘천도 좋고 강릉도 좋고요. 가서 맛있는 음식도 먹고 힐링하고 옵시다."

"음, 아이들 데리고 가면 좋아할 텐데……."

"장미 씨 기분 풀어 주려고 가는 건데 아이들 데리고 가면 더 스트레스 받아 올 텐데요."

"아이들이 말썽을 피울 때는 얄밉기도 하지만, 막상 안 보이면 눈에 밟혀요."

현우는 싱긋 웃으며 장미의 어깨에 팔을 둘렀다.

"저는 제가 평범하게 가정을 꾸리며 살 거란 생각을 못 했습니다. 장미 씨를 만나 결혼도 하고 아이도 낳고 남들과 같은 고민들을 하니 정말 좋습니다."

"정말요?"

"장미 씨는 안 그렇습니까? 큰 사건 사고 없이 아이들과 행복하게 사는 것처럼 행복한 건 없어요."

"그건 그래요. 이곳에서 당신하고 데이트하니 예전 일이 생각나네요. 제가 진상 짓을 떨었던 게 엊그제 같은데……."

"그때도 지금도 당신은 귀엽습니다."

"귀엽긴요. 이제는 애 둘 딸린 아줌마인데……. 우, 욱, 왜 이렇게 꽃냄새가 지독하지? 당신 혹시 향수 뿌렸어요?"

"퇴근하고 바로 나왔는데 향수를 뿌릴 리, 가……. 장미 씨, 혹시?"

"헉……."

장미의 얼굴이 하얗게 사색이 되었다. 날짜를 세어 보니 생리일이 한참이 지나 있었다.

"현우 씨. 그러니까 내가 그때 안 된다고 했잖아요!"

장미의 새된 소리가 벚꽃 길에 울려 퍼졌다. 현우는 웃음을 참으려 했지만 자꾸 퍼지는 미소를 감출 수는 없었다.

"장미 씨, 기왕 일이 이렇게 된 것 이번에는 딸을……."

"몰라요. 오늘부터 당신하고는 각방이에요. 다시는 옆에 못 오게 할 거야."

"장미 씨, 그러면 제가 섭섭하지요. 정말 저 없이 혼자 잘 수 있겠어요? 제가 떨어져 자도 아침에 일어나 보면 딱 붙어 있으면서……."

현우는 능글스럽게 장미를 끌어안았다.

"아, 나 언제 글 쓰냐고요. 저 벌써 몇 년째 한 줄도 못 적은 백수라고요. 이제는 다크로즈가 작가였다는 사실도 가물거려요."

"모든 팬들이 다 떨어져 나가도 제가 있지 않습니까. 전 영원히 당신 팬이잖아요."

나이가 들수록 농염한 수컷의 페로몬을 풀풀 풍기는 남현우의 매력이 가장 큰 문제다. 남편이지만 이 남자만 보면 정신을 차릴 수가 없었다. 어쩌면 이런 상황을 자처한 것은 그녀일지도 모른다.

"휴우, 셋째까지 나오면 정말 아파트에서는 못 살아요."

"단독으로 알아봅시다. 정원 넓은 곳으로 가서 아이들 실컷 뛰어놀게요."

"후우우."

"그네도 매달고 미끄럼틀도 놓고……. 장미 씨, 인상 펴요. 제가 더 잘할게요."

"몰라요."

현우가 환하게 웃자 장미는 가슴이 설렜다. 이 콩깍지는 아이 둘을 낳은 지금까지도 벗겨지지 않아서 문제다. 그러니 줄줄이 아이가 생기지.

후우우, 아무래도 이 병을 치유하지 않으면 앞으로도 계속 남현우의 분신들이 생겨날 거라는 불길한 예감을 지울 수가 없다.

"장미 씨, 우리 약국에 테스트기 사러 갈까요?"

"휴우, 전 창피해서 못 들어가니 당신이 사요."

"그건 걱정 말고요. 장미 씨 먹고 싶은 것 없습니까?"

"족발이 먹고 싶은데. 휴, 족발이 먹고 싶으면 안 되는데. 왜 저는 과일이 먹고 싶지 않은 걸까요? 신 것도 싫고. 이번에도 아들일까요?"

"아들이면 어떻고 딸이면 어떻습니까."

"당신 딸 낳고 싶다면서요."

"생길 때까지 낳으면 되지요."

"농담이겠죠?"

장미는 남현우가 아이 욕심이 이렇게 많을 거라고는 생각하지 못했다. 계산적이고 차갑던 그가 아이들과 함께 어울리는 모습을 보면 신기하기만 하다.

예 여사의 말이 예언처럼 들려 불안하기만 하다.

첫째를 낳았을 때 남현우가 지은 이름부터가 수상하긴 했다. 숫자의 나열……. 정말 열 명을 채울 것인가? 아니지, 숫자는 무한대이다. 이건 남해 암수바위의 저주가 분명하다. 다산의 상징이자 아들을 낳게 해 준다는 신물인 그 바위를 껴안지 말았어야 했다.

장미는 고개를 절레절레 저었다. 장미는 한숨을 쉬며 화사하게 만개한 벚꽃을 쳐다보았다. 꽃은 예쁘나 향기는 속을 뒤집는다.

"욱, 욱."

"장미 씨, 속이 안 좋으면 앉았다 갈까요? 여기 앉아 봐요."

현우는 장미를 끌고 벤치로 가서 앉혔다.

"지금 생각해 보니 그 어르신이 사기꾼이 아니었어요."

"어르신요?"

"당신을 다시 만나기 전에 한 노인을 길에서 봤어요. 그 노인이 말씀하시길……."

현우는 노인이 얘기한 전생 속 선녀와 나무꾼 이야기를 해 주었다. 그렇다면 나는 선녀고 장혁은 사슴인 건가?

"후후. 재미있어요. 그래서 당신이 계속 아이를 만드는 건가요?"

"꼭 그런 건 아니지만, 어떻게 하다 보니 이렇게 되었습니다. 기왕 이렇게 된 거 넷째까지 힘써 볼까 합니다."

"남현우 원장님, 전 됐거……. 욱, 욱."

그는 손수건을 꺼내 장미에게 건네주면서 그녀의 등을 두들겨 주었다.

장미는 현우의 하얗고 기다란 손가락을 보자 피식 웃음이 나왔다. 현우와의 인연의 시작은 원주에서 내려오던 버스 안이 아닌, 장미가 가장 비참한 기분을 느꼈던 그날이었다.

신우태와 변수은의 정사 장면을 보고 비틀거리며 나왔던 그날, 오피스텔 건물 밖에서 나는 소리 없이 무너졌다.

그때 나에게 손수건을 내밀며 손을 내밀었던 남자. 현우가 손을 내민 그날부터 운명의 수레바퀴는 돌아가고 있었던 것이다.

결혼 후에 그곳에 왜 있었냐고 물었을 때 그는 장미를 바라보며 조용히 미소 지었다.

"뭘 그런 것을 알려고 합니까?"

나와 그 사이에 변수은이라는 공통분모가 있다. 그녀로 인해 우리는 만났다. 그녀와 그 사이에 아무 관계가 없다는 걸 알지만 기분이 나빴다.

장미의 심란한 표정을 느꼈는지 현우는 그녀를 안았다.

"당신에게 있어서 최고의 남자이지, 다른 여자에게도 제가 최고이지는 않습니다."

인정할 수 없는 발언이고 내 기분을 풀어 주기 위해 하는 말이라는 것을 알지만 기분은 한결 좋아졌다.

그리고 그에게 듣게 된 이야기는 놀라웠다. 신우태의 오피스텔에서 신우태를 거부하고 나간 지 30분이 지나지 않아 변수은과 신우태가 같이 있었던 건 우연이 아니었다. 변수은의 개인 병원이 신우태 오피스텔 상가에 있었다. 그는 변수은에 대해서 말을 아꼈지만 그가 왜 그곳에 갔는지는 짐작되었다.

"당신, 변수은이 배신을 하지 않았다면 그녀와 결혼할 생각이었어요?"

"아니요. 하지만 확실한 거절은 해 줘야 할 거 같아 한 번쯤은 제대로 된 대화가 필요하다고 생각했습니다."

"그랬어요?"

"그녀가 의사 가운을 입은 채 급하게 병원에서 나오는 모습을 보고 큰일이 생긴 줄 알았습니다. 그래서 쫓아간 건데, 낯선 오피스텔 앞에 서서 벨을 누르니 가운을 걸친 남자가 문을 열어 그녀를 맞더군요."

"놀랐겠어요."

현우는 장미의 등을 토닥거리며 말을 이었다.

"전화를 걸었더니 병원에서 진료 중이라고 거짓말을 하더군요. 그때 알았습니다. 그녀는 나에게 진심이 아니라는 것을요."

"그러면 저를 그때 본 건가요?"

"생각이 필요했습니다. 근 10년 이상을 저와 결혼하고 싶다고 말하던 여자가 태연히 다른 남자의 집 안에 들어가는 장면을 보니 기분이 착잡했습니다. 욕정을 해결하는 남자가 있는데도 나와는 결혼을 하고 싶다니 모순이죠. 그런 생각을 하느라 시간이 지체가 된 것 같습니다. 그러다 한 여성이 오피스텔 비밀번호를 누르고 들어가는 모습을 보았습니다."

"아."

"예상대로 그 여성은 사색이 되어 나왔습니다."

"왜 저를 쫓아 왔어요? 의사의 오지랖?"

"운명이라고 해 두죠."

"현우 씨도 그런 소리 할 줄 알아요? 근데 왜 그 얘기는 한 번도 안 했어요?"

"당신인 줄 몰랐으니까. 상처받은 여성의 얼굴을 쳐다보는 게 예의가 아니라고 생각했고, 저도 마음이 복잡해 그럴 겨를도 없었지요. 장미 씨가 제 손을 기억하지 않았다면 그냥 그 일은 그렇게 잊혔겠지요. 그 손을 기억한 장미 씨가 특이한 겁니다."

"운명이라고 해 두죠."

그들의 양다리가 우리의 만남을 이어 준 매개체가 되었다고 생각하니 장미는 신우태도 변수은도 다 용서가 되었다.

"아직도 속이 안 좋습니까?"

현우는 장미의 등을 쓸어내리며 걱정스런 표정을 감추지 못했다.

"한두 번 겪은 것도 아니면서, 피. 그렇게 안쓰러우면 임신을 시키지 말든가."

장미는 씩 웃으며 현우의 어깨에 머리를 기댔다. 따스한 그의 체온이 느껴지자 뒤집어졌던 속이 진정이 된다.

……좋다.

……행복하다.

외전 2
그들의 사랑 방식

하준, 이준, 사랑스런 내 강아지들. 열심히 치킨을 뜯고 있는 모습만 보아도 사랑스럽다. 예 여사는 '맛있는 치킨'에서 혁이와 함께 치킨을 흡입하고 있는 손자들을 보며 흐뭇한 미소를 지었다.

"누님, 그렇게도 좋습니까?"

"그럼. 먹는 것만 봐도 배가 불러."

박 사장은 예 여사 옆자리에 앉아 와인을 따라 주었다. 고급스러워 보이는 와인 잔에 붉은색 와인이 쪼르륵 따라진다.

"치킨집에 와인이라?"

"서비스입니다."

"박 사장은 정말 센스쟁이라니까."

예 여사는 와인 잔을 보고 미소를 지으며 한 모금 머금었다.

"장미 조카가 원주에 내려온 것이 엊그제 같은데 벌써 아이가 둘이니."

"조만간 하나가 더 생길 것 같아."

"또요?"

"아직 장미는 모르는 것 같은데, 느낌이 그래."

"아, 그래서 누님이 아이들을 데리고 있군요. 장미 조카 쉬라고."

"이번에는 세준이가 아닌 세나였으면 좋겠는데……."

예 여사는 아이들을 바라보았다. 보면 볼수록 사랑스런 아이들이다.

"처음 볼 때부터 마음에 들었는데 시간이 지날수록 더 진국인 것 같아."

"남 원장 말씀이십니까?"

"응. 어른 공경할 줄도 알고, 자기 사람 소중한 줄도 알고, 내가 주지 못한 사랑을 장미에게 다 주는 것 같아 바라만 봐도 흐뭇해."

예자연은 자신의 재력에도 흔들림 없는 남현우를 보면서 볼수록 듬직하다는 생각을 했다. 역시 그와 장미를 엮은 건 잘한 일이다.

"누님, 아직도 자책하고 있는 겁니까? 장미 조카를 남 원장과 누가 이어 주었는데요. 이제는 마음의 짐을 벗어 버리세요."

"그래도 될까?"

"네. 앞으로 계속 추가될 손주들하고 행복하게 살 생각만 하세요."

그러고 싶다. 이제는 환갑을 바라보는 나이다. 어릴 때부터 돈이라는 굴레에 갇혀 마음 편히 살아 본 적이 없었다.

사랑하는 방법을 몰랐을 뿐, 사랑하지 않은 건 아니었다.

그녀의 나이 열여덟, 부모님이 불의의 교통사고로 혼수상태에 빠졌다. 부모님의 사고 소식에 지금껏 한 번도 얼굴을 보지 못했던 친척들과 부모님들의 지인이라는 사람들이 모습을 드러내기 시작했다. 중환자실 앞에서 눈살 찌푸리게 눈물을 흘리는 이들부터 친한 척하는 이들까지. 서로 그녀의 법정 후견인이 되겠다며 적극적인 공세를 펼쳤다.

"자연아, 이게 무슨 변고니. 그 건장하던 형님, 형수님이 이런 사고를 당하실 줄이야. 형님이 잘못돼도 자연아, 너는 나만 믿으면 돼."

"무슨 소리! 자연아, 내가 너와 가장 가까운 모계 6촌이야. 우리 누님이 저리 되실 줄 몰랐다."

"헐. 난 부계야. 당신보다 가까워. 우리 형수님이 나를 가장 아꼈다고."

"뭐? 당신? 이것이 어디서!"

"널 뭘 믿고 맡겨. 자연아 네 재산은 내가 지켜 줄게. 삼촌만 믿어."

6촌, 삼촌? 다 웃긴 말들이다. 당신들의 검은 속내를 모르는 바가 아니다. 지금 중환자실에서 생사를 넘나드는 두 분의 유일한 혈육은 그녀다. 그들의 사망과 동시에 그녀는 막대한 재산의 상속녀가 될 것이다.

저들의 눈에는 그저 나는 먹잇감에 불과했다. 나는 내 자신을 지켜야 했다. 앞으로 여섯 달, 반년만 버티면 된다. 여섯 달 뒤면 나는 성년이 된다. 법적 후견인 따위가 필요 없는 성인.

"회장님과 사모님이 불의의 사고를 대비하지 않은 건 아니지만, 아무래도 네가 미성년자인 게 문제란다."

"법적 후견인이 지정된다는 말씀이시죠?"

"아무래도 부계나 모계 중 가까운 분이 되지 않을까 싶다. 내 생각은 예충섭이 적임자가 될 확률이 높다."

아버지의 고문 변호사인 장 변호사가 덤덤히 말했다. 중환자실에 누워 있는 부모님을 바라보는 장 변호사의 표정은 침울했다.

"아저씨도 아시지만 우리 부모님의 친척들 중에는 믿을 만한 분이 없잖아요. 특히 예충섭은 아버지의 재산을 수시로 노렸어요. 그 사람이 제 후견인이 된다니 생각만 해도 끔찍해요."

"다행인 건 여섯 달 뒤면 네가 성인이 된다는 거야."

"우리 부모님이 그때까지 버틸 수 있을까요?"

"솔직히 말하면 힘들 것 같다."

장 변호사는 자연의 마음을 아는지 한숨을 쉬었다. 자연도 안다. 자기에게 접근한 친척들 중, 벌써부터 검은 속내를 드러내며 장 변호사에게 예 회장님 내외의 자산이 얼마나 되는지, 자신이 후견인이 될 수 있는지, 후견인이 되면 피후견인의 재산에 관한 권리와 의무로 재산 관리권을 가지는 것인지에 대해 자세히 묻기 시작했다는 것을…….

하지만 그들 같은 피라미가 문제가 아니었다. 그녀의 재산을 눈독 들이는 이들 중에 가장 악질은 아버지의 사촌 형 예충섭으로 사채 시장에서도 악덕업자로 불리는 이다.

예충섭이 자연의 후견인이 된다면 수단과 방법을 가리지 않고 그녀의 재산을 자기 것으로 만들 거라는 건 누구나 예상할 수 있었다. 예충섭의 악명은 장 변호사도 익히 들어 알고 있기에 어두운 표정이 가시지 않았다.

"미성년자가 성년으로 대접받을 수 있는 방법은 없나요? 여섯 달 뒤면 어차피 성인인데."

"방법이 없는 건 아니지만, 시간이 촉박한 건 사실이다."

"뭔데요?"

"결혼이다. 미성년자가 혼인을 하는 경우 성년으로 인정을 받을 수가 있단다."

"결혼요? 결혼을 하면 정말 성인으로 인정받을 수 있단 말이죠?"

"하지만 자연 양의 혼인이 법적으로 인정되려면 예 회장님 내외의 동의가 필요해."

"그냥 동의했다고 하면 안 되나요?"

"눈속임으로 혼인 신고를 할 수는 있지만, 나중에 법적 후견인 자격이 있는 이가 트집을 잡고 혼인 무효 소송을 할 수가 있어."

"……그렇군요."

자연이 생각하기에도 예충섭이 그녀의 결혼을 두고 보지만은 않을 것이다.

"장 변호사님, 예충섭과 맞서 여섯 달을 버텨 줄 마땅한 적임자가 없을까요?"

"무슨 생각을 하는 거냐?"

"딱 여섯 달, 그 기간 동안 절 지켜 줄 사람이 필요해요."

예충섭 조직에 대항할 수 있는 자가 아니라면 싸워 보지도 못하고 소리 소문 없이 사라질 수 있다. 예충섭의 조직과 견줄 만한 조직을 이끌면서 자연의 재산에 흔들림 없는 자가 필요했다.

"적임자가 있긴 하지만, 그가 수락하지 않을 거다."

"누군데요?"

"은밀하게 만남을 주선해 보겠지만 그가 눈속임용 결혼에 동의를 할지는 모르겠다."

"저들이 눈치채지 못하게 오늘 밤이라도 만나게 해 주세요. 저는 한시가 급해요."

장 변호사가 소개해 준 그는 장 변호사의 아주 먼 친척으로 종로 일대를 휘어잡은 상철이파의 큰형님 장상철이었다. 스물여덟의 젊은 나이에 한 조직을 이끄는 호기로운 남자.

자연은 그에게 거절하기 힘든 제안을 했다.

"여섯 달만 내 남자가 되어 주세요. 당신 조직과 당신이 평생 먹고살 만큼의 보상을 해 주겠어요."

"코흘리개 재산이 아니라도 먹고살 만해."

"당신이 거절한다면 내 재산은 아마도 당신이 가장 경멸하는 예충섭의 손으로 흘러들어 갈 거예요."

"나와는 상관없어."

"예충섭이 얼마 전 당신 오른팔의 여동생을 해했다는 말을 들었어요.”

“무슨 소리를 지껄이는 거지?”

“내가 가진 것이 그의 손으로 흘러들어 가면 그의 힘은 더 강해질 것이고, 그로 인해 피해 입는 이들이 더 늘어날 거예요. 도와주세요. 여섯 달이면 됩니다.”

장상철의 표정이 심하게 일그러졌다. 그의 표정에서 자연은 그가 거절하지 못할 거라고 예감했다.

상철과 자연은 여섯 달의 계약 결혼을 했다. 혼수상태이지만 아직 살아 있는 그녀의 부모님 앞에서 언약을 맺고 혼인 신고를 했다. 죽음과 사투를 하는 부모님, 자연의 부모님이 빨리 죽기만을 바라는 하이에나 같은 예충섭의 마수를 피해 아슬아슬한 줄타기가 시작되었다.

한 달 뒤에 어머니가 운명하시고 아버지는 두 달 뒤에 어머니를 따라가셨다. 부모님의 죽음 뒤, 그와의 본격적인 전쟁에 돌입했지만, 석 달의 기간은 그들도 어쩔 수 없는 짧은 기간이었다. 혼수상태였던 부모님 동의는 인정할 수 없다며 예충섭은 자신의 권리를 내세워 혼인 무효 소송을 제기했지만 소송이 진행되는 동안 자연은 성인이 되었다.

성인이 되면서 자연스럽게 혼인 취소 청구권이 소멸되면서 예충섭으로부터 자유로워질 수는 있었지만, 그의 마수에서 완전히 벗어난 건 아니었다. 조금의 빈틈이라도 있으면 우리를 위험에 빠트리려 하는 그가 있었기에 긴장을 늦출 수가 없었다.

그로 인해 장상철의 보호는 여섯 달에서 1년으로 연장되었고, 1년이 또 2년이 되면서, 우리 사이에 자연스럽게 딸 장미가 태어났다.

이렇게 내 나이 스무 살에 한 아이의 엄마가 되었다. 아이가 태어났지만 우리는 정상적인 가정을 가진 여느 부부와 달랐다.

나는 재산을 지키기 위해, 그리고 그 돈을 더 키우기 위해 어린 장미를 방치했고 그는 조직을 지키느라 어린 장미에게 신경을 쓰지 못했다.

우리의 무관심이 어린 장미에게 불안감을 주었고 외롭게 했다는 것을 알지 못했다. 그저 돈으로 모든 보상을 해 주려고 했고, 이런 무지함으로 인해 장미는 마음의 문을 닫고 말았다.

뒤늦게 우리는 장미와의 벌어진 간격을 좁히려 많은 노력을 했지만, 한번 닫힌 마음의 문을 열기는 쉽지 않았다.

"누님, 저희 봉주점에 단골로 오는 의사 선생님 중에 남현우 선생이 있는데 사람이 진국이에요. 제가 딸만 있다면 딱 사위 삼고 싶다니까요."

주 사장이 술에 취하기만 하면 나오는 이름, 남현우. 예자연은 그가 궁금했다. 다캐요의 곽두기에게 그의 뒷조사를 시켰다. 남현우에 대한 보고를 받은 순간 예자연은 그가 마음에 들었다.

교육자 아버지와 요리 연구가 어머니 사이에서 태어난 장남, 어려서부터 영특했고 동생들과의 사이도 원만했다. 현우 밑으로 두 살 차이가 나는 남동생 선우와 여동생 해안도 모두 다 착하고 바른 성정을 가졌다. 이런 화목한 집에서 장미가 가족의 사랑을 느끼면서 행복하게 살게 해 주고 싶다는 생각을 했다.

예자연은 남현우의 집에 중신을 넣기로 하고 일단 장미의 의견을 듣고자 남현우의 사진을 들고 장미의 오피스텔로 찾아갔다.

평소처럼 도어록의 비밀번호를 열고 들어가다 집 안에서 못 들을 소리를 듣고 말았다. 장미와 인물이 수려한 남자가 말다툼을 하고 있었다. 남자는 예자연도 익히 잘 알고 있는 배우 신우태로, 그들은 언성을 높이며 말싸움을 하던 중이라 예자연이 문을 연 사실도 모르는 듯했다.

"내가 그 여자를 만난 건 사랑해서가 아니라 내 이미지를 위해서야. 대중들의 관심과 사랑이 아니면 먹고살기 힘든 내가 정신과 치료를 받았다는 이력이 있으면 대중들은 나에게 실망할 거야."

"치료를 위해 정신과를 드나들던 모습이 기자들 눈에 띄자 자신의 병명을 감추려고 정신과 여의사와 연애를 시작하셨다? 아주 그럴싸한 발언이야."

"그 여자도 기왕이면 스타와 사귀는 게 자신의 병원 홍보에 나쁘지 않을 거고. 우린 그런 관계야. 그런 비즈니스적 만남을 네가 이해를 못 한 거지."

"비즈니스적 관계에 섹스까지 포함되었다?"

"그거야 나처럼 섹시한 남자에게 반하지 않을 여자는 없으니까. 큰 바다에 배 한 척 더 떠 있다고 바다가 오염되거나 하지 않아. 난 그런 큰 바다와도 같아. 여자들이 나에게 오지 못해 야단이지. 그런 여자들을 그냥 보내는 건 예의가 아니야."

"섹스중독증을 치료해 달라고 했더니 자신의 몸을 던져 섹스를 해 주는 의사라. 살신성인 정신으로 치료는 했다만, 정신과 여의사 실력은 형편없네. 열심히 치료를 한 것이 이 모양인 것을 보면."

"장미, 다른 사람은 몰라도 넌 이해해야 하잖아. 너와 나 툭 까놓고 말하면 같은 미친년, 미친놈이잖아. 난 관계에 미친놈, 너는 관계를 거부하는 년……. 아주 미친 연놈의 조합이지."

이 말 또한 그의 자기합리적인 발언일 뿐이다. 예자연은 힘주어 주먹을 쥐는 바람에 손바닥에 손톱이 박혔지만 아픔을 느끼지 못했다. 감히 내 딸을 미친년이라 비웃어?

"난 적어도 내 병을 숨기진 않았어. 아니, 모든 여자들이 그걸 좋아하고 즐겼지. 그게 왜 비난받아야 하지? 난 젊고 섹시한 남자고, 섹시하고 아름다운 여자와 섹스할 권리가 있어. 유부남도 아니고 성병환자도 아니고 비난받을 이유가 없어. 다만, 내가 연예인이기 때문에 자제할 필요가 있어 상담을 받았을 뿐이야. 그 이유 때문에 내가 대중들에게 미친놈 취급을 받을 이유는 없잖아. 너만큼은 이해해 줘야 하는 것 아니야?"

"우리 둘 다 마음이 만신창이이긴 하지. 그렇지만 난 적어도 인간이길 포기하지는 않았어."

장미가 그를 서늘한 표정으로 쳐다본다.

"그럼 난 인간이 아니라는 거야?"

"인간이 짐승과 다른 건 이성적인 판단과 행동이 있어서야. 자기 행동이 통제가 안 되는 순간 인간이 아닌 짐승이 되는 거지. 당신은 그저 욕정에 의해 움직이고 행동했지만 난 통제를 했어. 같은 미친 사람들이지만 날 당신과 동급으로 취급하지는 말아."

서늘한 목소리, 느릿한 말투로 말하는 장미의 목소리에서 냉기가 뚝뚝 떨어진다.

예자연은 일단 이 자리에서 비켜 주기로 했다. 자신이 낄 곳은 아니었다. 실연의 상처를 당한 딸에게 선 자리를 주선한다는 것도 말이 안 된다.

새로운 방법을 찾아야 했지만 오래 걸리지는 않았다. 상처를 받은 장미가 재하가 있는 원주로 내려갔고 우연히 남현우와 만나게 되면서 예자연은 확신했다. '장미의 짝은 남현우다' 라고.

예자연은 남현우와 장미를 더 깊게 엮기 위해 무리수를 두기로 했다.

다캐요의 곽두기의 도움을 받아 예자연은 익스플로러 밴에 혁이를 태우고 원주 S아파트에 갔다. 6개월밖에 안 된 혁이를 장미에게 맡기는 것이 미안하고 불안했지만 다 장미를 위한 일이라고 스스로를 위안했다.

"애들아, CCTV에 찍히지 않게 조심하면서 혁이 조카를 옮겨야 한다."

"네."

그들은 커다란 박스와 혁이를 데리고 계단을 오르기 시작했다.

"곽 대표, 우리 귀염둥이들이 너무 고생하는 것 아냐? 아무리그래도 15층인데 계단으로 올라가 배송하는 건 힘들지 않을까?"

"장미 조카가 나중에 분명 CCTV를 돌려 볼 겁니다. 일은 깨끗이 한다가 다캐요 심부름센터의 사훈 아닙니까. 우리는 살인, 강간, 납치만 아니면 무슨 일이든 확실히 깨끗하게 해결해 드립니다."

"우리 곽 대표 참 마음에 들어."

예자연의 시선은 계속 비상계단 쪽에 머물러 있다.

"당신 핸드폰 꺼."

예자연은 한숨을 쉬며 장상철을 쳐다보았다.

"왜? 장미에게 연락 올 텐데……."

"우리 남 군과 잘되기 전까지지는 전화받지 마. 우리는 유럽 일주 중인 거야."

"장미가 믿겠어?"

"그럴까 봐 내가 준비한 것이 있어. 당신도 알지? 청담동 '필와쏘' 유 작가. 유 작가에게 부탁하니까 만들어 주던데……. 합성사진의 지존이야. 역시 전문가라서 다른 것 같아. 조금 이따가 장미에게 전송할 거야."

예자연이 내민 핸드폰에는 인천공항 배경으로 상철과 자연이 환하게 웃고 있는 사진이 있었다. 정말 그럴싸해 보였다.

"장미가 바보도 아니고 속아 넘어갈까? 아기를 택배로 배송한다는 것도 말도 안 되잖아. 속을 리가 없어."

"내 딸 내가 알지. 100퍼센트 속아. 갑자기 갓난아기 키우려면 정신없어서 속게 되어 있어. 혁이가 도착하자마자 장미는 멘붕 상태에 빠질 거야. 아, 그리고 유 작가가 전 세계의 모든 관광지들 배경 넣어서 합성해 준다면서 우리 보고 '필와쏘'에 한번 오래. 상황에 맞춰 넣으려면 사진이 많이 필요하다고 하더라고. 그리고 고모도 내 계획에 동참했어. 고모가 우리 필와쏘에 갈 때 같이 가자네."

"그런다고 장미가 남 원장과 잘된다는 보장은 없잖아."

"내가 장미에게 강력 추천할 거야. 육아는 네이년에게 물어보라고."

"네이년?"

"네이년에 원주 소아과 검색하면 무조건 남소아과가 뜨더라고. 우리 남 군 아주 인기인이야. 우리 장미는 분명 그 글 보고 남소아과로 갈 거야."

"간다고 해서 이어진다는 보장은 없어."

"아니면 인연이 아닌 거지. 남 군이 제대로 된 눈을 가졌다면 우리 장미의 매력을 알아보게 될 테고."

예자연은 출입문을 쳐다보며 쓸쓸한 표정을 지었다. 엄마로서 제대로 해 주지 못한 것에 대한 미안함일까?

"장미가 혁이를 제대로 못 키울 수도 있어."

"그러면 데리고 와야지. 어차피 나는 철없는 엄마니까 혁이 보고 싶어 왔다고 하면 의심 안 할 거야."

"장미에게 그렇게 생각되어도 괜찮겠어?"

"난 상관없어. 이런 철없는 모습을 보여야 그나마 장미가 날 봐주니까. 예전의 나처럼 빈틈없는 모습을 보이면 장미와 더 멀어질 뿐이야. 이제는 다른 욕심 없어. 장미가 화목한 가정에서 양친의 사랑을 받고 자란 반듯한 사람, 평생 장미만 바라보고 살 심성 바른 남자를 만나 행복하게 살기만 하면 돼."

철없던 시절 낳았던 딸이라 아이에 대한 사랑을 어떻게 주어야 하는지 몰랐다. 양친에게 사랑이라는 것을 받아 본 적이 없었기에 사랑을 주는 법도 몰랐다.

물질적으로 부족함이 없으면 되는 것이 아닐까라는 생각으로 키운 딸이 어느 순간부터 자신들에게 냉담해졌다.

부모와 자식 간에 멀어진 거리는 되돌릴 수 없을지언정 장미의 행복은 어떤 수단과 방법을 쓰더라도 만들어 주고 싶었다.

나는 사랑하는 방법을 몰랐을 뿐, 장미를 사랑하지 않은 건 아니었다.

장미와 남현우를 이어 주기 위해 많은 이들의 도움을 받았다. 맛있는 치킨 박 사장, 싱싱한 횟집 정 사장을 포함, S아파트 경비로 취직한 최 대표까지 모두들 한마음이 되어 그들을 밀어 주었다.

옛날의 그녀였다면 장미에게 상처를 준 신우태를 가만두지 않았을 테지만 그가 공인이기도 했고, 남녀의 관계에서 만남과 헤어짐은 흔한 일이다 생각하며 마음을 진정시켰다.

그런데 어느 날, 다캐요의 곽두기에게서 전화가 왔다.

– 누님, 신우태가 장미 조카 뒷조사를 부탁하는데 어떻게 할까요?

"인터넷 검색해서 대충 작성해서 넘겨."

– 네, 알겠습니다.

조용히 살자고 다짐했다. 장미에게 더 이상 상처를 주기 않기 위해 조용히 살고 싶었다. 그녀의 욕심과 장상철의 직업으로 인해 마음의 문을 닫은 장미다. 더 이상 장미에게 실망을 주고 싶지 않았다.

내 성질대로 했다면 장미의 오피스텔에서 넌 내 손에 죽었어. 내 이성이 말리지만 않았다면 사람 구실도 못 하게 만들었을 거야.

간신히 참고 있는 나를 찾아온 신우태를 보니 쓴웃음만 나왔다. 나름 잘 알아듣게 해서 보냈다 생각했는데 원주로 내려갔다는 보고를 받자 피가 거꾸로 솟는 줄 알았다. 그 만행만으로도 용서하기 힘들었는데 장미를 납치하기 위해 다캐요의 곽두기에게 사주를 하다니.

"곽 대표, 신우태가 장미를 납치하려고 한다고?"

– 네. 지금 원주에 내려가 있는데 남현우 선생님을 회유하지 못한다면 바로 장미 조카를 납치할 것 같습니다.

"그를 어찌하면 좋을까?"

감히 신우태 너 따위가 장미를 가지려고 수작을 부려? 네가 감히 내 홈그라운드에서 내 딸을 건드려? 내가 어떻게 너를 처리할지 기대해.

– 누님, 제가 원주로 내려가고 있습니다. 저만 믿으십시오.

"곽 대표가 원주로 내려가고 있다고?"

– 저뿐만 아니라 큰형님도 같이 내려가십니다. 그리고 그곳에 계신 형님들도 도와주신다고 했습니다.

"장미 아빠가?"

– 누님은 걱정하지 마십시오. 다시는 신우태가 장미 조카에게 접근하지 못하도록 확실하게 혼내 주겠습니다.

신우태의 장미 납치는 미수로 끝났지만 신우태에게 그날은 잊지 못할 날이 되었다. 그의 연예인 인생에 마침표를 찍은 날이 되었으니까. 원주 변태남 사건 이후, 그동안 쉬쉬했던 그와 연루된 사건 사고들이 끊임없이 터지는 바람에 그를 그나마 감싸던 팬들도 소속사도 그에게 등을 돌렸다.

낙동강 오리알 신세가 된 신우태는 해병대에 자원입대를 했다. 그 보도에 예자연은 피식 웃음이 새어 나왔다. 대한민국의 해병을 우습게 알고 이미지 세탁을 하기 위해 군대에 갔다? 그곳에서 버틸 수나 있을까?

그 후 신우태는 소리 소문 없이 연예계에서 사라졌다.

신우태. 한때 잘나가던 대한민국의 스타였지만 아랫도리를 잘못 간수한 탓에 날개가 부러진 새처럼 바닥으로 추락했다. 하지만 그 버릇 어디 가겠는가. 그는 지금 어느 먼 지방에서 나이 많은 여인의 기둥서방 노릇을 하면서 살고 있다고 한다. 그것도 능력이겠지.

예자연은 와인 잔을 들어 한 모금 마셨다.

"자연이 여기 있었네?"

장상철이 싱싱한 횟집 정 사장과 함께 맛있는 치킨으로 들어왔다.

"정 사장님, 오신 김에 치킨 좀 드시고 가세요."

"그럴까?"

"형님도 앉으십시오. 바로 준비하겠습니다."

"좋지."

박 사장이 일어나 주방으로 들어갔다.

“여보야는 정 사장과 하루 종일 어디 다녀온 거야?”

“응, 아무래도 원주에서 지내는 시간이 많아 서울 왔다 갔다 하기가 불편해서 집 좀 알아보고 왔지.”

“잘하셨네.”

“다행히 계약만 하면 바로 들어갈 수 있는 상가건물 집이 나와서 계약하고 왔어. 무실동인데 장미 집하고 가까워서 좋은 것 같아.”

“잘했어요. 다들 가만히 서 있지 말고 여기 앉아요.”

예자연이 옆자리를 툭툭 치자 장상철은 중절모를 벗고 자리에 앉았고, 정 사장도 따라 앉았다.

“엄마, 우리 여기로 이사 와?”

장혁이 치킨을 뜯다 말고 초롱초롱한 눈으로 예자연을 바라봤다.

“그럴까 하는데, 우리 혁이는 어때?”

“정말? 와, 신난다. 하준아, 이준아 삼촌 앞으로 원주에서 산대.”

“정말로? 할머니 정말 우리랑 살아?”

“하준이는 할머니와 사는 게 좋아?”

“응, 너무 좋아.”

“우리 이준이는?”

“나도 쪼아.”

하준과 이준은 뜯던 닭을 손에 들고 흔들며 좋아한다. 그 모습을 흐뭇하게 바라보던 예자연이 정 사장에게 고개를 돌렸다.

“오늘 우리 정 사장님이 고생이 많으셨네.”

"고생은요. 큰형님과 누님을 자주 봐서 저야 좋죠. 아이고, 우리 하준이 이준이는 치킨 먹느라 아저씨 알은척도 안 하네. 우리 장혁도……."

정 사장이 아이들을 바라보며 웃음을 짓는다.

"할아버지, 아저씨. 치킨이 맛있어요."

"마이쪄요."

하준, 이준이 엄지손가락을 치켜들며 환하게 웃는다. 입에 치킨 양념과 기름이 묻어 번질거리고 있지만 그 모습마저 사랑스러웠다.

"서울에서는 이런 맛이 안 나. 치킨은 역시 '맛있는 치킨'이 최고야."

장혁도 거든다.

아이들을 바라보며 예자연은 자신에게 이런 행복을 누릴 자격이 있을까 생각했다.

그녀에게 평범한 행복은 어울리지 않을 거라 생각했었다. 하지만 아이들의 웃는 모습을 지켜볼 수 있고, 손주들을 대신 봐 주기도 하는 그런 평범한 엄마, 평범한 할머니로 생을 마감하고 싶다는 욕심이 생겼다. 그래. 행복이란 이런 것이다. 그리고 그녀는 지금, 행복했다.

작가 후기

안녕하세요, 반유입니다. 저의 첫 책 《남소아과로 가요》가 드디어 세상에 나옵니다.

작가 후기를 쓰다 보니 《남소아과로 가요》를 구상하게 된 작년 겨울이 생각납니다. 전염병이 창궐하던 한겨울 A소아과. 대기인원 무려 서른 명. 2시간을 기다려도 차례가 오지 않았습니다. 기다리는 동안 여러 가지 생각을 했습니다.

'내가 누군가를 이렇게 애타게 기다려 본 적이 있던가?'

'긴 대기 시간 뒤 만나 뵙게 되는 원장님이 기왕이면 로설 속 남주처럼 잘생긴 분이면 좋겠다!'

문득 떠오른 생각을 글로 옮기기 시작했고, 《남소아과로 가요》가 탄생하게 되었습니다.

《남소아과로 가요》의 병원 장면 대부분은 제가 겪은 실화랍니다. 한겨울 소아과는, 특히 연휴나 빨간 날이 껴 있으면 그야말로 죽음의 대기 시간이 기다리고 있지요. 그런 애로사항들을 한풀이하듯 적은 글이었는데, 연재 시 과분하게도 독자님들의 많은 사랑을 받았고 그 사랑의 힘으로 부족한 글이 세상에 나오게 되었습니다. 독자님들 사랑합니다(하트하트)!

더불어 이 글의 계기(?)를 만들어 준 내 보물들, 아들과 딸! 엄마 소아과 글 썼으니까 이제는 소아과 그만 가자. 엄마는 대기하는 시간이 너무 힘들어요(눈물을 훔친다).

우리 남매 덕분에 몇 년 동안 엄청난 방문 횟수를 기록한 우리 동네 A소아과. 이제는 제2의 가정이 된 그곳 A소아과의 K원장님께도 감사 말씀 남깁니다. 원장님 동의도 받지 않고 원장님 말투를 썼는데, 사랑을 많이 받았습니다(웃음).

마지막으로 부족한 글을 멋지게 책으로 만들어 주신 담당자님과 르네 관계자님들, 이 자리를 빌려 감사의 말씀 드립니다.

저는 앞으로 더 좋은 글로 찾아뵙겠습니다. 감사합니다.